Stiller und die unsichtbare Meute

Peter Freudenberger, Jahrgang 1960, ist fest in der Main-Spessart-Region verwurzelt – auch beruflich als Lokalredakteur in seiner Heimatstadt Aschaffenburg. Sein Credo: Ein Journalist darf die Menschen seines Verbreitungsgebietes durchaus etwas lieben. Der humor- und liebevolle Blick auf die Region spiegelt sich (bei aller Spannung) in den Figuren seiner Kriminalromane.

PETER FREUDENBERGER

Stiller und die unsichtbare Meute

MAIN KRIMI

emons:

Bibliografische Information der Deutschen Nationalbibliothek
Die Deutsche Nationalbibliothek verzeichnet diese Publikation in der Deutschen Nationalbibliografie; detaillierte bibliografische Daten sind im Internet über http://dnb.d-nb.de abrufbar.

FSC www.fsc.org
MIX
Papier aus verantwortungsvollen Quellen
FSC® C083411

Umschlagmotiv: photocase.com/blindguard
Umschlaggestaltung: Tobias Doetsch
Gestaltung Innenteil: César Satz & Grafik GmbH, Köln
Lektorat: Susann Säuberlich, Neubiberg
Druck und Bindung: CPI – Clausen & Bosse, Leck
Printed in Germany 2014
ISBN 978-3-95451-357-4
Main Krimi
Originalausgabe

Meiner Mutter

Prolog

Der Mord ist nicht mehr wichtig. Die Meute benutzt ihn nur noch als Vorwand für ihre Jagd auf den Täter. Wie Bluthunde, die nicht wissen, warum sie die Beute hetzen, sondern nur dem Instinkt und der Fährte folgen. Ihre eigene Mordlust treibt sie an. Sie macht den Täter zur Beute. Zum Opfer.

Die Redaktionskonferenz ist für Paul Stiller der Beleg. Nicht mehr der Mord zählt, sondern die Meute. Stiller sitzt aufrecht in der Runde. Er hat die Ellbogen auf die Tischplatte gestützt, die Hände gefaltet und wie einen Trichter über Nase und Mund gestülpt, das Kinn ruht auf den Daumen. An den Fingern vorbei betrachtet er die Szene und nimmt sich vor, sie nicht zu vergessen.

Eine Szene, die auch seine Niederlage beschreibt. Chefredakteur Rex Bausback hat ihm nach dem ersten Beitrag jede weitere Einmischung in die Berichterstattung über den Mord untersagt. Er habe genug von Stillers Eskapaden bei den früheren Mordrecherchen, so Bausbacks Begründung. Das sei »abmahnungsrelevant«. Stiller hat dem inneren Zwang widerstanden, die Wortschöpfung zu notieren.

Bausback hat Fenia Saalbach auf den Mord angesetzt. Das ist für Stiller nicht das Problem. Fenia hat gerade ihr Volontariat abgeschlossen, und er hat sie im ersten Jahr selbst ausgebildet. Sie weiß, worauf es ankommt. Er ist mit seinen Mitte vierzig gut fünfzehn Jahre älter als sie, aber sie macht mit Fleiß und Ehrgeiz seinen Vorsprung an Erfahrung wett.

Sie sitzt am anderen Ende des Konferenztischs, streicht sich die schwarze Haarsträhne, die ihr vors Auge gefallen ist, hinter das Ohr und schaut zu ihm herüber. Ich hab das nicht gewollt, sagt ihr Blick. Er zwinkert ihr aufmunternd zu. Kein Problem, was den Mord betrifft.

Es ist die Meute, die ihn reizt. Das ist anders, neu. Etwas Bedrohliches, weil die Meute die möglichen Täter zu Opfern und die Beobachter zu möglichen Tätern mutieren lässt. Weil sie etwas Unmenschliches unter der Oberfläche des Menschen durchschimmern lässt, wie in einem Horrorfilm, in dem sich eine schöne Frau in ein echsenartiges Raubtier verwandelt, das von innen aus ihr herausbricht.

Aber auch um die Meute darf er sich nicht kümmern. Stattdessen soll er einen Beitrag über die jüngsten Prognosen der städtischen Demografiewerkstatt liefern. Stiller bläst ärgerlich in die Hände. Er hat das Thema selbst vorgeschlagen, bevor der Mord geschehen und die Meute aufgetaucht ist. Die Demografiewerkstatt hat verschiedene Szenarien für die kommenden zwanzig Jahre in Aschaffenburg entwickelt, gestützt auf wissenschaftliche Studien. Im besten Fall stagniere die Bevölkerungszahl – die Prognose, der die Kommunalpolitik zuneigt. Im Worst-Case-Szenario werde die Stadt in zwei Jahrzehnten ganze Wohnviertel zurückbauen müssen. Eine Entwicklung, die in Halle und anderen Städten der neuen Bundesländer längst Realität ist, von der hier aber niemand hören will – und auch nicht lesen.

Die Themen sind rasch verteilt in dieser Konferenz, die sich erfahrungsgemäß noch eine gute Stunde hinziehen wird. Der Sport hat die WM in Brasilien und als lokales Zubrot die nächtlichen Fußballpartys am City-Kreisel. Die Politik einen neuen Streit der Großen Koalition, der »GroKo«, die seit einem halben Jahr im Amt ist, die Wirtschaft die Dauerkrise der südlichen Euroländer, die Kultur den Kabarettisten Urban Priol im Hofgarten-Kabarett. Und mit der Meute zieht die Online-Redakteurin Kerstin Polke das große Los.

Die Meute hat ein neues Medium gefunden, das Internet. Ein Medium, das zu ihr passt, weil es sie unsichtbar macht, unangreifbar, anonym. Unter falschen Namen hetzt der Mob gegen seine Beute in Blogs und Foren, die er als »soziale Netzwerke« bezeichnet. Hinter den Nicknames versteckt, lässt der Mob die menschliche Maske fallen. Er entlarvt, welcher Abgrund dahintersteckt, aber nicht wer.

Die Wissenschaft zieht Vergleiche zu Stammtischparolen. Doch an den Stammtischen sind Gleichgesinnte unter sich. Im Internet haben sie eine weltweite Öffentlichkeit, entflammen sie Flächenbrände, lösen sie Lawinen aus. Die Sprache hat neue Wörter dafür gefunden: Shitstorm oder Netzhetze.

Die Hetze bleibt aber nicht im virtuellen Raum des Internets. Sie wird real, wie nach diesem Mord. Peter Kleinschnitz ist bereits unterwegs, um die Realität abzulichten, Stiller hat ihm beim Weggehen neidvoll nachgeblickt. Der Fotograf soll Bilder liefern von der aufgewiegelten Menge, die in diesem Augenblick vor der Polizeidienststelle protestiert und die Herausgabe des Verdächtigen fordert. Szenen, wie sie sich in billigen Western vor dem Büro des Sheriffs abspielen. Die Meute fordert ihre Beute, es riecht nach Lynchjustiz.

Bausback blättert in den Ausdrucken, die ihm Kerstin Polke in die Konferenz mitgebracht hat. Hin und wieder zitiert er aus den Einträgen der Meute bei Facebook oder in anderen Foren. Manchmal nur wenige Worte: »Hängt ihn auf«, »Steinigt ihn«, »Erschießen«.

»Hier.« Bausback liest vor: »Sperrt ihn da ein, wo sie solche Schweine als Frischfleisch lieben.« Er schaut in die Runde. »Das ist noch harmlos. Oder da …« Er zieht ein anderes Blatt heraus. »Jemand mit dem Decknamen Riesenmotz schreibt: ›Dieses Monster steckt seinem Opfer auch noch einen Ring an, als wär's seine Braut. Leider ist unser sogenannter Rechtsstaat viel zu weich gegen solche kaputten Kreaturen.‹ Ein Ring …«, Bausback legt das Blatt zurück, »… vielleicht war es ein Ritualmord?«

Trotz seiner Enttäuschung: Stiller versteht Bausbacks Entschluss, Kerstin Polke für den Bericht über den Shitstorm auszuwählen. Das Internet ist ihr Medium, niemand im Raum kennt es besser als sie, Stiller schon gar nicht. Oft belustigt sich die Online-Redakteurin über ihn, wenn er in Telefonbüchern nach Nummern blättert, mit seinem Uralt-Handy Nokia 6210 hantiert oder sich alles ausdruckt, was er bei Internetrecherchen findet. Wiederholt hat sie ihm geraten, mit der Zeit zu gehen, sich auf moderne Medien einzulassen.

Der Verlauf der Konferenz gibt ihr recht. Stiller hat sich selbst abgehängt, er muss sich ändern. Es hat keinen Sinn mehr, sich gegen den Trend zu stemmen. Mitte vierzig – er hat noch mehr als zwanzig Berufsjahre vor sich, wenn die neue Bundesregierung bei der Rente nicht wieder zurückrudert. Und wer weiß, ob die gedruckte Zeitung nicht schon vorher von mobilen Endgeräten abgelöst wird. Er beschließt, sich so bald wie möglich ein Smartphone zuzulegen. Und er nimmt sich vor, diese Konferenz nicht zu vergessen.

Er muss, er wird sich daran erinnern.

Eines Tages …

1

»Die wollen uns hier raushaben, Paul. Entsiedeln. Du musst das lesen.«

Stiller war in eine Meldung aus dem Sport vertieft: Der frühere Präsident des FC Bayern hatte mal wieder eine Ehrung bekommen. Der Autor erinnerte beiläufig daran, dass der Mann vor zwanzig Jahren wegen Steuerhinterziehung hinter Gitter gewandert war. Stiller schob den Tablet-Computer mit den Morgennachrichten der Redaktion zur Seite und nahm den Briefbogen, den ihm Ruth über den Tisch reichte. Das Papier hatte eine amtliche Aufmachung und wirkte dadurch besonders altertümlich. Das Wort »Entsiedeln« hatte ihm schon genug gesagt. Er ahnte, was in dem Brief stehen würde, er hatte in den letzten Jahren wiederholt darüber geschrieben und sollte gerade einen weiteren Bericht zu diesem Thema abliefern.

Er räusperte sich und suchte nach einer Ausrede, sich ums Lesen zu drücken. »Ich hab's im Kreuz, ich kann nicht mehr sitzen«, unternahm er einen schwachen Versuch.

»Vergiss das Kreuz. Hauptsache, deine Augen sind in Ordnung. Da.« Ruth hielt ihm die Lesebrille hin.

Stiller setzte sie folgsam auf, strich das Papier glatt und murmelte den Text vor sich hin.

»Herzlichen Glückwunsch, Herr Stiller!

In wenigen Monaten wechseln Sie aus dem aktiven Berufsleben in den wohlverdienten Ruhestand. Sicher haben Sie auch schon über einen Wohnungswechsel nachgedacht, um den letzten Lebensabschnitt gemeinsam mit Ihrer Gattin in einem zentral gelegenen, komfortablen und barrierefreien Ambiente zu verbringen.«

»Gattin«, unterbrach ihn Ruth. »Wer schreibt denn heute noch so etwas in einem Brief?«

Wer schreibt heute überhaupt noch einen Brief?, dachte Stiller. Die Stadt griff anstelle der elektronischen Post nur noch zu solchen Mitteln, wenn es sich um etwas Ernstes handelte. Laut las er:

»Die Demografiewerkstatt im Seniorenreferat Ihres Rathauses wird Sie gern dabei unterstützen.«

Ruth geriet in Rage. »Letzter Lebensabschnitt. Barrierefrei. Seniorenreferat. Die haben sie doch nicht mehr alle!« Sie fuhr sich mit beiden Händen in die Haare und raufte sie. »Da, schau! Alles noch Natur. Kaum graue Strähnchen. Hier …« Sie legte die Zeigefinger an die Augenbrauen und zog sie hoch. »Siehst du irgendwelche nennenswerten Falten? Ich gehe glatt für zehn Jahre jünger durch, oder?«

»Du siehst super aus.« Stiller betrachtete seine Frau. Egal wie alt, er fand sie attraktiv. Er dachte an Morgenröte, wie er sie im kurzen Nachthemd am Frühstückstisch sitzen sah, die Wangen leicht gerötet, darüber der rostrote Schopf. Dagegen hatte er es nach dem Aufstehen vermieden, sein eigenes Gesicht im Badezimmerspiegel zu genau zu erforschen. Die tiefen Krähenfüße in den Augenwinkeln, das fast weiße Haar, das er umso länger trug, je mehr es ihm oben ausging: Diesen Anblick verband er eher mit dem Begriff Morgengrauen. »Und was sagst du zu mir?«, fragte er.

Sie biss sich auf die Unterlippe und schwieg.

»Na?«

»Ein bisschen abnehmen könntest du ja mal. Und vor allem solltest du die Augenbrauen endlich stutzen.«

Stiller seufzte. Ihre Ehrlichkeit war entwaffnend. Er las weiter.

»Entgegen den damaligen Prognosen hat unsere Stadt in den vergangenen zwei Jahrzehnten ungeachtet ihrer Attraktivität einen bedauerlichen Rückgang der Einwohnerzahl erfahren. Es ist nicht gelungen, die Migrantenpotenziale auszuschöpfen – trotz großer Anstrengungen auf diesem Sektor seitens der Verwaltung. Die Eigenentwicklung der Aschaffenburger Bevölkerung hat ebenfalls nicht ausgereicht. Die Fertilitätsrate liegt seit über zwanzig Jahren deutlich unter der Sterbequote.«

»Vielleicht hätten sie sich auf diesem Sektor etwas mehr anstrengen sollen, die Bürohengste.« Ruth griff nach der Kaffeekanne und füllte ihre Tasse. »An unserer Fertilitätsrate lag es jedenfalls nicht. Wir haben drei Kinder.«

»Aber nur zwei Enkel.«

»Na und? Das kann man ja *uns* nicht vorhalten.«

»Soll ich den Brief jetzt lesen oder nicht?«

Sie nickte. »Lies ihn.«

»Sinkende Belegungsdichte der Haushalte, wachsende Leerstände in den Wohnquartieren und nicht zuletzt die angespannte Lage der Kommunalfinanzen machen es unmöglich, die nötige Infrastruktur zur Erschließung, Versorgung und Entsorgung aller Stadtviertel zu unterhalten. Besonders betroffen sind der Stadtteil Leider und Ihre Siedlung, die Obernauer Kolonie. Neben der Problemlage Infrastruktur droht hier zugleich eine Gettoisierung von Menschen mit Altershintergrund.«

»Jetzt kommen sie zur Sache. Weiter!«

»Als innovative und nachhaltige Stadtverwaltung stellen wir uns diesen Herausforderungen durch konkrete Antworten. Die Demografiewerkstatt hat das Entsiedelungsprogramm aufgelegt, um den Veränderungen flexibel begegnen zu können. Ziel dieses Stadtentwicklungskonzepts ist es, die betroffenen Stadtteile zu entsiedeln und später zu renaturieren. Die dadurch frei werdenden Bevölkerungspotenziale helfen mit, die Belegungsdichte und eine gesunde Generationenstruktur in den anderen, vom Rückgang weniger betroffenen Stadtteilen zu erhalten.«

»So ein Geschwurbel! Warum schreiben die nicht gleich, dass sie uns hier raushaben wollen?« Die Hand mit der Tasse schnellte in Stillers Richtung, der Kaffee schwappte gefährlich am Rand.

»Ruth!«

»'tschuldigung.«

»Die Anpassung des Immobilienmarktes an die allgemeine Entwicklung hat es der Stadtbau GmbH in den zurückliegenden Jahren ermöglicht, preisgünstigen Wohnraum in attraktiven Lagen zu erwerben und bedarfsgerecht zu renovieren. Die Wohneinheiten sind großzügig und barrierefrei gestaltet. Kurze Wege zu den Nahversorgungszentren versprechen gerade älteren Menschen mit eingeschränkter Mobilität ein Höchstmaß an Selbstständigkeit.«

»Die tun ja so, als sitzen wir schon im Rollstuhl. Vorn, in der Helenenstraße, die Engels, die sind schon über achtzig und fahren noch täglich mit dem Auto zum Einkaufen.«

Stiller ignorierte Ruths Zwischenruf.

»Wir freuen uns, Ihnen mit diesem Schreiben ein für unser aller Zukunft bedeutendes Angebot zu unterbreiten. Mit Beginn des

Ruhestands steht es Ihnen frei, Ihr Eigenheim gegen eine städtische Wohneinheit Ihrer Wahl zu tauschen. Da es sich durchweg um hochwertige Immobilien handelt, sollten Wertverluste für Sie ausgeschlossen sein. Andernfalls werden sie finanziell ausgeglichen. Ebenso übernimmt das Seniorenreferat alle Kosten, die Ihnen im Zusammenhang mit Vertragsangelegenheiten, Beurkundung, Ummeldung und Umzug entstehen.«

»Wertverlust!« Ruth lachte laut. »Unser Häuschen ist unbezahlbar. Die reden nur vom Geld. Für mich sind ganz andere Werte entscheidend. Der Erinnerungswert zum Beispiel, wer ersetzt uns den? Wir leben hier seit vierzig Jahren, die Kinder sind hier groß geworden.«

»Das stimmt.« Stiller sprach, ohne den Blick vom Brief zu lösen. »Aber hast du nicht neulich selbst gesagt, das Haus sei viel zu groß für uns beide, seit die Kinder ausgezogen sind?«

»Neulich? Das ist zehn Jahre her. Inzwischen hab ich mich dran gewöhnt. Überhaupt«, sie runzelte die Stirn, »zu wem hältst du eigentlich?«

»Ich halte zu niemandem. Ich lese nur vor.«

»Die bebilderte Auswahl der geeigneten Wohneinheiten ist im Internet unter www.demografiewerkstatt.de aufgelistet. Unter dieser Adresse finden Sie auch alle nötigen Onlineformulare, die Sie bei Interesse bitte ausfüllen. Für persönliche Beratungsgespräche stehen Ihnen unsere Servicemitarbeiter im Seniorenbüro, Pfaffengasse 9, zur Verfügung.«

Diesmal sah Stiller auf. »Ich werde keinen Fuß in einen Laden setzen, über dessen Tür ›Seniorenbüro‹ steht.«

Ruth schnitt ihm eine Grimasse. »Meinst du, ›Menschen mit Altershintergrund‹ macht es besser? Lies fertig, es fehlt nicht mehr viel.«

»Alle Interessenten nehmen an einem einmaligen Wellness-Gewinnspiel teil, gesponsert von der Bundesstiftung gesundaltern-in.de. Wenn Sie sich zur Teilnahme am Entsiedelungsprogramm entschließen, erwartet Sie außerdem ein exklusives Geschenk …«

»Weißt du, was das für ein Geschenk ist?«

Stiller schüttelte den Kopf.

»Ein Rollator.«

»Blödsinn.«

»Doch. Ich weiß das von Frau Fischer gegenüber. Die lässt sich entsiedeln.«

»Du willst mich auf den Arm nehmen.«

»Ich?« Wieder lachte Ruth. »Paul, *die* wollen dich auf den Arm nehmen. Ein Rollator dafür, dass wir hier wegziehen. Die wollen uns raushaben, das ist alles.«

Stiller sah sie nachdenklich an. »Ist ja schon was Wahres dran. Wenn die Fischer wegzieht, sind wir die Einzigen, die am Legatplatz übrig bleiben. Im Rest der Kolonie sieht es nicht viel besser aus. Und die paar Häuser, in denen noch jemand wohnt? Wir sind hier nur noch zwei von fünf. Im Haus von Engels haben mal elf Leute gewohnt, drei Generationen unter einem Dach. Jetzt sind nur noch die beiden übrig.«

»Mich kriegt hier keiner raus«, beharrte Ruth. »Es sei denn, mit den Füßen zuerst.«

»Die Demografiewerkstatt meint es doch nur gut …«

»Meint es gut?«, unterbrach ihn Ruth. »Was hat die Demografiewerkstatt denn schon groß getan? Von wegen ›entgegen den damaligen Prognosen‹. Die haben das vor zwanzig Jahren genau vorhergesehen – und alles nur schöngeredet. Deine Zeitung übrigens auch.«

»Ruth, das ist zwanzig Jahre her«, wandte Stiller ein.

»Du musst etwas unternehmen. Schreib einen Artikel, mach sie fertig!« Sie schob die Unterlippe vor und blies sich eine Haarsträhne aus der Stirn, wie so oft, wenn sie aufgebracht war. »Die Stadt muss dieses Entsiedelungsprogramm stoppen!«

Stiller biss sich auf die Unterlippe. Der Beitrag, an dem er gerade arbeitete – er sollte genau das Gegenteil bewirken: bei den Betroffenen um Verständnis für das Programm werben. Bausback hatte ihm das aufs Auge gedrückt, nachdem die Demografiewerkstatt bei ihm angerufen hatte. Sie brauche Rückenwind, nach anfänglichen Erfolgen gebe es »unerwartete Widerstände« gegen die Entsiedelung. Ruth war nicht die Einzige, die sich dem Druck nicht beugen wollte.

»Ruth«, setzte er an, doch seine Armbanduhr unterbrach ihn.

»Acht Uhr dreißig, Paul.« Aus dem kleinen Lautsprecher klang die Stimme wie durch Watte. »Du musst los.«

Stiller sah auf seine Smartwatch. »Du hörst es«, sagte er zu Ruth, »ich muss los, sei mir nicht böse. Lass uns heute Abend darüber reden.«

»Ja, drück du dich nur«, brauste Ruth auf. Dann besann sie sich und drückte Stiller zum Abschied.

Stiller zog die Haustür zu und hob das Handgelenk. »Hallo, Schlaumeier«, sagte er zur Smartwatch.

»Hallo, Paul«, kam es zurück.

»Gibt es Regen heute?« Misstrauisch betrachtete er den Himmel, den ein leichter Grauschleier bedeckte. Die letzten Tage waren ungewöhnlich trocken und höllisch heiß gewesen, üblicherweise folgte auf eine solche Periode ein heftiges Gewitter. »Starkregen« war der Standardausdruck dafür geworden.

»Regenwahrscheinlichkeit für Aschaffenburg: null Prozent.«

Also gut, er würde das Fahrrad nehmen. »Danke, Schlaumeier.«

»Du hast ungelesene Nachrichten.«

»Später erinnern!« Stiller tippte auf die Uhr, das Display zeigte wieder die Zeit.

Vor zwanzig Jahren – die Wörter ließen Stiller nicht los, während er durch die Obernauer Kolonie radelte. Ruth hatte recht, die Bevölkerungsentwicklung war vor zwanzig Jahren durchaus erkennbar gewesen. Es hatte jede Menge Experten gegeben, die vor dem demografischen Wandel gewarnt hatten. Aber den Menschen waren damals andere Ereignisse wichtiger.

Er versuchte, sich in diese Zeit zurückzuversetzen. Das lenkte ihn ab. Vielleicht war es auch nur eine Alterserscheinung, in der Vergangenheit zu kramen. Was war los gewesen, vor zwanzig Jahren? Sicher hatte er noch keine Rückenschmerzen, dachte Stiller, dem es auf dem Rad spürbar besser ging. Dass Leute mit ihren Armbanduhren sprachen, ging damals gerade erst los, es war aber schon üblich, das Handy oder iPhone nach dem Wetter zu fragen. Die Eurokrise kam ihm in den Sinn. Griechenland, Spanien und Zypern standen damals am Abgrund, Italien und Portugal dicht hinter ihnen. In Deutschland hatte eine Große Koalition die schwarz-gelbe Regierung abgelöst – die waren in Berlin viel zu sehr mit sich selbst und der Energiewende beschäftigt, um ernsthaft über den demografischen Wandel nachzudenken.

Da war noch was. Es hatte nichts mit der großen Politik zu tun. Er erinnerte sich an die Fußball-WM in Brasilien, aber den Sport hatte es nur am Rande betroffen. Irgendeine Sache hatte vor zwanzig Jahren in Aschaffenburg für Aufsehen gesorgt. Allmählich fiel es ihm wieder ein, schließlich hatte ihm diese Sache damals eine berufliche Niederlage beschert: der Mord im City-Parkhaus.

***

Stefan Rohm tritt auf das oberste Parkdeck hinaus. Es hellt schon auf, neben dem Parkhaus schiebt sich der Büroturm der City-Galerie in den blassen Morgenhimmel. Der Turm ist eines der höchsten Gebäude in der Stadt, die Hochhäuser immer vermieden hat. Nichts darf die Basilika überragen, auch nicht das sandsteinverkleidete Rathaus, das nach dem Krieg in ihrem Schatten entstanden ist. Das Stift ist die kirchliche Krone Aschaffenburgs, auf dem höchsten Punkt der Altstadt errichtet. Der Büroturm der City am anderen Ende des Zentrums ist dagegen die Krönung des Kommerzes. Er steht für den Sündenfall, schon als typische Bausünde der frühen siebziger Jahre.

Rohm lässt seinen Blick zum Schloss Johannisburg gleiten, das mit dem Stift und dem City-Turm ein Dreieck bildet. Auch das Schloss ist ein Symbol, es spiegelt den vergangenen Glanz der weltlichen Macht Aschaffenburgs. Über Jahrhunderte war es die Sommerresidenz der Mainzer Erzbischöfe, der mächtigsten Kurfürsten deutscher Nation. Jetzt ist der Glanz verblichen, die nächtliche Beleuchtung längst abgeschaltet. Schattenhaft schwebt die Silhouette der Schlosstürme in der Morgendämmerung über den Dächern der Stadt.

Darüber ringt die Nacht mit der aufgehenden Sonne. Blinzelnd morsen die Sterne letzte Lebenszeichen herab, bevor das Licht sie verschlingt. Rohm liebt die blaue Stunde hier oben unter dem freien Himmel, diese Augenblicke zwischen Dunkelheit und Tag. Es sind unwirkliche Augenblicke, die zwar die Konturen der Gebäude und Bäume aus der Schwärze schälen, nicht aber ihre Farben. Für wenige Minuten verlöschen auch alle Geräusche, schweigt die Stadt, setzt ihr Herzschlag aus, holt sie Luft.

Zum Luftholen ist er hier. Rohm schaut auf die Armbanduhr, es ist vier und dämmert schon. Er überquert das Parkdeck, das um diese Uhrzeit fast leer steht. Er will zur Brüstung an der Goldbacher Straße. Als er sie erreicht, beugt er sich darüber und sieht hinab. Neun Ebenen unter ihm liegt die Straße. Tagsüber ist sie eine Hauptschlagader der Stadt, jetzt ist ihr das nicht anzumerken. Kein Auto ist unterwegs, der Berufsverkehr lässt noch auf sich warten. Himmlische Ruhe herrscht in der Schlucht, in der vor einer Stunde noch die Hölle tobte.

Die Goldbacher Straße ist für Fußballfans die Feiermeile der Stadt und der Kreisverkehr an der City-Galerie die Zentrifuge der Party, das Auge des Zyklons. Alle zwei Jahre, bei den Welt- und Europameisterschaften, schieben sich die Autokorsos durch die Goldbacher, am Kreisel vorbei, lassen die Staus in die Straßen hineinwachsen, die hier münden, bis nichts mehr geht und der Verkehr im gesamten Stadtzentrum zusammenbricht. So ein Halligalli! Hupen hallen, Jugendliche jubeln und schwenken Fahnen aus den Fenstern der Fahrzeuge. Die Menschenmenge drängt sich auf dem Kreisel, kreischt, brennt Knaller ab und trampelt alles nieder, was die Stadt in den zwei Jahren dazwischen verzweifelt hochpäppelt.

Irgendwann hat sich das so eingebürgert. Die meisten, die mitmachen, haben nicht einmal Ahnung von Fußball. Vor zwei Jahren hat Rohm nach einem Spiel eine grölende Gruppe im Parkhaus angesprochen und gefragt, wer denn gewonnen habe, aber niemand konnte es ihm sagen. In Aschaffenburg leben hundertzwanzig Nationen. Irgendeine gewinnt immer und liefert den Grund zum Partymachen.

Dass manche Spiele der deutschen Elf bei der WM in Brasilien hierzulande erst um Mitternacht enden, wie heute, hat nichts geändert. Ab halb eins ging's da unten rund wie üblich. Rohm hat nicht den blassesten Schimmer, wer der Gegner war. Er hat mit Fußball nichts am Hut und als Mitarbeiter der Parkhaus-Security ohnedies keine Zeit, sich während des Dienstes vor den Fernseher zu setzen. Für ihn ist die aufgeputschte Menge direkt vor dem City-Parkhaus in erster Linie ein Sicherheitsproblem.

Rohm schnauft verächtlich. Das City-Management hat für die Dauer der WM als Verstärkung ein paar schwarze Sheriffs aus dem Ruhestand zurückgeholt. Jetzt schickt es die alten Hasen da unten an die Parkhausfront, während es ihn auf die Oberdecks befördert hat. Dabei hat er mit seinen fünfundzwanzig bestimmt einen besseren Draht zu den Jugendlichen. Zugegeben, es macht ihn neidisch, wenn die Alten in der Umkleide die Storys erzählen von den angetörnten Pärchen, die in den dunklen Ecken knutschen oder fummeln oder mehr, und von den blonden Tussen, die sich in der Hitze der Nacht und der Party fast alles vom Leib reißen. Andererseits hat er auch wenig Lust, sich von Besoffenen anpöbeln zu lassen, wenn er sie daran hindern will, in den Parkhauseingang zu pinkeln oder, noch schlimmer, zu kotzen.

Einen Vorteil hat die WM in Brasilien: Höchstens zwei Stunden dauert es nach dem Spiel, dann ist der Zauber auf der Straße vorbei. Es macht halt weniger Spaß, wenn es keine Passanten gibt, die verzweifelt versuchen, sich durch das Gedränge zu quetschen, und wenn der Verkehr fehlt, den der Korso behindern könnte. Vielleicht liegt es auch daran, wie die Deutschen spielen, dass die Party so schnell aus ist. Aber das glaubt Rohm nicht – die meisten haben doch von Fußball so viel Ahnung wie er.

Mit den Feiernden sind vor einer guten Stunde auch die Aushilfssheriffs abgezogen. Im Augenblick hat er das gesamte Parkhaus für sich allein, ein Kumpel ist im Einkaufszentrum unterwegs. Zwei Stunden noch, dann beginnt die neue Schicht.

Etwas reißt Rohm aus seinen Gedanken. Es hat geblitzt, zwei-, dreimal, irgendwo unter ihm. Er hat das Blitzen selbst nicht sehen können, aber in den Fenstern des Wohnsilos auf der anderen Straßenseite den leichten Lichtreflex wahrgenommen. Er beugt sich noch weiter über die Brüstung, so weit, wie es das Gitter zulässt, das Lebensmüde vom Springen abhalten soll, und schaut an der Fassade des Parkhauses hinab. Er sieht nichts, nichts Auffälliges oder Ungewöhnliches.

Schräg unter ihm liegt der Seitenausgang zur Goldbacher Straße. Da bewegt sich etwas. Eine Gestalt verlässt das Parkhaus, ein Schatten nur, schaut rasch nach beiden Seiten und geht dann Richtung Feierkreisel davon. Rohm sieht die Gestalt nur von oben. Er meint, es ist ein Mann. Er meint, er ist blond. Aber es liegen neun Parkhausebenen zwischen ihnen, und die Gestalt läuft schnell. Auf der Höhe vom früheren »Oscar«, das inzwischen »O-19« heißt, verschwindet sie aus seinem Blickfeld. Rohm weiß nicht, ob sie in die Elisenstraße zum Bahnhof abgebogen oder weiter in die Stadt gelaufen ist. Er kneift die Augen zusammen, um besser sehen zu können, aber die Straße ist wieder leer.

Er schaut noch einmal hinunter zum Seiteneingang. Niemand sonst ist zu sehen. Er überlegt. Wo ist der Mann hergekommen, wenn es einer war? Rohm hat kein Auto durchs Parkhaus fahren hören. Er hört das in den stillen Morgenstunden über drei, vier Ebenen hinweg. Vielleicht hat jemand weiter unten geparkt. Aber es ist auch kein Auto ins Parkhaus hineingefahren, jedenfalls nicht, seit er hier an der Brüstung steht. Wer in das City-Parkhaus will, muss durch die Goldbacher Straße, er hätte das mitbekommen.

Hat sich jemand an den geparkten Autos zu schaffen gemacht? Unwahrscheinlich. Alle Ebenen sind videoüberwacht, die Kameras liefern die Bilder direkt in die Zentrale im Büroturm, die immer besetzt ist. Rohm löst das Funkgerät vom Gürtel. »Zentrale von S 1«, sagt er, »bitte kommen.«

Das Funkgerät knarzt. »Zentrale hier. Kommen.«

»Eben ist wer aus Eingang zwo auf die Goldbacher raus. Einzelne Person, ziemlich eilig. Hast du jemand auf dem Schirm gehabt?«

»Fehlanzeige.«

»Sicher?«

»Glaubst du, ich penne?«

»Natürlich nicht.« Rohm weiß jedoch, wie schwierig es ist, alles im Blick zu behalten. Es gibt elf Monitore, für jedes Deck einen. Aber nachts schaltet die Zentrale mehrere Decks auf einen Monitor, entsprechend klein sind die Bilder. »Ich frag ja nur, weil definitiv jemand raus ist.«

»Und ich habe definitiv niemand gesehen. Mach lieber deinen Rundgang, statt da oben rumzuhängen«, kommt es im Offizierston zurück. »Ich hab schon gedacht, du wolltest springen. Ende.«

»Ende von S 1.« Rohm schiebt das Funkgerät wieder in die

Lasche am Gürtel. Er schaut noch einmal zum Seiteneingang hinunter, dann dreht er sich um und lehnt sich gegen die Brüstung. Wenn der Unbekannte wirklich auf keinem Parkdeck war, kann er sich nur im Treppenhaus aufgehalten haben. Die Stiege ist nicht überwacht, weil am Seiteneingang keine Kassenautomaten stehen. Es gibt da unten nur die Knopfkamera der Gegensprechanlage für Notfälle, die schaltet sich aber erst ein, wenn jemand die Ruftaste drückt.

Was will einer im Treppenhaus? Vielleicht knutschen, sagt sich Rohm und spürt ein leichtes Kribbeln. Aber dazu gehören zwei. Also eher pinkeln. War vielleicht auf dem Heimweg von einer WM-Fete, zu viel Bier, hält es nicht mehr aus … Doch die Straße war leer. Da hätte der schmale Pflanzstreifen am Parkhaus auch gereicht für jemand, der sich erleichtern will.

Außerdem war da noch etwas. Das Blitzen! Es hat geblitzt, und das muss etwas mit dem Unbekannten zu tun haben. Rohm geht zum Treppenhaus, das zum Seiteneingang hinunterführt. Er wird nachsehen.

***

Stiller war froh, als er das Zentrum hinter sich hatte. Die Stadt hatte das Radwegenetz gehörig ausgebaut, gleich nach der Fertigstellung der Ringstraße, damals ein Jahrhundertereignis, das nun auch schon wieder über zwei Jahrzehnte zurücklag. Dennoch war die Fahrt durch die Innenstadt für ihn als Fahrradfahrer zum Abenteuer geworden. Vielleicht lag es daran, dass er ins Rentenalter kam, ganz sicher aber hatte es damit zu tun, dass er in einer anderen Zeit groß geworden war. Früher hatte ihn das Motorengeräusch gewarnt, wenn sich von hinten oder aus einer Seitenstraße ein Auto näherte. Heute tauchten die E-Mobile völlig unerwartet auf, sausten fast lautlos vorbei und machten es den Radlern unmöglich, die Fehler der Autofahrer rechtzeitig zu bemerken.

In der Straße durch das Industriegebiet an der Aschaff schien noch alles wie einst. Dröhnende Lastzüge drängten sich vor den Speditionen und der Wellpappenfabrik. Ihre Zahl hatte trotz des Einsatzes der Gigaliner kaum abgenommen. Und Brennstoffzellen leisteten sich nur die deutschen Logistikunternehmen. Die osteuropäischen bevorzugten Biodiesel oder synthetischen Sprit. Die grauen Abgaswolken schienen umso stärker zu riechen, je seltener sie im übrigen Verkehr geworden waren. Stiller dachte an Feinstaub und hielt den Atem an, während er sich durch die Kette der Transportriesen schlängelte und schließlich aufs Verlagsgelände abbog.

Der Parkhausmord war Stiller während der Fahrt nicht mehr aus dem Kopf gegangen. Die Kripo hatte den Fall damals abgeschlossen, doch für ihn war die Sache nie richtig aufgeklärt gewesen, so viel wusste er noch. An die Details erinnerte er sich kaum, wohl auch, weil er nicht darüber hatte berichten dürfen. Bausback hatte das verhindert.

Lag der Mord wirklich genau zwanzig Jahre zurück? Dann wäre das ein schöner Anlass, den Fall aus dem Archiv zu kramen und die Leser daran zu erinnern. Bausback liebte derartige Rückblicke. Sie seien »kompetenzrelevant« für die lokale Presse, wie er es nannte. Kein anderes Medium sei in der Lage, vergangene Ereignisse aus der Region vergleichbar umfassend und fundiert aufzuarbeiten, egal ob auf Papier, in der Online-Ausgabe oder auf den diversen Endgeräten.

Stiller gab ihm recht. Schließlich war das Zeitungsarchiv einmalig – digital oder, ja, das existierte noch, auf Papier. Wenn sich daraus Kapital schlagen ließ durch vermehrte Zugriffe auf die unterschiedlichen Netzprodukte und die gedruckte Ausgabe, die immerhin noch zweimal pro Woche erschien – warum nicht? Dennoch war er skeptisch, ob er Bausbacks Zustimmung bekommen würde, den alten Fall neu aufzurollen. Vielleicht konnte er das Gespräch noch etwas hinauszögern, um sich eine Strategie zu überlegen. Andererseits: Was sprach dagegen? Er hatte nicht vor, sich in irgendwelche Ermittlungen einzumischen, er wollte nur auf einen längst abgeschlossenen Fall zurückblicken.

Der Fahrradparkplatz am Verlagshaus war mit Pedelecs und E-Bikes überfüllt, ein paar von ihnen hingen an der Stromzapfsäule. Stiller schob sein altes Gudereit-Modell dazwischen. Wenn es regnete, sah es hier anders aus. Der junge Juni bescherte der Stadt einen Frühsommer wie aus dem Bilderbuch, seit Jahren hatte es das nicht mehr gegeben. Die Sonne hatte den üblichen Grauschleier vom Himmel gebrannt, der jetzt tiefblau glänzte. Stiller hatte Schweißflecken unter den Achseln. Die anderen Radler sahen bestimmt nicht anders aus, tröstete er sich.

»Sie haben wieder nicht abgeschlossen«, begrüßte ihn der Pförtner vorwurfsvoll. Der Mann war der lebende Beweis, dass sich manche Dinge einfach noch nicht online über Smartphones und Uhren abwickeln ließen.

»Der alte Bock kommt bestimmt nicht weg«, gab Stiller zurück. »Schon gar nicht unter Ihren wachsamen Augen. Ist der Häuptling schon oben?«

»Welcher?« Der Pförtner setzte eine unschuldige Miene auf.

Bausback hatte die zurückliegenden Reformen genutzt, um vor allem eine Abteilung auszubauen: die Chefredaktion. Immerhin hatte er für eine ausreichende Auswahl an Nachfolgern gesorgt, wenn er in drei Jahren ausscheiden würde.

»*Der* Häuptling«, feixte Stiller.

»Ach *der*. Nö, heute noch nicht gesehen.«

Stiller verkniff sich ein »Gut«, steuerte aber sichtlich beschwingt den Newsroom an. Wenn Bausback nicht im Haus war, musste er nicht gleich mit der Idee herausrücken, einen Rückblick auf den Parkhausmord zu schreiben. Er würde sich erst einmal in Ruhe die nötigen Infos im Archiv zusammenklauben.

Im Newsroom standen die Fenster auf Durchzug und die meisten Deskplätze leer. Immer mehr Producer arbeiteten von zu Hause aus. Stiller hasste das Homeoffice und die Online-Konferenzen, zumal er zu Hause kein ausreichend schnelles Netz hatte. Die Obernauer Kolonie war für die Telekommunikationsunternehmen ein hoffnungsloser Fall, sie würde nie ein Glasfasernetz bekommen. Wie war das gleich? »Wachsende Leerstände in den Wohnquartieren und die angespannte Lage der Kommunalfinanzen machen es unmöglich, die nötige Infrastruktur zu unterhalten«, zitierte er den Brief der Stadt.

Jemand hinter ihm unterbrach ihn: »Was sagst du? Redest du wieder mit dir selbst?«

»Nein.« Stiller drehte sich verlegen um. Er hatte Kleinschnitz sofort erkannt. »Du hörst Stimmen.«

»Das wäre mir neu. Jedenfalls, wenn es um Stimmen geht, die von Kommunalfinanzen und Infrastruktur faseln.« Kleinschnitz saß lässig auf einer Tischkante und spielte mit einer Kamera herum. Er war älter als Stiller, hatte aber noch ein paar Berufsjährchen drangehängt – für die Bonusrente. Angeblich könne er sich sonst sein Hobby nicht leisten: Er fuhr noch immer seinen Buick, der inzwischen klappriger wirkte als er selbst. Kleinschnitz hatte den Oldtimer zwar für Biosprit umrüsten lassen, doch auch der war sündhaft teuer – wie alles, was einfach nur verbrannt wurde, um Energie zu erzeugen. Auch die Ersatzteile waren kaum noch legal zu bekommen und erst recht nicht zu bezahlen.

Veit, der Blattmacher am Regiodesk, winkte Stiller zu sich. »Hab ich da was von Infrastruktur gehört? Du, also wenn es um deinen Beitrag über den Stand des städtischen Entsiedelungsprogramms geht – den könnte ich echt gut gebrauchen.« Kollegial legte er Stiller die Hand auf die Schulter. »Schreibst du schon mal den Teaser fürs Netz?«

Stiller schluckte. Er hatte die Wahl, es sich mit der Redaktion zu verderben oder mit Ruth. Er entschied sich für die Redaktion, mit der teilte er nachts nicht das Bett. »Ich glaube, ich muss das Thema abgeben«, sagte er. »Ich stecke da plötzlich mit drin. Das kommt nicht gut an.«

Schlagartig sank die Laune des Blattmachers, seine Hand verwandelte sich in eine Klaue, die sich in Stillers Schulter krallte. »Das kommt nicht gut an«, äffte er ihn nach. Stiller kannte ihn, seit er als Volontär zur Zeitung gekommen war. Jetzt hatte er es weit nach oben geschafft und sah auf die älteren Kollegen herab. »Weißt du, was nicht gut ankommt? Wenn jemand seine Themen nicht abliefert, das kommt nicht gut an.«

Am Nachrichtentisch hoben sich ein paar Köpfe und drehten sich in ihre Richtung.

»Ich versteh schon, was du meinst«, sagte Stiller freundlich. Erfolglos versuchte er, mit einem Schulterzucken die Hand des Blattmachers abzuschütteln. »Aber ich muss passen, Veit. Ich schreibe keine Beiträge in eigener Sache.« Er zögerte. »Dafür hab ich vielleicht ein anderes Projekt.«

»Und das wäre?« Veit ließ den Blick über die Häupter der

Producer schweifen, die sich rasch wieder ihren Bildschirmen zuwandten.

»Ich muss das zunächst mit Bausback besprechen.« Stiller trat den Rückzug an.

»Der kommt heute erst später.«

Stiller breitete entschuldigend die Arme aus.

»Und wie, bitte, füttern wir hier die Kanäle?« Der Blattmacher lockerte den Klammergriff. »Ich brauche was Spannendes.«

»Du hast doch noch meinen Beitrag über die Kommunalfinanzen. Also ich find den spannend.«

Kleinschnitz brach in heftiges Husten aus.

Veit warf ihm einen angeekelten Blick zu. »Jetzt kommen die schon zum Sterben hierher«, grummelte er. »Und was die Kommunalfinanzen betrifft: Solche Beiträge sind die Sargnägel für unser modernes Medienhaus. Du bist Reporter, schau zu, dass du mit einer ordentlichen Story rüberkommst.« Seine Klaue öffnete sich vollends, wurde wieder zur Hand, die Stiller mit einem gnädigen Winken entließ.

Im Flur beruhigte sich Kleinschnitz wieder. »Kommunalfinanzen, spannend … Und dich hat man früher mal als Themensau bezeichnet. Du hast was anderes vor, stimmt's? Raus mit der Sprache, was ist das für ein ominöses Projekt?«

Stiller sah ihn von der Seite an. »Erinnerst du dich noch an den Parkhausmord?«

»Parkhausmord?« Kleinschnitz runzelte die Stirn, was ihm, ähnlich wie Stiller, nicht sonderlich schwerfiel. »Da klingelt was. Aber das ist doch ewig her.«

»Zwanzig Jahre. Glaub ich. Wär doch eine gute Gelegenheit für einen Rückblick.«

Kleinschnitz pfiff durch seine großen Zähne. »Verstehe, du willst dich revanchieren. Natürlich erinnere ich mich! Bausback hat dich damals nicht rangelassen an die Story. Hat dir die schöne Fenia vorgezogen. Ach …« Er blieb stehen und hielt Stiller nun auch an der Schulter fest, die noch vom Klammergriff des Blattmachers schmerzte. »… sicher musst du diese gute Gelegenheit nutzen, um dich mal bei ihr zu melden, was?«

»Du klingst wie ein eifersüchtiges Schulmädchen. Ich will mich nicht bei Fenia melden, ich brauche deinen iScreen in eurem verschwiegenen Fotografenbüro.«

Kleinschnitz setzte sich wieder in Bewegung. »Paul, der Fall war damals abgeschlossen. Und er war ziemlich widerlich, soweit ich noch weiß. Lass die Toten ruhen.«

»Meine Güte, ich will mich doch nur mal informieren.«

»Na gut.« Kleinschnitz schob Stiller ins Fotografenbüro. »Ist mir eh lieber, du wühlst in der Vergangenheit herum, statt dich in neue Eskapaden zu stürzen. Hier, du kannst meinen Stuhl haben.«

Stiller ließ sich in den Bürosessel fallen und sah für das Screening den Bildschirm an, als wolle er ihn sprengen.

»Guten Morgen, Paul Stiller«, begrüßte ihn eine warmherzige Männerstimme aus dem Lautsprecher. »Angenehm, Sie hier wieder einmal zu begrüßen.«

»Ich bin auch dabei.« Kleinschnitz stützte die Ellbogen auf die Rückenlehne des Sessels.

»Enchanté, Monsieur Petäär«, kam die Antwort.

Stiller schaute Kleinschnitz fragend an. »Ich brauche eine Weile. Wenn du Termine hast …«

Kleinschnitz zuckte die Schultern. »Du glaubst ja wohl nicht, dass ich euch beide allein lasse.«

Stiller seufzte und drehte sich zum Bildschirm zurück. »Intranet«, sagte er. »Archiv.«

2

Die Tür fällt knallend zu und sperrt die blasse Morgendämmerung aus. Im Treppenhaus brennt das grelle Neonlicht. Unbarmherzig entblößt es die Risse und Macken, die Flecken und Graffitis an den Wänden, wie Wunden, die Zeit und Besucher in den gelblichen Ölputz geschlagen haben. Sie sollten das Licht dimmen, sagt sich Stefan Rohm, während er abwärtssteigt.

Je weiter er nach unten kommt, desto schäbiger wird auch der Plattenbelag der Treppe. Die Putzkolonne rückt erst um sechs an, überall kleben daher noch die Reste der nächtlichen Fußballparty, Kaugummis und verstreute Pommes zwischen Pfützen aus Bier und Kotze. Zerknüllte Hamburgertüten liegen herum, Scherben zerschlagener Flaschen.

Rohm lässt sich Zeit. Er trödelt nicht, er hat es aber auch nicht eilig. Auf jedem Treppenabsatz hält er kurz inne und lauscht. Das Parkhaus ist still, kein Geräusch dringt von den Parkdecks ins Treppenhaus. Als ob ihn etwas zurückhält, den Ausgang ganz unten zu erreichen, öffnet er auf Ebene eins die Stahltür und lässt den Blick über das Deck schweifen. Nichts. Er wartet, bis auch diese Tür wieder zugefallen ist. Im Weitergehen prüft er die Laschen seines Gürtels. Der Gummiknüppel, die Taschenlampe, das Funkgerät – alles sitzt. In der Brusttasche seiner schwarzen Uniformjacke steckt sein Handy, in der Seitentasche – griffbereit – ein Pfefferspray. Das ist nicht erlaubt, aber alle nehmen es mit. In letzter Zeit häufen sich Übergriffe von Randalierern auf die Mitarbeiter der Sicherheits- und Ordnungsdienste, sogar auf Polizeibeamte.

Rohm biegt um die letzte Ecke und sieht die Frau.

Sie sitzt auf den braunen Platten des Fluchttreppenhauses, ihr Rücken lehnt an der Wand neben der Tür. Sie wirkt jung, auch wenn Rohm von oben ihr Gesicht nicht sehen kann, sondern nur auf ihr zerzaustes blondes Haar schaut, weil ihr Kopf nach vorn gesunken ist. Er denkt, vielleicht hat sie sich da hingesetzt, um sich kurz auszuruhen, weil sie müde war oder betrunken. Und dann ist sie eingeschlafen.

Er ruft: »Hallo! Hör'n Sie?« Und lauter: »Aufwachen!«

Aber alles, was er sieht, sagt ihm, dass sie nicht schläft. Sie trägt ein Fußball-T-Shirt, das vom Halsansatz bis zur Taille aufgerissen ist und ihren Busen sehen lässt. Kleine, feste Brüste. Sie sind bleich, bläulich gefärbt, ebenso wie die Arme und die Beine der Frau. Die nackten Beine sind über den Boden ausgestreckt, gespreizt. Der Slip, heruntergezogen, hängt an einem Fußknöchel. Der Minirock ist hochgeschoben. Zwischen den Schenkeln liegt ihre linke Hand, unnatürlich, auffällig, als hätte sie jemand absichtlich da hingelegt. An der Hand blinkt etwas im Neonlicht, Rohm kann es nicht genau erkennen.

»Hallo!« Seine Stimme hallt im Treppenhaus. Die Frau regt sich nicht.

Vorsichtig steigt Rohm die letzten Stufen hinab, passt genau auf, wohin er tritt. Er weiß, dass er keine Spuren zerstören darf, obwohl er in den sechs Jahren bei der Security noch nie eine Leiche hatte. Aber er braucht Gewissheit.

Er beugt sich über die Frau, legt seinen Mittelfinger auf ihre Halsschlagader. Kein Puls. Rohm hat auch keinen erwartet, für ihn ist die Frau tot. Unübersehbar sind aus der Nähe die violetten Striemen oder Würgemale am Hals. Er beugt sich tiefer, schaut in ihr Gesicht. Auch ihr Gesicht wirkt jung, trotz des verzerrten Mundes und der weit aufgerissenen, starren Augen, die die verschmierte Wimperntusche noch größer erscheinen lässt. Der Anblick erschreckt ihn, Rohm fährt jäh zurück.

Ein paarmal atmet er tief ein und aus, die Hände auf die Knie gestützt, bevor er sich aufrichtet und sein Handy aus der Brusttasche zieht. Er wählt den Notruf und verständigt die Polizei. Dann sagt er über Funk in der City-Zentrale Bescheid.

Er steht mitten in dem kleinen Vorraum des Seitenausgangs, genau zwischen der Treppe und der Tür. Er beschließt, hier auf die Polizei zu warten. Hier kann er am wenigsten Schaden anrichten und am besten verhindern, dass jemand Fremdes hereinstolpert. Vor ihm sitzt die tote Frau. Rohm schaut auf ihre Schenkel. Ihn fröstelt.

***

Während Stiller mit dem Finger über den Bildschirm wischte und die Texte im digitalen Archiv durchsah, standen ihm die einstigen Zeitungsartikel vor Augen, als hätte er sie erst gestern gelesen. Der erste Beitrag stammte ohnedies zum Teil von ihm selbst, weil Bausback da noch keine Gelegenheit gehabt hatte, ihn von der Berichterstattung abzuziehen.

Die Leiche der jungen Frau war am Morgen gefunden worden, gegen halb fünf. Die Spurensicherung war eingetroffen, als sich das Parkhaus gerade mit den ersten Einpendlern zu füllen begann. Der Auftrieb am Seiteneingang in der Goldbacher Straße war nicht zu übersehen gewesen. Kurz und gut, irgendein treuer Leser hatte sich der Presse besonnen und Stiller aus dem Bett geklingelt. Der hatte beim Losradeln Kleinschnitz verständigt.

Sie waren fast gleichzeitig angekommen. Statt ins Parkhaus zu fahren, hatte Kleinschnitz seinen Buick einfach mit Warnblinkanlage auf dem Mittelstreifen der Goldbacher abgestellt, da war wegen der WM-Partys ohnedies alles niedergetrampelt.

Hauptkommissar Johannes Strobel war mit der Spurensicherung am Fundort der Leiche. Er war wenig erfreut gewesen, die beiden Journalisten zu sehen, die sich wiederholt in Mordermittlungen eingemischt hatten. Uniformierte Beamte hatten bereits eine Absperrung gezogen, Stiller und Kleinschnitz mussten mit den Schaulustigen hinter dem rot-weißen Flatterband bleiben.

Informationen hatte es erwartungsgemäß noch nicht gegeben. Auch Mike Staab, Strobels Mitarbeiter, mit dem sich Stiller bis heute hin und wieder im Schachcafé traf, war damals äußerst zugeknöpft – über das Maß hinaus, das in diesem frühen Stadium einer Ermittlung üblich ist. Er hatte lediglich bestätigt, dass es sich um eine weibliche Leiche und vermutlich um eine Gewalttat handelte. Der Täter sei flüchtig. Kein Wort zum möglichen Alter und zur Identität der Toten, nichts über die näheren Umstände der Gewalttat – erschossen, erschlagen, erdrosselt? –, auch nicht unter dem Vorbehalt der späteren Obduktion. Stiller hatte aus dieser Verschwiegenheit geschlossen, dass ein Sexualdelikt mit im Spiel war.

Die Leiche hatten sie ebenfalls nie zu Gesicht bekommen. Kleinschnitz hatte versucht, über eines der oberen Parkdecks durch das Treppenhaus in den Vorraum zu gelangen, aber die Zugänge waren versperrt und zusätzlich bewacht gewesen. Schließlich hatte er seine Fotos von der Absperrung aus geschossen.

»Zeig mir die Fotos«, sagte Stiller.

»Wie Paul Stiller wünschen«, säuselte es dienstbeflissen aus dem Lautsprecher. Kachelartig erschienen die Bilder auf dem Touchscreen.

Kleinschnitz winkte ab. »Vergiss es.«

»Bilder löschen?«, fragte die Computerstimme nach.

»Nein, lass mal sehen.« Kleinschnitz beugte sich nach vorn. »Was ich gemeint habe: Ruhmesblätter sind das nicht.«

»Vor dem musst du dich nicht entschuldigen.« Stiller deutete auf den Bildschirm. »Der war damals noch nicht geboren.«

»Ich sag's ja nur, weil ich damals nicht richtig rangekommen bin.«

Das Archiv umfasste nicht nur die veröffentlichten Fotos, sondern alle, die Kleinschnitz eingestellt hatte. Stiller sah sie aufmerksam durch. Nachdem der Leichenwagen vorgefahren war, hatte Kleinschnitz festgehalten, wie die beiden Fahrer, unterstützt von zwei Streifenbeamten, den grauen Metallsarg aus dem Seitenausgang trugen. Der Wagen war so geschickt geparkt, dass selbst der Sarg kaum zu sehen war, bevor er im Heck des Fahrzeugs verschwand. Stiller wusste, wohin die Reise ging: zur Gerichtsmedizin nach Würzburg.

Auf einigen Bildern waren Strobel und Staab zu erkennen. Ein ungleiches Paar, der hünenhafte, durchtrainierte Hauptkommissar und der untersetzte, korpulente Experte für Tatortsicherung.

»Fällt dir eigentlich auf, dass sämtliche Akteure von einst heute noch immer auf der Bühne stehen?«, wandte sich Stiller nachdenklich an Kleinschnitz. »Strobel und Staab, Bausback und Kerstin, du und ich … Nur Fenia macht Erziehungspause.«

»Du hörst dich an, als blätterst du im Familienalbum. Wonach suchst du überhaupt?«

Stiller schwieg und zuckte die Schultern. Er musterte die Schaulustigen, die Kleinschnitz fotografiert hatte, doch nirgends machte es klick. Wie auch? Hatte er erwartet, zwanzig Jahre später plötzlich etwas zu entdecken, was da nicht hingehörte? Den entscheidenden Hinweis, der damals allen entgangen war?

Nein, Strobel hatte gute Arbeit geleistet, seinem Ruf als ehrgeiziger und erfolgreicher Ermittler alle Ehre gemacht. Außerdem war Glück im Spiel: Noch am Fundort der Leiche stand die Identität der Toten fest. Sie hatte eine kleine Umhängetasche bei sich gehabt, in der nichts fehlte, und falls doch, dann jedenfalls nicht ihre Papiere.

Die Tote hieß Lisa Falk. Sie war achtzehn und wohnte in Elsenfeld.

Auch die Frage, wie sie nach Aschaffenburg gekommen war und was sie vermutlich im Parkhaus gesucht hatte, war in kürzester Zeit geklärt: Ein Führerschein und noch jüngere Fahrzeugpapiere wiesen sie als stolze Besitzerin eines Kleinwagens aus. Den neuen Fiat 500, weiß, mit Schiebedach und rotem Polster, hatten ihr, wie sich später konkretisieren sollte, die Eltern zum achtzehnten Geburtstag geschenkt – und im Vorgriff auf das Abitur, das sie am Aschaffenburger Kronberg-Gymnasium ablegen wollte.

Strobels Männer hatten den Fiat auf der zweiten Parkhausebene aufgestöbert und das Deck umgehend absperren lassen. Dort hatten sich aber keine weiteren Spuren gefunden. Der oder die Mörder hatten es weder auf Lisas Tasche abgesehen noch auf ihr Auto.

Es war aber schon nicht mehr Stiller gewesen, der diese Details zusammentrug. Bausback hatte die Berichterstattung inzwischen Fenia Saalbach übertragen.

»Du hast ungelesene Nachrichten«, schnarrte Stillers Armbanduhr.

»Später erinnern!«, gab er barsch zurück.

»Unverständliche Eingabe«, monierte die Stimme aus dem Bildschirmlautsprecher, während die Smartwatch wie beleidigt schwieg. »Bitte Erinnerungsgegenstand präzisieren.«

»Niemand redet mit dir«, fauchte Stiller. Er sah Kleinschnitz verzweifelt an. »Die Dinger machen mich völlig kirre.«

»Du solltest dir die neue Sprachsteuerung der Komm-Union runterladen«, riet Kleinschnitz. »Damit kannst du vier Endgeräte gleichzeitig kontrollieren.«

»Oder die mich.« Stiller wandte sich wieder dem Bildschirm zu. Später erinnern … Irgendwas war damals passiert, woran er sich später erinnern wollte. Er kam nicht mehr darauf, was es war, es lag zu lang zurück. »Zeig mir die Archivtexte«, fauchte er den Bildschirm an.

»Wie Paul Stiller wünschen.« Dem unterwürfigen Ton eines Butlers war keinerlei Verärgerung über Stillers kleinen Ausbruch anzumerken.

»Immer höflich, das ist das einzig Tolle an euch Maschinen«, sagte Stiller und vertiefte sich wieder in die Texte. Fenia Saalbach war für die Berichterstattung keine schlechte Wahl gewesen: Sie verstand es, den Lesern das Gefühl zu geben, dabei zu sein. Die meisten Informationen hatte sie aus einer Pressemitteilung. Kripo und Staatsanwaltschaft hatten sie am Nachmittag des ersten Tages gemeinsam herausgegeben, vermutlich gleich nachdem die ersten Ergebnisse der Gerichtsmedizin Würzburg eingegangen waren.

Demnach war Lisa Falk erdrosselt worden, knappe zwanzig Minuten bevor der Parkhauswächter die Leiche gefunden hatte. Der Mörder hatte sie in auffälliger Weise in einer Ecke des Notausgangs drapiert, näher hatten sich Strobel und der leitende Oberstaatsanwalt Rudolf Possmann auch auf telefonische Nachfragen »der Redaktion«, also Fenias, nicht dazu geäußert. Bei der Tatwaffe hatte die Polizei auf einen »textilen Gegenstand« getippt, möglicherweise einen Fan-Schal oder etwas Ähnliches. Sie war und blieb unauffindbar. Ein Raubmord schied aus, vage war in der Pressemitteilung von einer »sexuell motivierten Tat« zu lesen. Auch dazu war nichts Näheres zu erfahren gewesen, Possmann hatte auf das genaue Ergebnis der Obduktion verwiesen, das noch ausstand.

»Erdrosselt«, sagte Kleinschnitz. »Da hat sie sich doch bestimmt gewehrt. Gab es keine Spuren vom Täter?« Interessiert beugte er sich über Stillers Schulter.

»Irgendwo steht's.« Stiller spreizte die Finger über dem Bildschirm und vergrößerte den Text. »Er hat sie von hinten angefallen und ist unglaublich brutal vorgegangen. Sie hatte keine Chance.«

»Also keine Hautspuren unter den Fingernägeln oder so etwas?«

Stiller betrachtete ihn von der Seite. »Du schaust dir wohl gerade den Stick mit der Tatortstaffel an, den ich dir geschenkt habe. Nein, keine Hautpartikel. Übrigens solltest du mal wieder zum Friseur.«

»Was?« Kleinschnitz strich sich mit der Hand über den fast kahlen Schädel. »Das sagt der Richtige! Du mit deiner albernen silbernen Mähne. Ich rasier meine Haare jeden dritten Tag.«

»Das meine ich nicht. Ich rede von den Haaren, die dir aus dem Ohr sprießen.« Stiller blickte wieder nach vorn.

»Manche mögen das.«

»Mag sein, aber ich mag die nicht, die das mögen.«

Kleinschnitz zog den Kopf zurück. »Mach voran, wir haben heute noch was zu tun. Ich zumindest.«

Gegen acht Uhr am Morgen des ersten Tages hatte Strobel damals die Soko »Parkhaus« zusammengestellt. Achtzehn Beamte, später war ihre Zahl auf vierzig gestiegen. Über die Tatnacht hatten sie bis zur Pressemitteilung am Nachmittag noch nicht allzu viele Informationen, die Zeit war für umfassende Ermittlungen zu kurz gewesen.

Lisa Falk hatte das Elternhaus in Elsenfeld am Abend ihrer Ermordung gegen zwanzig Uhr verlassen und war mit dem Auto in die Stadt gefahren. Sie wollte sich mit einem Freund treffen, mit ihm beim Public Viewing im Hofgarten-Biergarten das Fußballspiel anschauen und anschließend zur WM-Party am City-Kreisel gehen. Dass der Fiat im City-Parkhaus stand, sprach dafür, dass sie den Plan auch umgesetzt hatte.

Nach der Auswertung der Videoaufzeichnungen im Parkhaus war sie dort um einundzwanzig Uhr achtzehn eingefahren. Da die Fahrzeit von Elsenfeld nach Aschaffenburg kaum eine halbe Stunde beträgt, hätte sie schon gegen zwanzig Uhr dreißig in der Stadt gewesen sein müssen. Die Kripo war davon ausgegangen, dass sie sich in der Zwischenzeit bei ihrem Freund aufgehalten hatte – wenn nicht an irgendeinem anderen Ort.

»Sie waren im Bett«, murmelte Stiller.

»An solche Details erinnerst du dich natürlich.« Kleinschnitz schnippte ihm mit dem Zeigefinger an den Kopf.

»Das ist keine Erinnerung, sondern eine Vermutung«, gab Stiller zurück.

Die Identität des Freundes stand noch nicht fest. Die Kripo hatte ihn als »groß, schlank, blond und dunkel gekleidet« geschildert. Stiller nahm an, dass sich die Soko dabei auf die Videoüberwachung des Parkhauses stützte, er wusste, dass solche Aufnahmen zur damaligen Zeit erst nach einer aufwendigen Nachbearbeitung mehr hergaben. Die Soko hatte noch am Vormittag begonnen, Lisas Mitschüler zu befragen. Niemand hatte ihren Freund gekannt, er war also offensichtlich nicht am Kronberg-Gymnasium. Auch ihr Elsenfelder Freundeskreis brachte keine Anhaltspunkte, aus dem hatte sie sich schon vor Längerem zurückgezogen.

Der Fußweg vom City-Parkhaus durchs Schöntal zum Biergarten dauert zehn Minuten. Wann die beiden dort angekommen waren, hatte die Soko nicht ermitteln können. Die Beamten hatten sich das Personal vorgeknöpft, das allerdings wenig Brauchbares beobachtet hatte. Es waren etwa hundertfünfzig Zuschauer bei diesem Public Viewing gewesen, und für die Dauer des Spiels hatten sie sich selbst die Getränke holen müssen. Lisa war am Ausschank nie aufgetaucht, vermutlich hatte ihr Freund das übernommen.

Aber Lisa war unter den Zuschauern gewesen. Einem Kellnerjungen, der leere Gläser einsammelte, war sie aufgefallen. Das Foto, das die Kripo herumgezeigt und zur Veröffentlichung an die Medien gegeben hatte, ließ den Grund ahnen: Lisa Falk war ausgesprochen hübsch. Sie hatte blondes nackenlanges Haar, ein schmales Gesicht mit hohen Wangenknochen und Grübchen in den Mundwinkeln, wenn sie lächelte. Sie war sportlich und, tja, gut gebaut. In der Nacht ihrer Ermordung trug sie ein knallenges T-Shirt, das den Trikothemden der deutschen Elf nachempfunden war, und einen Minirock. Der Kellner dürfte nicht der Einzige gewesen sein, der ein Auge auf sie geworfen hatte. Ihrem Begleiter dagegen hatte er keine Beachtung geschenkt.

Nach dem Spiel hatte sich ihre Spur verloren. Die Kripo hatte das Foto mit einem eindringlichen Zeugenaufruf verknüpft. Wer hatte Lisa Falk beim Public Viewing oder später bei der WM-Party am City-Kreisel gesehen? Mit wem? Wer konnte Hinweise darauf geben, wo sie sich nach der Feier bis zu ihrer Ermordung aufgehalten hatte?

Dem Freund war ein eigener Aufruf gewidmet: Zum einen an ihn direkt, er sollte sich umgehend an die Kripo wenden. Zum anderen an Personen, die vielleicht wussten, wer er war, oder die ihn gemeinsam mit Lisa Falk gesehen hatten.

Stiller erinnerte sich. Der Freund hatte sich bis zum Abend des ersten Tages noch nicht selbst gemeldet. Das hatte gleich Anlass zu wilden Spekulationen gegeben, in der Öffentlichkeit ebenso wie in der Redaktion. Fenia hatte sich aber gehütet, ihn im Zeitungsbericht als Verdächtigen hinzustellen, zumal auch von der Kripo keine derartigen Signale gekommen waren.

Allerdings war es kaum zu glauben, dass er vom Mord an seiner Freundin nichts mitbekommen hatte. Die Nachricht hatte sich wie ein Lauffeuer in der Stadt verbreitet. Die Zeitung hatte sie sofort online gestellt und ständig aktualisiert. Fortlaufend berichteten auch Rundfunk und Fernsehen – nicht nur die örtlichen Sender. Schon gegen Mittag waren die ersten überregionalen Medien in Aschaffenburg eingefallen.

Nach dem Unterricht hatten sich Lisas Mitschüler am Fundort der Leiche versammelt, Kerzen und Blumen aufgestellt, sich umarmt und geweint. Alles vor laufenden Kameras. Auch Fenia und Kleinschnitz waren vor Ort gewesen, sie hatte mit einigen der Trauernden gesprochen, er Fotos geschossen.

Stiller tippte auf den Text. »Zeig mir die Bilder«, forderte er die Maschine auf.

Doch er kam nicht mehr dazu, die Fotos zu betrachten. Die Tür zum Büro flog auf. Stiller und Kleinschnitz wandten die Köpfe. Bausback stand hinter ihnen.

»Da stecken Sie also«, schnaubte er und ließ ein scharfes »Herr Stiller!« folgen.

Mit einer Geschwindigkeit, die ihm Stiller gar nicht mehr zugetraut hatte, umrundete Kleinschnitz den Bürostuhl und stellte sich mit dem Rücken vor den Bildschirm.

»Guten Morgen, Herr Bausback«, begrüßte er den Chefredakteur wie ein artiger Schüler seinen Lehrer.

Stiller sah am Lichtspiel hinter Kleinschnitz' Rücken, dass der Bildschirm schlagartig die Farbe wechselte. Die Begrüßungsfloskel war offensichtlich als Kommando für den Computer bestimmt gewesen.

»Was treiben Sie denn da?« Neugierig reckte Bausback den Kopf und bedeutete Kleinschnitz mit einem Wedeln seiner Hand, zur Seite zu treten.

Kleinschnitz folgte gehorsam. »Wir gehen gerade die heutigen Termine durch.« Er deutete auf den Touchscreen, auf dem der Terminplan stand.

»Die Termine sind jetzt nicht erörterungsrelevant. Sie …«, Bausback zeigte mit dem Kinn auf Stiller, »gucken Sie eigentlich nicht mehr in Ihre Mails? Ich habe Ihnen heute früh vielleicht ein halbes Dutzend Nachrichten geschickt!«

»Oh.« Stiller dachte kurz nach. »Ich hab Probleme mit dem – äh – Akku«, sagte er leise.

»Womit?«

»Akku«, wiederholte Stiller etwas lauter.

»Akkuleistung achtzig Prozent«, antwortete seine Smartwatch. Stiller hätte sie sich am liebsten vom Arm gerissen und an die Wand geschleudert.

Bausbacks Gesicht rötete sich, nur die Nase blieb bleich. »Wollen Sie mich verschaukeln?«

»Hat sich wohl wieder gefangen«, erwiderte Stiller. Wie zur Bestätigung ließ die Uhr ihr »Du hast ungelesene Nachrichten« hören.

Bausback schnaufte. »Wie auch immer. Ich will, dass Sie beide sich unverzüglich auf den Weg machen.«

»Ich …«, setzte Stiller an.

Bausback schnitt ihm das Wort ab. »Sie? Wie ich höre, wollen Sie sich um Ihren Beitrag über die Entsiedelung drücken. Das trifft sich gut, da haben Sie jetzt ja Zeit.«

»Was ist denn los?«, schaltete sich Kleinschnitz ein.

»Endlich eine vernünftige Frage.« Bausback sah ihn wichtig an. »Ein Flashmob.« Er sprach das Wort, seit er es kannte, stets mit andächtig vorgestülpten Lippen aus, als handele es sich um etwas besonders Ernstes. Er hatte Flashmobs auch immer besonders ernst genommen, schon vor Jahrzehnten, als sie aufkamen, obwohl es in ihrer Entstehungszeit oft um Banalitäten gegangen war. Aufrufe im Internet, spontan eine McDonald's-Filiale zu stürmen oder dergleichen. Meist hatten sich über die sozialen Netzwerke Tausende angesagt, und letztlich kamen nicht einmal hundert.

»Ein Flashmob«, wiederholte Stiller. »Wer, wo und warum?«

»So gefallen Sie mir!« Bausbacks braun gebranntes Gesicht strahlte. »Der Aufruf stammt von einer Gruppe, die sich ›Zweimalvierzig‹ nennt. Kennen Sie die?«

Stiller nickte. Der Name sagte alles. »Eine Seniorendemo«, seufzte er.

Bausback nickte. »In der Sandgasse. Spontane Kundgebung für eine barrierefreie Fußgängerzone.«

»Aber die Fußgängerzone ist doch längst barrierefrei«, warf Kleinschnitz ein. »In der Sandgasse hat die Stadt das Pflaster gegen Platten austauschen lassen. Vor bald zwanzig Jahren schon.«

»Ist denen egal.« Bausback breitete die Arme aus. »Die wollen in der Sandgasse jetzt auch Rollbänder wie in der Herstallstraße.«

»Das ist auch die Haupteinkaufsmeile. Aber wer braucht …«

Wieder schnitt Bausback Stiller das Wort ab. »Diskutieren Sie nicht mit mir, reden Sie mit denen. Fahren Sie hin.«

»Ich hab 'nen Haufen Termine«, probte Kleinschnitz den Rückzug. »Und dann eine Seniorendemo … Die sind immer so aggressiv. Kann da nicht mal jemand Jüngeres an die Front?«

Bausback lehnte erbost ab. »Ich will Sie beide da draußen haben. Sie sind schließlich an dieser Altersgruppe am nächsten dran. Das ist vertrauensrelevant.«

Stiller lachte in sich hinein. Er war keine zwei Jahre älter als Bausback. Aber der hatte noch nie eine Gelegenheit ausgelassen, ihm das aufs Brot zu schmieren. »Okay«, sagte er, angelte seine Umhängetasche unterm Tisch hervor und zwinkerte Kleinschnitz zu. »So kommen wir bei diesem schönen Wetter wenigstens raus.« Die Sandgasse hatte nach wie vor die höchste Dichte an Straßencafés.

Kleinschnitz hatte verstanden. »Dann lass uns keine Zeit verlieren«, sagte er, klopfte seine Taschen ab, um festzustellen, ob er alles Nötige bei sich trug, und zog Stiller zur Tür.

»Moment!«, hielt ihn Bausback auf. »Ihre Kamera.« Er deutete auf das Ungetüm, das Kleinschnitz neben dem Bildschirm abgelegt hatte.

»Ach die«, Kleinschnitz schüttelte den Kopf, »die ist nur Dekoration. Meine Kamera ist hier.« Er tippte an seine Brille. Stiller wusste, Kleinschnitz fotografierte nur noch mit den Cam-Glasses.

Er war begeistert von der Technik, zumal sich durch die Kameras in beiden Bügeln dreidimensionale Bilder schießen ließen.

»Verstehe.« Wie zu Beginn des Treffens wedelte Bausback mit der Hand, diesmal, um die beiden zur Tür hinauszuscheuchen.

Wieder folgten sie artig. Sie wussten, warum er noch blieb: Er wollte nachsehen, womit sie sich wirklich beschäftigt hatten, bevor er ins Büro kam. Im Gang blieben sie lauschend hinter der Tür stehen.

»Zeig mir den vorigen Bildschirm!«, hörten sie Bausback drinnen sagen.

»Keine Identifikation möglich«, entschuldigte sich die warmherzige Computerstimme. »Bitte erneute Spracheingabe.«

Kleinschnitz schlug Stiller auf die Schulter. »Das kann jetzt stundenlang so weitergehen. Verschwinden wir lieber.«

Kleinschnitz steuerte den Buick in die Tiefgarage hinter der Sandkirche. Früher hatte er den breiten Schlitten auf den schmalen Stellplätzen da unten kaum unterbringen können. Die Energiewende hatte dieses Problem für ihn gelöst. Die Autos waren immer kleiner, sparsamer und elektrischer geworden. Seit die Brennstoffzelle serienreif war, tauchten zwar wieder große Straßenkreuzer auf. Doch gerade im Stadtverkehr waren fast nur noch Kleinwagen unterwegs, die in den Parkhäusern weniger Platz benötigten. Smarts, Minis, nachgebaute Fünfhunderter, dazu die Palette der ein- und zweisitzigen E-Mobile, zum Teil mit futuristischen Formen und hochklappbaren Türflügeln, zum Teil nostalgisch in der Art von Kabinenrollern. Wie überdimensionale Klunker an einer Kette hingen sie an den Stromzapfsäulen, mit denen die Stadt die obere Garagenebene nachgerüstet hatte, bevor die kabellosen Induktionsladeplätze in Mode kamen. An sonnigen Tagen wie diesem war das Laden kostenlos; die Solaranlagen produzierten Überschussstrom, den die städtische Versorgungsgesellschaft zum Happy-Sun-Hour-Tarif verschenkte.

Der Buick glitt in eine ausreichend weite Lücke im zweiten Untergeschoss. »Wenigstens gibt's hier jetzt Platz«, sagte Kleinschnitz, als hätte er Stillers Gedanken gelesen, und stellte den blubbernden Motor ab.

Sie warteten nicht auf den Aufzug, sondern stiegen durchs Treppenhaus nach oben. Als sie ins Freie traten, hörten sie schon die Demonstranten. Mit Trillerpfeifen und Presslufthupen machten die Achtziger auf sich aufmerksam. Für Stiller waren die Seniorendemos allmählich Routine, fast täglich gab es eine andere. Die Themen hingen von der Altersgruppe ab.

Die Gruppe ab fünfundsiebzig war besonders breit gefächert. Die Jüngeren bezeichneten sich selbst als »Aera« – *a*bgeklärt, *e*rfahren, *r*eif, *a*ktiv – oder als »Agile Alte«. Sie haderten mit dem städtischen Kultur- und Freizeitangebot, das sie als »zu alt« empfanden. Vor zwei Monaten hatten sie mit Trillerpfeifen das »Magnolienkonzert« gestört, das die Stadt seit Jahrzehnten für ihre älteren Mitbürger ausrichtete. Die Operettenarien und Orchesterouvertüren holten niemanden mehr hinterm Ofen vor in einer Generation, die mit den Beatles und den Bee Gees aufgewachsen ist.

Den Älteren bis Ende achtzig ging es vor allem um Barrierefreiheit, wie hier in der Sandgasse, und um den Ausbau des öffentlichen Nahverkehrs. Dessen Niedergang war für die »Zweimalvierziger« oder »Herbstzeitlosen« ein Problem geworden, ausgelöst durch das E-Carsharing. Die Stadt hatte Systeme wie trans-IT-car anfangs sogar gefördert. Das Angebot, sich umweltfreundliche Autos auf Leihbasis zu teilen, sollte den Verkehr und die Schadstoffbelastung reduzieren. Doch die Autofahrer stiegen gar nicht auf das Angebot um. Es waren Buskunden mit Führerschein, die es als flexible Alternative zum starren Linienverkehr nutzten. Der Busbetrieb brach weg, auf der Strecke blieben die Alten, die nicht mehr Auto fahren durften oder mit den smarten Handys und Armbanduhren nicht zurechtkamen, über die das Carsharing lief.

Die Gruppe ab neunzig, »Uhus« oder »Klassiker«, trieb der Pflegenotstand auf die Straße, sie forderten mehr Wohnheime und Personal. Der Plan der Demografiewerkstatt, mit neuen Wohnformen und Mehrgenerationenhäusern Abhilfe zu schaffen, war gescheitert, der Bedarf ließ sich gar nicht so rasch decken, wie er wuchs.

»Wo bist du mit deinen Gedanken?«, hörte Stiller Kleinschnitz rufen, während sie auf die Sandkirche zuliefen. »Pass besser auf!« Um Haaresbreite hatte sie ein dreirädriges E-Bike verfehlt, auf dem ein älterer Mann quer über den Platz schoss und in die Richtung verschwand, aus der das Pfeifkonzert kam.

An der Kirche bogen sie ab und standen vor dem Menschenauflauf, der die Sandgasse blockierte. Gut zweihundert Demonstranten, schätzte Stiller auf den ersten Blick. Viele waren mit ihren Rollatoren gekommen, die sie ineinander verkeilt hatten, um sich hinter dieser Absperrung zu verschanzen. Im Schatten des Kirchturms war ein Trupp Bereitschaftspolizei aufgezogen.

Während Kleinschnitz mit seinen Cam-Glasses Bilder schoss, ging Stiller auf die Demonstranten zu. Einer aus der ersten Reihe streckte ihm abwehrend die Hände entgegen. »Niemand kommt hier durch!«, schmetterte er. Stiller kannte ihn seit Jahrzehnten, es war Hans Bogner, der Gründer der Initiative »Aschaffenburg aktiv«, erprobt im Straßenkampf gegen die Politik des Stadtrats, dem er selbst angehörte. »Blockade, Blockade!«, skandierten die Umstehenden. Dann setzten sie ihr Pfeifkonzert fort.

Als hätte er nur auf die Reporter gewartet, trat jetzt der Verhandlungsführer der Polizei vor, begleitet von einem Mitstreiter, der ein altmodisches Megafon trug. Der Verhandlungsführer pustete kräftig ins Mikro. Es klang wie ein Schuss, die Menge verstummte.

»Dies ist eine ungenehmigte Demonstration«, donnerte der Verhandlungsführer durch das Megafon. »Bitte, geben Sie die Straße frei.«

Er erntete Hohngelächter und Buh-Rufe. Bogner formte seine Hände zum Trichter, um die Menge zu übertönen: »Wir gehen erst, wenn unsere Forderungen erfüllt werden.«

»Zwingen Sie uns nicht, zu anderen Maßnahmen zu greifen.« Der Verhandlungsführer nahm einen ernsten Ton an, den die Demonstranten mit erneutem Gelächter quittierten.

»Wir werden uns der imperialistisch-kapitalistischen Staatsgewalt nicht beugen«, gab Bogner zurück. Er wollte noch etwas hinzufügen, es ging aber im Getöse der Trillerpfeifen und Hupen unter.

Ein grauhaariger Mann löste sich aus der Masse der Demonstranten, kletterte über die Rollatorenkette und schritt würdevoll auf den Verhandlungsführer zu. Der ließ unschlüssig das Mikro sinken. Die Pfeifen und Hupen verstummten wieder.

»Geben Sie her, ich mach das!«, sagte der Mann.

Der Verhandlungsführer fuhr zurück. »Was soll das, wer sind Sie?«

Der Grauhaarige bedachte ihn mit einem vernichtenden Blick und nahm ihm das Mikro aus der Hand.

Stiller kannte auch ihn. Es war Nikolaus Fürst, der frühere Oberbürgermeister. Vor über einem Jahrzehnt war er aus Altersgründen aus dem Amt geschieden, inzwischen gehörte er selbst zu den Zweimalvierzigern. Stiller zog den Hemdsärmel zurück. »Aufzeichnen«, befahl er der Uhr.

»Aschaffenburg«, setzte Fürst an und hob die Augen zum Kirchturm, »war immer eine tolle Stadt. Aschaffenburg«, wiederholte er, »verdankt das seinen Bürgern, die zu allen Zeiten zu tun wussten, was nötig war.« Er deutete auf die Hausfassaden. »Nach dem Krieg stand der Wiederaufbau der Stadt im Vordergrund. Es folgte eine Ära des Ausbaus, Stadt- und Sporthallen entstanden, Freizeiteinrichtungen und Kulturstätten. In meiner Epoche«, er sog hörbar die Luft ein, »ging es um eine andere Architektur, galt es, Finanzkrisen zu meistern, Schulen zu sanieren, für Betreuung und Arbeit zu sorgen, Antworten zu finden auf die Herausforderungen des demografischen Wandels. Jetzt«, wieder eine Kunstpause, »unter der Ägide meiner geschätzten Nachfolgerin Hülya Özkan, ist der altersgerechte Umbau der Stadt angesagt.«

Zur Bestätigung brandete das Pfeifkonzert auf. Fürst lauschte kurz, bevor er fortfuhr. »Der altersgerechte Umbau ist nicht nur eine gesellschaftliche Notwendigkeit, er ist auch ein Gebot der Dankbarkeit.« Mit einer ausladenden Handbewegung wies er auf die Demonstranten. »Der Dankbarkeit gegenüber den Menschen, die all das geschaffen haben, was unsere Stadt heute auszeichnet. Der Dankbarkeit vor dem Alter.«

Ins Pfeifkonzert mischten sich Hoch-Rufe.

»Die Menschen wollen mobil sein«, wechselte Fürst das Thema, »auch im Alter. Mobilität ist Menschenwürde. Hier«, er deutete an der Kirche vorbei in die Richtung der Tiefgarage, aus der Stiller und Kleinschnitz gekommen waren, »nur wenige hundert Meter entfernt liegt das Seniorenstift Clemens Brentano. Dort leben viele Menschen mit eingeschränkter Mobilität, und täglich werden es mehr. Auch sie wollen teilhaben am öffentlichen Leben, dürfen nicht ausgeschlossen werden, verstoßen vom Herzen ihrer Stadt.«

Fürst wartete den Applaus ab und sammelte sich für den Rest seiner Ansprache. »Die autofreie Sandgasse ist die sicherste Verbindung vom Brentano-Stift ins Herz der Stadt. Die Herstallstraße, die Frohsinnstraße, die Museumsmeile zwischen Schloss und Stiftsbasilika – sie alle sind längst mit Rollbändern für Senioren ausgestattet. Ein Aufzug bringt die Fußgänger vom Mainufer hinauf zum Schlossplatz. Mit dem Geld ihrer Bürger hat die Stadt alle Fußgängerunterführungen mit Aufzügen nachgerüstet.« Einzelne Demonstranten klatschten, doch Fürst winkte ab. »Jetzt ist es an der Zeit, auch die Sandgasse mit einem Laufband zu versehen. Ein Laufband, das die alten Menschen, die hier einkaufen und leben, wieder mit dem Herzen ihrer Stadt verbindet.«

Diesmal lauschte Fürst geduldig dem Applaus, bevor er noch einmal das Mikro hob. »Ich glaube, unsere Forderung ist angekommen, zumal«, seine Hand schwenkte auf Stiller und Kleinschnitz, »zwei unserer besten Medienvertreter zu uns gekommen sind. Lasst uns nun also friedlich gehen und die Barriere aufheben, die andere Bürger vom Herzen der Stadt trennt. Doch den Verantwortlichen dieser Stadt«, Fürst schaute den Verhandlungsführer an, als mache er ihn persönlich dafür haftbar, »muss klar sein: So, wie wir jetzt gehen, so kommen wir auch wieder!«

Beifall, Pfeifen und Hupen schallten durch die Sandgasse. Der Verhandlungsführer nahm das Mikro, das ihm Fürst reichte, und zog sich mit seinem Begleiter zurück. Aus der Ferne sahen die Bereitschaftspolizisten zu, wie die betagten Demonstranten die verkeilten Rollatoren zu lösen versuchten.

Kleinschnitz schlenderte zu Stiller. »Wohin?«

Stiller wies mit dem Kinn auf die Demonstranten. »Da kommen wir so schnell nicht durch. Am besten bleiben wir gleich hier.«

An der Ecke gegenüber der Sandkirche standen die Tische der »Q-Bar«. Stiller und Kleinschnitz wählten einen Platz im Schatten der Markise und packten ihre Tablets aus. Teilnehmer der Demo bevölkerten die anderen Tische.

Kleinschnitz löste den Mikrochip aus dem Bügel seiner Cam-Brille. »Eine Schande, dass ich mit diesem veralteten Equipment herumlaufen muss«, schimpfte er, während sich seine steifen Finger mit dem winzigen Plättchen abmühten. »Morgen hau ich die Interpol an. Die soll mir die drahtlose Version beschaffen.«

Kerstin Polke war die Device-Managerin des Verlags. Seit die gedruckte Ausgabe der Zeitung nur noch zweimal pro Woche erschien, war sie dafür zuständig, dass die redaktionellen Inhalte schnellstmöglich auf die unterschiedlichen digitalen Endgeräte kamen. Außerdem betreute sie die Hard- und Software, mit der die Reporter und Producer ausgestattet waren. So, wie sie auf alles Neue abfuhr, war sich Stiller sicher, dass sie Kleinschnitz' Wunsch erfüllen würde.

Eine junge Bedienung mit Schweißflecken unter den Achseln kam zu Stiller und Kleinschnitz an den Tisch und erkundigte sich nach ihren Wünschen.

»Meine Wünsche beschränken sich im Augenblick auf einen Kaffee«, sagte Stiller. »Schwarz und so stark wie möglich.«

»Mir auch einen Kaffee«, schloss sich Kleinschnitz an. »Außerdem hätte ich Lust auf was Süßes.« Er ließ seinen Blick an der Bedienung hinabgleiten. »Also nicht auf Sie. Erst mal was anderes.«

Stiller zwinkerte ihr zu. »Der hat früher noch größere Sprüche gemacht. Das Alter hat ihn schon etwas gedemütigt.«

»Ein Stück Erdbeerboden«, sagte Kleinschnitz.

Stiller lehnte sich abrupt zurück. »Was ist das denn? Du bestellst Erdbeerboden? Wir sind doch hier nicht beim Kaffeekränzchen. Aber bitte mit Sahne, oder was?«

Kleinschnitz strafte ihn mit Missachtung. »Aber bitte mit Sahne«, gab er der Bedienung auf. Erst dann sah er Stiller an. »Das hat doch nichts mit Kaffeekränzchen zu tun. Ich kann's mir halt erlauben, anders als gewisse Kollegen, die ständig über ihre Rettungsringe jammern.«

»Das stimmt!« Mitleidig musterte Stiller den Freund, der mit den Jahren klapprig geworden war. Dann vertiefte er sich in seinen Text. Die Aufzeichnung brauchte er nicht, er hatte Fürsts Rede noch im Ohr.

»Sie sinn die zwo von de Zeitung, gell?«, krächzte eine Frau am Nebentisch. »Ich kenn Sie.« Sie beugte sich über ihren Einkaufstrolley zu ihnen herüber.

Stiller sah auf. Er schätzte sie älter ein als die Demonstranten. Sie gehörte eher zu den Uhus – über neunzig, aber noch unter hundert.

»Rollbänder in de Sandgass – da komm ich nimmer mit.« Sie tätschelte Stillers Unterarm. »Des müssese schreibe. Wo führt des noch hie?«

»Also hörnse mal«, empörte sich ein Mann am Tisch auf Stillers anderer Seite, dem Aussehen nach ein Zweimalvierziger. »Was gibt's dann da nit mitzukomme? Wie ich früher noch in Italie Urlaub gemacht hab, da gab's damals schon Touristenstädte, wo de mit Uffzüüch un Rolltreppe un Laafbänder vom Parkplatz mitte in die Stadt neigefahrn bist.« Er zupfte an Stillers Hemdsärmel. »Da hat kääns gefraacht, wo des hieführn soll. Da warste froh, dasses so ebbes gebbe hatt.«

»Ich brauch des nit«, beharrte die Frau. Wieder tätschelte sie Stillers Unterarm. »Junger Mann, des müssese schreibe: Ich bin die Fraa Leisner aus de Diakonie an der Würzborscher Straß, ich werd siwweneneunzich, und ich komm noch gut zurecht mit meim Wächelche.«

Der Mann zupfte an Stillers Hemd. »Kään Schritt haste damals selbst mache müsse, in Italie. Des ist mehr als dreißich Jahr her, un des war fer die Junge. Damals konnt ich noch laafe. Es werd Zeit, dass unser Stadt so ebbes jetzt wenigstens fer die macht, die wo nimmer laafe könne.«

»Ich kann noch gut selbst laafe«, gab Frau Leisner zurück. »Vielleicht nit mehr so schnell, awwer noch geht's. Was ich eichentlich saache wollt: Ihr junge Leit, ihr macht ja noch die ganze Stadt kaputt mit der Umbauerei.«

Stiller fuhr sich rasch mit der Hand durch die Haare, um einem erneuten Tätscheln auszuweichen.

Sie wartete, bis er den Arm wieder senkte, und tätschelte doch. »Ich kenn die Stadt wie kaum noch e zwottes. Fast mei ganzes Lewe hab ich hier zugebracht. Ich kenn jedes Haus en jede Stää. Ich wääß genau, wie moi Ascheberch ausgesehn hat und wie's emol wor. Es is alles dadrin.« Sie legte den Zeigefinger an die Schläfe.

Kleinschnitz fing Stillers hilfesuchenden Blick auf, stellte sich aber beschäftigt.

»Wenn's dadrin is, dann isses ja gud«, frotzelte der Mann auf der anderen Seite, zupfend. »Dann gucke Sie sich die Gass halt noch emol aa un merke sich, wie se ausgesehn hat, bevor se jetzt des Rollband baue.«

»Dass ich nit lach!« Sie lachte. »Wie die Gass früher ausgesehn hat, des is doch nit, wie se jetzt grad aussieht. Vor zehn, zwanzich Jahr war die noch ganz anners. Des kann ich Ihne genau saache. Ich hab alles im Kopp.«

»Schießese los!«, forderte sie der Mann auf.

Stiller nutzte die Chance. »Wollen Sie sich nicht zu dem Herrn setzen?«, fragte er höflich. »Ich hätte noch zu schreiben.«

»Ich versteh scho.« Frau Leisner erhob sich ächzend, sie war im Stehen kaum größer als im Sitzen. Sie packte den Trolley am Griff und zog ihn hinter sich her um den Tisch von Stiller und Kleinschnitz herum. »Seinse so gud un reiche mer mal mei Tass rüwwer«, forderte sie Stiller auf, als sie ihr Ziel erreicht hatte und sich schwerfällig neben den Zweimalvierziger setzte.

Stiller reichte ihr die Tasse und überließ die beiden ihrer Fachsimpelei über die unterschiedlichen Bauepochen der Sandgasse.

Doch kaum wollte er mit dem Bericht beginnen, drängten sich plötzlich wieder die Gedanken an den Parkhausmord dazwischen. Er schob sie beiseite. Am Nachmittag hatte er noch zwei Termine. Aber am Abend würde er mit Bausback sprechen.

3

Stiller tippte sein Kürzel »ps« unter den Text und gab ihn für die Homepage frei. Er hatte sich in eines der Reporterzimmer zurückgezogen, um die Berichte über die beiden Termine vom Nachmittag zu schreiben. Da er allein war, hätte er sie auch diktieren können, aber er liebte die Tipperei, zumal es in den Reporterzimmern Dockingstationen für die Redaktionstablets gab, an denen noch echte Tastaturen hingen.

Stiller lehnte sich zurück und schloss die Augen. Das Fenster stand offen, aber die Luft hatte sich kaum abgekühlt. Ein leichter Abendwind trug ein gleichmäßiges Rauschen ins Büro, das sich nicht eindeutig den Eschen und Weiden an der Aschaff oder den Autokolonnen auf der Autobahn dahinter zuordnen ließ. Aber es machte eindeutig schläfrig.

Ein leiser Gong verscheuchte Stillers Müdigkeit. Er schaffte es gerade noch, die Augen aufzureißen, als auch schon Bausbacks Gesicht auf dem Tablet erschien.

»Stiller!« Bausback beugte sich wie immer so nahe an die Kamera, dass kaum mehr als Mund und Nase von ihm zu sehen waren. »Sie wollten mich sprechen, wenn Sie fertig sind?«

»Ja.« Stiller setzte sich gerade. »Ich hab mir das überlegt mit dem Bericht über das Entsiedelungsprogramm. Ich schreibe ihn doch.« Stiller musste diese Kröte schlucken, wenn er den Rückblick auf den Parkhausmord durchsetzen wollte. Sein Entgegenkommen würde Bausback freundlicher stimmen. Das hieß nicht, dass er Ruth in den Rücken fallen wollte. Im Gegenteil, wenn er sich der Sache selbst annahm, konnte er sich umso besser um die kritischen Aspekte kümmern.

»Sehr gut. So gefallen Sie mir.« Bausbacks Zähne füllten den kleinen Bildschirm aus, wahrscheinlich hatte er keine Ahnung, wie sein Lächeln bei diesem geringen Abstand zur Kamera auf die Betrachter wirkte. »Dann jetzt mal husch-husch nach Hause«, fügte er generös hinzu. »Sie haben einen langen Tag hinter sich. Schließlich sind Sie nicht mehr der Jüngste.«

Mit Fürsorge hatte das nichts zu tun, das war Stiller klar. Wer abends über das Homeoffice arbeitete, bekam keinen Freizeitausgleich. Also scheuchte Bausback die Reporter aus der Redaktion, sobald es ging.

»Da ist noch eine Sache«, hob Stiller an.

»Ist das wirklich dringlichkeitsrelevant? Hat das nicht Zeit bis morgen?«

»Ich könnte heute Abend schon ein wenig zu Hause daran arbeiten.«

»Ach so. Na dann … Ich bin ganz Ohr.« Bausback senkte väterlich den Kopf. Auf Stillers Bildschirm war er ganz Auge.

»Es geht um einen alten Kriminalfall. Den Parkhausmord.«

»Parkhausmord?« Bausbacks Auge kniff sich misstrauisch zusammen und zog eine Braue ins Bild. »Sagt mir jetzt nichts.«

»So geht's vermutlich den meisten.« Stiller bemühte sich um einen verständnisvollen Ton. Innerlich war er froh. Wenn sich Bausback nicht mehr an den Mord erinnerte, hatte er auch vergessen, wen er damals auf keinen Fall darüber berichten lassen wollte. »Die Sache hat sich bei der Fußball-WM vor zwanzig Jahren zugetragen. Um genau zu sein: In drei Wochen werden es zwanzig Jahre.«

Bausback kratzte sich am Kinn, was seine Nase in Szene setzte. »WM, Parkhausmord. Mir dämmert was. Ging es da nicht um eine junge Frau?«

Stiller gab Gas. »Ich dachte, die Geschichte ist vielleicht rückblicksrelevant.« Das Wort war ihm einfach so herausgerutscht. Er hätte sich am liebsten auf die Zunge gebissen, wusste aber, dass Bausback das sehen würde.

Zumal dessen Auge wieder in Großaufnahme erschien. »Zwanzig Jahre? No way! Das ist kein rundes Jubiläum. Fünfundzwanzig wären besser, was die Rückblicksrelevanz betrifft.«

»Ich weiß«, sagte Stiller. »Andererseits ist dieses Jahr wieder WM. In fünf Jahren haben wir das nicht.«

»Ist das wichtig?«

»Es hat damals eine Rolle gespielt, außerdem …« Jetzt biss sich Stiller wirklich auf die Zunge: Außerdem würde er selbst in fünf Jahren kaum noch da sein, um darüber zu schreiben, wollte er sagen. »Ich könnte den Rückblick als Serie bringen, die ungefähr zum Auftakt der Fußball-WM endet«, schlug er stattdessen vor. »Der Fall hat sich damals über eine Woche hingezogen. Wir könnten in jeder Printausgabe einen Beitrag bringen, der die Ereignisse eines Tages zusammenfasst. Das Ganze natürlich als Dossier im Internet, dazu die alten Bilder als Galerie und Links zum Archivsystem. Wir könnten das rundum vermarkten. Ich müsste mich in nächster Zeit allerdings verstärkt dahinterklemmen.«

Beim Stichwort vermarkten hatte Bausback ein fast begeistertes Brummen hören lassen. Der nächste Satz hatte wieder seine Zweifel geweckt, wie die gerunzelte Stirn erkennen ließ, die jetzt den Bildschirm füllte. Sie sah aus wie ein frisch gepflügter Acker. »Was heißt verstärkt?«

»Wenn ich richtig gerechnet habe, müsste ich spätestens in der Printausgabe am kommenden Freitag loslegen. Ich bin aber null vorbereitet«, räumte Stiller ein. »Ich hatte noch keine Zeit, um zu recherchieren.«

»Komisch.« Bausbacks Stimme nahm einen ironischen Ton an. »Ich dachte eben, dass Sie vielleicht deshalb heute Morgen mit Kleinschnitz zusammengesessen hätten.« Plötzlich streckte er den Zeigefinger vor die Linse, die Kuppe nahm den gesamten Bildschirm ein, Stiller zuckte erschrocken zurück. »Da kommt er ja, Ihr Mitverschwörer.«

Stiller wandte sich um, Kleinschnitz stand in der offenen Tür und begrüßte ihn mit einem Nicken.

»Herr Stiller!« Bausback liebte keine Unterbrechungen. »Dann recherchieren Sie erst mal, ich werde eine Nacht darüber schlafen. Und noch eines«, der Kopf rückte wieder heran: »Die Entsiedelung bleibt trotzdem blattrelevant, damit das klar ist!« Sein Mund sprach's, dann verschluckte ihn der schwarze Bildschirm.

Schnell beugte sich Stiller vor, schaltete das Tablet aus, zog es aus der Dockingstation und ließ es in seiner Umhängetasche verschwinden, die er neben dem Schreibtisch abgestellt hatte. »Genug gebausbackt heute«, sagte er.

»Na komm«, Kleinschnitz klopfte ihm aufmunternd auf die Schulter. »Immerhin hat er eben genau das getan, was du von ihm wolltest. Dass ich so was noch erleben darf.« Er schaute sich um. »Was ist, machst du etwa schon Schluss?«

»Hier ja. Ich fahr nach Hause und grab mich noch ein bisschen durchs Archiv.« Er stand ächzend auf, es war ein Kreuz mit dem Kreuz, und schloss das Fenster. »Du kannst gern mitkommen. Ruth ist aushäusig, glaub ich, sie hütet Charlottes Tochter. Und ich hab noch was von dem guten Roten aus Frankreich.«

Kleinschnitz wehrte ab. »Nee, lass mal. Ich hab noch Termine.«

Sie stiefelten schweigend los. »Weißt du, was ich nicht verstehe?«, meldete sich Stiller nach einer Weile aus seinen Gedanken.

»Mann, das wird eine Liste, wo soll ich denn da anfangen?« Kleinschnitz wieherte, es hallte im Treppenhaus. »Nein, Scherz. Was verstehst du nicht?«

»Dass er sich nicht gemeldet hat.«

»Jetzt verstehe ich nichts. Wen meinst du? Wer hat sich nicht gemeldet?«

»Der Freund. Damals.«

»Verstehe. Du meinst den Freund der ermordeten Lisa.«

»Ja.« Stiller hielt Kleinschnitz die Glastür zum Parkplatz auf. »Warum hat er sich nicht bei der Polizei gemeldet?«

»Das weißt du doch: weil er's war.«

»Das weiß ich nicht. Er hat nie gestanden. Und die Polizei hat die Ermittlungen eingestellt nach seinem …«, Stiller zögerte kurz, »… plötzlichen Tod.«

Kleinschnitz blieb stehen und hielt Stiller am Arm fest. »Jetzt geht diese Tour wieder los. Natürlich hat er nicht gestanden. Hättest du's, wenn du es gewesen wärst?«

Stiller sah über den Parkplatz auf die Druckerei, in der sich noch nichts regte. Der Druck der Dienstagszeitung würde erst in einer Stunde beginnen – und drei Stunden später wieder erledigt sein. Nur noch ältere Leser und Liebhaber hielten sich die Printausgabe. Alle anderen nutzten eines der mobilen Endgeräte. Wer auf das Zeitungs-Feeling nicht ganz verzichten wollte, zog sich die Nachrichten auf die faltbaren Datenmembranen.

»Eben«, antwortete er schließlich. »Wenn ich es gewesen wäre, hätte ich es vielleicht nicht gestanden. Aber ich hätte mich auf jeden Fall gemeldet. Es macht dich doch erst richtig verdächtig, wenn du abtauchst, nachdem deine Freundin ermordet worden ist.«

Kleinschnitz hob die Schultern. »Schau im Archiv nach. Fenia hat es bestimmt rausgekriegt und darüber geschrieben. Mich darfst du nicht fragen, ich muss los. Ciao.«

»Servus.« Stiller nickte entschlossen, während er über den fast leeren Parkplatz zur Radstation schlenderte. Er würde nach Hause radeln und nachsehen. Schließlich musste die Frage damals auch die Kripo beschäftigt haben.

***

Bis zum Abend ist die Soko Parkhaus auf vierzig Beamte gewachsen, eine der größten, die Strobel bisher geleitet hat. Mit seinen achtunddreißig Jahren steht er allerdings auch erst seit Kurzem an der Spitze des Kommissariats 1 für Kapitalverbrechen. Er hat nicht lang mit der Aschaffenburger Dienststelle und dem Präsidium in Würzburg um das nötige Personal ringen müssen, die ungewöhnliche Größe der Kommission hat ihren Grund.

Lisa ist jetzt seit vierzehn Stunden tot und die Faktenlage mehr als dürftig. Die Eltern und die Mitschülerinnen wissen überraschend wenig über den Lebenswandel und den Umgang, den das Mädchen pflegte. Und von dem ominösen Freund fehlt jede Spur, wenn er überhaupt existiert. Lisas gesamter Freundeskreis liegt im Dunkeln.

Das bedeutet jede Menge Beinarbeit für die Ermittler. Denn immerhin weiß man, wo Lisa ihre Abende bevorzugt verbrachte, wenn sie in Aschaffenburg war. Besonders oft besuchte sie demnach den Club »Anna«, eine Kellerbar mit Disco in der Bavaria-Passage. Sie tanzte gern und war attraktiv. Die Chancen stehen gut, dort jemand zu finden, der sie näher kannte. Das Team, das sich darum kümmern wird, hat noch Pause zum Vorschlafen: Der Club öffnet spät, schließt dafür aber erst um fünf.

Wenn sie »nur quatschen und etwas trinken« wollte, ging Lisa in die »Q-Bar« oder ins »Gully«. Strobel kennt die beiden In-Kneipen, sie liegen in der Innenstadt nicht weit voneinander entfernt. Das Publikum ist jedoch ziemlich unterschiedlich, für die Kripo ein Indiz, dass Lisa in verschiedenen Cliquen verkehrte. Eines haben die »Q-Bar« und das »Gully« gemeinsam: Es geht eng und laut darin zu. Strobel fragt sich, wie jemand dort »nur quatschen« will. Wie auch immer, an diesem Abend werden Beamte der Kripo den Altersdurchschnitt in den beiden Kneipen deutlich heben. Die Soko probiert dabei etwas Neues aus: Die Teams werden keine Papierbilder der Toten herumzeigen. Sie haben sich die Porträts auf iPads geladen. Das kommt besser an in dieser Altersgruppe.

Schon seit Mittag stöbert ein Team den Wild Bees hinterher, der Mädchenhandballmannschaft, zu der Lisa gehörte. Zweimal pro Woche trainieren die wilden Bienen in der DJK-Halle am Schönbusch. Das nächste Training steht erst übermorgen an. So lang darf die Soko nicht warten, die ersten ein, zwei Tage sind die entscheidenden, es geht um Stunden, solange die Spuren noch frisch und nicht schon alle Details in der Öffentlichkeit sind. Claudia Junk, Strobels rechte Hand, hat sich die Liste der Spielerinnen besorgt und begonnen, sie mit ein paar Beamten abzuklappern.

Nichts Neues hat am Nachmittag die spontane Trauerfeier am City-Parkhaus ergeben, die eine Facebook-Gruppe organisiert hat. Strobel geht den Bericht noch einmal durch. Es treten vorwiegend Mitschülerinnen und Elsenfelder Bekannte von Lisa auf, niemand, auf den die völlig vage Beschreibung ihres Freundes passt. Strobels Leute haben unauffällig alle Unbekannten abgegriffen – erfolglos.

Unauffällige Hintergrundarbeit: Das leisten auch die Ermittler, die Lisas komplette Verwandtschaft unter die Lupe nehmen. Oft genug stammen die Täter in Mordfällen aus der unmittelbaren Familie des Opfers. Eine Hintergrundarbeit übrigens, die besondere Behutsamkeit verlangt, um nicht die Gefühle der Trauernden zu verletzen, sollten sie sich als unschuldig herausstellen. Und danach sieht es im Fall des Parkhausmordes aus, wenn Strobel den ersten Rückmeldungen Glauben schenkt.

Ein weiteres Team hat die Bilder von der WM-Party am Vorabend nach bekannten Gesichtern gescannt und sich auf die Suche gemacht. Es ist völlig unklar, ob Lisa nach dem Public Viewing im

Biergarten wirklich am Feierkreisel war. Sie erscheint auf keinem Bild, weder auf den Polizeifotos noch auf den Schnappschüssen der Presse. Dabei hat sich die Zeitung richtig ins Zeug gelegt und eine Bilderserie von der Party ins Internet gestellt. Die Serien sind beliebt, Strobel weiß das. Die einen schauen aus Eitelkeit hinein, um zu sehen, ob sie dabei sind, die anderen aus Neugier, weil sie wissen wollen, wer alles dabei war. Wie die Soko.

Dass Lisa nicht auf den Fotos auftaucht, kann Zufall sein. Es muss nicht bedeuten, dass sie ihre Pläne umgeworfen hat und bei der WM-Party fehlte. Wenn sie doch dort war, ist sie vielleicht gesehen worden, sie war ja nicht ganz unauffällig, sie hat die Blicke auf sich gezogen.

In gewisser Weise glich sie Strobels Freundin Sabine. Die ist mit knapp dreißig ein paar Jährchen älter – dennoch wird sie oft genug angestarrt, manchmal heimlich, manchmal offen. Und angebaggert. Strobel hat alle Hände voll zu tun, um feindliche Übernahmen abzuwehren. Männer haben da keine Skrupel, Strobel war selbst so einer, früher, bevor er Sabine begegnet ist.

Er ist innerlich immer unruhig, wenn er einen Fall klären muss, der noch frisch ist. Wie ein Jagdhund, der hin und her schnüffelt, bis er Witterung aufnimmt und einer Fährte folgen kann. Doch neuerdings kommt eine andere Art von Unruhe hinzu, wenn ihm ein frischer Fall wie dieser die Feierabende und Nächte raubt und Sabine allein um die Ecken zieht. Misstrauen? Eifersucht? Strobel seufzt. An Feierabend ist nicht zu denken, es wartet noch viel Arbeit auf ihn.

Er überfliegt die E-Mail aus Würzburg, die Neuigkeiten der Gerichtsmedizin. Der Fundort der Leiche ist auch der Tatort. Lisa hatte keine Chance, sich gegen die Strangulation zu wehren. Noch keine Erkenntnisse zur Tatwaffe, wohl aber zum Todeszeitpunkt: gegen vier Uhr, also eine gute Stunde nach der Party. Wieder eine neue Frage: Wenn Lisa am Feierkreisel war, wo hielt sie sich in der Zeit vor ihrer Ermordung auf?

Die Art, wie die Leiche drapiert war, lässt auf eine sexuelle Motivation der Tat schließen. Lisa hatte offensichtlich auch Geschlechtsverkehr. Nach den ersten Erkenntnissen der Leichenfledderer, wie Strobel die Pathologen gern nennt, gibt es aber keine

Spuren einer Vergewaltigung. Das passt nicht! Andererseits muss das nicht heißen, dass sie freiwillig mit ihrem späteren Mörder geschlafen hat. Vielleicht hat er sie auch bedroht.

Strobel legt die Finger aneinander und lässt sie knacken. Er ist allein, er muss sich nicht genieren für diese schlechte Angewohnheit. Zum Teufel mit dem Tischdienst, der kann bis morgen warten. Er greift nach dem Telefon und wählt die Wache an. »Mir reicht's für heute«, sagt er. »Ich kann hier nichts mehr tun.« Er gibt Anweisung, dass er sofort benachrichtigt wird, wenn sich etwas Neues ereignet, was es auch sei.

Er legt auf und wendet sich dem Computer zu. Sein Blick fällt auf die Facebook-Seite mit dem Kondolenzbuch für Lisa. Er widersteht dem Drang, die neuesten Einträge durchzusehen, dafür hat er schließlich Spezialisten abgestellt. Er schaltet die Kiste aus. Morgen ist auch noch ein Tag.

***

Stiller hatte gehofft, sich noch ein wenig in Ruhe in den Parkhausmord-Fall eingraben zu können. Doch als er in den Legatplatz einbog, sah er, dass daraus vorerst nichts werden würde. Zwei Hybridautos parkten mitten auf dem Platz, die Familienkutsche, die Stillers Tochter Charlotte gehörte, und der Cabrio seines Sohnes Jan. Stiller war davon ausgegangen, dass Ruth am Abend zu Charlotte fahren wollte, um die beiden Enkelkinder zu hüten. Ein Familientreffen hatte er daher gar nicht auf dem Schirm.

»Ich bin's«, kündigte er sich an, als er in den Flur trat. Keine Antwort. Stattdessen meinte er, Stimmengemurmel und Schluchzen aus der großen Wohnküche zu hören, dem Ort, an dem sich die Familie immer versammelte, wenn es etwas Wichtiges zu besprechen gab. Er stieß die Küchentür auf. »Ist was passiert?«, fragte er in die Runde.

Drei ernste Gesichter blickten ihm entgegen, Charlottes Augen waren rot gerändert. Stiller spürte, wie sich sein Herz verkrampfte. »Wo sind Maya und Emil?«, fragte er. »Ist was mit den Kindern?«

Charlotte schluckte, eine Träne lief ihr über die Wange. Ruth legte ihr eine Hand auf den Arm, sah Stiller an und schüttelte den

Kopf. »Den Kindern geht es gut«, sagte sie ruhig. »Sie sind zu Hause.«

Stiller zog sich einen Stuhl heran. »Und warum bist du dann noch hier? Ich meine: Seid ihr …?«

»Ich kann heute Abend zu Hause bleiben«, erklärte Ruth. »Charlotte und Justus wollen jetzt doch nicht ausgehen, sie haben es sich anders überlegt.«

»Habt ihr Probleme?« Stiller sah Charlotte an, während er sich neben sie an den Tisch setzte.

»Nicht wie du meinst«, antwortete sie mit erstickter Stimme.

»Hier, lies das.« Jan schob ein gefaltetes Blatt Papier über den Tisch. »Das hat ihnen jemand in den Briefkasten geworfen.«

Stiller faltete das Blatt auf. Nur ein paar Zeilen, Computerausdruck, ziemlich großer Schriftgrad, keine Grußformel, nicht unterschrieben. »Sorgen Sie dafür, dass Ihre beiden Fratzen nicht dauernd im Hof herumkrakeelen. Andere wollen auch mal ihre Ruhe haben. Es kann leicht was geschehen, denken Sie dran.« Stiller ließ den Brief sinken.

»So eine gemeine Drohung. Ein feiges Pack!«, ereiferte sich Jan. Er hatte nicht vergessen, dass er mit zwei Geschwistern aufgewachsen war. Dass er selbst mit Mitte dreißig noch kinderlos war, lag an seinen ständig wechselnden Liebschaften. Er war ein Frauentyp – und zwar einer, der sich nicht festlegen wollte.

Stiller, der seine unvermeidliche Umhängetasche noch nicht abgelegt hatte, kramte nach einem Papiertaschentuch für Charlotte. Was sie erlebte, war nichts Seltenes. Der Kindermangel hatte ein Problem geschaffen, an das vor Jahren kaum jemand gedacht hatte. Unter den Alten wuchs der Anteil der Menschen, die nie etwas mit Kindern zu tun hatten und deshalb auch nicht mit ihnen umgehen konnten oder wollten.

Wieder erinnerte sich Stiller zwei Jahrzehnte zurück. Damals hatte die städtische Demografiewerkstatt geglaubt, sie müsste für die wachsende Zahl der Alten vorsorgen. Doch die sorgten heute sehr gut für sich selbst, weil sie so viele waren: viele Wähler, viele Käufer, viele Besucher von Kultur- und Freizeiteinrichtungen. Inzwischen beschäftigte die Stadt einen Demografiebeauftragten, der nur eine einzige Aufgabe hatte: den zunehmenden Beschwerden zum Trotz das Bewusstsein für die Bedürfnisse von Kindern zu erzeugen.

»Das sind doch nur Kinder«, presste Charlotte hervor. »Außerdem sind sie total brav, sie sind überhaupt nicht laut, nicht Maya und Emil. Wer kann denn etwas dagegen haben, dass die Kinder im Hof spielen?«

Stiller hatte einen Verdacht. »Habt ihr jemand in der Nachbarschaft, der kürzlich in Ruhestand gegangen ist?« Er tippte auf die »Aktiven Grauen« oder »Silversurfer«, Altersgruppen, die gerade erst aus dem Berufsleben ausgeschieden waren. Manche nannten sich auch »Ria« – Rentner im Aufbruch. Sie gehörten zur Generation mit den wenigsten Kindern, entsprechend gering war ihre Toleranz. Sie wehrten sich gegen Tagesstätten mit Freigelände, gegen Spiel- und Bolzplätze, gegen das Radeln auf Gehsteigen oder – ein Dauerbrenner seit zwei Jahrzehnten – in der Fußgängerzone. Sie forderten nächtliche Ausgangssperren für Jugendliche unter sechzehn, Aufenthaltsverbote für Kinder und Jugendliche in den städtischen Grünanlagen. Und auch sie fanden immer einen Anlass für Demonstrationen, bis hin zur Forderung, die Renten aufzustocken und stattdessen die Familienförderung zu streichen.

Charlotte schnäuzte sich. »Unser Hof ist halt mal der einzige mit Kindern in der ganzen Straße. Dafür kann ich doch nichts.«

Stiller nickte. Ein Schicksal, das viele Kinder teilten. Die Freunde lebten oft fünf Straßen entfernt. In etlichen Stadtteilen waren schon sämtliche Tageseinrichtungen für Kinder dichtgemacht worden, weil es keine Nachfrage mehr gab. In der Strietwaldsiedlung etwa, wo es pro Jahr kaum noch drei Geburten gab. Noch schlimmer in Leider oder in der Obernauer Kolonie. Sofort kam Stiller wieder das Entsiedelungsprogramm in den Sinn, der schwache Versuch, die Gettos der Alten aufzulösen und gleichzeitig die Familien in die Stadtteile zu lenken, in denen noch Kindergärten und Schulen existierten.

»Ich nehme den Brief morgen mit aufs Amt«, sagte Jan. »Da soll sich der Demografiebeauftragte drum kümmern.«

Er faltete das Blatt wieder und steckte es ein. Jan arbeitete im Rathaus, kurioserweise war ausgerechnet er für die Genehmigung der Demos zuständig. Wenigstens wird er da nicht arbeitslos, dachte Stiller.

»Und ihr wollt wirklich nicht ausgehen?« Ruth streichelte Charlottes Arm. »Ich verspreche, ich passe gut auf die Kinder auf!«

Charlotte schüttelte den Kopf. »Nein. Justus und ich lassen die beiden heute Abend nicht allein. Ein andermal wieder, ja?« Unter den Tränen zeigte sich ein dankbares Lächeln.

Stiller wusste, wie gern sie in Wirklichkeit ausgegangen wäre. Seit sie das kleine Tanzstudio auf der begehrten Bahnhof-Nordseite betrieb, hatte sie nur zwei freie Abende in der Woche. An denen unternahm sie meist etwas mit Justus, der als Versicherungsagent zu Hause arbeitete, wenn er nicht zu Kundenbesuchen unterwegs war. An diesem Abend wollten sie in die Hofgarten-Bühne. Auf dem Programm stand ein echter Knüller, es war kaum möglich gewesen, an die Karten zu kommen: Der Kabarettist Urban Priol gab seine Abschiedsvorstellung. Er wollte sich aus dem Showgeschäft zurückziehen. Mit Recht, dachte Stiller. Liebe Güte, das Genie von einst ist heute ein Greis von Mitte siebzig.

Ruth klopfte entschlossen mit der Hand auf den Tisch. »Dann lasst uns wenigstens noch einen Happen zusammen essen.«

»Bevor ich mich schlagen lasse …« Jan hatte als Junggeselle aus der Notwendigkeit, sich zu ernähren, ein Hobby gemacht und sich zu einem erstklassigen Koch entwickelt. Aber er ließ sich gern die Arbeit von anderen abnehmen.

»Ich müsste eigentlich …«, setzte Stiller an. Doch Ruth warf ihm einen Blick zu, der keinen Widerspruch duldete. Seufzend erhob er sich, um den Tisch zu decken.

So saß Stiller erst nach neun an seinem Tablet. Er beschränkte sich darauf, im Archiv noch einmal alle Zeitungsartikel und Onlineberichte durchzugehen, die über den ersten Tag nach Lisa Falks Ermordung erschienen waren. Verschiedene Passagen markierte er mit dem Finger und schob sie in seinen Notizordner.

Viel Neues gab es nicht mehr, mit einer Ausnahme: In einem von Fenias Texten hatte er den Hinweis auf das Kondolenzbuch im Internet gefunden. Lisas Mitschüler hatten es auf Facebook eingerichtet. Bis zum ersten Abend hatte die Gruppe schon über viertausend Mitglieder. Die meisten schilderten ihre eigene Betroffenheit, viele sprachen Lisas Eltern ihr Beileid aus, wieder andere versicherten der Ermordeten so etwas wie ewiges Gedenken. Fenia hatte ein paar Passagen notiert: »Ruhe in Frieden«, »In unseren Herzen wirst Du immer bei uns sein«, »Ich finde keine Worte, um die Trauernden zu trösten«, »Zurück bleiben Trauer, Verzweiflung, Tränen und die Frage nach dem Warum«.

Stiller lehnte sich zurück, legte den Kopf in den Nacken und dehnte die Arme. Warum? Für ihn war diese Frage nie geklärt worden. Ja, die Akten waren längst geschlossen, der mutmaßliche Täter tot. Aber bei ihm waren Zweifel geblieben, wenn er auch heute nicht mehr sagen konnte, worauf sie sich gestützt hatten. Vielleicht hätte er sich damals über Bausbacks Anweisung hinwegsetzen und seinen Zweifeln nachgehen sollen. Aber so war das in seinem Beruf. Es kamen täglich neue Themen, neue Aufgaben, neue Aufreger – irgendwann hatte er den alten Fall verdrängt und vergessen.

Er setzte sich wieder aufrecht und betrachtete den Bildschirm, ohne bewusst hinzusehen. Dennoch blieb sein Blick an einem weiteren Satz hängen, den Fenia für ihren Zeitungsbericht aus dem Kondolenzbuch herausgegriffen hatte. »Wie kann ein Mensch ein so junges, unschuldiges Leben zerstören? In den Kummer mischt sich Wut.«

Wut. Ein noch harmloser Satz, der da am Abend des ersten Tages im Internet aufgetaucht war. Dennoch löste er bei Stiller Erinnerungen aus. Es fiel ihm wieder ein, welche furchtbare Rolle unter anderem dieses Kondolenzbuch im Parkhausmordfall noch gespielt hatte, wie sich die Einträge und die Stimmung gewandelt hatten und aus den Trauernden die Meute geworden war.

Fenia hatte den Namen nicht veröffentlicht, mit dem diese Botschaft im Kondolenzbuch gezeichnet war. Er beugte sich vor, um eine Internet-Abfrage zu starten. »Lisa Falk, Kondolenzbuch«, sagte er. Fehlanzeige. Eher wahllos nannte er noch ein paar Suchbegriffe: »Aschaffenburg, Parkhausmord …« Sie führten nicht weiter. Schließlich las er seinem Tablet den kompletten Satz vor, den Fenia zitiert hatte, doch auch damit hatte er keinen Erfolg.

Die Seite war längst gelöscht worden, wahrscheinlich nicht lang nach all dem Aufruhr, den ihr Inhalt damals verursacht hatte. Stiller gab dennoch nicht auf. Er zog das Tablet zu sich heran und suchte per Hand nach den kümmerlichen Resten, die von Facebook übrig geblieben waren. Es war einmal das führende Netzwerk gewesen, der erste Gipfel virtueller Kommunikation. Was heißt virtuell? Stiller erinnerte sich an eine Kollegin, die ihre Mitmenschen nur dann als real akzeptiert hatte, wenn sie sich mit ihnen auf Facebook austauschen konnte. Alle anderen existierten für sie gar nicht mehr.

In den letzten Jahren war Facebook sang- und klanglos verschwunden. Das Internet wandelte sich so rasant wie die Perspektiven in einem Gebirge. Kaum war der eine Gipfel erklommen, tauchten dahinter neue Bergrücken auf, noch höher und noch verlockender. Und irgendwann erschien die Kommunikation über Facebook nur noch wie einst das Jodeln in den Alpen. Die Masse hechelte moderneren, direkteren und schnelleren Kommunikationsgipfeln hinterher, immer neuen Apps und schließlich Myface, das heute das gängige soziale Netzwerk war.

»Vergiss es«, sagte Stiller zu sich selbst. »Ausschalten«, befahl er dem Tab.

»Willst du, dass ich die Notizbuch-Einträge sichere?«, fragte die Computerstimme nach.

»Blöde Frage.«

»Heißt das: Sichern?«

»Ja, Mann.«

»Ich bin dein Tablet«, belehrte ihn die Stimme freundlich. »Das Tablet. Ein Neutrum. Ich habe kein Geschlecht.«

Es war sinnlos, mit einer Maschine zu diskutieren. »Sichern und ausschalten«, sagte Stiller und schob ein flehentliches »Bitte« hinterher.

Während sich das Tab verdunkelte, weckte er seine Smartuhr. »Hallo, Schlaumeier.«

»Hallo, Paul.«

»Erinnere mich morgen an Kerstin Polke. Ich brauche Informationen über das Kondolenzbuch für Lisa Falk.«

Stiller wollte ins Bett, doch die Smartuhr hielt ihn auf: »Ich benötige eine nähere Bestimmung des Begriffs ›morgen‹. Soll ich dich um null Uhr eins an Kerstin Polke erinnern?«

»Spinnst du?« Stiller fragte sich, ob sich die Dinger absichtlich blöd stellten, um ihn auf die Palme zu treiben. Andererseits war seine Ansage tatsächlich etwas unpräzise gewesen. »Neun Uhr siebenundvierzig und achtundzwanzig Sekunden«, knurrte er.

»Sehr gut«, kam es freundlich zurück. Die Smartuhr schien sich über die exakte Zeitangabe zu freuen.

Liebe Güte, dachte Stiller, die Dinger sind vielleicht bürokratisch. Dagegen war das Finanzamt eine Art Hippiekommune.

4

Sicher sind sie ihm schon auf der Fährte. Nur ein Idiot würde glauben, dass sie ihn nicht von allein aufspüren, dass er unerkannt bleibt, wenn er sich nicht rührt. So blöd und instinktlos können sie gar nicht sein.

Simon steht am Fenster und blickt hinaus auf die Straße, in der sich der Frühverkehr wieder gelegt hat. Niemand ist zu sehen, niemand, der nicht in dieses Viertel gehört. Dennoch ahnt er: Die Spürhunde sind schon da draußen, haben ihn bereits eingekreist. Vielleicht warten sie, bis er seinen Bau verlässt, bevor sie zuschnappen. Dann wird er sie noch warten lassen. Er ist nicht zur Arbeit gegangen, hat sich krankgemeldet wie am Vortag. Das wird ihm womöglich den Job kosten, und er ist noch in der Ausbildung. Er rümpft die Nase. Als ob es darauf noch ankommt. Dieser Tag wird sein Leben verändern. Sie werden kommen und ihn herausreißen, an die Öffentlichkeit zerren, die nie Notiz von ihm genommen hat. Das wird jetzt anders. Und doch macht es ihm Angst.

Die Straße erscheint ihm unverändert. Auch in der Wohnung ist alles wie immer. Simon hört den Alten schnarchen. Im Wohnzimmer. Ist nachts wieder einmal völlig besoffen vor dem Fernseher eingeschlafen. Wahrscheinlich hat ihn irgendwas am frühen Morgen hochschrecken lassen, denn der Fernseher läuft nicht mehr. Er hat ihn ausgezappt, war aber zu faul oder zu blau, um ins Bett zu kriechen. Simon kennt das, hat es oft genug erlebt, seit sich der Alte nur noch von Alk und »Alg II« ernährt und sich die Nutte mit einem andern aus dem Staub gemacht hat. Die Nutte – das ist der Name, den der Alte Simons Mutter verpasst hat. Drei Jahre ist das her.

Simon hat sie anfangs verteidigt. Der gemeine Name, der sie treffen sollte, hat ihn verletzt. Er war ja gerade erst fünfzehn geworden. Aber dann hat er seine eigenen Erfahrungen mit Frauen gemacht. Mädchen natürlich. Seitdem versteht er den Alten besser, jedenfalls in diesem Punkt. Die am nettesten erscheinen, am hübschesten aussehen, das sind manchmal die größten Nutten.

Schon wie sich viele herrichten – immer auf Anmache aus. Selbst wenn sie mit dir gehen, sie müssen immer mit anderen flirten. Da unterscheiden sich Sechzehnjährige in nichts von den ausgehungerten Cappuccino-Ludern, die morgens und mittags in den Cafés rumhängen und die italienischen Kellner anbaggern, während ihre Männer in der Arbeit sind und ihre Kinder in der Krippe oder Schule. Kein Unterschied zu so einer wie seiner Mutter.

Eines findet Simon an den Frauen besonders schlimm. Sie sind immer auf der Suche nach was Besserem. Dickere Muskeln, größere Autos, mehr Schotter, längere Schwänze, egal: Wenn sie so einen finden, lassen sie dich sofort fallen wie 'ne heiße Kartoffel. Seine Mutter hat es so mit dem Alten gemacht, und er selbst ist auch schon ein paarmal abserviert worden. Ein Scheißgefühl, wenn du ganz unten stehst, eine Hühnerbrust hast (obwohl er an den Muskeln arbeitet), keinen Schotter besitzt, nicht im Auto rumkutschieren kannst und zu guter Letzt davon ausgehen musst, dass der Neue deiner Tusse auch noch einen längeren Schwanz hat.

Dass Lisa auch so eine ist, damit hat Simon nicht gerechnet.

Dabei hätte er es sich denken können. Was sollte eine Frau wie Lisa auch mit einem Loser wie ihm anfangen? So, wie sie aussah, und mit allem, was sie auf dem Kasten hatte, konnte sie sich die Typen aussuchen, mit denen sie Spaß haben wollte. Sie war nicht angewiesen auf einen wie ihn. Einen armen Berufsschüler aus einem kaputten Elternhaus – schönen Dank.

Warum ich?, fragt er sich, während er aus dem Fenster schaut und nach den Spürhunden Ausschau hält. Am Anfang hat das seinem Selbstwertgefühl einen Wahnsinnsauftrieb gegeben. Er, der immer der Letzte war, kam sich vor wie der Größte. Eine Art Sexgott. Aber zuletzt gab es fast nur noch Stress. Sie wollte mehr, in jeder Beziehung, mehr, als er sich leisten konnte und kann. Am Ende hat sie doch nur irgendein Spiel mit ihm getrieben, er ist bis heute nicht dahintergestiegen, was für eines und warum. Warum mit ihm?

Aber jetzt ist es kein Spiel mehr. Sie ist tot, und er wartet darauf, dass sie kommen und ihn holen. Die Straße scheint ruhig, aber die Wohnung liegt im zweiten Stock, und er kann nur die gegenüberliegende Seite überblicken, sieht nicht, was unten vor seiner Haustür abläuft. Er lässt den Blick an den Häuserfassaden gegenüber hinaufgleiten. Da bemerkt er es. Hinter einigen Fenstern stehen Menschen, wie er hinter dem seinen, und schauen herüber. Interessiert, eher fasziniert beobachten sie, was sich offensichtlich auf seiner Straßenseite abspielt. Eine alte Frau dreht sich kurz um, ruft etwas ins Dunkle des Raums hinein, winkt. Ihr Mann erscheint. Immer mehr Fenster beleben sich.

Die Spürhunde. Er legt die Stirn an die Glasscheibe, aber er kann nicht nach unten sehen. Das Glas kühlt seine Stirn.

Es klingelt.

Langsam wendet er sich um.

»Aufmachen, Polizei!«, ruft eine Stimme. Sie sind schon oben, auf dem Treppenabsatz vor der Wohnung.

Sie lassen ihm keine Zeit: Im selben Augenblick hört er die Tür splittern.

***

Es war eine spektakuläre Festnahme gewesen. Stiller hatte damals gerätselt, warum die Polizei so vorgegangen war. Als er sich zwanzig Jahre später ins Archivmaterial eingrub, schien ihm die Antwort klar. Es war eine Aktion gewesen, die Entschlossenheit demonstrieren und den Menschen das Gefühl von Sicherheit zurückgeben sollte.

Denn unmittelbar nach dem Mord an Lisa hatte die Stadt unter Schock gestanden. Sorge und Misstrauen hatten sich ausgebreitet, Eltern um ihre Töchter gebangt. Dazu war der gewaltige Medienauftrieb gekommen. Was am ersten Tag über den Äther oder durchs Internet gegangen und am nächsten Morgen gedruckt erschienen war, hatte die Atmosphäre noch mehr angeheizt. Mit der Zahl der Details war die Angst gewachsen, die Trauer allmählich einer ohnmächtigen Wut gewichen.

Die Polizeidienststelle hatte zwar kein Spezialeinsatzkommando losgeschickt, aber immerhin ein halbes Dutzend Beamte, bewaffnet und in voller Montur. Simon Bauer hatte keinen Widerstand geleistet. Trotzdem hatte der Polizeitrupp die Tür aufgebrochen und den Jugendlichen mit Handfesseln zu den Streifenwagen gebracht, die um die Ecke geparkt waren.

Vater und Sohn Bauer hatten in einer Wohnung im Herz-Jesu-Viertel gewohnt – keine dreihundert Meter vom Tatort entfernt. Wenn die morgendliche Rushhour vorüber war, die Beschäftigten der City-Galerie, des Arbeitsamtes, des Pflegeheims und der wenigen Läden im Quartier die letzten freien Parkplätze in den Schluchten zwischen den Wohnblocks gefunden hatten, kehrte in den Straßen dort Ruhe ein. Umso mehr Aufsehen hatte die Festnahme erregt.

Offiziell war es keine Festnahme gewesen: Das hatten Hauptkommissar Strobel und Oberstaatsanwalt Possmann auf jede Presseanfrage stereotyp wiederholt. Der »junge Mann« sei lediglich »als Zeuge« abgeholt und zur Dienststelle gebracht worden. Doch aus der Art und Weise, wie das geschehen war, hatten Medien und Öffentlichkeit von Anfang an ihre eigenen Schlüsse gezogen. Für sie war Simon Bauer zumindest ein mutmaßlicher Täter. Ein Massenblatt war sogar noch weiter gegangen: »Der Killer ist ein Schüler«, hatte es schon wenige Stunden nach der Polizeiaktion in seiner Online-Ausgabe verbreitet. Zu diesem Zeitpunkt hatte Strobel noch nicht einmal von einem Verdächtigen gesprochen.

Natürlich hatten Kripo und Staatsanwaltschaft keine Personendaten herausgegeben. Doch die Polizeiaktion machte sofort in den sozialen Netzwerken des Internets die Runde. Gerüchte mischten sich mit Augenzeugenberichten. Der Straßenname tauchte auf, wenig später die ersten Fotos des Hauses, schließlich ein Mitschnitt »der Verhaftung«, den ein Nachbar von gegenüber mit dem Handy gedreht hatte. Die Qualität war so mies gewesen, dass Simon kaum zu erkennen war, zumal sich die Beamten bemüht hatten, ihn vor den Blicken der Schaulustigen abzuschirmen. Aber die Straße, das Haus und das vage Bild – Lisas Freund, der Zeuge, saß noch keine zweieinhalb Stunden in der Polizeidienststelle, da stand bereits sein voller Name auf Facebook. Der Name »des Mörders« und »des Monsters«.

Später, als sich die Ereignisse zuspitzten und die Meute unaufhaltsam schien, hagelte es Kritik von Fachleuten am damaligen

Polizeieinsatz. Plötzlich gab es jede Menge Experten, selbst ernannte und ausgewiesene, die alles schon immer besser gewusst hatten. Der Freund der Ermordeten hätte nie öffentlich in Handschellen abgeführt werden dürfen. Es hätte klar sein müssen, dass sich die Festnahme herumsprechen und die Identität des Verdächtigen sich nicht schützen lassen würde.

Der Leitende Oberstaatsanwalt hatte sich hinter die Kripo gestellt. Sie habe zu jeder Zeit richtig gehandelt. »Wir planen Festnahmen so, dass ein Tatverdächtiger nicht fliehen kann«, hatte Possmann gegenüber Fenia geäußert, als sie ihn wegen der Aktion gelöchert hatte. Über die angemessenen Mittel sollte im Einzelfall entschieden werden.

Stiller schüttelte unbewusst den Kopf. Simon hatte von Anfang an keine Chance in der öffentlichen Meinung. Zwei Zitate, die Fenia in ihre Berichte eingestreut hatte, sagten alles. Das eine war eine Pressemitteilung aus dem Büro des Oberbürgermeisters: Sie würdigte die Tatkraft und das schnelle Handeln der Polizei. »Aschaffenburg ist eine sichere Stadt.« Das andere stammte von der Kondolenzseite auf Facebook: »Diesen ehrlosen und herzlosen Hund sollten sie foltern und töten.« Beide waren zeitgleich erschienen – vier Stunden nach Simons Festnahme.

Es fiel Stiller nicht schwer, den Ablauf der Ereignisse zu rekonstruieren. Fenia hatte damals in einem Beitrag alle Fakten chronologisch aufgelistet. Demnach hatte die Kripo schon am Abend vor der Festnahme die ersten Hinweise auf die Identität des Freundes bekommen, und zwar von Lisas Teamkolleginnen in der Handballmannschaft. Offenbar hatte er immer den Fitnessraum der Sporthalle besucht, wenn die Mädchen trainierten. Den meisten war er nicht ganz geheuer gewesen, ein »komischer« Typ, der wahrscheinlich bloß spannen wollte. Aber Lisa hatte alle Warnungen in den Wind geschlagen. Niemand wusste, was sie »geritten« hatte, etwas mit ihm anzufangen.

Zunächst hatte sie ihn gar nicht beachtet oder sich allenfalls, wie die anderen, über ihn lustig gemacht. Er dagegen war von Anfang an auf sie »scharf« gewesen, wieder auf eine »komische« Weise. Er hatte ihr zum Beispiel Blumen mitgebracht – »Wer macht denn so was?« – oder angeboten, ihre Sporttasche zu tragen. »So Sachen halt.« Eines Abends sei Lisa jedenfalls plötzlich mit ihm losgezogen. Und dann immer wieder.

Mehr als den Vornamen hatten die Mädchen nicht gekannt: Simon. Wie er sonst hieß, wo er wohnte, was er machte, all das hatte Lisa ihnen nie verraten. Immerhin hatten Strobels Leute endlich einen Anhaltspunkt. Ihr nächster Schritt war es gewesen, den Betreuer des Fitnessraums zu finden oder jemand anderen, der eine Liste der Benutzer hatte. Über den Vorstand des Sportvereins hatten sie den Namen und die Adresse des »Fitnesswarts« innerhalb von Minuten. Er war aber nicht zu Hause, hatte an diesem Tag keinen Dienst und war ausgeflogen. Strobel hatte eine Streife vor dem Haus aufziehen lassen, um ihn bei der Heimkehr abzufangen.

In der Nacht hatte es noch einen weiteren Hinweis gegeben. Ein Türsteher des Clubs »Anna« kannte Lisa und hatte sie drei, vier Wochen zuvor in Begleitung eines Jungen gesehen, auf den die vage Beschreibung passte. Der Türsteher hatte sich deshalb so genau erinnert, weil er Lisas Freund nicht hatte einlassen wollen. »Der passte einfach nich'.« Lisa sei drauf und dran gewesen, ohne ihn in der Disco zu verschwinden. »Die war total heiß auf Tanzen.« Stiller nahm an, dass der Türsteher Lisa generell »total heiß« gefunden hatte und ihren Freund deshalb nicht mit einlassen wollte. Simon hatte sich das aber nicht gefallen lassen und war auf den Türsteher losgegangen, der ihn mit zwei oder drei Boxhieben zu Boden schlug. »So 'ne halbe Portion. Aber was sollte ich machen? Das war Notwehr.«

Simon hatte aus der Nase geblutet und war »abgezogen wie ein geprügelter Hund«. Zumindest hatte er erreicht, dass Lisa mit ihm ging. In den Wochen danach war sie noch ein paarmal da gewesen, aber immer allein. Sie sei auch nie mit einem anderen weggegangen, da war sich der Türsteher sicher.

Stillers Smartwatch vibrierte leicht. Er warf einen kurzen Blick darauf, um sich zu vergewissern: neun Uhr siebenundvierzig und achtundzwanzig Sekunden. Er holte tief Luft und lächelte. Er würde Interpol nicht enttäuschen. Sie war völlig vernarrt in den technischen Schnickschnack, den er sonst so gut wie nie nutzte. Seine Hand beschrieb einen Halbkreis über der Armbanduhr. Kerstin Polkes Gesicht erschien in der Luft, ein Hologramm, der neueste Schrei beim 3D-Skypen.

Sie erwiderte sein Lächeln mit einer bitteren Grimasse. »Ich sehe, dass sogar du den sündhaft teuren Kram benutzt, den ich dem Verlag für euch Schreiberlinge aus dem Kreuz leiere. Es geschehen noch Zeichen und Wunder.«

Stiller verschwieg ihr, was er davon hielt. »Guten Morgen, Kerstin«, begrüßte er die Kollegin lächelnd. »Ewig nicht mehr gesehen.«

»Quatsch hier nicht unnötig lang rum«, fuhr sie ihn an. »Was fällt dir überhaupt ein, mich um diese Uhrzeit in eine Konferenz zu verwickeln? Und hör auf, so dämlich zu grinsen. Das ist doch krank, echt.«

»Kerstin«, Stiller zögerte. Er hatte gehofft, die Online-Spezialistin zu dieser frühen Stunde etwas freundlicher gestimmt anzutreffen. Gewöhnlich steigerte sich ihre schlechte Laune im Laufe des Tages, um erst am Abend den Höhepunkt zu erreichen. »Ich brauche deine Hilfe«, sagte er so unterwürfig, wie er konnte.

Sie hustete. Kerstin hatte schon immer eine raue Stimme, doch durch jahrelangen Zigarettenkonsum war sie völlig heiser geworden. »Ach was? Das ist ja ganz was Neues. Das höre ich jetzt schon seit dreißig Jahren.«

»Nicht ganz«, korrigierte Stiller. »Du bist erst seit dreiundzwanzig Jahren in diesem Laden …«

Kerstin schnitt ihm scharf wie ein Fallbeil das Wort ab. »Willst du mit mir Haare spalten? Glaub mir, da ziehst du den Kürzeren.« Ihre Augen fixierten seinen lichten Schopf. Sie kannte exakt seine wunden Punkte. »Und sag nicht immer Laden.«

»Okay, in diesem Verlag.«

»Irrenhaus ist das Wort, das ich hören will.« Sie lachte, für einen Augenblick wirkte das Hologramm auf Stiller wie ein 3D-Film, den er ohne die nötige Brille betrachtete. »Lass dich doch nicht immer mit den Haaren runterziehen. Mir wärst du immer noch eine Sünde wert.«

»Danke«, stieß Stiller hervor, ohne zu wissen, ob er sich über dieses Kompliment wirklich freuen sollte. Dann wurde er ernst. Er berichtete Kerstin von seinem Plan, den alten Mord an Lisa wieder aufzurollen.

»Warum überrascht mich das nicht?«, warf sie ein.

Mit wenigen Worten schilderte er ihr, was er von ihr wollte. Ihre Laune hob das nicht. »Informationen über das damalige Kondolenzbuch für Lisa Falk«, ereiferte sie sich. »Weißt du eigentlich, was du da von mir verlangst?«

»Ist das was Verbotenes?«, erkundigte sich Stiller betroffen.

»Verboten nicht. Aber elend zeitraubend. Wenn es überhaupt funktioniert.«

»Ich hab gedacht, es gibt vielleicht ein Archiv für solche Seiten.«

»Wenn Männer denken«, fauchte sie. »Natürlich gibt es Suchmaschinen, die alte Webseiten wiederfinden. Aber gewiss nicht jede Hirni-Seite bei Facebook.« Sie sprach das Wort »Fatzebock« aus. »Vielleicht ist es dir entgangen, aber das existiert nicht mehr.«

»Tust du mir den Gefallen, es trotzdem zu versuchen?«

Sie hustete erneut. »Ich muss krank sein. Ich kann bei dir nicht Nein sagen. Aber glaub mir, das ist reine Zeitverschwendung. So sinnlos wie die Hoffnung darauf, dass die Menschheit noch mal intelligent wird.«

»Gibt es andere Möglichkeiten?« Stiller zog die Unterlippe zwischen die Zähne und biss darauf. Er hatte etwas nachschieben wollen in der Art von »Wenn jemand das hinkriegt, dann du«. Doch Kerstin fasste Komplimente grundsätzlich als Heuchelei auf und nahm sie daher meist zum Anlass, gar nichts mehr zu unternehmen. Er kam ohnedies nicht mehr zu Wort.

»Lass mich denken!«, verlangte sie. Das Licht flackerte einen Moment still vor sich hin. »Ich hab damals vielleicht ein paar Screenshots gemacht. Ehrlich gesagt, bin ich mir nicht sicher, aber das war so eine Angewohnheit von mir.«

»Super«, lobte Stiller. »Als wenn du gewusst hättest, dass wir die Bilder eines Tages brauchen könnten.« Jetzt war ihm doch ein Kompliment herausgerutscht. So ging es ihm meistens.

»Hör auf, dich bei mir einzuschleimen.« Trotz des rauen Tons wirkte Kerstin mit einem Mal freundlicher. »Und *wir* brauchen hier gar nichts. *Du* brauchst, und ich soll die *Arbeit* machen. Sag mir lieber, bis wann?«

»Na ja, ich bin so bis um sechs in der Redaktion …«

»Heute?«, fiel sie ihm wieder ins Wort. »Bist du bescheuert? Das sind digitale Aufnahmen, die ich vor zwanzig Jahren geschossen habe. Dir ist die Technik damals vielleicht schon wie in einer Star-Trek-Folge vorgekommen, aber für mich war das die Steinzeit. Wenn ich die alten Speichermedien überhaupt noch habe, brauche ich erst einmal die passende Hardware, auf der sie laufen. Meinst du, ich habe so etwas wie ein Museum in dieser Knechtsstube, die andere ›mein Büro‹ nennen?«

Kerstin beschrieb mit ihrer Smartwatch einen Halbkreis, damit Stiller ihr Büro sehen konnte. Auf dem Schreibtisch flimmerten gleich drei Bildschirme, die aussahen wie gewöhnliche Glasscheiben. Stiller wusste, dass sie Flüssigkristalle enthielten, die erst dann eine Darstellung lieferten, wenn Strom durchfloss.

»Da staunst du, was? Damit arbeitet man heute, eure Tablets landen demnächst in der städtischen Elektronikschrott-Sammlung. Hier wird seit Jahren nichts mehr gespeichert, es steckt alles in der Cloud. Was du nicht von dort runterlädst, sondern von anderen Geräten aufspielen willst, wird mit Bluetooth übertragen. Siehst du vielleicht ein CD-Laufwerk oder irgendwas in der Art? Einen antiken USB-Anschluss oder einen Schlitz für die ollen SD-Karten? Was soll's, du würdest es wahrscheinlich sowieso nicht erkennen.« Sie richtete die Smartwatch wieder auf sich. »Okay, ich kenne einen Typen, von dem krieg ich, was ich brauche. Aber ich sehe ihn frühestens heute Abend, klar?«

Ihre Worte hatten Stiller neugierig gemacht. »Was meinst du mit ›heute Abend‹ und ›klar‹?«

Sie räusperte sich mürrisch. »Ich kriege den technischen Support von ihm, den ich brauche. Vielleicht hat er einen Computer, der die alten Festplatten lesen kann. Was hast du denn gedacht? Hör mal, der Typ ist zwanzig Jahre jünger.«

Stiller betrachtete sie nachdenklich. Vielleicht lag es am durchscheinenden Hologramm, aber auch sie wirkte auf ihn wie vor zwanzig Jahren. Als wäre sie kaum gealtert, von ihrer Stimme abgesehen. Gut, beim Schwarz der Haare half sie vermutlich nach. Aber was Falten und Figur betraf … Andererseits war sie auch noch keine fünfzig.

»Jetzt fang bloß nicht das Rechnen an«, sagte sie wieder rau, und Stiller fragte sich sofort, ob sie mit ihrer Kommunikationstechnik inzwischen schon Gedanken lesen konnte. »Oder vielmehr:

Rechne frühestens morgen Abend mit einem Ergebnis. Ruf du mich nicht an, ich rufe dich an, klar?« Sie setzte noch ein »Ciao« hinzu und verschwand.

Stiller war nicht mehr dazu gekommen, sich zu bedanken. Es ärgerte ihn, dass ihn Kerstin Polke immer so hinzustellen versuchte, als stamme er aus einem vergangenen Jahrhundert – was übrigens auch stimmte. Sie war es doch gewesen, die ihn dazu gebracht hatte, in Sachen Technik mit der Zeit zu gehen und sich nicht mehr gegen jeden Trend zu stemmen. Natürlich kannte er die Liquid-Screens, nicht nur, weil die meisten Kollegen schon einen hatten. Vielmehr war längst jedes Auto damit ausgestattet, weil sich die Flüssigkristall-Displays so schön in die Windschutzscheiben integrieren ließen.

Übrigens auch in Brillen. Die allerdings lehnte Stiller entschieden ab. Außer zum Lesen hatte er keine Brille nötig, also würde er auch keine aufsetzen, um damit zu kommunizieren, Nachrichten zu lesen oder Alltagsgeschäfte zu steuern. Massenweise rannten Leute gegen Laternenmasten oder stolperten über Hindernisse, weil sie sich nur noch darauf konzentrierten, was auf den Bildschirmabschnitten ihrer Brillengläser ablief – und nicht vor ihnen. Die Notaufnahme des Klinikums kam kaum nach, die Gehirnerschütterungen zu versorgen.

»Nicht jede technische Neuerung ist ein Fortschritt«, sagte Stiller.

»Spricht da schon wieder jemand mit sich selbst?« Kleinschnitz schob sich ins Zimmer. »Langsam mache ich mir doch Sorgen. Du vereinsamst hier. Zieh lieber in den Newsroom um, da hast du nette Gesellschaft.«

Stiller stieß sich mit den Füßen ab, um den Stuhl umzudrehen, und sah Kleinschnitz an. »Von wegen nett. Da komm ich mir vor wie unter Geiern. Die Aasfresser können es kaum erwarten, dass ich in einem halben Jahr endlich abtrete. Die sind scharf auf meinen Job.«

Kleinschnitz hob abwehrend die Hände. »Glaub mir, auf deinen Job ist hier niemand scharf. Ständig nur Seniorendemos, Spendenübergaben und Stadtratssitzungen.« Er gähnte demonstrativ und griff nach dem Türknauf.

»Außerdem bist ja du jetzt da«, erwiderte Stiller. »Lass die Tür offen. Noch keine zehn Uhr und schon wieder schwül.«

»Jammer nicht!« Kleinschnitz schob mit dem Fuß den Gummikeil unter die Tür. »Früher hätten wir viel dafür bezahlen müssen, um so ein Wetterchen zu haben. Ich finde die schwülheißen Sommer super. Muss ich auf meine alten Tage nicht mehr so oft in den Süden der USA reisen.« Neugierig sah er Stiller über die Schulter an. »Wie weit bist du?«

»Simons Festnahme.« Stiller drehte den Stuhl zurück. »Schon irre, wie rasch sich die Stimmung damals gegen Lisas Freund gewendet hat. Kannst du dich noch an die Netzhetze erinnern?«

Kleinschnitz stieß ihm die Nostalgie-Kamera ins Kreuz. »Hältst du mich für debil? Ich hab den Mob vor der Polizeidienststelle doch selbst fotografiert.«

»Das war doch einen Tag später. Aber der Ton im Internet wurde schon ein paar Stunden nach der Festnahme immer schärfer. Die Kondolenzseite auf Facebook lief völlig aus dem Ruder, jedenfalls Fenias Berichten nach. Sie hat das eine oder andere zitiert. Hier ...« Stiller vergrößerte eine Textpassage.

Kleinschnitz las den Satz halblaut vor: »Sperrt ihn da ein, wo sie solche Schweine als Frischfleisch lieben.«

»Irre, oder? Da redet einer schon von Einsperren und Schwein. Dabei hatte die Kripo am Nachmittag zum ersten Mal davon gesprochen, dass es Verdachtsmomente gegen diesen Simon gab«, sagte Stiller.

Kleinschnitz schob seinen Arm über Stillers Schulter und zog mit den Fingern einen anderen Satz auf. »Dieses Monster steckt seinem Opfer auch noch einen Ring an, als wär's seine Braut. Leider ist unser sogenannter Rechtsstaat viel zu weich gegen solche kaputten Kreaturen.«

»Die Stelle kenne ich!«, bemerkte Stiller. »Bausback hat sie damals in der Redaktionskonferenz vorgelesen und auf einen Ritualmord getippt. Wegen des Rings.«

Kleinschnitz wollte die Textpassage wieder schließen, doch Stiller hielt seine Hand fest. »Moment mal«, murmelte er nachdenklich.

»Was hast du?« Kleinschnitz betrachtete ihn besorgt von der

Seite. »Du bist ja ganz aufgeregt. Krieg mir bloß keinen Herzkasper oder so etwas.«

Langsam ließ Stiller Kleinschnitz' Hand los. »Was meint er damit: ›steckt seinem Opfer einen Ring an‹? Trug Lisa einen Ring?« Er hob den Blick, sein Gesicht war kreidebleich. »Wann hat er das geschrieben?«

Kleinschnitz zuckte die Schultern. »Was fragst du mich? Du hast mir gesagt, das seien Zitate vom Nachmittag nach der Festnahme.«

»Vor oder nach der Pressekonferenz, bei der Strobel von Verdachtsmomenten gesprochen hatte?«

»Woher soll ich das wissen?« Kleinschnitz runzelte die Brauen. »Was ist los mit dir?«

Stiller ging nicht auf die Frage ein. »Spielt auch keine Rolle, ob davor oder danach. Hast du irgendwo sonst etwas von einem Ring gelesen?«

»Ich hab die Artikel doch nicht auswendig gelernt …« Kleinschnitz verstummte. Dann ließ er einen leisen Pfiff hören. »Ich glaube, ich verstehe, was du meinst.«

»Ich hab ein Dutzend Artikel durchgelesen. Nirgends stand etwas von einem Ring.« Stiller wandte sich wieder dem Bildschirm zu. »Alle unsere Beiträge zum Mord an Lisa Falk«, sagte er. »Suche Ring!«

»Zehn Treffer«, antwortete die Computerstimme. Stiller ließ sich die Stellen zeigen. Sie stammten aus fünf Zeitungsberichten Fenias, die jeweils auch im Internet erschienen waren. Einmal hatte sie von der »Ringstraße« geschrieben, um die Lage des Tatorts zu beschreiben. Zweimal tauchte »umringt« auf, ein weiteres Mal »rings«. Die fünfte Stelle war das Facebook-Zitat.

»Das meine ich«, sagte Stiller ohne aufzusehen zu Kleinschnitz. »Von offizieller Seite war damals nicht von einem Ring die Rede.« Er gab dem Computer einen neuen Befehl. »In allen archivierten Medien suchen.«

»Siebenundzwanzig Treffer«, kam es postwendend zurück. Stiller ging alle Passagen durch. Es waren ähnliche Fälle wie in Fenias Berichten. »Rings«, »umringt«, »bringen«, »mit dem Tode ringen«. Das Facebook-Zitat fand Stiller nicht. Offenbar hatte es nur Fenia aufgegriffen.

»Okay«, sagte Stiller. »Lass uns mal nachdenken.«

»Keine schlechte Idee«, sagte Kleinschnitz ironisch. »Gut, dass ich dabei bin.«

»Jemand behauptet, der Mörder habe Lisa einen Ring angesteckt«, fuhr Stiller unbeirrt fort. »Woher weiß er das? Zu lesen war nichts davon.«

»Vielleicht hat er's erfunden«, beschwichtigte Kleinschnitz.

»Warum sollte das jemand tun?« Stiller schüttelte leicht den Kopf. »Aber gut, gehen wir noch einen Schritt zurück: Lisa trug einen Ring, egal, wer ihn ihr angesteckt hat, von dem in der Berichterstattung nichts zu lesen war. Wer also kann davon gewusst haben? Doch nur jemand, der am Tatort war.«

»Oder jemand, der vor ihrer Ermordung mit ihr zusammen war und den Ring gesehen hat«, ergänzte Kleinschnitz. »Dieser Simon zum Beispiel.«

Diesmal nickte Stiller. »Wenn jemand von dem Ring gewusst haben könnte, dann ihr Freund. Aber das passt nicht. Simon kann diesen Facebook-Eintrag nicht geschrieben haben. Er saß da erstens längst bei der Kripo – und wird zweitens ja wohl kaum gegen sich selbst gehetzt haben.«

»Verstehe«, sagte Kleinschnitz. »Du denkst an die Bullen, die als Erste am Tatort waren.«

»Die Kripo hat den Ring bestimmt bemerkt, wenn es ihn gab. Aber warum macht sie dieses Detail nicht öffentlich?«

»Ermittlungstaktik«, riet Kleinschnitz. »Täterwissen. Du kennst das doch.«

»Da bin ich ganz nah bei dir«, sagte Stiller. Ein Satz, den er vor zwanzig Jahren von der Kreativitätstrainerin der Redaktion gelernt hatte. Er bedeutete in etwa: Ich verstehe, was du meinst, aber ich bin völlig anderer Ansicht. »Aber warum sollte jemand von der Kripo die Sache mit dem Ring dann auf Facebook öffentlich machen? Nein, da war noch jemand anders.«

»Möglicherweise der Typ, der Lisas Leiche gefunden hat.«

»Möglich, ja. Zu blöd, dass Fenia nicht geschrieben hat, von wem der Eintrag stammte.«

»Sind doch eh alles nur Decknamen gewesen«, warf Kleinschnitz ein.

»Trotzdem«, beharrte Stiller. »Bausback hat den Namen damals vorgelesen.« Er stützte die Ellbogen auf den Schreibtisch und legte die Handteller auf die Augen, um sich zu konzentrieren.

»Ach komm, machst du hier einen auf ›The Mentalist‹?«, spottete Kleinschnitz. »Das ist zwanzig Jahre her – und du kannst dir einen Namen nicht mal von einem Tag auf den anderen merken, wenn du ihn dir nicht aufschreibst.«

»Das stimmt.« Stiller verzichtete auf eine schlagfertige Antwort. »Aber es gab einen Ausdruck. Bausback hatte den Satz von einem Blatt abgelesen.« Er stand so abrupt auf, dass der Bürostuhl zurückrollte und gegen Kleinschnitz' Knie prallte. »Speichern und Schluss«, befahl er. Widerspruchslos verdunkelte sich der Bildschirm. Mit zwei Schritten war Stiller an der Tür.

»Du hast mir wehgetan!«, jammerte Kleinschnitz. »Du könntest dich wenigstens entschuldigen.« Er humpelte hinterher, gab aber im Flur auf. »Was hast du vor?«

Stiller blickte über die Schulter zurück. »Vergiss den ganzen technischen Schnickschnack. Ich gehe ins Papierarchiv.«

»Papierarchiv? Das gibt's doch gar nicht mehr«, trompetete ihm Kleinschnitz nach. »Bist du schon völlig umnachtet?«

Die Hand schon an der Tür zum Treppenhaus, drehte sich Stiller doch noch einmal um. »Ich bin völlig klar, Peter«, sagte er. »Aber damals war ich es nicht. Das mit dem Ring hätte mir auffallen müssen.«

»Lass gut sein.« Kleinschnitz massierte sein Knie. »Das ändert doch nichts.«

Stiller stieß die Tür zum Treppenhaus auf. »Du irrst dich«, erklärte er, ohne sich umzusehen. »Das ändert alles.«

5

Zwei Stunden dauert das Verhör bereits, bis Strobel auf den Ring zu sprechen kommt. Er bleibt dabei, dieses Detail nicht ausdrücklich zu erwähnen. Vorerst. Er sucht den Weg durch eine Hintertür.

Fast teilnahmslos lässt Simon die Fragen über sich ergehen, den Blick auf die Tischplatte gesenkt, auf seine Hände, die da liegen, verschlungen, verknotet wie zum Gebet. Er hat dünne Finger, schmale Hände an langen Armen. Schmal sind auch seine Schultern, die er hochgezogen hat zum Kinn, das Genick eingezogen, als fürchte er Schläge.

Es fällt Strobel schwer, den Jugendlichen zu siezen. Es kommt ihm falsch vor, weil Simon so jung erscheint, wie ein Kind noch. Aber Strobel weiß, dass der Schein täuschen kann.

»Ich habe Lisa nichts getan« ist der einzige Satz, den Simon von sich aus äußert. Immer wieder. Sonst muss Strobel jede Antwort einzeln aus ihm herausziehen wie Würmer aus der Nase. Simon antwortet schwerfällig, nimmt sich Zeit. Er wirkt, als wäre er unbeteiligt, wie ein Beobachter, der sich erst an jede Szene, die er gesehen hat, erinnern muss.

Immerhin antwortet er.

Auf Fragen zur Person: Simon Bauer, achtzehn Jahre, Azubi im ersten Lehrjahr in der Stadtgärtnerei, wohnt bei seinem Vater, einem arbeitslosen Schlosser, in der Breslauer Straße. Die Mutter lebt von ihrem Exmann getrennt und arbeitet als Verkäuferin bei Aldi. Simon sieht sie fast nie.

Auf Fragen zu seiner Beziehung mit Lisa: Er kennt sie seit neun Monaten, sie sind sich in der Sporthalle an der Kleinen Schönbuschallee über den Weg gelaufen, wo er den Kraftraum benutzt und sie mit ihrer Mannschaft Handball trainiert. Trainierte. Seit einem halben Jahr sind sie ein Paar – die Kripo weiß das alles schon von Lisas Teamkolleginnen, Strobel ist dennoch froh über die Bestätigung. Simon scheint in diesen Punkten ehrlich zu sein. Es sei Lisas Wunsch gewesen, die Beziehung nicht an die große Glocke zu hängen, sagt er, wegen des Geredes und so.

Strobel denkt sich seinen Teil dazu – Simon ist nicht gerade der Vorzeigepartner.

Auf Fragen zur Tatnacht: Ja, er hat sich mit Lisa am Abend getroffen. Sie ist zu ihm nach Hause gekommen. Er ist allein gewesen, sein Vater war unterwegs in der Altstadt, saß wahrscheinlich sturzbetrunken im »Schlappeseppel«.

Ja, er hat mit Lisa Sex gehabt, bevor sie los sind zum Public Viewing. Sie hat es gewollt, hat nicht lang rumgemacht. Er hat sie jedenfalls nicht gezwungen – »Ich habe Lisa nichts getan«.

Ja, sie sind hinterher beim Public Viewing im Hofgarten gewesen. Er hat in jeder Halbzeit zwei Bier getrunken. In der Pause hat ihn Lisa noch zu einem Caipi überredet. Er hat erst nicht gewollt, aber Lisa sollte nicht merken, dass er knapp bei Kasse war.

Lisa? Hat Prosecco getrunken. Mit Aperol, Sprizz halt. Drei oder vier. In der Pause den Caipi und bei jedem Tor einen Korn. Das machen sie so im Handballteam, wenn sie Fußball gucken, weil da weniger Tore vorkommen. Wie viele Tore gefallen sind? Weiß Simon nicht mehr.

Ja, nach dem Public Viewing sind sie zum Feierkreisel an der City-Galerie. Quer durch das Schöntal. Er hat an einer dunklen Stelle versucht, mit Lisa zu knutschen, aber sie hat nicht gewollt. So sind sie bei den Ersten am Kreisel gewesen.

Nein, er ist nicht mit Lisa bis zum Ende der Feier geblieben. Es ist ihm nicht gut gegangen, vielleicht vom Bier, vielleicht weil er müde war von der Arbeit. Lisa muss ja noch nicht arbeiten. Musste. Er ist nach Hause gegangen, sie ist geblieben.

Nein, er ist nicht sauer gewesen und hat auch nicht von Lisa verlangt, dass sie mit ihm weggeht. Er hat sie schon gevögelt, einmal, das reicht ihr für einen Abend, auch wenn er noch einmal möchte. Woher er das wissen will? Er kennt sie schließlich seit einem halben Jahr. Kannte.

Nein, da war auch kein anderer. »Lisa ist keine … ist nicht so eine«, sagt Simon trotzig. Strobel entgeht nicht das leichte Zögern in seiner Stimme. Und wenn schon, ihm wär's egal gewesen, weil Lisa ja nur einmal am Abend will, beteuert Simon. Betonung auf *einmal*, nicht jeweils einmal mit verschiedenen Typen. Sie ist halt so. War … – »Ich habe Lisa nichts getan.«

Diese Beteuerung kann Strobels Zweifel nicht ausräumen. Wenn Simons Schilderung zutrifft, ist er gegen zwei Uhr nachts nach Hause gekommen. Dafür gibt es aber keine Zeugen. Auch der Vater hat Simon nicht gesehen – und Simon »den Alten« ebenfalls nicht. Er geht nur davon aus, dass der Vater betrunken im Fernsehsessel lag. Er hat kein Alibi für die Tatzeit, das ist ein Fakt.

Und er hat sich nicht gemeldet, als sich tags darauf die Nachricht von Lisas Tod verbreitete. An diesem Punkt, dem einzigen bisher, verwickelt sich Simon in Widersprüche. Zuerst will er von Lisas Ermordung gar nichts mitbekommen haben. Dann räumt er ein, dass er doch davon gehört hat, will aber vor Schock wie gelähmt gewesen sein. Deshalb habe er sich auch krankgemeldet.

So früh hat er davon erfahren? Vor der Arbeit? Strobel hakt nach, weitere Widersprüche tauchen auf.

Nein, krankgemeldet habe er sich natürlich schon früher – weil es ihm ja nicht gut ging, wie schon gesagt. Aber die Nachricht von Lisas Tod hat ihm den Rest gegeben. Er hat darüber nachgedacht, sich bei der Polizei zu melden, sich aber nicht getraut, weil er Angst hatte, er würde da mit reingezogen. »Ich habe Lisa nichts getan!«

Strobel lässt die Widersprüche schließlich stehen. Bevor er darauf zurückkommt, braucht er Belege, Beweise, Zeugen, zumindest Anhaltspunkte für das, was Simon angibt – oder für das Gegenteil. Er ordnet eine Pause an, verlässt den Vernehmungsraum, um sich einen Kaffee und Simon wie gewünscht eine Cola zu holen.

In der Kaffeeküche zwei Zimmer weiter tauscht er sich kurz mit Claudia Junk aus, die das Gespräch über Video verfolgt hat.

Der Durchsuchungsbeschluss für Simons Zimmer liegt vor, das Team steht schon bereit. Ob Strobel dabei sein will? Er verneint. »Bühler und seine Spezialisten sollen das übernehmen. Sie wissen, worauf es mir ankommt.«

»Da ist noch etwas.« Claudias Zögern verrät Strobel, dass eine unangenehme Nachricht folgt. »Simons Name ist durchgesickert. Er geistert schon durchs Internet.«

Strobel zuckt zusammen. »Genau das hatte ich verhindern wollen.« Er flucht leise.

Claudia nickt. Sie hat Strobel selten so außer sich erlebt wie nach der Polizeiaktion vom Vormittag. Der Dienststellenleiter hatte die Verhaftung organisiert – an Strobel vorbei. Sie betrachtet ihn mitfühlend, was ihn unangenehm berührt, als er es bemerkt. Eigentlich ist es Simon, der unter dieser Sache leiden muss. Leiden wird.

»Nicht mehr zu ändern«, winkt Strobel endlich ab. »Vielleicht melden sich wenigstens Zeugen, jetzt, wo die Identität des Freundes bekannt ist. Bisher sieht das ja eher mau aus.«

»Und die Medien?«, fragt Claudia. »Der Fall erweckt ziemliches Aufsehen. Überregional.«

Strobel überlegt. »Die Staatsanwaltschaft soll am Nachmittag eine Pressekonferenz geben, ich rede mit Possmann. Warten wir ab, was die Wohnungsdurchsuchung und der DNA-Abgleich bringen. Bis dahin gilt Simon nach außen als nicht verdächtig, ist das klar? Offiziell befragen wir ihn vorerst nur als Zeugen.«

»Ich sag's den anderen«, verspricht Claudia im Gehen.

Nachdenklich füllt Strobel seine Kaffeetasse nach, greift eine Cola aus dem Kühlschrank. Er weiß, er sollte die Durchsuchung des Zimmers abwarten. Dennoch juckt ihn die Sache mit dem Ring in den Fingern.

Er kehrt in den Vernehmungsraum zurück, setzt seine Tasse ab, reicht Simon die Cola und nimmt schweigend Platz. Er wird es durch die Hintertür versuchen.

»Würden Sie sich als einen religiösen Menschen bezeichnen?«

Simon scheint nicht zu wissen, worauf Strobel hinauswill. Er schaut auf, ernsthaft überrascht. »Wie meinen Sie das?«

»Gehen Sie zum Beispiel in die Kirche?«

Simon lacht auf. Die erste derartige Gefühlsregung in diesem Gespräch.

»Ist das ein Nein?«

»Kann mich nicht erinnern, wann ich zum letzten Mal in einer Kirche war. Das kam bei uns nicht so oft vor. Und seit ich mit dem Alten allein bin …« Simon senkt den Blick wieder.

»Welche Religionszugehörigkeit haben Ihre Eltern denn?«, fragt Strobel.

Simon zieht die Schultern noch etwas höher. »Ist doch alles eins.

Ich denk mal, meine Eltern sind katholisch, wenn sie überhaupt was sind. Was Christliches jedenfalls.«

»Es gibt einige christliche Religionen.« Strobel klingt weniger, als wolle er Simon auf die Sprünge helfen, sondern eher, als wolle er mit ihm über Theologie philosophieren. »Koptisch, zum Beispiel.«

Simon schaut erneut auf, lauernd diesmal.

»Nie gehört?«, setzt Strobel dazu.

»Gehört schon ...«

»Aber?« Strobel beugt sich leicht über den Tisch, halbiert die Distanz zwischen ihren Gesichtern. »Sind Sie Kopte?«

»Blödsinn«, zischt Simon, doch er entspannt sich nicht.

Er weiß, worauf ich hinauswill, denkt Strobel. Laut sagt er: »Möglicherweise haben Sie mit Religion gar nichts am Hut. Vielleicht halten Sie es mit etwas anderem. Vielleicht ...«, er legt eine kurze Pause ein, »... mit Okkultismus?«

»Und wenn schon.« Simon senkt den Kopf wieder. »Ist doch nicht verboten.«

»Hören wir auf, uns etwas vorzumachen.« Strobel beschließt, das Gespräch zu beschleunigen, auch wenn er nur vermuten kann und keine Gewissheit hat. Er schießt einen Pfeil ins Ungewisse. »Sie gehören zu einer Gruppe von Satanisten.«

Wieder ein Lachen. »Wie das klingt!« Um Zeit zu gewinnen, greift Simon nach der Colaflasche, schraubt sie auf und trinkt. Langsam. Er denkt nach, während er die Flasche absetzt und wieder zuschraubt. Er versucht einzuschätzen, was Strobel weiß. »Das war doch nix Ernstes«, sagt er schließlich.

»Was heißt nichts Ernstes?«

»Ich weiß gar nicht, ob das überhaupt was mit Satanismus zu tun hat, was wir da gemacht haben.«

Strobel schaut zu, wie sich Simons Hände wieder verschlingen, und unterdrückt den Drang, seine Finger knacken zu lassen. »Was gemacht?«

»Was man halt so macht. Wir haben uns schwarz angezogen, im Internet alles runtergeladen, was über Satanismus zu finden war. Die meiste Zeit haben wir nur drüber geredet.«

»Das war alles? Keine schwarzen Messen?« Strobel hadert insgeheim mit sich selbst. Er hätte sich auf ein Gespräch über dieses Thema besser vorbereiten müssen.

Simon scheint aber noch weniger von Satanismus zu verstehen als er. »Wir waren ab und zu nachts auf dem Friedhof. Aber das war nur so was wie 'ne Mutprobe.«

»Wer ist wir?«

»Ein paar Jungs, die ich kenne.«

»Und Mädchen?«

»Auch.«

»War Lisa dabei?«

Simon nickt. »Zweimal«, antwortet er präzise. »Insgesamt haben wir das überhaupt nur fünfmal gemacht.«

»Dass ihr nachts auf Friedhöfe seid? Wozu überhaupt?«

»Wir haben Kerzen aufgestellt. Einer hat satanische Texte vorgelesen. Die waren aus dem Internet.«

»Sonst nichts? Das kann ich gar nicht glauben.«

»Wir waren noch ganz am Anfang. Haben das einfach nur ausprobieren wollen. Ich weiß, dass welche dabei waren, die sich was Geiles davon versprochen haben. Ich fand das blöd. Hab nur noch mitgemacht wegen der Clique.«

»Trotzdem haben Sie Lisa mitgenommen?«

»Das war ihre Idee. Ich glaub, die hat das irgendwie angemacht. Ich fand's umso blöder.«

»War Ihre Clique organisiert?«

»Was heißt'n das?«

»Gehören Sie irgendeiner Sekte an, einem satanischen Zirkel, etwas in der Art?« Wieder muss Strobel vage bleiben, weil ihm Kenntnisse fehlen.

»Quatsch«, gibt Simon zurück. »Das ist einfach so entstanden. Hab ich ja schon gesagt: aus 'ner Mutprobe raus.«

»Aber Sie benutzen ein Abzeichen.«

Simon sieht ihn an, äußerlich teilnahmslos. Aber Strobel entgeht nicht, dass es unter der Oberfläche erneut arbeitet. Er wartet ruhig, bis die Antwort kommt. Als Frage:

»Sie meinen die Ringe?«

»Ringe. Zum Beispiel«, bestätigt Strobel. »Haben Sie Ringe als Abzeichen?«

Simon nickt. »Wir dachten, das gehört dazu.«

»Wer hatte denn die Idee mit den Ringen?«

Simons Blick bleibt an Strobel haften. Wieder nimmt er sich Zeit. »Keine Ahnung«, antwortet er schließlich.

»Können Sie sich erinnern, wer die Ringe besorgt hat?«, bohrt Strobel weiter.

»Das war ich«, erwidert Simon, diesmal ohne zu zögern.

Er weiß, dass wir das rausfinden, denkt Strobel. Jetzt ist er es, der sich um eine unbeteiligte Haltung bemüht. Simon soll auf keinen Fall bemerken, wie wichtig ihm dieser Punkt ist. »Wie sind Sie an die Ringe gekommen?«

»Übers Internet. Da ist das null Problem.« Plötzlich wird Simon misstrauisch. »Ich hab gedacht, das wissen Sie längst …«

Strobel geht nicht darauf ein. »Sie tragen Ihren Ring gar nicht.« Sein Kinn deutet auf Simons Hände.

»Ich trag keine Ringe. Und keine Ketten. Das ist was für Schwule. Ich hab den Ring nur in der Clique angezogen. Für unsere Treffen.«

»Und wo ist er jetzt?«

»Zu Hause, wo sonst?«

»Hat Lisa auch so einen Ring besessen?«

»Keine Ahnung. Wahrscheinlich. Alle, die dabei sind, bekommen einen.«

»Wie viele sind denn dabei?«

Simon betrachtet seine Hände, als wollte er an den Fingern abzählen. »Zehn oder elf. Ich hab im Internet zwanzig Ringe bestellen müssen, die restlichen liegen bei mir rum. Da können Sie es ja sehen.«

»Das heißt, Lisa könnte so einen Ring bei einem Ihrer, ich sag mal … Treffen bekommen haben. Oder sie könnte einen bei Ihnen zu Hause mitgenommen haben.«

»Korrekt«, sagt Simon flapsig.

»Hat Lisa ihren Ring getragen?«

Simon schüttelt den Kopf. »Nicht, wenn sie mit mir zusammen war.«

»Auch nicht beim Public Viewing vorgestern? Oder bei der WM-Party am City-Kreisel?«

»Ganz bestimmt nicht. Was soll diese Fragerei?« Er wackelt ärgerlich mit dem Kopf.

»Hat sie ihren Ring bei sich gehabt?«

»Woher soll ich das wissen?« Simon schaut auf. »Ich kram nicht in den Taschen anderer Leute rum.«

Strobels Handy piept. Eine SMS. Er schaut nach. Claudia will ihn in der Kaffeeküche sprechen. »Kurze Pause«, sagt er, schaut auf Simons halb volle Colaflasche und dann auf die Armbanduhr. »Ich glaube, wir sollten dann erst mal was essen.«

»Ich hab keinen Hunger«, gibt Simon trotzig zurück. »Wie lang muss ich überhaupt noch bleiben?«

»Darüber reden wir gleich«, sagt Strobel und verlässt den Raum.

»Du hattest recht mit den Zeugen«, empfängt ihn Claudia. »Offensichtlich hilft der Name einigen Leuten auf die Sprünge. Zwei haben sich gemeldet. Sie haben Simon am Feierkreisel gesehen. Mit Lisa.«

»Und?«

»Sie hatten einen Streit.«

Strobel hat das erwartet, das ist ein Punkt, auf den er später kommen wollte. »Heftig?«

»Sehr«, bestätigt Claudia. »Simon soll Lisa bedroht und sogar nach ihr geschlagen haben. Die Aussagen stimmen überein.«

Jetzt lässt Strobel die Finger knacken. Simon hat ihm über die Vorgänge am Feierkreisel nicht die Wahrheit gesagt. Ein neues Verdachtsmoment. »Trotzdem«, sagt er laut, als hätte Claudia seine Gedanken hören können. »Du weißt, wie die Leute reden, wenn sie erst mal meinen, dass wir einen Verdächtigen haben. Wir müssen genau wissen, was da dran ist. Bestell sie zu uns!«

»Schon geschehen.«

»Hast du alles mitgekriegt?«, erkundigt sich Strobel.

Claudia nickt. »Die Sache mit dem Ring bleibt komisch, oder?«

»Ich will wissen, wer bei diesen Friedhofsspielen noch dabei war«, sagt Strobel, während er sich zum Gehen wendet. »Simon soll mir eine Liste zusammenstellen.«

***

Carstens Reich sah aus, als wäre die Zeit stehen geblieben. Stiller hielt an der Tür kurz inne, einer grauen Stahltür mit zwei Flügeln, hinter der sich eher eine Lagerhalle vermuten ließ denn das alte Archiv, das »Papierarchiv« der Zeitung. Trotz der drei großen Fenster in der Wand an der rechten Seite wirkte der Raum düster. Carsten hatte die Scheiben abgedunkelt, angeblich, weil zu viel Sonne den Zeitungsausschnitten schade, vermutlich aber, weil das Licht den Staub sichtbar gemacht hätte, der durch die Archivluft schwebte. Stiller schnupperte. Es roch nach trockenem Papier und Druckerschwärze.

Langsam gewöhnten sich seine Augen an das Halbdunkel. In der Mitte des Raums stand ein großer Schreibtisch, auf dem sich Zeitungsexemplare und Archivmappen zu Türmen stapelten und ein Bollwerk gegen die Tür bildeten. Dazwischen häuften sich Fotokopien und Ausdrucke, die ein gigantischer Drucker rechts neben der Tür ausspuckte, wozu er merkwürdig rumpelte. An der Wand links der Tür stand ein Apparat, der besonders vorsintflutlich anmutete: ein schreibtischgroßes Lesegerät für Mikrofilme. Die Filmrollen lagen in ordentlich beschrifteten Pappkartons in einem Sideboard neben dem Lesegerät.

Der Tür gegenüber bildete ein billiges Blechregal eine künstliche Wand, vollgestopft mit ebenfalls fein säuberlich beschrifteten Aktenordnern, mit Heimatbildbänden und Literatur zu geschichtlichen Ereignissen in der Region, mit Jahres-, Geschäfts- und Rechenschaftsberichten, Jubiläums- und anderen Festschriften, die sich keinem besonderen Thema zuordnen oder nicht in den Hängeregistraturen unterbringen ließen, in denen Carsten die Zeitungsausschnitte sammelte. Die füllten sechs bewegliche Archivblöcke im Raum hinter der Regalwand.

»Klopf, klopf«, machte sich Stiller bemerkbar. Aus dem Raum hinter dem Blechregal kam ein Geräusch, jemand bewegte sich rasch.

»Moment«, schallte es zurück. Ein rauchiger Bass. Es klapperte.

Stiller grinste. Er wusste, dass Carsten dahinten eine Klappliege aufbewahrte. Besuch im Archiv war im Digitalzeitalter selten geworden. Carsten verdankte seinen Job nur noch den wenigen Lesern, die unbedingt eine Kopie der Originalzeitung vom Geburtstag eines Altersjubilars verschenken wollten, den lokalpatriotischen Geschichtslehrern, die ihre Schüler zu altmodischen Recherchen im Archiv der Heimatzeitung zwangen, oder den Vereinsmeiern, die sich bei der Zusammenstellung von Chroniken lieber auf die überschaubare Zahl von Zeitungsartikeln verließen als auf die endlose und schwer nachprüfbare Flut von Internetveröffentlichungen.

»Paul!« Carsten tauchte in dem schmalen Durchgang an der Fensterwand auf, der in den Nebenraum führte. »Hätte ich mir denken können. Wer schneit sonst zu dieser nachtschlafenden Zeit hier herein?« Eilig lief er an seinem Schreibtisch vorbei und knallte mit dem Knie eine Schublade zu. Flaschen klirrten.

Stiller hob eine Braue und tat so, als hätte er nichts gehört. Carsten wirkte wie ein Fossil, wie der unverwüstliche Zeuge einer längst vergangenen Epoche. Die schwarzen langen Locken waren grau und strähnig geworden – und oben sehr dünn, wie Stiller nicht ohne Befriedigung bemerkte. Der früher schlanke Körper sah jetzt dürr und klapprig aus, unwillkürlich musste Stiller an Kleinschnitz denken. Und wie Kleinschnitz war auch Carsten schon ein paar Jahre über die siebenundsechzig Jahre hinaus, die ihm eine Rente garantierten, die ihm aber zu schmal war, um davon leben zu können.

Carsten setzte sich auf die Schreibtischkante und schmunzelte verlegen. »Du schaust hier nur vorbei, wenn du etwas von mir willst. Also schieß los!«

»Ich recherchiere in einem alten Mordfall.« Mit drei Schritten war Stiller am Schreibtisch, zog sich einen der verwaisten Bürostühle heran und setzte sich ungefragt. »Ist genau zwanzig Jahre her. Der Parkhausmord.«

»Parkhausmord?« Carsten schüttelte ungläubig den Kopf. »Ach, das ist ja süß. Da kommst du zu mir, weil du die alten Artikel einsehen möchtest.« Sein Bass verlor den rauen Ton, Carsten sprang auf die Füße, lebte sichtbar auf. »Dass ich das noch einmal erleben darf!«

»Nicht so schnell, lass mich ausreden«, bremste ihn Stiller. Jetzt war es an ihm, verlegen zu schmunzeln. »Die Artikel hab ich mir, ehrlich gesagt, schon im digitalen Archiv angesehen.«

Carsten setzte sich wieder, seufzte ergeben. Aber sofort hellte sich sein Blick wieder auf. »Trotzdem brauchst du mich, stimmt's? Sonst wärst du ja nicht hier.«

»Stimmt«, sagte Stiller. »Es gab damals etliche Recherche-Unterlagen, Fotokopien, schriftliche Stellungnahmen, Internetausdrucke und so, die in den Artikeln nur zitiert werden. Ich würde mir gern ansehen, was von den Originalen im Archiv gelandet ist.«

Carsten nickte eifrig. »Kein Problem.« Er gab Stiller einen Wink, ihm hinter die Regalwand zu den Archivblöcken zu folgen. »Parkhausmord, sagst du? Name des Opfers?«

»Lisa Falk.«

Carsten tippte eine Tastenkombination auf einem Zahlenfeld. Einige der stählernen Archivblöcke setzten sich ratternd in Bewegung. Zwischen dem dritten und vierten Block tat sich ein Gang auf. Carsten zwängte sich hinein, zog eine Lade auf und schob sie wieder zu, nachdem er den Zeigefinger über die Reiter der Kladden streifen lassen und die Aufschriften überflogen hatte. Stattdessen öffnete er die benachbarte Lade.

»Da ist sie«, sagte er befriedigt. »Lisa Falk.« Er zog die Hängeregistratur heraus und wog sie in der Hand. »Na, da hat sich ja doch einiges angesammelt.«

Stiller streckte den Arm aus, doch Carsten drückte die Kladde an seine Brust, als wäre sie ein Baby, das er vor dem Zugriff eines Fremden beschützen wollte. Mit der Hüfte schloss er die Lade. »Du kennst die Regeln«, brummte er. »Erst wird eingetragen und unterschrieben, dann kannst du das Ding nach Herzenslust zerfleddern.«

Widerspruchslos folgte ihm Stiller nach vorn. Carsten trug den Namen der Kladde in eine Liste ein. Handschriftlich. Auf Papier. Carsten war der einzige Mensch in diesem Verlagshaus, der Kollegen seines Alters davor bewahrte, sich wie Fossile zu fühlen. Er war auf jeden Fall aus einer Ära vor ihnen.

Als habe er Stillers Gedanken gelesen, zog Carsten den Hemdsärmel zurück. Eine Smartwatch des neuesten Typs kam zum Vorschein. »Trinkst du einen Kaffee mit?« Ohne eine Antwort abzuwarten, hauchte sein rauer Bass ein »deux petits cafés noirs« in Richtung Uhr.

Stiller schrak zusammen. Hinter ihm begann eine Kaffeemaschine zu fauchen.

»Toll, was?« Carsten hob den Arm und hielt Stiller das Gelenk mit der Uhr vors Gesicht. »Ich wickele alles über das Ding hier ab. Zu Hause und im Büro, alles vernetzt.«

»Ich bin erstaunt«, gab Stiller zu. »Ich wusste gar nicht, dass du Französisch sprichst.« Er schob einen Zeitungsstapel weg, um sich auf dem Schreibtisch Platz zu schaffen, legte die Mappe ab und schlug sie auf, während ihm Carsten den Kaffee servierte.

»Hab ich so eingestellt. Das Ding versteht fünfundvierzig Sprachen. Ich wechsele wöchentlich zwischen Englisch, Französisch, Italienisch und Spanisch, um in Übung zu bleiben.«

»Du solltest lieber Chinesisch üben. Oder was Arabisches. Das sind die Sprachen, auf die es heute ankommt.« Stiller wollte sich auf die Unterlagen konzentrieren, doch seine Gedanken schweiften ab. Seit die Chinesen den halben Produktionsmarkt in Deutschland beherrschten, war Mandarin die zweite Fremdsprache an vielen der neuen Gemeinschaftsschulen – nach Englisch. Und in den arabischen Ländern standen die gigantischen solarthermischen Kraftwerkparks, auf die Deutschland nach dem Atomausstieg dringend angewiesen war. Im Gegenzug genossen die Bürger dieser Länder bei der Einreise eine Freizügigkeit, von der die Rumänen oder Bulgaren vor zwanzig Jahren nur hatten träumen können.

»Was ist los?« Carsten stellte sich neben Stillers Stuhl und rührte in seinem Kaffee. »Träumst du? Ich denke, du suchst was ...« Er warf einen Blick über Stillers Schulter.

»Richtig.« Stiller begann zu blättern. »Die Artikel kenne ich bereits von der digitalen Recherche. Wahrscheinlich sogar einige mehr, als du hier aufgehoben hast.«

»Logisch.« Carstens Bass klang ein wenig beleidigt. »Schließlich war ich damals darauf angewiesen, was ihr mir geliefert habt. Das Internet dagegen kennt alles. Und vergisst nichts.«

Stiller hielt kurz inne. »Merkwürdig, dass du das sagst. Eigentlich bin ich gerade deshalb hier, weil sich im Internet ein paar Sachen eben nicht mehr finden lassen.«

»Wetten, dass doch?« Carsten räusperte sich. »Natürlich nur, wenn die richtigen Leute suchen.«

»Kerstin ist schon dran.« Stiller beugte sich wieder über die Mappe.

Carsten schlürfte geräuschvoll an der Kaffeetasse, bevor er weitersprach. »Ich meine einen Spezialisten fürs alte Zwo-Null-Netz, so was wie einen Internet-Archäologen. Mich zum Beispiel.« Da Stiller stumm blieb, wechselte Carsten das Thema. »Also, was genau suchst du?«

»Einen Namen«, sagte Stiller. »Es gab damals den Ausdruck einer Facebook-Seite, Bausback hat daraus zitiert. Ich will wissen, wie der Autor eines der Zitate heißt.«

Carsten schlürfte erneut. »Trop sucré«, beschwerte er sich anschließend bei seiner Uhr.

»So-rie«, gab sie zurück.

»Allerdings ist die Seite gelöscht«, fuhr Stiller fort. »Kerstin hat vielleicht noch ein paar Screenshots davon, aber das ist mir zu vage. Außerdem will ich nicht warten.«

»Was hat es damit auf sich? Ich meine, warum ist dir der Name so wichtig?«

»Ich will mit dem Menschen reden, der das geschrieben hat. Er weiß mehr, als damals bekannt war. Glaube ich jedenfalls.«

Interessiert beugte sich Carsten vor. »Bist du sicher, dass Bausback den Ausdruck damals überhaupt ins Archiv gegeben hat?«

»Nicht sicher, nein. Aber der Ausdruck stammte von Fenia Saalbach, und sie hat ihn bestimmt aufgehoben. Meine Schule.« Stillers Ton hatte einen Anflug von Eitelkeit.

Tatsächlich fanden sich zwischen den Kopien der Zeitungsartikel zahlreiche Ausdrucke von E-Mails. Fenia hatte sich damals nicht auf das elektronische Archivsystem für Mails verlassen – wie Stiller und viele andere Kollegen. Doch irgendwann hatte Bausback das Ausdrucken verboten. Das Ziel war damals die »papierlose Redaktion«. Was einer gewissen Logik nicht entbehrte, wie Stiller zugeben musste. Die teuren Computer, die digitale Produktion, der wachsende Zugriff auf die elektronischen Produkte des Verlags, während die Printauflage schrumpfte – da schien es anachronistisch, digitale Quellen auszudrucken und zu archivieren, statt sie auf den Servern des Verlags zu speichern oder später in der Cloud, die nicht einmal mehr Platz und Wartung beanspruchte. Zumal Ausdrucke und Kopien zusätzliche Papierkosten verursachten.

»Du träumst schon wieder.« Carsten riss ihn unsanft aus den Gedanken, indem er ihm einen Stoß mit dem Ellbogen versetzte. »Ich will gleich Mittag machen. Du weißt, ich bin Pünktlichkeitsfanatiker.«

Folgsam blätterte Stiller weiter. Er hatte die Mappe schon zur Hälfte durch. »Sieht schlecht aus«, murmelte er.

»Lass mich mal.« Carsten stellte die Kaffeetasse ab, zog Stiller ungeduldig die Mappe weg und begann sie mit erstaunlich flinken Fingern zu durchforsten. Die Artikel überschlug er kommentarlos, bei den Ausdrucken teilte er Stiller halblaut mit, worum es sich handelte. »Pressemitteilung der Kripo … Stellungnahme der Staatsanwaltschaft … Mutmaßungen eines Psychologen über Lisas Freund …«

»Davon hätte ich gern eine Kopie«, unterbrach ihn Stiller. »Vielleicht gibt das was her.«

»Gern.« Carsten legte die Blätter zur Seite und nahm sich wieder die Mappe vor. »Hier wird es interessant. Ein ganzes Bündel von Ausdrucken mit Rechercheergebnissen aus dem Internet. Ja – und was haben wir denn da?« Carsten zog zwei Blätter heraus und präsentierte sie Stiller mit einem triumphierenden »Tatata-taa!«. Es war ein Auszug aus dem Kondolenzbuch bei Facebook. »Ist es das, was du suchst?«

»Steht da irgendwo etwas von einem Ring?« Stillers Lesebrille war verrutscht, mit dem Zeigefinger rückte er sie zurecht. Kopf an Kopf durchforstete er mit Carsten die beiden Seiten. Plötzlich bohrte er seinen Finger in das Papier. »Das ist es.«

»Dieses Monster steckt seinem Opfer auch noch einen Ring an, als wär's seine Braut«, las Carsten vor. »Autor: Riesenmotz.« Er sah auf.

»Ein Nickname«, sagte Stiller enttäuscht.

»Was hast du denn erwartet? Dass da jemand im Internet hetzt und dazu seinen eigenen Namen benutzt?« Carsten verschwand mit dem Facebook-Ausdruck und dem Psychologengutachten in Richtung Kopiergerät.

Stiller blätterte lustlos in der Mappe weiter. Er fand keine weiteren Auszüge aus dem Kondolenzbuch. Wenigstens hatte er Kerstin Polke nicht unnötig auf die damalige Seite angesetzt. Er brauchte unbedingt mehr davon, er hatte vor, dem Verlauf der Internethetze einen eigenen Beitrag zu widmen.

Carsten kehrte zurück und legte ihm die Kopien hin. »War's das?«

»Vorerst ja.« Stiller sammelte die Blätter ein.

Carsten räumte die Mappe zurück. »Lass uns was essen!«, schlug er vor.

Aus Stillers Smartwach klang das Bellen eines Schäferhunds. »Ich befürchte, daraus wird nichts. Bausback ruft an.«

»Was Ernstes?« Carstens Gesicht lugte aus dem Durchgang.

Stiller zuckte die Schultern. »Wahrscheinlich eine Seniorendemo.« Er seufzte. Was den Parkhausmord betraf, konnte er den Nachmittag voraussichtlich abschreiben.

6

Nach dem dritten Freizeichen schaltete sich der Anrufbeantworter ein. Stiller hatte seit mehr als zehn Jahren nichts mehr von Fenia gesehen oder gehört, aber es war unverkennbar ihre Stimme – so frisch, wie er sie in Erinnerung hatte. »Wahrscheinlich hab ich gerade zu tun. Sprich was drauf oder schick mir 'ne Nachricht!«

Er schnaufte tief.

»Reg dich nicht auf, die Rückrufbitte ist bereits gesendet«, beruhigte ihn die Smartwatch sofort im Ton einer Krankenschwester. Sicher stellte das Ding an seinem Pulsschlag fest, wie er drauf war, vermutete Stiller nicht zum ersten Mal.

Tatsächlich war seine Laune im Keller. Wie er befürchtet hatte, war er am Nachmittag wegen einer Seniorendemo nicht dazu gekommen, sich mit dem Parkhausmord zu beschäftigen. Und jetzt war Fenia nicht mehr zu erreichen. Das ärgerte ihn doppelt. Zum einen, weil er unbedingt wissen wollte, ob nach Lisas Ermordung irgendwann der ominöse Ring ein Thema gewesen war – wenn es ihn überhaupt jemals gegeben hatte. Zum anderen hatte er sich insgeheim ein wenig auf das Telefonat mit der früheren Kollegin gefreut.

Er lehnte sich im Bürosessel zurück und massierte sich mit Daumen und Mittelfinger der linken Hand die Schläfen. Immerhin hatte ihn die Demo auf andere Gedanken gebracht. Anlass war eine Entwicklung, die nach den deutschen Metropolen jetzt auch die Mittelstädte am Rande der Ballungsgebiete erreicht hatte: der Verkauf von Gotteshäusern der christlichen Kirchen an andere Religionsgemeinschaften, vorwiegend islamische. Die früher noch großen Pfarreien beugten sich dem Mitgliederschwund und trennten sich von den Betonbauten aus der Wirtschaftswunderzeit des vergangenen Jahrhunderts, die heute kaum noch zu unterhalten waren.

Auch in Aschaffenburg war das nichts Neues. Die Josefskirche in Damm war bereits verkauft, diesmal ging es um die Piuskirche im Osten der Stadt. Der Bau aus den 1960er-Jahren mit drei weiten

Kirchenschiffen stand in einem alten Wohngebiet mit riesigen Gärten. Zur Zeit des Kirchenbaus wimmelte es hier von Kindern, doch sie waren längst weggezogen. Geblieben waren die Eltern, die inzwischen zu den Hochbetagten zählten. Allerdings hielten gerade in dieser Altersgruppe viele am Glauben fest. Sie fühlten sich mit dem Verkauf der Kirche selbst verkauft und wehrten sich vehement dagegen. Das Zentrum des Widerstands lag im Seniorenpflegezentrum, das unweit der Piuskirche an der Würzburger Straße stand.

Übrigens vor zwanzig Jahren gebaut, dachte Stiller. Sein Bericht stand noch auf dem Tablet, er beugte sich vor, um diesen Hinweis einzufügen. Er erinnerte sich so genau, weil es damals einen längeren Streit um das Projekt gegeben hatte, lag doch die Hauptverkehrsader im Osten Aschaffenburgs gleich vor der Tür des Altenheims.

Genau das hatten sich die Heimbewohner jetzt zunutze gemacht, um gegen den Verkauf der Kirche und die langen Wege zum nächsten Gotteshaus zu protestieren. Sie hatten sich für ein Walk-'n'-Roll-in entschieden. Als Stiller am Nachmittag dort eingetroffen war, hatte sich ihm ein skurriles Bild geboten. Er wischte mit dem Finger über den Schirm und suchte die Passage in seinem Bericht.

»Im Gänsemarsch überqueren die hochbetagten Demonstranten an der Fußgängerampel die Würzburger Straße, die einen auf Stöcke, die anderen auf Rollatoren gestützt. Rüstige Senioren schieben Pflegebedürftige in Rollstühlen vor sich her. Wer eine Straßenseite erreicht, kehrt sofort um und zur anderen zurück. Der Strom reißt auch während der Rotphasen nicht ab. Rasch staut sich der Verkehr in beide Richtungen. An der Ampel gibt es Auffahrunfälle, weil die Kofas-Steuerung der Autos mit dem Schneckentempo der Prozession nicht zurechtkommt.«

Stiller lächelte in sich hinein, seine Laune besserte sich wieder. Genau in diesem Straßenabschnitt der Würzburger hatte die nahe gelegene Hochschule das System der »Kooperativen Fahrzeugsicherheit«, kurz Kofas, getestet, das sie mit Fördergeldern der Automobilindustrie entwickelt hatte – wiederum vor gut zwanzig Jahren. Heute war das Stand der Technik, doch damals hatte der

Datenaustausch zwischen den Bordcomputern der Autos, den Kameras an den Ampeln und den Transpondern in den Smartphones von Fußgängern oder anderen Verkehrsteilnehmern noch Aufsehen erregt. Viele hatten daran gezweifelt, dass Fahrzeuge durch diese digitale Kommunikation ohne Eingreifen der Fahrer auf drohende Verkehrsstörungen reagieren würden.

Heute war das System zwar ausgereift, doch es war auf überraschende Hindernisse ausgelegt. Auf Kinder, die bei Rot auf die Straße laufen, auf Radler, die plötzlich die Spur wechseln, oder auf Autos, die bei »Dunkelgrün« noch schnell abbiegen. Die leicht berechenbare, aber gemächliche Störung durch das Walk-'n'-Roll-in war nichts für Kofas, zumal in dieser Altersgruppe kaum jemand eine Smartwatch oder etwas Vergleichbares mit Transponder bei sich trug.

Stiller ging seinen Text weiter durch. »Darüber hinaus haben die Senioren den Nachmittag für ihre Aktion ausgewählt. Die Temperatur liegt bereits über dreißig Grad, zusammen mit der ungewöhnlichen Belastung sorgt das für Kreislaufprobleme. Zwei Notärzte sind vor Ort, immer mehr Sankas werden dazugerufen, um die Opfer zu versorgen. Am Ende ist die Straße blockiert, gibt es für den Verkehr kein Durchkommen mehr.«

Waren diese Menschen wirklich so verzweifelt, dass sie ihr eigenes Wohl aufs Spiel setzten? Die Piuskirche war für das Seniorenzentrum ohne größere Bedeutung, jeden zweiten Sonntag gab es in der Hauskapelle einen Gottesdienst. Er wurde sogar in die Zimmer der Heimbewohner übertragen, die ans Bett gefesselt waren. Das hatte Stiller vom katholischen Dekan Janusz Kowalski erfahren, der in seiner schwarzen Soutane mit dem steifen Priesterkragen am Rande der Demonstration auf und ab hüpfte wie ein aufgeregter Rabe. Es war ihm nicht gelungen, die Gemüter zu besänftigen. Seine Ermahnungen gingen in Sprechchören unter wie »Lasst die Kirche im Dorf« oder »Wirf die Händler aus dem Tempel«.

Einen Augenblick lang hatte es für Kowalski brenzlig ausgesehen, zwei ältere Frauen hatten ihn mit ihren Stöcken attackieren wollen. Eine von ihnen war Stiller erst bei der Demo am Vortag begegnet, Frau Leisner. Rasch war er dazwischengegangen und hatte die Gelegenheit genutzt, Kowalski um eine Stellungnahme zu bitten.

Stiller hatte sie in seinen Bericht eingebaut: »Sie müssen unsere Situation verstehen«, so Kowalski. »Durch die Kirchenaustritte fehlt uns das Geld, alle Gotteshäuser zu unterhalten. Dazu kommen riesige Sanierungskosten durch die verschärften Energieverordnungen. Es liegt im Sinne einer dauerhaft gesicherten Seelsorge, wenn wir diese Kirchen verkaufen.«

An dieser Stelle hatte sich ein Mann im Elektrorollstuhl zwischen sie gedrängt. »Glauben Sie ihm kein Wort«, hatte er sich an Stiller gewandt. »Oder fragen Sie ihn doch, warum sich eine islamische Religionsgemeinschaft ein Objekt leisten kann, das angeblich so teuer ist.«

Kowalski hatte die Arme ausgebreitet. »Sie wissen genau, dass die von den Energiestaaten unterstützt werden.«

Nach Stillers Recherchen traf das nur zum Teil zu. Die islamischen Gemeinschaften schüttelten das Geld auch nicht aus den Ärmeln, doch sie sparten beim Kauf der Kirchen im Gegenzug die Neubaukosten und das aufwendige Genehmigungsverfahren.

Gotteshaus bleibt Gotteshaus, dachte Stiller. Für den Betrieb einer Kirche als Moschee war nicht einmal eine Nutzungsänderung erforderlich. Außerdem ließen sich die Kirchtürme als Minarett nutzen. Damit entfiel der ideologische Streit, der sich früher daran entsponnen hatte. Der Gebetsruf blieb in Aschaffenburg allerdings auf die Freitage und die Feste der Moslems beschränkt – wie das Glockenläuten auf die Sonntage und die kirchlichen Feiertage.

Stiller hatte in seinem Bericht auch den Sprecher der Käufergemeinschaft zu Wort kommen lassen, Alkan Özer: »Wir haben Verständnis für die Enttäuschung dieser Menschen, die ihr geliebtes Heiligtum verlieren. Gleichzeitig sind wir unseren Mitbürgern dankbar, dass sie unsere Religion und Bedürfnisse respektieren und ihr Protest keinen islamophoben oder gar ausländerfeindlichen Hintergrund hat.«

Die Wogen von einst hatten sich inzwischen geglättet, schon durch den gesellschaftlichen Wandel. Die Hälfte der jungen Erwachsenen Mitte zwanzig hatte heute Migrationshintergrund. Sie waren mit den heimischen Kindern aufgewachsen, hatten die üblichen Freundschaften geschlossen und die gewöhnlichen Fehden unter sich ausgetragen. Die Stadt und die Politik waren allmählich bunter geworden, die Moslempartei war bei der letzten Kommunalwahl sogar mit Fraktionsstärke in den Stadtrat eingezogen.

Die älteren Bevölkerungsgruppen taten sich mit dem Wandel schwerer – bis heute. Dennoch hatte sich der Protest der Heimbewohner am Nachmittag eher gegen die Vertreter der eigenen Kirche gerichtet. Die Senioren hatten ihr Walk-'n'-Roll-in noch eine Weile fortgesetzt und waren erst zurückgewichen, als eine Spezialeinheit der Polizei aufmarschierte und am Straßenrand eine Kette formierte. Auf eine körperliche Auseinandersetzung mit den Ordnungshütern hatten es die Hochbetagten nicht ankommen lassen.

Punkt siebzehn Uhr gab Stiller den Artikel über die Demo frei und befahl dem Tablet, sich abzumelden. Er überlegte, ob er die Smartwatch nach der Nummer der Sicherheitszentrale im City-Hochhaus suchen lassen sollte, entschied sich aber, lieber dort vorbeizuradeln.

Draußen hatte es kaum abgekühlt, es gab noch immer keine Anzeichen für den sonst zu dieser Zeit üblichen Regen. Die Luft über dem Asphalt flimmerte, die Straße wirkte wie die Oberfläche eines Sees. An der City-Galerie schob Stiller das Fahrrad in den Ständer am Haupteingang. Er betrat die untere Halle des Einkaufszentrums und steuerte den Seitenflur an, der zum Büroturm führte. An der Tür ließ er den Finger über die Klingelschilder gleiten, fand »Security« und drückte den Knopf.

Es dauerte eine Weile, bis es in der Gegensprechanlage endlich knackte. »Ja?«

»Mein Name ist Stiller. Ich komme von der Zeitung und hätte ein paar Fragen, Herr – ähm …«

»… Bach. Fragen wozu?«, kam es im Offizierston.

»Ich bin auf der Suche nach einem Ihrer Mitarbeiter. Oder einem früheren Mitarbeiter. Um ehrlich zu sein, ich weiß nicht, ob er noch bei Ihnen arbeitet.«

»Wie war der Name?«

Stiller räusperte sich. Hatte er sich nicht gerade vorgestellt? Er wurde vergesslich. »Stiller«, sagte er.

»Das haben Sie schon gesagt, wissen Sie das nicht mehr? Ich meine den Namen des Mitarbeiters.«

»Stefan«, sagte Stiller. »Stefan R. Sein Nachname findet sich im Zeitungsarchiv leider nur abgekürzt.«

»Haben Sie 'nen Presseausweis? Sonst kann ich Sie nicht reinlassen.«

Stiller zog die Plastikkarte aus der Tasche und hielt sie vor die Linse der Türkamera. Wieder musste er eine Weile warten, dann ertönte der Summer. Da keine Anweisungen folgten, drückte er die Tür auf und trat ins Treppenhaus.

Die Sicherheitszentrale lag ein Stockwerk höher – strategisch günstig in einem Zwischengeschoss, von wo aus sich die beiden Ebenen des Einkaufszentrums rasch erreichen ließen. Stiller durchquerte einen muffigen Flur, vorbei an einem Umkleideraum mit Stahlspinden und einer Garderobe, die voller Alltagskleider hing. Auf der anderen Seite gingen Duschen und Toiletten ab, offensichtlich die Quelle des modrigen Geruchs.

»Hier rein.« Aus dem Zimmer am Ende des Flurs schallte die Offiziersstimme, die Stiller schon von der Gegensprechanlage kannte.

Stiller betrat den Raum und schaute sich verblüfft um. Er hatte einen modernen Kontrollraum erwartet, vollgestopft mit jeder Menge Hightechgerät, mit allem, was das E-Management so hergab. Doch abgesehen von einer Screenwand mit einem großen und einem Dutzend kleiner Schirme, die sich vermutlich beliebig kombinieren ließen, war das Ambiente ähnlich angestaubt wie Carstens Archiv. Ein Räuspern lenkte seinen Blick auf Bach. Stiller wurde rot. Hatte er vorhin »Herr« gesagt? Die Person vor ihm war offensichtlich eine Frau, wenn sie auch sehr männlich wirkte – und klang. Stiller dachte an russische Zehnkämpferinnen oder amerikanische Obristinnen. Helmartige graue Haare, harte Gesichtszüge mit einem leichten Damenbart über der Oberlippe. Dazu ein untersetzter, schwerer Körper, der den betagten Bürosessel unter sich gefährlich knirschen ließ.

»Hallo«, brachte Stiller heraus.

Sie rollte die Augen, streckte den Arm aus und stieß sich mit den Füßen ab. »Nennen Sie mich Mary, das tun hier alle.« Der

Bürosessel schrubbte über einen aufgerubbelten Teppichboden, die Räder hatten den Dienst längst eingestellt. Offensichtlich arbeitete Mary häufig in diesem Büro. Herzlich presste sie Stillers Hand, er glaubte, es knacken zu hören.

»Was wollen Sie von Stefan?«, redete sie nicht lang um den heißen Brei. Sie ruderte ein Stück zurück, wuchtete einen Stapel Pizzakartons auf den musealen Funktisch an der Screenwand und deutete auf den alten Holzstuhl, den sie darunter freigelegt hatte: »Ich mag's nicht, wenn jemand steht, mit dem ich rede.«

Stiller setzte sich folgsam.

»Also?« Sie wandte sich den Pizzakartons zu, klappte den obersten auf und griff mit den Händen hinein. Sie trennte zwei längst erkaltete Pizzastücke, die der getrocknete Käse zusammenhielt, und nahm eines heraus. Dann hielt sie Stiller den Karton hin. »Auch was?«

»Danke, nein«, sagte Stiller. Als er sah, wie sich ihr Blick verfinsterte, fügte er rasch hinzu: »Tut mir leid, aber – kein Cholesterin.«

»Verstehe«, sagte sie. »Das Alter. Ich darf eigentlich auch nicht.« Dann biss sie zu und betrachtete Stiller neugierig, während sie kaute.

Wie es aussah, war er jetzt dran. »Ich möchte gern mit Stefan reden«, sagte er. »Für einen Zeitungsbericht. Er war Zeuge in einem Mord, der sich hier vor vielen Jahren zugetragen hat.«

Sie kaute und deutete mit dem Pizzastück auf Stiller. »Ich hab's mir fast gedacht, dass Sie deshalb nach ihm fragen.« Sie klang triumphierend, offensichtlich war sie stolz auf ihre hellseherische Gabe. »Aber er war kein Zeuge, wissen Sie? Er kam erst nach dem Mord dazu.« Sie biss erneut in die Pizza.

»Ja, ich weiß. Aber er hat die Leiche gefunden. Vielleicht erinnert er sich noch an ein paar Details, die für die Leser interessant sind.«

»Mmh«, sie schluckte den Bissen hinunter. »Ich war übrigens auch hier, in dieser Nacht«, sagte sie, bevor sie das Reststück in den Mund schob.

»Ach was!« Stiller war überrascht. Von einer Mary hatte er in Fenias Berichten nichts gelesen. Er schöpfte Hoffnung. Vielleicht würde er an diesem Abend doch noch einen Schritt weiter kommen. »Haben Sie die Leiche gesehen?«

»Nö«, antwortete sie kurz. Stillers Hoffnung schwand sofort wieder, während er wartete, bis sie aufgegessen hatte und weitersprach. »Ich war hier, genau da, wo ich jetzt sitze. Passen Sie mal auf.« Sie schleckte Daumen und Zeigefinger ab, dann befahl sie mit einer schneidenden Stimme, die Stiller zusammenzucken ließ: »E-P-zwo auf groß.« Der große Bildschirm flimmerte kurz, dann erschien das Bild des Seiteneingangs zum City-Parkhaus. »Da, sehen Sie?« Sie beugte sich vor, drückte mit ihrem Busen die Kartons zusammen und wies mit der Hand auf die Ecke des Bildes. »Da ist das gewesen. Genau da hat sie gelegen.«

Stiller kannte die Stelle von den Zeitungsfotos.

»Aber die Kamera gab es damals noch nicht«, fuhr sie fort. »Die hat das City-Management erst nach dem Mord installieren lassen. Schweres Versäumnis, wenn Sie mich fragen. Das arme Ding würde vielleicht noch leben, wenn es im Fluchttreppenhaus damals schon eine Videoüberwachung gegeben hätte.«

Aus irgendeinem Lautsprecher meldete sich eine atemlose Stimme. »Zentrale von Max. Mary, was gibt's?«

»Was soll's geben?«, schnauzte sie zurück. Ihre Augen glitten über die Wand, sie suchte Max auf einem der Schirme, fand ihn aber nicht.

»Bin auf dem Weg zu dir. Alles in Ordnung?«

»Bist du meschugge?«

»Du hast Alarm ausgelöst.«

»Was hab ich?« Sie hielt inne. »Gottverdammmich!«, fluchte sie, wischte die Kartons beiseite und drückte auf eine Taste, die rot blinkte. »Vergiss es, Max«, bellte sie und wandte sich wieder an Stiller. »Gleich rufen die Bullen an. Himmelarschundzwirn. Der dritte Fehlalarm an zwei Tagen. Wenn wirklich was passiert, rücken die nicht mehr aus. Sie bringen hier alles durcheinander!«

Es war eindeutig Mary, die den Alarm ausgelöst hatte, als sie sich auf die Pizzakartons gelegt hatte. Doch Stiller fügte sich widerspruchslos in die Rolle des Sündenbocks.

Sie stemmte den Bürosessel quer durch den Raum zu einem Furnierholz-Schreibtisch, den die Zentrale dem Aussehen nach bei einer Behördenauktion des vergangenen Jahrhunderts ersteigert hatte. Aus einer der Schubladen kramte sie ein Fläschchen

Magenbitter heraus, schraubte mit einer Drehung der Hand den Verschluss ab und ließ den Inhalt in die Kehle gluckern. »Brauch was für die Nerven«, entschuldigte sie sich bei Stiller, klopfte sich mit der Hand auf die ausladende Brust und stieß kräftig auf. »Besser.« Sie schrappte mit dem Stuhl zurück, keine Sekunde zu früh. Die Polizeidienststelle meldete sich. »War'n Fehlalarm«, beruhigte sie den Schichtleiter. »Irgendwas stimmt da mit der Technik nicht.« Sie drehte sich Stiller zu und zwinkerte. »Morgen hol ich einen Elektroniker, der das mal überprüft.«

Der Schichtleiter verabschiedete sich hörbar verärgert, während Mary das letzte Stück Pizza aus dem Karton angelte. »Wo waren wir?«, fragte sie, bevor sie zubiss.

»Sie haben die Leiche nicht gesehen«, fasste Stiller zusammen. »Deshalb möchte ich gern mit Stefan R. sprechen.«

»Rohm«, sagte sie. »Er heißt Rohm. Was wollen Sie denn von ihm?« Sie sah die Pizza an und rümpfte die Nase.

»Details«, sagte Stiller. »Unsere Leser mögen das.«

Eine Weile kaute sie schweigend. »Er hat damals alle Details der Polizei erzählt«, sagte sie dann. »Und mir.« Sie wartete ab, doch da Stiller nicht reagierte, fuhr sie fort: »Er ist nicht mehr bei uns. Schon lang nicht mehr.«

Stiller hatte bereits damit gerechnet. »Wissen Sie, wie ich ihn erreichen kann?«

Sie schob den letzten Bissen in den Mund, beobachtete Stiller abschätzend. »Ich glaube nicht, dass Sie das was angeht. Sie reißen nur wieder alte Wunden auf. Der Mord hat ihn damals ziemlich mitgenommen. Er war so ein Sensibelchen.«

»Verstehe«, sagte Stiller. »Ist er deshalb nicht mehr hier?«

»Deshalb?« Sie tippte sich an die Stirn. »Quatsch. Eine Leiche könnten Sie hier theoretisch alle paar Tage finden. Deshalb kündigt keiner. Da werden die Wächter drauf geschult. Er hat gekündigt, nachdem er mal überfallen wurde. Auf dem Kontrollgang. Nachts. Jemand hat ihn krankenhausreif geschlagen. Da kam er nicht drüber weg.«

»Verstehe«, wiederholte Stiller.

Ihr Ton wurde noch einen Tick männlicher. »Der Beruf hat von Anfang an nicht zu ihm gepasst. Ich kann mich noch gut dran erinnern, wie er hier ankam. So ein Weichei. Wenn einer schon mal Abitur hat. Ich meine, wer von uns lässt sich einfach so überfallen? Das ist ein Beruf für ganze Kerle. Mir wäre das nicht passiert, bestimmt nicht. Ich bin …«

… ein ganzer Kerl, dachte Stiller …

»… nicht so leicht zu überrumpeln.« Sie ballte die rechte Hand zur Faust und hieb sie in die flache Linke, dass es klatschte. »Der Typ wäre nicht ungeschoren davongekommen, das können Sie mir glauben.«

Stiller glaubte es sofort.

»Jedenfalls macht Stefan jetzt etwas Soziales.« Sie rümpfte die Nase. »Das passt besser zu ihm.«

»Was macht er denn?«

»Er hat sich selbstständig gemacht. Einkaufsdienst für Senioren, die nicht mehr mobil sind. Auf dem Land, wo es keine Läden mehr gibt.«

»Wissen Sie, wie ich ihn erreichen kann?«

»'türlich weiß ich das.« Sie rollte verächtlich die Augen. »Können Sie sich vorstellen, wie er seine Firma nennt? ›Ich bring's‹.« Sie lachte rau. »Ausgerechnet der! Nummer hab ich keine, Sie müssen Ihre Smartwatch fragen.« Ihr Kinn wies auf sein Handgelenk. »Er lebt jetzt in Miltenberg, dort ist auch der Firmensitz.«

»Stefan Rohm, Miltenberg, Ich bring's«, wiederholte Stiller.

»Bingo!«, gab die Smartwatch umgehend zu verstehen, dass sie die Nummer gefunden hatte.

Stiller kam nicht dazu, nachzusehen, weil eine Klingel schrillte und wieder Bewegung in Marys Fleisch kam.

Sie zog sich mitsamt ihrem Bürosessel am Funktisch entlang, bis sie die Gegensprechanlage erreichte. Das altmodische Display zeigte einen Mann mit Schirmmütze, die den Aufdruck »Pizza Flizza« trug. Mary hatte ihn offensichtlich erwartet. Ohne ein Wort drückte sie den Türöffner. Dann schwenkte sie den Sessel in Stillers Richtung. »War's das?«, fragte sie. »Ich hab jetzt Pause, will was essen und mich ausruhen. In zwo Minuten kommt die Ablösung, man sieht's nicht gern, wenn hier Fremde rumlungern.«

Stiller nickte. Das war ein deutlicher Rauswurf. Aber er würde ohnedies nichts mehr erfahren. »Vielen Dank«, sagte er und stand auf.

Mary wuchtete den Kartonstapel zurück auf den Holzstuhl. »Der Stefan war vielleicht ein Weichei!« Sie sah Stiller an. »Aber verraten Sie ihm nicht, dass ich das gesagt habe. Grüßen Sie ihn von mir.«

Stiller verließ das Treppenhaus in der oberen Ebene des Einkaufszentrums. Er hielt die Smartwatch an den Kaffeeautomaten und ließ sich einen doppelten Espresso heraus. Dann fädelte er sich durch den Strom der Einkäufer. Er suchte sich einen freien Platz an der Brüstung zum Lichthof des Zentrums. Rechts und links von ihm hatten sich etliche Rentner versammelt, Zweimalvierziger oder älter, die neugierig hinabsahen.

Das City-Management hatte die Fläche unten in eine Lasertag-Arena verwandelt. Junge Leute mit futuristischen Roboterhelmen irrten durch das Labyrinth aus Holzwänden, feuerten aus Phantasiewaffen Infrarotstrahlen aufeinander ab, die im Kunstnebel Leuchtstreifen hinterließen. Die Helmvariante war der letzte Schrei des Lasertag-Spiels. Die schwarzen Visiere verwandelten die Wände in Straßen, Höhlen oder Raumstationen, je nachdem, was die Spieler vorher gebucht hatten. Außerdem blendeten sie virtuelle Gegner ein. Die früher übliche laute Technomusik kam jetzt aus den Helmlautsprechern, die Zuschauer hörten nur das »pschiu-pschiu« der imaginären Schüsse.

»Hallo, Schlaumeier«, sagte Stiller, »ruf Rohm an.« Zu seinem Ärger meldete sich wieder nur ein Anrufbeantworter, der ihm versprach, er werde auf der angezeigten Nummer zurückgerufen.

Stiller trank seinen Espresso aus. Keiner der Rentner an der Brüstung schien sich unterdessen bewegt zu haben, ein seltsamer Gegensatz zu den zuckenden Lichtern der Lasertag-Arena auf der unteren Ebene, die sich in den grauen Gesichtern spiegelten und ihnen so Farbe und Leben einhauchten. War das seine Zukunft? Er stopfte den Pappbecher in einen überquellenden Abfalleimer und schlug den Weg zu seinem Fahrrad ein. Zum Glück war er noch beweglich.

»Wir müssen reden«, begrüßte ihn Ruth.

Stiller sah sie überrascht an. Sie stand in der großen Wohnküche an der Spüle, trug noch den weiten Töpferkittel, den sie der Wärme wegen gewagt weit aufgeknöpft hatte. Stiller war froh, dass sie nur ältere Damen im Töpfern unterrichtete. »Wir reden doch immer«, sagte er.

Sie trat ein paar Schritte auf ihn zu und wedelte mit einem Pümpel. Sicher war wieder der Ausguss verstopft. »Ich meine, wir müssen ernsthaft reden«, sagte sie. »Über Sachen, vor denen du dich leider gern drückst.«

»Wie, vor denen ich mich drücke?« Er breitete verständnislos die Hände aus.

Sofort legte sie ihm den Pümpel hinein. »Du könntest schon mal den Abfluss freipumpen, während ich den Tisch decke.« Sie lächelte verschmitzt. »Er ist verstopft.«

»Das mach ich doch meistens«, knurrte Stiller beleidigt.

»Darum geht es auch nicht. Wir reden beim Essen.« Schweigend begann sie, Brot zu schneiden, Quark, Karotten und Salatgurkenschnitze auf den Tisch zu stellen. Seit Jahren beteiligte sie sich an den Veggie-Days, immer dienstags und donnerstags.

»Gibt's keine Wurst?«, fragte Stiller.

»Hast du welche eingekauft?«

Der Ausguss war frei. Zufrieden trat er einen Schritt zurück. »Wann sollte ich? Ich hatte überhaupt keine Zeit.«

»Dann gibt's auch keine.« Sie zog den Kittel aus und hängte ihn über die Stuhllehne. Darunter trug sie nur ein enges Männerunterhemd, weit ausgeschnitten und mit schmalen Trägern.

Stiller betrachtete sie lüstern. »Du siehst total scharf aus!«

»Lenk jetzt nicht ab. Komm lieber essen.«

Er stellte den Pümpel unter die Spüle und schraubte noch schnell einen seiner Lieblingsrotweine auf, bevor er sich setzte. Den »Rücker Schalk« mochte er schon wegen des Namens.

»Genau das ist es«, sagte Ruth wenig später. »Du hast überhaupt keine Zeit. Dabei geht es im Augenblick drunter und drüber.« Sie stellte das Glas ab, mit dem sie ihm gerade zugeprostet hatte, streckte den Arm aus und legte ihre Hand auf seine. »Paul, die Kinder und ich, wir brauchen dich.«

»Was soll das denn heißen?«, wehrte er sich. »Ich bin doch da. Und die Kinder sind erwachsen, die gehen ihre eigenen Wege.«

Sie blies sich eine der Locken aus der Stirn, die sich vom Haarband nicht hatte bändigen lassen. »Charlotte ist heute schon wieder wegen Maya und Emil gemobbt worden. Das Schlimmste ist, sie hat am Spielplatz im Hof merkwürdige Bonbons gefunden. Die sahen aus, als hätte sie schon jemand aus dem Papier gewickelt und dann wieder eingepackt. Jan hat sie mitgenommen. Er lässt sie untersuchen.«

Stiller erschrak. »Du meinst, sie sind …«

»… vergiftet, ja.« Ruth legte ihre Hand erneut auf seine. »Du musst etwas unternehmen. Du verkörperst doch die öffentliche Meinung. Jemand bedroht Kinder, mobbt ihre Eltern, willst du das einfach so hinnehmen? Du musst etwas darüber schreiben, die Leute aufrütteln.«

»Ich hab schon dutzendmal darüber geschrieben«, protestierte Stiller. Er wollte noch etwas hinzufügen, doch die Smartwatch unterbrach ihn. Er warf einen Blick aufs Display: Fenia rief an. Er errötete. »Es könnte wichtig sein«, entschuldigte er sich bei Ruth.

Sie seufzte. »Na, geh schon ran.«

»Fenia«, sagte Stiller. »Ich hab ja schon ewig nichts mehr von dir gehört. Was gibt's denn?«

»Was es gibt?« Sie klang überrascht. »Du hast versucht, mich anzurufen. Ich frag *dich*, was es gibt.« Im Hintergrund schrie ein Baby. »Ruhig, Damian«, beruhigte sie es. »Ich hab hier fünf kranke Kinder«, sagte sie zu Stiller. »Also rück raus, was du willst, oder arrivederci!«

Stiller warf einen fragenden Blick auf Ruth.

Statt einer Antwort zog sie seine Hand mit der Uhr zu sich herüber. »Hi Fenia, hier ist Ruth. Was ist los mit den Kindern?«, fragte sie besorgt. »Doch hoffentlich nicht irgendetwas Ernstes.«

»Ach, du kennst das ja. Da geht irgendwas rum. Eine Magen-Darm-Geschichte.«

»Magen-Darm? Davon hat mir Charlotte gar nichts gesagt …«

Stiller hörte nur mit halbem Ohr zu, wie sich die beiden Frauen über Kinderkrankheiten austauschten. Er versuchte, sich Fenia vorzustellen, wie sie ihm vor zwanzig Jahren im Konferenzraum gegenübersaß, jünger als Charlotte heute. Sie war ausgesprochen schön gewesen, schwarze Haare, braune große Augen, die sie ihrer italienischen Mutter verdankte. Ständig stellte ihr ein Adonis nach, aber sie hatte sich lange nicht einfangen lassen. Dazu liebte sie ihren Beruf viel zu sehr. Stiller hatte es kaum glauben können, als sie die Zeitung letztlich doch verließ, um häuslich zu werden. Sie hatte einen dicken italienischen Bauunternehmer geheiratet. Offensichtlich hatten sich die beiden vorgenommen, die Kinderarmut in Deutschland allein zu besiegen. Was soll's, Hauptsache, sie sind glücklich, dachte Stiller.

»Er träumt schon wieder«, sagte Ruth. »Das hat er in letzter Zeit öfter. Ich glaube, er stochert in einem alten Fall herum. Parkhausmord, sagt dir das noch etwas? Warte, das soll er dir lieber selbst erzählen.« Sie ließ Stillers Hand los und lehnte sich wieder zurück.

»Was ist los mit dem Parkhausmord?«, erkundigte sich Fenia. »War ja 'ne ziemlich große Geschichte damals.«

»Ich plane einen Rückblick.« Stiller bemühte sich um einen harmlosen Ton.

»Cool.« Fenia klang nicht überzeugt. »Warum schaust du dann nicht ins Archiv? Du findest alles digital.«

»Hab ich schon«, gab Stiller zu. »Aber es gibt da eine Ungereimtheit.«

Sie schwieg einen Moment. »Ungereimtheit?«, platzte sie dann heraus. »Willst du mir sagen, ich hätte meinen Job nicht ordentlich gemacht?«

Stiller war verwirrt. »Doch, natürlich. Also nein, das will ich nicht sagen.«

Ruth lächelte amüsiert.

Fenia war das Gegenteil davon, wie ihre Stimme erkennen ließ. »Ich weiß, du hast damals nicht geglaubt, dass der Freund der Täter war. Und du bist ziemlich sauer gewesen, weil dich Bausback von der Berichterstattung abgezogen hatte. Hast du jetzt einen Dreh gefunden, wie du doch noch drankommst?«

Vielleicht ja, dachte Stiller. Laut sagte er: »Nein. Ich bin da nur auf eine Kleinigkeit gestoßen, über die du damals möglicherweise nicht schreiben durftest. Aber heute könnte man sie vielleicht erwähnen.«

»Und das wäre?«, fragten Fenia und Ruth wie aus einem Mund.

Er hatte ihre Neugier geweckt. »War vielleicht mal von einem Ring die Rede? Ich meine, offiziell.«

»Was für ein Ring?«

»Der Mörder …«

»Ihr Freund«, unterbrach ihn Fenia.

»… soll ihr einen Ring angesteckt haben.«

»Wie kommst du denn darauf?«

»Das stand in einem Facebook-Eintrag, den du erwähnt hattest.«

»Du weißt doch, wie viel Müll damals im Internet verbreitet wurde. Die Leute waren außer Rand und Band. Sind nicht hinterher sogar welche vor Gericht gekommen?«

»Ja«, sagte Stiller. »Deshalb will ich ja auch wissen, ob es zu dem Ring mal etwas Offizielles gab. Von der Kripo zum Beispiel oder von der Staatsanwaltschaft. Du selbst hast jedenfalls nichts von einem Ring geschrieben.«

»Dann gab es sicher auch keine Infos dazu. Ein Ring …« Fenia dachte nach, im Hintergrund weinte das Kind. »Das sagt mir gar nichts. Aber das ist lang her. So auf die Schnelle kann ich mich nicht an alle Details erinnern.«

»Denkst du mal drüber nach?«

Ein zweites Kind stimmte in das Weinen ein. »Mal ist gut«, stöhnte Fenia. »Du hörst es ja. Ich weiß gar nicht, ob ich demnächst zum Nachdenken komme. Ich geb mir Mühe. Wenn mir etwas einfällt, melde ich mich. Ciao.«

»Ciao«, verabschiedeten sich Ruth und Stiller rasch.

Nahtlos ging Ruth zum alten Thema über. »Du würdest auch etwas für Fenia tun, wenn du dich gegen Kinderfeindlichkeit einsetzt«, sagte sie betont harmlos und biss ins Brot.

»Ich mache morgen einen Termin mit dem Demografiemanager«, versprach Stiller. Den brauchte er ohnedies für den Beitrag über das Entsiedelungsprogramm.

Genau darauf kam Ruth jetzt zu sprechen. »Du wolltest etwas darüber schreiben, dass sie die Leute hier rausekeln. Oder hast du das schon wieder vergessen?«

»Hab ich nicht«, widersprach Stiller. »Aber das wird nicht leicht. Bausback erwartet genau das Gegenteil von mir.« Er wollte noch etwas sagen, doch erneut meldete sich die Smartwatch. Diesmal war es Kerstin Polke. »Darf ich?«, fragte Stiller.

»Nur zu«, sagte Ruth resigniert. »Möchte mal wissen, warum du vorhin rumgesülzt hast, dass ich scharf aussehe.«

Kerstin hatte den Satz mitbekommen. »Störe ich euch zwei Turteltauben bei irgendwas?«, fragte sie.

»Nein.« Stiller sah Ruth an, ihre Augen funkelten. »Was ist los?«

»Ich hab, was wir brauchen. Bin schon dabei, die alten Facebook-Seiten wieder sichtbar zu machen.«

»Super.« Stiller strengte sich an, begeistert zu klingen. »Dann können wir ja gleich morgen Nachmittag …«

»Morgen Nachmittag?«, fiel sie ihm ins Wort. »Geht's noch? Haben dir die Mobilfunkwellen das Gehirn weich gekocht? Oder war das Hirn vielleicht gerade ausgegangen, als dich der Herrgott in diese verfluchte Welt geschmissen hat? Ich sitze hier und reiße mir für dich den Arsch auf. Kümmere dich doch selbst drum, dann kann ich jetzt wenigstens Schluss machen.«

»Kerstin, warte«, bremste Stiller die Kollegin. »Du weißt doch, dass ich ohne dich aufgeschmissen bin.« Er warf Ruth einen entschuldigenden Blick zu. Sie nickte, da sie Kerstins berüchtigte Wutanfälle kannte. »Wenn du schon mal dabei bist: Schau doch mal nach, ob der Nickname ›Riesenmotz‹ häufiger auftaucht. Oder wer dahintersteckt.«

Sie schnaufte tief. »Du hast ja noch weniger Ahnung als meine Hausratte.« Plötzlich schien ihr einzufallen, dass Ruth alles mitbekam. Von einer Sekunde zur nächsten schaltete sie herunter. »Schick mir schon mal den Namen. Aber ich schau erst morgen nach. Sei um zwei bei mir, aber pünktlich, klar? Jetzt geh ich erst mal aus. Mit meinem Freund und Helfer. Der findet mich nämlich auch scharf.« Grußlos beendete sie das Gespräch.

Rasch wies Stiller die Smartwatch an, Kerstin den Nickname zu schicken.

»Wow«, sagte Ruth. »Vielleicht sollte ich auch so mit dir reden. Da folgst du aber.«

»Kein Kommentar.« Stiller runzelte die Stirn. »Ich wollte gerade noch etwas sagen. Wo waren wir stehen geblieben?«

»Rausekeln«, sagte Ruth.

Stiller nickte. »Das Problem ist: Niemand will die Leute rausekeln. Sie werden mit dem Angebot von schönen Wohnungen überzeugt.«

»Du bist eben nie zu Hause, da sieht man's.« Ungeduldig legte sie das Brot auf den Teller und wies mit der Hand aufs Fenster. »Du hast keine Ahnung, wie der Kanal heute wieder gestunken hat.«

»Hast du nicht den Stadtwerke-Spüldienst gerufen?«

»Natürlich hab ich ihn gerufen. Aber er kommt erst nächste Woche. Die Österreicher Kolonie sei zu dünn besiedelt. Da müssten sie die Kanäle ja täglich spülen. Zu teuer. In Wahrheit wollen sie nur nichts gegen den Gestank unternehmen, damit wir aufgeben. Das nenne ich rausekeln.«

Stiller überlegte, was er erwidern sollte. Dass sich die Infrastruktur hier kaum unterhalten ließ, war ja gerade eines der Argumente für das Entsiedelungsprogramm. Die Smartwatch meldete sich und enthob ihn einer Antwort.

»Wenn das wieder eine aus deinem Harem ist, ziehe ich den Kittel wieder an und du schnarchst heute Nacht im Gästezimmer«, kündigte Ruth an.

Er schüttelte den Kopf. Es war Stefan Rohm. »Stiller«, meldete er sich.

»Ich bring's«, sagte Rohm. »Sie haben angerufen?«

»Ich möchte mit Ihnen reden.« So knapp wie möglich stellte sich Stiller vor und fasste zusammen, worum es ging. Den Ring erwähnte er nicht. »Sie haben die Leiche gefunden«, erklärte er nur.

Rohm überlegte. Lang. »Am Telefon sage ich gar nichts«, erwiderte er dann.

Stiller hatte es befürchtet. »Wir können uns gern treffen. Ich komme zu Ihnen nach Miltenberg. Es ist sehr wichtig für mich.«

Wieder überlegte Rohm eine Weile. »Wann?«

»Wie wär's mit morgen Vormittag?«

»Vormittags muss ich einkaufen und ausfahren«, entgegnete Rohm. »Mittags esse ich im Löwenbräu-Biergarten, kennen Sie den? Zwölf Uhr, da ging's.«

»Ich kenne ihn. Zwölf Uhr«, bestätigte Stiller. Erst als er das

Gespräch beendet hatte, fiel ihm ein, dass er vergessen hatte, Rohm zu fragen, wie er ihn erkennen sollte. Er nahm sich vor, am Morgen schnell noch einmal die alten Bilder durchzugehen.

»Das ist doch absurd, Paul.« Ruth stemmte die Ellbogen auf die Tischplatte, faltete die Hände und legte das Kinn darauf. »Wir müssen dringend reden, und was machst du? Treibst dich auf allen möglichen Seniorendemos herum oder fährst für einen alten Mordfall durch die Gegend, für den sich kein Mensch mehr interessiert. Es geht um die Kinder, denk doch einmal daran, was du ihnen schuldig bist.«

»Ich denke daran«, sagte Stiller betroffen. »Aber Lisa und ihr Freund, das waren auch Kinder. Sie sind beide tot. Und sie hatten auch Mütter. Wenn an dem Fall damals etwas nicht gestimmt hat, bin ich es ihnen schuldig …«

Weiter kam er nicht, da sich erneut die Smartwatch meldete.

»Jetzt reicht es mir.« Ruth ergriff das Messer und hob es drohend. »Diesmal gehst du nicht dran.«

»Es ist Charlotte.« Stiller drehte ihr das Handgelenk hin.

Ruth errötete. »Das ist was anderes. Gib mir die Smartwatch, ich übernehme das.« Sie deutete auf den Tisch, Stiller hatte seinen Teller noch nicht einmal angerührt. »Du räumst ab. Mit dir kann man sowieso nicht reden.«

7

Zum ersten Mal in seiner Laufbahn hat Strobel die Sorge, dass ihm eine Ermittlung entgleiten könnte. Es ist ein beunruhigendes Gefühl, anders als die Unruhe, die ihn üblicherweise antreibt, wenn sich in einem Fall noch kein klares Ergebnis abzeichnet. Es ist nicht wie das Jagdfieber, dieser zwiespältige Instinkt, den er gut kennt: Überlegene Technik und Erfahrung machen ihn einerseits sicher, den Täter zu stellen, wenn auch andererseits die Ungewissheit bleibt, wann er ihm in die Fallstricke geht, die er sorgsam ausgelegt hat. Das neue Gefühl ist erst recht nicht vergleichbar mit der Spannung, die er spürt, wenn sich die Schlinge immer enger um einen Verdächtigen zieht, so lang und so eng, bis ihm alle Finten nichts mehr nützen und sein Widerstand bricht.

Ich muss Herr der Lage bleiben, sagt sich Strobel. Er betrachtet die Bilder, die ihm die Kameras in die Einsatzzentrale übertragen. Es sind Szenen, die sich unmittelbar vor der Polizeidienststelle im Lorbeerweg abspielen. Was er sieht, hat er an diesem Ort kaum für möglich gehalten: Da draußen tobt der Mob. Die aufgebrachte Menge hat Plakate und Spruchbänder dabei, alles wirkt wie eilig zusammengebastelt. Sie droht, »die Wache zu stürmen«, fordert, dem »herzlosen Hund« einen »kurzen Prozess« zu machen oder ihr die »feige Sau« herauszugeben.

»Was meinst du?«, fragt er Bühler, der neben ihm steht. »Wie viele sind es?«

»Vielleicht sechzig«, schätzt Bühler. »Es werden mehr.«

In der Nacht sind im Internet die ersten Aufrufe zu einer spontanen Demonstration vor der Polizeidienststelle erschienen. Seit dem Morgen häufen sich die Einträge. Immer mehr Netznutzer begrüßen die »Einladung« oder geben an, ihr folgen zu wollen. Über sechshundert sind es kurz nach acht Uhr, als Strobel gleich nach seinem Eintreffen auf der Dienststelle nachgesehen hat. Aber nicht alle kommen, stellt er befriedigt fest. Noch ist die Zahl der Einträge um ein Vielfaches höher als die der Demonstranten.

Der Diensthabende schaltet auf eine andere Kamera um. Sie

zeigt die Spezialeinheit, die sich im Halbkreis vor dem Haupteingang aufgestellt hat. Mit ihren Schutzwesten, den Helmen und Visieren wirken die Männer und Frauen martialisch genug, um die Menge auf Distanz zu halten. Doch als zwei Erkennungsdienstler die Fotoapparate auspacken und Bilder schießen, wird die Geräuschkulisse lauter. Buhrufe und Pfiffe ertönen. Das kennt Strobel nun wieder von anderen Protestkundgebungen. Der Mob ist überzeugt, das Richtige zu tun. Sein Feindbild ist daher die Polizei, die vermeintlich die Falschen schützt.

Und sie wird Lisas Exfreund schützen müssen. Das ist Strobel klar. Er muss Simon hier herausbringen. In einer halben Stunde soll er beim Haftrichter sein, und das Justizgebäude liegt in der Innenstadt. Er kann nicht länger warten, die Frist von vierundzwanzig Stunden läuft ab. Er will auch keinen Aufschub beantragen. Je länger die Staatsanwaltschaft den Haftprüfungstermin hinausschiebt, desto größer wird der Auflauf auf der Straße.

Bühler denkt ähnlich. »Meinst du, es ist besser, den Haftrichter herkommen zu lassen? Du weißt, das ist möglich.«

Strobel hat diese Lösung bereits verworfen. Er schüttelt den Kopf. »Dann muss der Haftrichter da unten durch. Und Simons Anwalt auch.«

»Sie werden ja wohl kaum auf den Richter losgehen.« Bühler überlegt laut. »Beim Anwalt bin ich mir nicht so sicher, er ist für die da draußen wahrscheinlich so etwas wie der Advokat des Teufels. Andererseits ist wahrscheinlich schon durchgesickert, dass Simon nur einen Pflichtanwalt hat. Der hat sich seinen Mandanten schließlich nicht selbst ausgesucht, damit ist er bei denen aus dem Schneider.« Bühler zeigt mit dem Kinn auf die Bildschirme.

»Das mag sein«, erwidert Strobel. »Aber der Mob kennt dann die Identität des Richters und des Anwalts. Was ist, wenn die Haftgründe für Simon nicht ausreichen und er rauskommt? Dann richtet sich die Wut nicht mehr allein gegen ihn, sondern auch gegen die Vertreter der Justiz.« Er löst den Blick von den Bildschirmen und schaut Bühler an. »Außerdem verläuft die Haftprüfung im Gericht bestimmt entspannter als hier. Ohne den Druck der Straße, du verstehst? Lass den Mob da unten protestieren, wenn er will. Der Bursche kommt sowieso nicht hierher zurück.«

Bühler nickt. Simon wird nach dem Termin beim Richter entweder in Untersuchungshaft landen oder auf freien Fuß gesetzt. Das wirft ein neues Problem auf: »Wo soll er eigentlich hin, wenn …?«

Strobel winkt ab. »Ein Schritt nach dem anderen. Erst bringen wir ihn in die Stadt.«

»Wie stellst du dir das vor?« Bühler deutet auf den Hauptbildschirm. Gerade trifft wieder ein Grüppchen von Demonstranten ein.

»Wir lassen irgendeine grüne Minna vom Hof holen und da unten vorfahren. Geschlossener Kastenwagen oder, noch besser, vergitterte Fenster. Das wird sie beschäftigen. Unterdessen bringen wir Simon hinten raus.« Strobel wendet sich dem Diensthabenden zu. »Wir haben doch neulich diese Zuhälterlimousine mit den getönten Scheiben beschlagnahmt. Würden Sie mal nachfragen, ob sie noch im Hof steht?«

Über dem Waschbecken in der Ecke der Einsatzzentrale hängt ein Spiegel. Strobel wirft einen raschen Blick hinein, sieht aus der Ferne seine breiten Schultern, die schwarzen Haare über der hohen Stirn. Er winkelt den Arm an und lässt den Bizeps spielen. »Ich fahre selbst«, sagt er und lächelt. Er spürt, wie die Selbstsicherheit zurückkehrt.

»Herr Strobel?« Ein Ruf von der Tür her lenkt ihn ab.

»Was gibt's?«, fragt Strobel zurück.

Der Beamte im Türrahmen wedelt mit einem Stapel Papier. »Die Auswertung der Kondolenzseite auf Facebook, die Sie gewünscht haben.«

»Oh ja«, Strobel erinnert sich. »Bitte nicht jetzt, legen Sie mir das auf den Schreibtisch. Sie sehen ja, was da draußen los ist.«

***

Der dritte Tag nach dem Parkhausmord hatte sich besonders in Stillers Gedächtnis gebrannt. Die aufgebrachte Meute. Die Protestaktion vor der Polizeidienststelle. Dieses Klima von Gewalt, die Rufe nach Lynchjustiz – war das wirklich schon zwanzig Jahre her?

Er betrachtete die Bilder, die Kleinschnitz an jenem Morgen geschossen hatte. Die Plakate, die Lisas Freund und die Polizei mit Schmähungen und Drohungen überzogen hatten. Die wütenden Gesichter, viele junge, aber auch etliche alte. Brave Bürger von nebenan, irgendjemandes Nachbarn, Kollegen, Freunde, Eltern, Kinder. Drei oder vier Gesichter erkannte er wieder, sie gehörten Menschen, die seitdem etwas geworden waren, Karriere gemacht hatten, der eine in der Wirtschaft, die andere in der Politik.

Stiller wusste, dass diese Demo ein juristisches Nachspiel hatte, Monate danach, als es längst zu spät war. Die Scham war groß gewesen, aber nicht bei allen. Mehrere Beteiligte hatten sich bei der Prozessberichterstattung gegen eine erneute Veröffentlichung der Fotos gewehrt. Sie hatten selbst nicht am Pranger stehen wollen, sie hatten sich als die Unbescholtenen gesehen. Die Gutmenschen. Simon war das Monster, und er musste es bleiben, um ihr zweifelhaftes Handeln zu rechtfertigen.

Ein Gong kündigte Bausbacks Erscheinen auf dem Tablet an. »Herr Stiller!« Diesmal gab er den Generösen, er hatte sich in seinem Bürosessel bequem zurückgelehnt, hielt dadurch gebührenden Abstand zur Kamera und unterstrich seine Worte mit ausladenden Gesten. »Ich habe mir die Sache mit dem Rückblick durch den Kopf gehen lassen.« Er ließ eine Hand über der Stirn kreisen. »Wir machen das.«

Wir, dachte Stiller, ja toll. »Gut«, sagte er laut. »Das freut mich.«

»Obwohl Sie mich mit der Entsiedelungsgeschichte ganz schön hängen lassen«, fuhr Bausback fort und drohte mit dem Finger. »Aber ich will mal nicht so sein, das ist nicht existenzrelevant. Kommen Sie mit den Recherchen voran?«

»Bin gerade dabei«, sagte Stiller wahrheitsgemäß. Die geplante Fahrt nach Miltenberg verschwieg er vorerst. Bausback erwartete einen Rückblick, nicht, dass Stiller den Fall neu aufrollte. Er konnte ihn noch rechtzeitig davon informieren, wenn etwas Wichtiges bei dem Gespräch mit Rohm herauskäme.

»Das höre ich gern.« Bausback klatschte leise in die Hände. »Morgen wird gedruckt.«

»Wie?« Stiller verstand nicht ganz.

»Sie hatten mir vor zwei Tagen gesagt, Sie wollten in der Printausgabe am Freitag loslegen, um rechtzeitig zur WM fertig zu sein. Nach meiner Rechnung ist morgen Donnerstag.«

»Richtig«, sagte Stiller. Er ärgerte sich, dass er so aufs Gas gedrückt hatte. Inzwischen hätte er lieber noch etwas mehr Zeit für seine Recherchen gehabt. »Kein Problem.«

»Gut.« Jetzt lehnte sich Bausback doch noch vor, sein Auge füllte den Bildschirm. »Und vergessen Sie nicht, sich um die ganze digitale Begleitmusik zu kümmern. Hauen Sie morgen tagsüber schon mal so richtig auf die Online-Pauke, um die Neugier anzuheizen. Das muss auch der Letzte mitkriegen, ja? Ich will, dass wir das auf allen Kanälen spielen, verstanden?« Trotz des Befehlstons kniff er jovial sein Riesenauge zu und löste sich auf.

Uff! Bausback hatte ihm die Serie ja noch gar nicht zugesagt gehabt, Stiller hatte das völlig verdrängt. Er zog das Tablet aus der Dockingstation, schaltete es aus und stopfte es in seine Umhängetasche. Er würde einen der Onliner bitten, sich um die »Begleitmusik« zu kümmern, das verschaffte ihm ein wenig Luft und den jungen Kollegen eine gewisse Befriedigung, bestätigte es doch das gängige Vorurteil, dass ein »alter Sack« wie er mit den modernen Kommunikationsmitteln nicht mehr klarkam.

»Hallo, Schlaumeier«, weckte er die Smartwatch. »Ich brauche ein Auto nach Miltenberg. Schau mal bei trans-IT-car.«

»Standort?«, kam es zurück.

»Nähe Verlag.«

»Das nächste trans-IT-car steht auf dem Pendlerparkplatz Autobahn-Anschluss Ost. Entfernung zweihundertfünfundzwanzig Meter. E-Smart Nummer 3-1-6-0. Soll ich buchen?«

»Sag mir erst was zum Ladezustand.« Stiller war schon wiederholt mit einer dieser Leihkisten auf halber Strecke liegen geblieben.

»Ladezustand ausreichend.«

»Such mir trotzdem was zum Zapfen in Miltenberg. Nähe Löwenbräu-Biergarten.«

»Acht unbelegte Induktionsplätze an der Mainuferpromenade, zwei freie Zapfsäulen an der alten Volksschule.«

»Was ist am nächsten dran?« Stiller packte zusammen, während er mit der Smartwatch sprach.

»Induktionsplatz fünfzehn, Mainuferpromenade. Direkt am Löwenbräu-Biergarten.«

Warum nicht gleich so?, dachte Stiller. Wieder hatte er das Gefühl, als wolle ihn das Ding an seinem Handgelenk absichtlich reizen. Vermutlich war es erst zufrieden, wenn es seinen Puls ausreichend nach oben getrieben hatte. »Buchen«, ordnete er an.

»Nur den Induktionsplatz? Bitte ›Buchen‹ präzisieren.«

Oder war dieser Minicomputer wirklich einfach nur blöd? »Natürlich alles«, stöhnte Stiller.

»Schon erledigt«, flötete die Smartwatch. »E-Smart 3-1-6-0, Pendlerparkplatz Autobahnanschluss Aschaffenburg-Ost gebucht auf Miltenberg, Induktionsplatz fünfzehn, Mainuferpromenade Miltenberg. PIN zur Entriegelung …«

»Merk du dir die PIN«, unterbrach Stiller und zog die Bürotür hinter sich zu.

***

Gegen Mittag tritt Strobel vor die Menge. Er hat einen seiner Leute gebeten, die Zuhälterlimousine zurückzufahren, und sich selbst mit einem Streifenwagen zur Dienststelle bringen lassen.

Die grüne Minna steht noch immer vor dem Haupteingang. Die Seite des alten VW-Transporters, die der Straße zugewandt ist, bietet ein jämmerliches Bild: Eidotter und das Fruchtfleisch zermatschter Tomaten laufen daran herab. Ein paar Demonstranten hatten wohl den Kühlschrank geplündert, um ihrem Unmut Luft zu machen.

Als Strobel aussteigt, empfangen ihn Buh-Rufe und Sprechchöre. Er hört Worte wie »Mörder« und »aufhängen« heraus. Er geht ein paar Schritte auf den Mob zu. Die vordere Linie weicht ein wenig zurück, wird aber gleich wieder von hinten nach vorn geschoben.

Strobel hebt die Hände über den Kopf, winkt wie ein Lotse auf dem Flugplatz. »Bitte«, ruft er, »hören Sie mir zu.« Er muss es noch einige Male wiederholen, dann, allmählich, verstummt der Lärm.

»Ich habe Ihnen etwas sehr Ernstes zu sagen.« Strobel sammelt sich. Er weiß, dass sich seine öffentlichen Reden hölzern anhören. Das ist ihm jetzt gleichgültig. Das Wichtigste ist, zuerst das Eis zu brechen, die Gemüter zu beruhigen und die Menge nicht gleich gegen sich aufzubringen. Er blickt über die Schulter. Die Spezialeinheit hat den Halbkreis aufgelöst und hält sich im Hintergrund, auch sie setzt auf Deeskalation. »Ich habe sehr großes Verständnis für Ihre Empörung«, wendet er sich an die Demonstranten. »Nicht nur Sie, die gesamte Stadt ist erschüttert über das grausame Schicksal, das Lisa Falk erlitten hat. Eine junge Frau, in der Blüte ihres Lebens, die ihre Zukunft noch vor sich hatte. Ja, wir sind zutiefst betroffen und trauern mit ihren Angehörigen und Freunden. Und wenn ich ›wir‹ sage, beziehe ich alle mit ein, auch die Polizei.«

Ein Zwischenruf unterbricht ihn: »Die Botschaft hör ich wohl …« Ein paar Umstehende applaudieren dazu.

Strobel schaut in die Richtung, aus der er den Zwischenruf gehört hat. »Ich betone: Uns allen, Ihnen, den Bürgern dieser Stadt und den Ermittlern ist an einer schnellen und gründlichen Aufklärung der Tat gelegen.«

»Ihr habt das Monster doch schon!« Es ist derselbe Zwischenrufer, aber er versteckt sich in der Masse.

»Wir wissen nicht, ob wir den Täter haben«, geht Strobel darauf ein. »Alles, was wir haben, ist ein möglicher Verdächtiger. Nicht nur deshalb, aber auch deshalb ist diese Demonstration hier nicht gerechtfertigt.«

Strobel hat den Proteststurm erwartet und hält inne, bis er abklingt. »Simon Bauer ist nicht mehr hier. Die Staatsanwaltschaft hat ihn bereits heute Morgen dem Haftrichter vorgeführt, der die Unterbringung in einer Justizvollzugsanstalt angeordnet hat.«

Diesmal brandet Beifall auf. In den hinteren Reihen ruft jemand: »Also war er's doch!« Ein anderer brüllt: »Jetzt müssen auch noch wir Steuerzahler für das asoziale Subjekt aufkommen.«

Strobel lässt die Augen über die Reihen gleiten, aber er kann unmöglich feststellen, von wem die Zwischenrufe stammen. »Das heißt nicht, dass Simon Bauer der Täter ist.« Einige Demonstranten lachen, Strobel übergeht es. »Das bedeutet nicht einmal, dass wir oder der Haftrichter ihn für den Täter halten. Solange ein Verdächtiger nicht rechtskräftig verurteilt ist, gilt die Unschuldsvermutung.« Wieder Gelächter. »Sicher, es gibt Verdachtsmomente, die gegen Simon sprechen, und es gibt Gründe für die Untersuchungshaft. Dennoch ist er dadurch nur der Tat verdächtig, er ist weder überführt noch verurteilt. Im Gegenteil, unsere Ermittlungen dauern an.«

»Eure Ermittlungen dauern uns zu lang.« Der Zwischenrufer gibt nicht auf. Er scheint zu den Rädelsführern zu gehören. In der Spezialeinheit sind etliche Experten für die Überwachung von Demonstrationen – Strobel hofft, dass sie ihn orten können.

»Uns allen ist an einer raschen und gründlichen Aufklärung der Tat gelegen«, wiederholt er. »Doch bei allem Verständnis für die Betroffenheit, die uns alle ergriffen hat: Vorverurteilungen sind keine Aufklärung. Sie können unsere Ermittlungen nicht ersetzen.« Strobel wartet eine weitere Protestwelle ab, bevor er fortfährt: »Auch deshalb ist diese Demonstration nicht zu rechtfertigen. Weder rechtlich noch inhaltlich noch moralisch.«

»Mord ist unmoralisch!« Wieder derselbe Zwischenrufer, doch diesmal ist der Beifall schwächer, den er findet.

»Ich weiß nicht, wer Sie sind«, Strobel wirft einen scharfen Blick in die hinteren Reihen, »aber als Anhänger und Vertreter von Recht und Gesetz schäme ich mich für das Bild, das Sie von unserem demokratischen Rechtsstaat liefern.« Er sammelt sich ein letztes Mal. »Sie alle bitte ich: Gehen Sie nach Hause, denken Sie in Ruhe darüber nach. Lassen Sie uns unsere Arbeit tun, begraben Sie Ihre Wut und gestehen Sie einem Verdächtigen die Fairness zu, die er verdient.«

Der Mob bleibt still, selbst der Zwischenrufer ist verstummt. Strobel stellt es überrascht fest. Er schweigt ebenfalls. Mit einem knappen Nicken nimmt er Abschied. Er wendet sich um und geht locker auf die Dienststelle zu. Zwischen der Spezialeinheit und den Demonstranten ist eine Traube von Medienfuzzis aufgezogen. Fotoapparate klicken, ein Kameramann versucht mit einem lauten »Hey«, Strobels Aufmerksamkeit zu erheischen. Doch der lässt die breiten Schulten mit den Schritten leicht schwingen und hält den Blick auf die Eingangstür gerichtet. Die Menge spiegelt sich im Panzerglas. Sie löst sich bereits auf.

***

Stiller musste nicht lang suchen, er erkannte schon von Weitem, welchen Wagen die Smartwatch für ihn an Land gezogen hatte. Ein quietschbuntes Ei, über und über mit Werbung beklebt, was dem Anbieter trans-IT-car noch ordentliche Zusatzeinnahmen garantierte – neben den monatlichen Grundgebühren seiner Kunden. Wenigstens musste sich Stiller über den Verbrauch keine Gedanken machen, er hatte einen Flatrate-Tarif.

Er entriegelte die Fahrertür mit der Smartwatch, warf seine Tasche auf den Beifahrersitz und quetschte sich ächzend hinters Steuer. Beim nächsten Mal würde er sich einen größeren Wagen suchen lassen. Grimmig blickte er in den Rückspiegel, um sich zu identifizieren.

»Willkommen an Bord, Paul Stiller«, schnarrte es aus einem der Lautsprecher. »Herzlichen Glückwunsch, dass Sie sich für eines unserer E-Mobile entschieden haben. Trans-IT-car wünscht Ihnen eine angenehme Fahrt. Benötigen Sie eine Demo?«

»Nein danke.« Stiller wünschte, er könnte endlich abfahren. »Ich kenne mich aus.«

»Mit Kofas entspannt ans Ziel«, meldete sich eine neue Stimme. »Ich bin Ihr persönlicher Fahrassistent. Lehnen Sie sich zurück, überlassen Sie alles unserem System der Kooperativen Fahrzeugsicherheit.«

»Nein«, sagte Stiller. »Ich fahre selbst.«

Die Stimme verstummte, stattdessen erschien im Bildschirmabschnitt der Windschutzscheibe die Karte des Navigationssystems.

Die brauchte er zwar auch nicht. Dennoch bedankte er sich freundlich und startete. Er mied die Autobahn, deren Auffahrt um die Ecke lag, und steuerte den Wagen lieber auf dem Ring um die Stadt herum. Obwohl es auf Mittag zuging, herrschte wenig Verkehr. Er verließ den Ring bei Nilkheim und fuhr auf der Großostheimer Straße stadtauswärts. Erinnerungen tauchten auf, Szenen aus früheren Mordfällen, in die ihn sein Beruf verwickelt hatte. Hier, in Nilkheim, hatte ihn einmal eine verzweifelte Frau mit einer Giftspritze bedroht. Mit dem Gift einer exotischen Spinne, der braunen Witwe. Weiter hinten, in der Kleingartenanlage, war ein verrückter Mörder mit dem Spaten hinter ihm her gewesen. Wie hieß doch gleich die Psychologin, die ihm das Leben gerettet hatte? Liebe Güte, sein Namensgedächtnis. Was er nicht aufschrieb, war gleich wieder weg.

Er passierte das Gewerbegebiet und den riesigen Solarpark hinter der Kleingartenanlage. Danach erreichte er die vierspurige B 469, die nach Miltenberg führte. Als er in die Auffahrt abbog, erschien der Kopf seines Fahrassistenten auf der Beifahrerseite der Windschutzscheibe. Stiller seufzte. Er wusste, was jetzt kam.

»Sie benutzen eine autobahnähnlich ausgebaute Bundesstraße«, belehrte ihn die Computerstimme. »Autopilot wird auf Kofas umgeschaltet.«

Seit ein paar Jahren war es verboten, Privatwagen auf mehrspurigen Straßen selbst zu lenken. Stiller war es unangenehm, die Verantwortung für sein Leben einem Computer zu überlassen, und wenn das Auto noch so schön mit den anderen Fahrzeugen und mindestens drei Satelliten vernetzt war. Dieses Gefühl, nicht mehr selbst reagieren zu können, war ihm schon vor zwanzig Jahren unangenehm gewesen, als er einen Renault besaß, der selbstständig einparken konnte – was heute Standard war. Andererseits waren die Unfallzahlen auf Autobahnen dank Kofas in letzter Zeit fast auf null gesunken – und Geisterfahrer gab es überhaupt keine mehr.

Er lehnte sich zurück, ließ die Hände aber am Lenkrad liegen. Der Wagen fädelte sich in die Fahrzeugkolonne ein und beschleunigte, während Kofas automatisch die Abstände neu regulierte. Auch gut, fand Stiller, so hatte er ein wenig Zeit zum Nachdenken. Die Erinnerung an die alten Mordfälle hatte ihn etwas nostalgisch gestimmt.

Auch um den Parkhausmord hätte er sich damals gern gekümmert, wenn es Bausback nicht verhindert hätte. War es nicht genau der dritte Tag nach Lisas Ermordung gewesen, der Stillers Niederlage markierte, wie er es lang genannt hatte? Doch, es war in der Konferenz passiert an dem Morgen, an dem die Meute vor der Polizeidienststelle demonstriert hatte.

Es war der Mob gewesen, der ihn besonders gereizt hatte. Im eigentlichen Mordfall hatte es nicht sonderlich viel zu recherchieren gegeben, tröstete sich Stiller. Alles hatte damals gegen Simon gesprochen. Nicht nur die Meute war überzeugt gewesen, dass die Kripo mit Lisas Freund den Täter geschnappt hatte, sondern auch die Staatsanwaltschaft und letztlich sogar der Haftrichter. Fenia hatte im Grunde nur noch die Fakten notieren müssen.

***

Er hat die Tür schon erreicht, da hält ihn eine Stimme zurück.

»Hätten Sie noch einen Moment Zeit für mich, Herr Strobel?«

Überrascht blickt er über die Schulter zurück und sieht die schwarzhaarige Reporterin mit den dunklen Augen hinter sich.

»Fenia Saalbach«, stellt sie sich vor. »Von der Zeitung.«

»Ich weiß, wer Sie sind«, erwidert Strobel. Sie ist ihm schon mehrfach aufgefallen, er findet sie ausgesprochen hübsch. Außerdem hat sie eine angenehme Stimme. Wenn Sabine nicht wäre … Doch diese Zeiten sind für ihn vorbei. Strobel schiebt alle unprofessionellen Gedanken beiseite. »Was wünschen Sie?«

»Ich hätte noch zwei oder drei Fragen zu dem, was Sie eben gesagt haben.« Sie wirkt ein wenig atemlos, wahrscheinlich ist sie ihm sehr eilig nachgelaufen.

»Die Staatsanwaltschaft gibt am Nachmittag eine Pressekonferenz«, wehrt Strobel ab.

»Ich weiß.« Sie schenkt ihm ein strahlendes Lächeln. »Aber da ich schon mal hier bin, dachte ich …«

Er wird doch nicht auf dieses Lächeln hereinfallen! »Frau Saalbach«, hebt er an.

»Fräulein«, unterbricht sie ihn.

Das ist ihm ja noch nie passiert. »Das hab ich ja noch nie gehört.« Strobel ist leicht irritiert.

»Meine Mutter ist Italienerin«, klärt sie ihn auf. »In unserer Familie legt man Wert darauf.« Jetzt klimpert sie auch noch mit den Wimpern.

Das reicht. Strobel will sie endgültig wegschicken, da sieht er hinter Fenia Saalbach ein Kamerateam heranstürmen. »Kommen Sie«, sagt er eilig. Er wendet sich der Tür zu, sofort ertönt der Summer. Er hält ihr die Tür auf und lässt sie vorgehen. Sie trägt einen kurzen Rock, bei der Hitze nicht verwunderlich, außerdem fällt Strobel auf, wie klein sie ist. Sie reicht ihm gerade bis zur Brust – und er ärgert sich sofort, dass er überhaupt darauf achtet.

Er führt sie an der Wache vorbei zum Aufzug, bringt sie in sein Büro im zweiten Stock und weist ihr einen Stuhl vor seinem Schreibtisch an. Er selbst nimmt dahinter Platz. »Wenn Sie einverstanden sind, lasse ich Herrn Bühler dazukommen, den Chef der Spurensicherung.«

Sie nickt. »Gern.«

Er ruft Bühler an, bittet ihn, auf dem Weg drei Becher Kaffee mitzubringen. Mit der freien Hand bringt er rasch etwas Ordnung auf seinen Schreibtisch. Einen Stapel Papier, der ganz oben liegt, steckt er in eine Schublage, Fenia vermutet, dass sie nicht lesen soll, worum es sich handelt. »Wir brauchen nicht zu warten«, sagt er dann zu ihr. »Wenn Sie wollen, können Sie schon mal loslegen.«

Sie zieht einen Stenoblock aus ihrer Umhängetasche, blättert ihn auf und legt ihn auf ihre Knie. All das erinnert Strobel an den Journalisten Stiller, den er aus früheren Mordermittlungen kennt. Alles bis auf die Knie. Wobei er Stillers Knie noch nie gesehen hat.

»Ich falle gleich mit der Tür ins Haus«, kündigt sie an. »Wenn ich Sie richtig verstanden habe, sind die Ermittlungsbehörden keineswegs von der Schuld des – Ihres Verdächtigen überzeugt.«

»Wir sind keine Richter«, bestätigt Strobel. »Wir sammeln Fakten, Indizien und Beweise. Zu urteilen, ist nicht unsere Aufgabe.«

»Das ist nicht ganz das, worauf ich hinauswill.«

Strobel hebt die Brauen. »Sondern?«

Sie hebt den Block leicht an, schlägt die Beine übereinander und legt ihn wieder ab, um besser mitschreiben zu können. »Ist es möglich, dass Simon Bauer auch deshalb in Untersuchungshaft wandert, weil Sie ihn vor dem Mob schützen wollen?«

»Es gibt in Deutschland keine Schutzhaft«, erwidert Strobel. »Und was den Mob betrifft: Wir werden die Rädelsführer zur Rechenschaft ziehen! Und zwar unnachgiebig …«

»Das mag alles sein«, lächelt Fenia. »Doch wo hätte er einstweilen unterkommen sollen, wenn er auf freien Fuß gekommen wäre? Das Haus, in dem er wohnt, scheidet ja wohl aus. Jeder kennt es.«

»Darüber haben wir nachgedacht«, bestätigt Strobel. »Es hätte aber andere Möglichkeiten gegeben, ihn unterzubringen. Sie verstehen sicher, dass ich nicht mehr dazu sagen darf.«

»Wenn es Alternativen gab – gerade deshalb erscheint es mir so ungewöhnlich, dass er in Untersuchungshaft kommt. Mit achtzehn fällt er ja wohl noch unters Jugendstrafrecht. Da muss die Beweislast schon erdrückend sein …«

»Kaffee!« Bühler taucht im Türrahmen auf, trägt ein kleines Tablett vor sich her und stellt es auf Strobels Schreibtisch.

»Zucker? Milch?« Strobel wirft Fenia einen fragenden Blick zu.

»Zucker ja. Aber schwarz.«

»Schwarzer Kaffee macht schön«, platzt es aus Strobel heraus.

Sie schaut ihn verdutzt an.

Bühler rettet die Situation. »Er trinkt ihn kannenweise.« Er weist mit dem Kinn auf Strobel und kneift ein Auge zusammen. »Die Hoffnung stirbt zuletzt.«

Alle drei lachen. Dann wird Strobel wieder ernst. »Sie sprachen von Beweislast«, greift er Fenias Worte auf. »War das eine Frage?«

»Sicher.« Sie klemmt den Stift im Stenoblock fest, nimmt die Tasse, rührt und trinkt einen Schluck.

Strobel wartet, bis sie wieder bereit zum Mitschreiben ist. »Die Beweislast war nicht allein ausschlaggebend. Bei der Haftprüfung geht es auch um die Schwere der Tat – und die ist ja ganz offensichtlich. Der Haftrichter muss das berücksichtigen, auch wenn Bauer erst achtzehn ist. Was ich Ihnen sagen kann: Er ist unser Hauptverdächtiger. Aber wir ermitteln trotzdem in alle Richtungen.«

»Es wäre gut, wenn ich den Lesern zwei oder drei Haftgründe nennen könnte.«

»Fragen Sie. Ich sage Ihnen zumindest, was die Staatsanwaltschaft heute Nachmittag ohnedies verkünden wird. Bitte, zögern Sie nicht.«

Fenia zögert nie. »Was für ein Motiv soll er gehabt haben, seine Freundin umzubringen?«

»Sie war nicht mehr seine Freundin«, gibt Strobel zurück. »Sie hat wenige Stunden vor ihrem Tod mit ihm Schluss gemacht.« Nachdem sie noch einmal mit ihm im Bett war, denkt er, aber dieses Detail erwähnt er nicht. »Eifersucht. Das häufigste Motiv der Welt.«

»Nicht jeder bringt seine Freundin um, wenn sie mit ihm Schluss macht.« Fenia widersteht der Versuchung, nachzurechnen, wie viele Jungs sie selbst schon abserviert hat. »Ich lebe ja auch noch«, sagt sie nur.

»Nicht jeder, aber manche tun es«, erwidert Strobel. Er fragt sich, ob er Fenia die wenigen Fakten nennen sollte, die sie Simon Bauer dazu aus der Nase gezogen haben. Das Ende seiner Beziehung mit Lisa muss ziemlich erniedrigend für ihn gewesen sein. ›Schlappschwanz‹ war noch eines der freundlicheren Worte gewesen, die er zu hören bekam. Nein, das ist nichts für die Öffentlichkeit. Stattdessen sagt er: »Es gibt die Aussagen mehrerer Zeugen, wonach Lisa vor ihrer Ermordung von Bauer bedroht worden ist.«

Fenia lässt sich Zeit, nimmt noch einen Schluck aus der Kaffeetasse. »Zeugenaussagen«, wiederholt sie dann. »Was sagt Bauer selbst dazu?«

»Das ist ein weiterer Punkt. Sie können ruhig schreiben, dass er sich in Widersprüche verwickelt hat. Erst hat er die Trennung überhaupt verschwiegen. Dann hat er nach und nach den Streit eingeräumt. Er gibt nur zu, was wir ihm nachweisen können.«

Bühler schaltet sich ein. Er lehnt am Fenster, sein Lieblingsplatz in Strobels Büro. »Jo«, sagt er, »vielleicht sollten wir Frau Saalbach in einer Sache doch ins Vertrauen ziehen.« Er schaut Fenia an. »Sie müssen aber versprechen, dass Sie von dieser Information so lang keinen Gebrauch machen, bis alle Zeugenaussagen ausgewertet sind.«

Fenia überlegt kurz. »Versprochen«, sagt sie dann. Immerhin bekommt sie auf diese Weise einen Informationsvorsprung vor den überregionalen Medien, die sich seit dem Mord in der Stadt tummeln. »Wenn Sie es auch niemandem von der Konkurrenz sagen«, fügt sie hinzu, um sich abzusichern. »Damit sind beide Seiten an ihr Wort gebunden.«

Strobel hebt die Hand wie zum Schwur. »Ein Detail bestreitet Bauer weiterhin. Er gibt den Streit zu. Aber er will Lisa nicht bedroht haben.«

»Es sei genau umgekehrt gewesen«, ergänzt Bühler. »Er sagt, er habe sie zum Abschied nur noch einmal umarmen wollen. Und sie hätte ihn angewidert zurückgestoßen. Und dabei beleidigt.«

»Wir versuchen, das noch zu klären«, sagt Strobel schnell. »Bis dahin muss es unter uns bleiben. Noch Fragen?«

»Certo.« Fenia blättert in ihrem Block, als wollte sie etwas nachsehen. »Haben Sie die Tatwaffe?«

Strobel und Bühler sehen sich kurz an. »Nein«, sagt Bühler dann. »Bei der Tatwaffe handelt es sich mit fast hundertprozentiger Wahrscheinlichkeit um einen dieser Fanschals. Nach den Partikeln zu schließen schwarz-rot-gold. Hundert Prozent Kunstfaser, Acryl. Die gibt's in dieser Stadt tausendfach. Allerdings: Nach Bildern vom Feierkreisel und laut Zeugenaussagen hat Bauer an diesem Abend einen solchen Schal getragen. Er ist bei ihm zu Hause aber unauffindbar.«

»Und Bauer weiß nicht, wo sich sein Schal befindet? Das könnte ihn ja entlasten.«

»Er will ihn unterwegs weggeworfen haben, weil er wütend war.«

»Haben Sie danach gesucht?«

Strobel empfindet die Frage fast als Beleidigung. Für sich und für die uniformierten Kollegen, die fast die ganze Innenstadt einschließlich aller Mülltonnen und Abfalleimer nach dem Schal durchkämmt hat. »Wir haben Dutzende gefunden«, sagt er nur. »Ein Vergleich mit den Fasern, die wir an der Toten gefunden haben, wird zeigen, ob der richtige dabei ist. Aber es wird bei dieser Menge noch dauern, bis ein Ergebnis vorliegt.«

»Wenn Sie die Tatwaffe noch nicht haben, was beweist Ihnen dann, dass Bauer überhaupt am Tatort war?«

Wieder tauschen Strobel und Bühler einen Blick aus, länger als zuvor. »Nichts«, räumt Strobel ehrlich ein. »Aber Bauer wusste, wo Lisa ihr Auto geparkt hatte. Das ist ein wichtiges Detail, finden Sie nicht? Plus: Er kannte ihre Gewohnheit, den Seiteneingang des Parkhauses zu benutzen, weil sie nicht außen herum gehen wollte. Natürlich schließen wir nicht aus, dass Lisa ihrem Mörder nur zufällig begegnet ist. Aber alles spricht doch sehr gegen Bauer. Es war für ihn ein Leichtes, ihr dort aufzulauern.«

Fenia ist keineswegs überzeugt, das verrät ihre Miene.

»Die Summe dieser Details ist entscheidend«, ergänzt Bühler. »Bauer hat ein Motiv. Plus: Er hat kein Alibi. Plus: Er hat die Gelegenheit.«

»Plus«, schaltet sich Strobel ein: »Wir haben einen Zeugen, der gesehen hat, wie eine blonde männliche Person exakt zur Tatzeit vom Tatort weggelaufen ist. Jemand anders war nicht in der Nähe.«

Sie schweigt und blättert erneut in ihrem Block.

»Ich hoffe, das war's«, sagt Strobel. »Mehr können wir Ihnen beim besten Willen nicht sagen. Wenn Sie noch Fragen haben, müssen Sie sich heute Nachmittag an die Staatsanwaltschaft wenden. Sie ist ab sofort für Presseauskünfte zuständig.«

»Verstehe.« Fenia wirkt enttäuscht, sagt aber: »Ich habe tatsächlich keine Fragen mehr.« Sie trinkt den Kaffee aus und setzt hinzu: »Vorerst.«

»Ich rufe Ihnen jemand, der Sie hinausbegleitet«, bietet Strobel an. Nach zwei Minuten erscheint Mike Staab, der Kollege, in den Strobel höchstes Vertrauen setzt. Sie verabschieden sich freundlich, Fenia schenkt ihm nochmals ihr strahlendes Lächeln. Strobel lässt sich zu der Bemerkung hinreißen, er werde sich melden, wenn er etwas Neues habe, und bereut es sofort.

Nachdem Fenia das Büro verlassen hat, schweigen sie ein paar Sekunden, Strobel hinter seinem Schreibtisch, Bühler ans Fenster gelehnt, mit verschränkten Armen.

Bühler ist es, der das Schweigen bricht. »Du warst im Umgang mit Frauen auch schon mal souveräner.«

Strobel reagiert mit einer wegwerfenden Handbewegung. »Sag nichts, ich bin mir selbst albern genug vorgekommen.«

»Du hast ihr nichts von dem Ring erzählen wollen, nicht wahr?«

»Ich glaube, da waren wir uns einig.« Strobel kennt Bühler seit Jahren. Der kurze Blickkontakt vorhin zwischen ihnen beiden hat genügt, um zu wissen, was der andere denkt.

»Der Ring ist das wichtigste Glied in unserer Beweiskette«, bestätigt Bühler.

»Er kann sie aber auch reißen lassen«, überlegt Strobel.

8

Stiller steckte sich eine letzte Pommes in den Mund und schob den Teller mit den Hähnchenknochen beiseite. Er stützte den linken Ellbogen auf den Tisch und legte das Kinn auf die Faust, um seine Smartwatch besser in Stellung zu bringen, die das Gespräch mit Rohm aufzeichnete. Er hatte zwar eine App, die Nebengeräusche fast völlig herausfilterte, doch sicher war sicher. Zur Mittagszeit war der Löwenbräu-Biergarten gut besucht, die Gäste unterhielten sich angeregt. Gleich nebenan saß eine Gruppe von bulgarischen Frauen, Stiller tippte auf Altenpflegerinnen, die nach jedem Satz, den sie wechselten, fröhlich lachten.

Während des Essens hatte Rohm bereitwillig alles erzählt, was Stiller wissen wollte. Trotzdem hatte es Stiller vermieden, gleich das Thema anzuschneiden, das ihm besonders am Herzen lag. Er ging erst eine Liste von Fragen durch, deren Antworten er längst kannte, auch um herauszufinden, an wie viel Rohm sich wirklich noch erinnerte: wo, wann und wie er Lisa Falk an jenem Morgen gefunden hatte. Ob ihm etwas Verdächtiges aufgefallen war – die unvermeidliche Frage nach dem blonden Unbekannten. Ob sich nicht doch noch jemand im Parkhaus aufgehalten haben könnte, warum es keine Bilder einer Überwachungskamera gab und wie er die Polizei verständigt hatte. Es war eher eine Plauderei als ein Pressegespräch.

Erst als sie ihre Teller geleert hatten, erkundigte sich Stiller, ob Rohm vielleicht sonst noch etwas an der Toten aufgefallen war. Er bemühte sich um einen möglichst beiläufigen Ton. »Hat sie, zum Beispiel, irgendwelchen Schmuck getragen?«

»Komisch, dass Sie mich nach dem Ring fragen!«

Stiller hatte den Ring nicht erwähnt. Er spürte einen leichten Schauer, ein kribbelndes Triumphgefühl, wie jemand, der als Außenseiter gestartet war und als Erster durchs Ziel läuft. »Wieso komisch?«

Stefan Rohm lehnte sich zurück, dehnte seinen Körper und ließ den Kopf nach hinten sinken. Mit den ausgestreckten Beinen lag er fast wie ein Brett auf dem Stuhl. Er blinzelte hinauf in die Kastanie, die in der Mitte des Biergartens hoch aufragte. Nur wenige Sonnenstrahlen fielen durch ihr dichtes Geäst, obwohl die Blätter braun und verschrumpelt daran hingen. Die Bäume, an das feuchte Sommerklima der letzten Jahre gewöhnt, kamen mit der überraschenden Trockenheit nicht zurecht. »Ich denke, Sie schreiben einen Rückblick. Aber früher hat sich doch nie jemand dafür interessiert.«

»Sie trug also einen Ring?« Stiller spürte, wie ihm Schweißperlen über die Schläfen rannen. Der Schatten der Kastanie linderte die Hitze, doch die schwüle Luft trieb ihm das Wasser aus den Poren. Er war nicht der Einzige, der darunter litt. Ein Seitenblick zeigte ihm, dass die bulgarischen Krankenschwestern ebenfalls gehörig schwitzten.

Nur Rohm schien das schwüle Wetter kaltzulassen. Er verschränkte die Finger und legte die Hände hinter den Kopf. Sein blaues T-Shirt mit dem weißen Aufdruck »Ich bring's« war trocken. »Das konnte man ja nicht übersehen.«

Stiller hob fragend die Augenbrauen, was Rohm allerdings entging. »Wie, nicht übersehen?«, schob er daher nach.

Rohm richtete sich ein wenig auf und äugte in sein leeres Glas. »Noch 'ne Runde?«, fragte er.

Was hieß, dass Stiller zahlen sollte. Er hatte angeboten, die Getränke zu übernehmen, als Rohm sich nach einem Informationshonorar erkundigt hatte. Stiller winkte der Bedienung, die im klimatisierten Gastraum saß und den Biergarten durch die Glastür im Auge behielt. Sie erhob sich träge und schlenderte los.

»Erstens war es ein besonders breiter Ring«, antwortete Rohm unterdessen. »Sollte wie Gold aussehen, war aber wahrscheinlich eher Messing.«

»Und zweitens?«

»Der Mörder hat ihre Hand ziemlich auffällig drapiert. Zwischen den Schenkeln, sehen Sie?« Rohm legte seine Hand in den Schritt. »Drunter trug sie ja nichts.«

»Sie meinen, der Täter wollte, dass der Ring gesehen wird?«

»Also, ein Mann konnte jedenfalls kaum vorbeischauen. So, wie sie aussah …«

Die Bedienung erreichte endlich ihren Tisch, wahrscheinlich bewegte sie sich absichtlich langsam, um nicht ins Schwitzen zu kommen. »Noch mal zwei Weizen«, sagte Stiller.

Sie sammelte die leeren Gläser ein. »Wieder alkoholfrei?«

»Für mich auf jeden Fall.« Stiller sah Rohm fragend an. Er nickte. Die Bedienung machte kehrt und übersah geflissentlich das Winken am Tisch der bulgarischen Altenpflegerinnen. »War es ein Verlobungsring oder so?«, brachte Stiller das Gespräch wieder in Gang.

»Wüsste nicht, wie man einen Verlobungsring erkennt.« Rohm gähnte. Sein blasses Gesicht mit der spitzen Nase wirkte wie eine Totenmaske. »Aber er hatte oben eine flache Stelle wie ein Siegelring. Und da war so 'ne komische Gravur.«

»Die ist Ihnen aufgefallen?«

»Sie war rot ausgemalt«, erläuterte Rohm. »Blutrot. Ich hatte so etwas vorher noch nie gesehen. Ich hab gedacht, das ist bestimmt 'ne Rune oder so. Ein Kreuz mit 'ner Schlaufe oben. Heute weiß ich, das ist ein Henkelkreuz.« Er bemerkte Stillers fragenden Blick und senkte die Stimme. »Ein satanisches Zeichen.« Wieder lauter sagte er: »Es wird aber auch von 'ner christlichen Splittergruppe benutzt. Kopeken oder so.«

Stiller dachte an Bausbacks Bemerkung, als zum ersten Mal die Rede von dem Ring gewesen war. »Ein satanisches Zeichen … War es vielleicht ein Ritualmord?«

»Sie fragen vielleicht Sachen!« Rohm schüttelte den Kopf und ließ ihn zurückfallen. »Das müssen Sie doch rausfinden oder die Bullen, eigentlich. Alles, was ich dazu sagen kann, ist das: Außer der Fußballparty hab ich damals kein anderes Ritual mitbekommen. Als jemand das arme Mädchen massakriert hat, war's für 'ne schwarze Messe oder so jedenfalls zu leer im Parkhaus. Ich hab auch nur einen weglaufen gesehen, das hab ich Ihnen ja schon erzählt.«

»Aber die Kripo muss den Ring bemerkt haben«, wechselte Stiller die Richtung.

»Davon geh ich aber mal so was von aus«, bestätigte Rohm. »Das waren ja alles Männer.«

»Und Sie haben es der Kripo auch erzählt?«

»Ich hab der Kripo alles erzählt, was ich wusste und gesehen hatte. Ich bin schließlich vom Fach gewesen, wenn Sie so wollen.«

»Die Kripo hat es aber nie öffentlich gemacht.« Stiller sprach wie mit sich selbst. »Könnte Absicht gewesen sein. Hat man Sie vielleicht gebeten, den Ring nicht zu erwähnen?«

»Nicht direkt.« Rohm richtete sich erwartungsvoll auf, da sich die Bedienung näherte. »Sie hatten mich gebeten, überhaupt nichts herumzuerzählen von dem, was ich mitgekriegt hatte.«

»Zwei alkoholfreie Weizen«, platzte die Bedienung dazwischen. Sie zögerte, als ob Stiller und Rohm etwas Unterschiedliches bestellt hätten und sie nicht wüsste, welches Glas für wen bestimmt sei.

Ohne zu antworten, angelte sich Rohm ein Weizen vom Tablett und gab der Bedienung ein Zeichen, das andere vor Stiller abzustellen. Sie legte ihm den Kassenbon dazu und steuerte den Frauentisch an.

Wieder griff Stiller den Faden auf. »Meiner damaligen Kollegin Fenia Saalbach haben Sie dennoch einiges erzählt. Und soweit ich es nachgelesen habe, gab es auch etliche Boulevardblätter, die sich auf Sie beriefen.«

Rohm grinste verlegen. »Ich war jung und brauchte das Geld«, sagte er ironisch. »Aber Ehrenwort, ich hab immer nur genau das verraten, was die Polizei vorher schon rausgelassen hatte. Ist doch nicht mein Problem, wenn diese Journalisten das nicht gemerkt haben.«

»Den Ring haben Sie jedenfalls nie erwähnt. Oder war es nur so, dass nie jemand darüber geschrieben hat?«

»Genau. Deswegen finde ich es ja so komisch, dass Sie nach dem Ring fragen.« Rohm schwenkte sein Glas in Stillers Richtung, als wollte er einen Toast auf ihn ausbringen, und trank. »Die Polizei hat nie davon gesprochen. Na ja, da wollte ich halt auch nicht … Und interessiert hat sich dafür ebenfalls niemand, wie gesagt.«

Stiller hatte sein Glas nur angehoben und stellte es wieder ab. »Aber Sie haben sich dafür interessiert.«

»Wie kommen Sie darauf?«

»Sie wissen inzwischen, dass es sich bei der Gravur um ein Henkelkreuz gehandelt hat.«

»Bravo!« Rohm klatschte leise in die Hände. »Sie hören mir zu. Ja, ich hab mich dafür interessiert. Ich meine, da ist dieses Detail, aber niemand spricht darüber, schon gar nicht die Kripo, verstehen Sie?«

Stiller verstand ihn sehr gut. Deshalb saß er schließlich hier.

»Genau genommen hab ich nur an der Oberfläche gekratzt. Ein bisschen gegoogelt. Als ich wusste, was das Symbol bedeutet, hab ich mich in ein paar Internetblogs zum Thema Satanismus eingeklinkt, um mich schlauerzumachen. Aber dann kam der Überfall auf mich, und ich hatte Besseres zu tun. Ehrlich gesagt, wenn Sie nicht angerufen hätten, wär das gar kein Thema mehr für mich gewesen.«

Ein paar Sekunden herrschte Schweigen, Stiller dachte nach. »Haben Sie bei Ihren Nachforschungen oder beim Bloggen im Internet den Mord an Lisa Falk erwähnt?«, fragte er dann.

Rohm wand sich ein wenig auf seinem Stuhl. Die Frage war ihm sichtlich unangenehm. »Ich hab ihren Namen nicht genannt«, verteidigte er sich. »Ich hab nur geschrieben, dass ich so 'nen Ring schon mal an 'ner ermordeten Frau gesehen hätte. Ich meine, der Fall war doch längst abgehakt. Das war fünf oder sechs Jahre später.«

»Kann es sein, dass jemand Sie überfallen hat, weil Sie im Internet nach dem Ring geforscht haben? Nach diesem Ring.«

»Liebe Güte, was reimen Sie sich denn da zusammen?« Rohm wirkte belustigt. »Das eine hat doch mit dem anderen nichts zu tun. Ich hab wochenlang völlig unbehelligt rumgeforscht. Niemand hat sich darüber aufgeregt, im Gegenteil, ein paar Blogger hatten geglaubt, sie könnten mich für irgendwelche satanischen Events gewinnen. Der Überfall passierte, als ich das Interesse fast schon wieder verloren hatte. Nein, da gibt es keinen Zusammenhang. Prost!«

Stiller trank mit, bevor er fortfuhr: »Gut. Aber ich kann ein paar Punkte festhalten … Sie widersprechen mir, wenn ich Unsinn rede.«

»Schießen Sie los«, ermunterte ihn Rohm.

»Erstens, Sie wurden überfallen, nachdem Sie nach dem Ring geforscht hatten?«

»Richtig«, bestätigte Rohm.

»Zweitens, der Ring war zuvor kein Thema, auch wenn niemand Ihnen verboten hatte, ihn zu erwähnen.«

»Abermals richtig.«

»Drittens, wir reden, was Ihre Recherche und den Überfall betrifft, von einem Zeitraum von etwa fünf Jahren nach dem Mord?«

»Wie gesagt.«

»Viertens, nach dem Überfall haben Sie nicht mehr nach dem Ring geforscht.«

»Ja, weil ich …«

Stiller ließ sich nicht unterbrechen. »Es hat sich auch danach nie mehr jemand nach dem Ring erkundigt.«

»Von Ihnen abgesehen.«

»Der Überfall – gab's da eigentlich einen oder mehrere Täter?«, fragte Stiller unvermittelt.

»Es gab keinen Täter«, sagte Rohm, und Stiller sah, wie sich eine Gänsehaut über die bleichen Arme des mageren Mannes zog. »Sie können mich für verrückt halten, wenn Sie wollen.« Er warf einen Blick zum Nachbartisch, an dem wieder gelacht wurde, beugte sich vor und senkte die Stimme: »Es war das Parkhaus!«

***

Er sieht schon Gespenster.

Seit es dunkel geworden ist, fühlt er sich beobachtet. In der Mitte des Parkdecks fünf bleibt Rohm stehen und späht in alle Richtungen. Da ist niemand, und doch spürt er die Blicke, die ihm folgen, in seinem Rücken. Wie ein Wirbelwind fährt er herum, nimmt Kampfstellung ein. Kein Mensch ist zu sehen, nur die Autos, die in weiten Abständen voneinander parken. Vielleicht verbirgt sich jemand dahinter. Langsam lässt er sich auf ein Knie nieder, senkt den Kopf, um unter den Wagen hindurch nach Füßen Ausschau zu halten. Nichts. Es kann aber auch an den trüben Neonfunzeln dieses Parkhauses liegen, das noch keine LED-Leuchten hat.

Er will sich wieder aufrichten, doch ein Geräusch lässt ihn erstarren. Es ist eine Art von Scharren. Nein, anders. Rascheln.

Auch nicht. Es wiederholt sich – und wieder ist es hinter seinem Rücken. Mühsam kämpft er gegen die Starre an, kommt endlich auf die Füße und dreht sich um. Deutlich hört er das Geräusch, doch erkennen kann er nichts. »Hallo!«, ruft er. »Ist da wer?«

Ein Anfängerfehler, er weiß es. Wenn da jemand ist, der etwas im Schilde führt, sich an einem Auto zu schaffen machen will oder so, wird er den Teufel tun und antworten. Im Gegenteil, jetzt ist er gewarnt, kennt die Richtung, aus der sein Gegner kommt, kann sich verstecken oder aus dem Staub machen.

Aber das Geräusch bleibt. Wer da auch ist, er hat keine Angst vor ihm. Leise setzt er einen Fuß vor den anderen, bewegt sich vorsichtig auf das undefinierbare Scharren oder Rascheln zu.

Ihm ist nicht geheuer. Das Parkhaus ist ihm nicht mehr geheuer – seit dem Mord. Jemand hat Lisa umgebracht, obwohl er wissen musste, dass mindestens ein Wächter im Parkhaus unterwegs war. Rohm. Er war da, um ihr zu helfen, aber er war nicht fähig dazu. Der Mord hat sich fast unter seinen Augen abgespielt, neun Ebenen tiefer, als ob der Täter geahnt hätte, wie weit er entfernt war.

Längst ist er sich nicht einmal mehr sicher, ob es wirklich der Täter war, den er in jener Nacht beim Weggehen beobachtet hat. Vielleicht war es nur einer, der hier sein Auto geparkt hatte, zufällig auf die Leiche gestoßen ist und im Schock wieder kehrtgemacht hat. Wer will schon mit so etwas in Verbindung gebracht werden? Wenn es nicht der Täter war, wer hat Lisa dann umgebracht? Rohm glaubt, die Antwort zu kennen, er darf es nur nicht laut sagen: das Parkhaus.

Das Geräusch setzt aus. Er bleibt stehen, reglos, hält den Atem an. Da ist es wieder.

Nur einmal in all den Jahren seither hat er in der blauen Stunde seinen Lieblingsplatz aufgesucht, oben, unter freiem Himmel, an der Brüstung der Ebene elf. Ein paar Wochen nach dem Mord ist das gewesen, als er das nächste Mal die Nachtschicht hatte. Dann nie wieder. Es ist ein furchtbares Erlebnis gewesen, eines, das er nicht mehr haben will. Er hatte gerade die Brüstung erreicht, wollte wie üblich seinen Blick über die Dächer der Stadt streifen lassen zu den drei Pfeilern der Macht, Stift, Schloss und City-

Tower. Da begann das Parkhaus, sich zu bewegen. Der Boden wankte, Rohm sah, wie Wellen darüber hinwegliefen, auf und ab. Plötzlich hob sich das Parkdeck am anderen Ende, während es sich auf seiner Seite senkte. Er kam ins Rutschen, krallte sich in höchster Not an das Geländer, unter ihm die Goldbacher Straße, zehn Ebenen tiefer, diesen Sturz konnte niemand überleben.

Mit einem Mal hatte sich das Parkhaus wieder beruhigt, alles schien normal. Doch als er die Brüstung losließ, ging alles wieder von vorn los, als habe das Parkhaus nur darauf gewartet. Es dauerte eine Stunde, bis ihn Mary dort entdeckt hatte und jemanden losschickte, der ihn von der Brüstung wegholte.

Angeblich war nichts, hat er sich alles nur eingebildet. Er war sogar beim Arzt deswegen, der ihm Höhenangst attestiert hat. Die Entdeckung der Leiche die paar Wochen zuvor habe ihn traumatisiert. Es werde sich wieder geben.

Rohm weiß es besser. Es war keine Einbildung, es war das Parkhaus. Es kann ihn nicht leiden, es hat versucht, ihn in die Tiefe zu stürzen.

Natürlich muss er bei seinen Kontrollgängen bis heute auch das oberste Parkdeck absolvieren. Aber seit diesem Vorfall begnügt er sich damit, vom Treppenhaus oder vom Aufzug aus ein paar Schritte in die Mitte zu laufen und sich umzusehen. Das reicht, um die Feindseligkeit zu fühlen, die das Parkhaus gegen ihn hegt, um mit den Füßen das Zittern zu spüren, das durch den Boden geht.

So wie jetzt. Das Scharren oder Rascheln, es stammt nicht von einem Menschen, davon ist er inzwischen überzeugt. Das Parkhaus will ihn in diese düstere Ecke locken, von einer einzelnen vergitterten Lampe nur notdürftig erhellt. Warum? Rohms Nerven sind gespannt, sie sträuben sich dagegen, dass er weitergeht, er kommt kaum voran, es ist, als klettere er eine Düne aus feinem Sand hinauf. Doch seine Berufsehre befiehlt ihm, nachzusehen, es langt, dass seit seinem Erlebnis auf Parkdeck elf ohnedies die halbe Belegschaft über ihn lacht.

Endlich erreicht er die Ecke. Da erkennt er den Grund für das Geräusch. Es ist kein Scharren oder Rascheln, es ist ein Flattern. Eine Fledermaus hat sich in das Parkdeck verirrt und jagt die paar Falter und Mücken, die um die Lampe tanzen.

Eine Fledermaus. Er atmet tief aus und wieder ein. Hat ihm sein Verstand also doch einen Streich gespielt? Er ist nicht überzeugt, unverändert glaubt er sich beobachtet, spürt er Blicke in seinem Rücken.

Er will sich umdrehen und den Kontrollgang fortsetzen, da flackert die Lampe vor ihm kurz und erlischt. Als habe sie eine Kettenreaktion ausgelöst, gehen auch alle Neonröhren aus, eine nach der anderen.

Plötzlich steht er im Dunkeln, lediglich die Markierungsleuchten der Notausgänge glimmen grün, sie haben zusätzliche Akkus. Die Fledermaus lässt sich nicht beirren, jetzt, da Rohm nichts mehr sieht, klingt ihr Flattern für ihn umso lauter. Die Dunkelheit schärft seine Sinne. Er führt zwei Bewegungen gleichzeitig aus: Die eine Hand tastet nach der Stablampe, die andere greift nach dem Funkgerät. »Zentrale von S 1«, sagt er. »Bitte kommen.«

»Zentrale hier.« Wieder hat Mary die Spätschicht, Rohm erinnert sich unwillkürlich an die Mordnacht. »Was ist los bei dir?«, schnarrt ihre männliche Stimme aus dem Funkgerät.

»Keine Ahnung«, sagt Rohm wahrheitsgemäß. »Sieht nach 'nem Stromausfall aus.«

»Negativ«, gibt Mary zurück. »Soweit ich das überblicke, ist nur Ebene fünf betroffen.«

»Wir brauchen Licht!« Rohm fühlt das Zittern des Bodens. Nur seine Ebene liegt im Dunkeln, das Parkhaus hat etwas vor mit ihm.

»Ich hab das Einfahrtssignal von Ebene fünf auf Rot geschaltet, damit niemand mehr dazukommt. Wer dort in nächster Zeit sein Auto abholen will, muss eben ohne Licht klarkommen.«

Rohm hat die Stablampe vom Gürtel gelöst, schaltet sie ein und lässt den Lichtstrahl über die wenigen Autos gleiten. Die meisten Autofahrer meiden Parkdeck fünf ohnedies. Es ist ein Zwischengeschoss, das einzige, das der Aufzug nicht direkt anfährt. Es bietet auch weniger Platz als die anderen Decks, weil hier die Technikräume liegen. »Du solltest 'nen Elektriker rufen«, schlägt er vor.

»Weißt du, wie spät es ist? Nach Mitternacht!«, erwidert sie empört. »Noch ein paar Stunden, und es wird sowieso hell.«

»Trotzdem.« Er fleht sie fast an. Das Parkhaus hat etwas vor, aber das darf er ihr nicht sagen. Sie würde es nicht verstehen.

»Bin ich eine gottverdammte Sklaventreiberin?«

Das bist du, denkt Rohm, aber er schweigt.

»Setz deinen Kontrollgang fort«, befiehlt sie. »Wenn dir jemand begegnet, der auf fünf seinen Wagen holen will, kannst du ihm ja heimleuchten. Ende von Zentrale.« Ihr Ton lässt keinen Widerspruch zu.

Verunsichert steckt Rohm das Funkgerät weg. Noch einmal lässt er den Lichtstrahl über die Autos gleiten. Da sieht er jemand laufen. An der Wand entlang, seitlich von ihm. Sofort schaltet er die Lampe ab, springt einen Satz zur Seite, um seinen Standort zu wechseln, und bleibt lauschend stehen.

Er hört nichts außer dem Flattern der Fledermaus und dem Rauschen seines Bluts in den Ohren. Keine Schritte, kein fremdes Atmen. Abrupt schaltet er die Stablampe wieder ein, leuchtet an die Stelle, an der er die Gestalt zuletzt gesehen hat. Und sieht sie wieder. Diesmal schaut er genauer hin – und atmet ein weiteres Mal auf. Es ist der Schatten eines Autos an der Wand, wenn er die Lampe schwenkt, scheint er sich zu bewegen.

Und doch bleibt die Unruhe. Rohm denkt an den Schlüsselbund, den er mit sich trägt. Er zieht ihn mit der freien Hand aus der Tasche. Die Technikräume sind nur zehn Meter entfernt. Er entschließt sich, selbst nachzusehen. Wenn es nur um eine durchgeknallte Sicherung geht, kann er sie genauso gut wie jeder Elektriker wieder einschalten.

Er geht los, schneller diesmal, doch wieder hält ihn ein Geräusch zurück. Ein Flüstern. Jemand raunt einem anderen etwas zu. Es ist hinter ihm. Rohm dreht sich zur Ecke zurück, die er gerade verlassen hat, und hält den Lichtstrahl darauf.

Ein drittes Mal haben ihm seine Sinne einen Streich gespielt. Der Luftzug weht ein Ahornblatt über den Boden, das Schleifen ist es, was wie ein Flüstern klingt. Rohm folgt dem Blatt mit dem Lichtstrahl, um sicherzugehen. Ja, es ist sicher: Kaum setzt der Wind aus, bleibt das Blatt liegen, das Flüstern verstummt.

Rohm dreht sich endgültig um, entschlossen geht er auf die Stahltür zu, hinter der die Technikräume liegen. Er weiß jetzt, dass er sich all die Geräusche und Gestalten nur eingebildet hat, er schöpft wieder Selbstbewusstsein. Nur das Kribbeln im Rücken will nicht vergehen. Niemand ist hinter mir, sagt er sich, als er die Stahltür erreicht.

Überrascht stellt er fest, dass sie offen steht. Die Besorgnis kehrt zurück. Jemand ist hier eingebrochen. Er leuchtet mit der Lampe hinein. Niemand ist zu sehen, doch er kann durch den Türrahmen auch nur einen kleinen Ausschnitt des erstens Raums überblicken. Er will den Schlüsselbund wegstecken, um das Funkgerät zu nehmen, beschließt aber, ihn zu behalten: als Waffe, um sich zu verteidigen. Mit dem Schlüsselbund in der Hand greift er nach dem Funkgerät.

Da hört er ein neues Geräusch. Rohm erstarrt. Diesmal ist es definitiv kein Geräusch, das von einem Tier stammen kann oder von einem Blatt im Wind. Es ist das metallische Klappern einer Getränkedose, die über den Boden kullert. Jemand hat sie weggekickt oder versehentlich angestoßen. Und es ist hinter ihm passiert.

Er dreht nur den Kopf, um über die Schulter zurückzuschauen. Doch es ist zu dunkel, um etwas zu erkennen. Er bleibt zwei, drei Sekunden reglos stehen, versucht, die Schwärze hinter sich mit seinem Blick zu durchdringen. Plötzlich meint er, im Augenwinkel eine Bewegung wahrzunehmen.

Als er sich der Tür zuwendet, trifft ihn der erste Schlag. Das Funkgerät und der Schlüsselbund fallen zu Boden. Die Hand mit der Stablampe versucht, den zweiten Schlag abzuwehren. Vergeblich. Diesmal stürzt er selbst. Blut spritzt auf das Funkgerät, als seine Nase bricht und die Haut auf seiner Stirn aufplatzt. Er bekommt nicht mehr mit, wie viele Schläge ihn noch treffen.

***

Genau hatte ihm das auch später niemand sagen können. Rohm hatte mehrere Monate in Krankenhäusern verbracht und fast ein Jahr in Reha, bevor er wieder halbwegs selbstständig leben konnte. Er zog ein Bein nach und hatte eine künstliche Schädelplatte, fast handtellergroß, daher die Schildkappe. Aufgrund seiner inneren Verletzungen magerte er völlig ab. Dass er nicht mehr schwitzte, war ebenfalls eine Folge des Überfalls.

Dass er überhaupt noch lebte, verdankte er Mary – oder dem Elektriker, den sie nach dem Gespräch mit Rohm doch noch gerufen hatte. Als er seinen Wagen auf das fünfte Parkdeck lenkte, ließ der Schläger von Rohm ab, drei, vier Minuten nach Beginn der Attacke.

Der Täter war auf keinem der Überwachungsbänder zu sehen gewesen. Die Kripo hatte unterstellt, dass er die toten Winkel des Parkdecks und der Parkhauszufahrt kannte. Da es in den Treppenhäusern seit dem Mord an Lisa Falk keine toten Winkel mehr gab, hatte Rohms Angreifer das Parkdeck über die Zufahrtsspindel betreten und verlassen, so die damalige Theorie. Er hatte die Tür zu den Technikräumen aufgehebelt und die Lichtsicherungen für das Parkdeck ausgeschaltet, vermutlich wollte er in die geparkten Autos einbrechen. Rohm musste ihn überrascht haben, eine Verkettung unglücklicher Umstände.

Der Angreifer wurde nie gefasst. Da Rohm ihn selbst nicht gesehen hatte oder sich zumindest nicht daran erinnerte und auf den Überwachungsbändern niemand zu entdecken war, setzte sich bei ihm die fixe Idee fest, es sei das Parkhaus selbst gewesen. Nachdem er aus der Reha entlassen worden war, quittierte er den Dienst für die City-Security. Die Caritas hatte ihm einen gemeinnützigen Job vermittelt, Essen auf Rädern. Ein paar Jahre später hatte er herausgefunden, dass die zunehmende Zahl alter Menschen nicht nur warme Mahlzeiten geliefert bekommen wollte. Viele wollten sich noch selbst versorgen, konnten aber nicht mehr einkaufen gehen. In Aschaffenburg gab es bereits ein paar private Bringdienste. Nach ihrem Vorbild hatte sich Rohm schließlich in Miltenberg niedergelassen.

Das alles hatte er Stiller noch erzählt, bevor sie sich trennten. Rohm musste wieder los, und Stiller wollte Kerstin Polke nicht warten lassen.

Jetzt stand er an der Uferpromenade, fand aber seinen E-Smart nicht mehr. »Ich werde alt«, murmelte er. »Verflucht.«

»Das werden wir alle«, seufzte eine Frau um die achtzig, die ihn von einer Bank aus beobachtet hatte. »Aber das ist doch kein Grund zum Fluchen. Schau'n Sie mich an, ich genieße die Sonne.« Die Bank lehnte an der sandsteinverkleideten Hochwasserschutzmauer, um die es zwanzig Jahre zuvor einen Riesenaufruhr in Miltenberg gegeben hatte. Jetzt war sie ein beliebtes Sonnenplätzchen – wenn es mal nicht regnete.

Stiller nickte ihr zu und sah sich nochmals genau um. Keine Spur von seiner Pygmäenkutsche. »Hallo, Schlaumeier«, murmelte er in seine Smartwatch. »Wo ist mein Auto?«

»Präzisiere ›mein Auto‹«, kam es prompt zurück. »Letztes auf Paul Stiller zugelassenes Auto, Renault Kangoo, verkauft am …«

»Willst du mich verscheißern?«, ging Stiller hoch. Die Frau auf der Bank runzelte die Stirn. »Ich rede von dem Wagen, mit dem ich gekommen bin.«

»E-Smart 3-1-6-0, registriert in Aschaffenburg, gebucht über trans-IT-car, heute Morgen …«

»Genau der«, unterbrach Stiller. »Ich finde ihn nicht. Wo steht er?«

»Aktueller Standort B 468, Höhe Ausfahrt Niedernberg, Fahrtrichtung Frankfurt. Voraussichtliche Ankunftszeit dort …«

»Soll das heißen, ein anderer ist mit meinem Auto nach Frankfurt unterwegs?«

»Korrekt. Ausgenommen die Bezeichnung ›mein Auto‹.«

Stiller rollte die Augen. »Aber wieso? Ich hatte ihn doch gebucht. Ich brauche ihn für die Rückfahrt.«

Die Smartwatch blinkte schweigend, ein Zeichen, dass sie suchte. Nach drei Sekunden meldete sie sich zurück. »Keine Buchungsdaten über Rückfahrt verfügbar«.

Stiller fragte sich, ob dem Ding klar war, dass es soeben sein Todesurteil gesprochen hatte. Er würde es bei nächster Gelegenheit entsorgen, und zwar nicht über die städtische Recyclingstelle, obwohl die inzwischen fast den Neupreis bezahlte, um an die seltenen Wertstoffe zu gelangen, die in den Minicomputern und Handys steckten. Er würde diese Smartwatch einstampfen. Pulverisieren. »Aber das war doch klar«, entrüstete er sich. »Hast du geglaubt, ich wollte zurücklaufen?«

»Ich glaube nicht«, antwortete die Smartwatch freundlich. »Ich rechne.«

»Und was, bitte, hast du dir ausgerechnet, als ich für das Auto einen Platz zum Zwischenaufladen gesucht habe?«

»Das war eine unverständliche Eingabe«, kam es prompt zurück. »Der Ladestatus war ausreichend, darauf hatte ich hingewiesen.«

Stiller gab auf. »Gut. Ich brauche ein Auto für die Rückfahrt. Schau nach.«

»Trans-IT-car?«

»Mir egal.«

»Das nächste verfügbare trans-IT-car steht auf dem Winzerfest-Parkplatz in Klingenberg. Renault Twin E Nummer 6-3-2-1. Entfernung zehn Komma fünf Kilometer …«

Stiller rang um Worte. »Näher gibt es nichts?«

»Ich sprach vom nächsten verfügbaren trans…«

»Gut«, unterbrach Stiller. »Andere Anbieter.«

»Nächstes verfügbares Fahrzeug anderer Anbieter: car2go, E-Smart Nummer 9-4-8-6, Standort Obernburg, Parkplatz Kochsmühe …«

»Das ist ja doppelt so weit!«

»Mehr«, antwortete die Smartwatch lakonisch.

»Das reicht.« Stiller war mit den Nerven am Ende.

»Präzisiere«, kam es zurück. »Soll ich buchen?«

»Du sollst die Klappe halten!« Er sah sich um und setzte sich auf die Bank zu der Rentnerin, die ihn während des Gesprächs beobachtet hatte.

»Ich verstehe das nicht«, sprach er mehr zu sich selbst als zu ihr. Das Carsharing war gängige Praxis, die Automobilindustrie setzte seit Jahren nicht mehr nur auf den Verkauf ihrer Autos, sondern vielmehr auf das Angebot, sie zu nutzen. »Es müsste hier doch Hunderte dieser Autos geben!«

»So ist das«, sagte sie tröstend. »Tagsüber wollen alle aus Miltenberg nur raus. Da gibt's hier kein Carsharing. Aber in ein paar Stunden kommen die Ersten zurück. Genießen Sie die Zeit.«

»Leider hab ich keine«, erwiderte Stiller. Er überlegte, wen er anrufen konnte, um sich abholen zu lassen. Kleinschnitz schied aus, der hatte Termine. »Ruf Jan an«, sagte er schließlich zur Smartwatch.

Jan meldete sich keine Minute später. Geduldig hörte er zu, während Stiller sein Anliegen in eine Reihe abfälliger Bemerkungen über moderne Kommunikationscomputer kleidete. »Oh

Mann, Papa«, stöhnte er dann. »Werd endlich erwachsen! Du musst lernen, mit der Technik richtig umzugehen. Ist das denn so schwer?«

Werd endlich erwachsen! Musste er sich das von diesem Pimpf sagen lassen? In Stillers Welt waren seine Kinder immer klein geblieben. Laut sagte er: »Also, kommst du nun?«

»Wie stellst du dir das vor? Meine Mittagspause ist gerade um. Ich kann hier nicht einfach weg.«

»Wieso?« Stiller hatte mit dem Widerstand nicht gerechnet. »Spielt ihr Beamtenmikado – wer sich zuerst bewegt, hat verloren?«

»Ich weiß nicht, ob du mich auf diese Weise motivieren kannst, während meiner Arbeitszeit nach Miltenberg zu fahren, um einen bejahrten Journalisten abzuholen, der mal wieder ein Auto verschusselt hat.«

Mal wieder. Typisch Jan. »Es war das zweite Mal!«, verteidigte sich Stiller. »Hey, lass mich hier nicht hängen.«

»Also gut.« Jan lenkte ein. »Ich komme. Aber das kostet dich was.«

Stiller traute seinen Ohren nicht. »Du wirst mich doch nicht bezahlen lassen? Deinen Vater!«

»Ich rede nicht von Geld. Ich rede von Charlotte und dem Mobbing gegen ihre Kinder.« Jan legte eine Kunstpause ein. »Deine Enkel. Ich hab die Bonbons überprüfen lassen, sie sind vergiftet. Nichts Lebensgefährliches, aber es reicht, um sich den Magen zu verderben. Versprich mir, dass du etwas dagegen unternimmst.«

»Versprochen«, knurrte Stiller. Als ob er nicht genug eigene Probleme hätte!

9

»Als ob ich nicht genug eigene Probleme hätte!« Kerstin Polkes Stimme hallte durch das Großraumbüro, da halfen auch die gewellten Dämmplatten nichts, die an verschiedenen Stellen unter der Decke hingen, um den Schall zu brechen. Hier und da hoben sich ein paar Köpfe.

Stiller fragte sich, warum sie ihn überhaupt in den Newsroom geschleppt hatte, statt sich mit ihm in ihr eigenes Büro zurückzuziehen. Wahrscheinlich, um ihn zu ärgern. Denn hier gab es keine Dockingstationen mehr. Es genügte, die Tablets auf Induktionsplatten zu legen, um sie komplett zu vernetzen oder zu laden. Außerdem ließen sich keine Tastaturen mehr anschließen, und Stiller hatte keine Lust, mit den Fingern auf der Oberfläche von Bildschirmen herumzutippen. »Du sollst auch nicht tippen«, pflegte Kerstin zu sagen. »Du sollst diktieren.« Aber dazu hatte er noch weniger Lust.

»Hallo?« Kerstin riss ihn aus seinen Gedanken. »Ich hab mir gestern meinen Abend versaut, um an die alten Seiten zu kommen«, fuhr sie fort. »Ich habe heute Mittag zwei Stunden auf dich gewartet. Hatte ich nicht was von pünktlich gesagt? Und dann tanzt du hier an, als wär nix gewesen, und teilst mir mit, dass alles umsonst war.«

Stiller wollte ihr beschwichtigend die Hand auf den Unterarm legen, doch sie zog ihn brüsk zurück. »Nicht umsonst. Ich bin nur einen Schritt weiter.«

»Wie, weiter?« Ihr Nasenpiercing funkelte, es sah aus, als würde es glühen.

»Auf die klassische Methode«, erklärte er vorsichtig. »Ich hab mit jemandem geredet.«

»Und?« Er hatte ihre Neugier geweckt. Sie misstraute den sogenannten klassischen Methoden, die sie als überholt bezeichnete.

»Ich habe einen Namen. Leider hilft er mir allein nicht weiter.«

»Wusst ich's doch!« Ihrem Ton nach zu schließen, legte sich die

Wut ein wenig. Das war meist der Fall, wenn sich ihr Vorurteil bestätigte, dass nichts taugte, was sich nicht auf moderne Technik stützte. »Also, sag schon, was soll ich tun?«

»Du könntest mir einen Kaffee ausgeben.« Stiller schielte auf ihre Kanne.

»Tut mir leid, ich hab keine Tassen mehr. Du kannst dir höchstens eine drucken.« Sie deutete mit dem Daumen auf den 3D-Drucker an der Stirnseite des Newsrooms.

Als Stiller ablehnte, wendete sie sich dem Tablet zu. »Hier sind die damaligen Kondolenzbuchseiten, soweit ich sie noch auftreiben konnte.«

»Ich hätte gern gewusst, ob es noch mehr Einträge gibt, die sich mit einem Ring beschäftigt haben.«

Sofort war sie wieder auf hundertachtzig. »Bist du meschugge? Herr, schmeiß Hirn vom Himmel! Das sind über sechstausend Einträge. Sechstausenddreihundertfünfundvierzig, um genau zu sein.«

»Kann man die nicht irgendwie filtern?«

Sie errötete, vermutlich, weil sie nicht selbst daran gedacht hatte. »Mann nicht«, blaffte sie. »Ich schon.«

Nach zwanzig Sekunden kam das Resultat: lediglich ein Eintrag, der einen Ring erwähnte, nur der, den Stiller bereits kannte. »Versuch's mal mit den Stichwörtern Henkelkreuz oder Satanismus«, schlug er vor.

Das Ergebnis war noch schneller da: null Treffer. Stiller rieb sich mit der Hand über den Hals und genoss das stachelige Gefühl. »Dann nehmen wir den Namen. Riesenmotz.«

»Nichts«, sagte Kerstin. »Nur dieser eine Eintrag.«

Stiller war enttäuscht. Er hatte gehofft, dass der Unbekannte noch ein paar weitere Botschaften hinterlassen hatte.

»Warum ist dir der Verfasser überhaupt so wichtig?«

»Er gehört zu den ganz wenigen, die von dem Ring wussten, den Lisa getragen hatte. Und er behauptet, der Mörder habe ihn ihr angesteckt. Wie kommt er darauf? Wenn du mich fragst, war er irgendwie in diese Sache verwickelt.«

»Ach, und dann posaunt er das auf Facebook einfach so raus?«

»Vielleicht war ihm nicht klar, dass er einen Fehler gemacht hat. Sicher war er überzeugt, dass sich das mit dem Ring herumsprechen würde. Immerhin hat er ihre Hand besonders auffällig drapiert. Er wollte, dass dieses Detail nicht übersehen wird.«

»Er wollte, er hatte … Du sprichst von diesem Motzriesen, als ob er der Mörder ist.«

Stiller nickte. »Das meine ich mit verwickelt.«

Kerstin sah sich rasch um. »Du ziehst mich da in was rein«, zischte sie.

»Ich will ja nur wissen, wer hinter dem Decknamen steht. Das müsste sich doch rausfinden lassen.« Er setzte das gewinnendste Gesicht auf, das er mit Mitte sechzig hervorbringen konnte. »Jedenfalls, wenn sich eine Fachfrau darum kümmert.«

»Hör auf zu schleimen«, fuhr sie erbost hoch. »Altmännergerede. Ich weiß genau, wie ihr mich hinter meinem Rücken nennt: Interpol. Und außerdem, ich kann es gar nicht rausfinden! Facebook gibt's nicht mehr. Damit sind alle Quellen dort weg. Das ist, wie wenn dein geliebtes Papierarchiv abbrennt.«

»Oh.«

Sie sah ihm die Enttäuschung an, aber ihr Mitleid hielt sich in Grenzen. »Oh«, äffte sie ihn nach. »Oh, ja. Meine Güte, kann hier irgendwer auch nur einmal was selbst machen? Hauptsache, es gibt eine Dumme, die für die anderen die Drecksarbeit erledigt, was? Kerstin hier, Kerstin da. Und dann geknickt aus der Wäsche gucken, wenn ich was mal nicht hinkriege. Aber zaubern kann ich leider auch nicht.«

»Ist ja gut.« Stiller wollte die Wutwelle über sich hinweglaufen lassen, bevor er sich verabschiedete. Auch wenn die Umsitzenden einen anderen Eindruck gewinnen konnten: Er kannte Kerstin nun schon seit Jahrzehnten und achtete sie trotz ihrer Zornausbrüche mehr als andere. Unter der harten Schale schlummerte ein weicher Kern. Zudem war er überzeugt, dass sie ihn ebenfalls schätzte, trotz seiner antiquierten Marotten. Am Ende tat sie doch immer alles für ihn.

»Hallo?« Sie wedelte mit ihrer Hand vor seinem Gesicht. »Bist du noch da? Nicht dass du mir hier stirbst!«

»Alles okay«, sagte er rasch.

Offensichtlich hatte sie sich einen Moment lang Sorgen gemacht, jedenfalls war sie plötzlich die Ruhe selbst. »Hast du den Namen denn schon mal in eine aktuelle Suchmaschine eingegeben?«

»Meinst du, das bringt was?«

»Also hast du es nicht getan.« Sie schnaubte. »Und ob das was bringt. Der Mensch ist ein Gewohnheitstier. Wenn er sich einmal einen schönen Decknamen ausgedacht hat, möchte er ihn immer wieder benutzen. So machen's jedenfalls die meisten. Da können sie nicht durcheinanderkommen, wenn sie sich in unterschiedlichen Blogs oder Foren bewegen. Suche Nickname Riesenmotz«, befahl sie dem Tablet und buchstabierte den Namen.

Stiller sagte nicht, dass er ihn genauso schnell hätte tippen können.

Sie warteten ein paar Sekunden, dann kam die Anzeige: null Treffer.

Kerstin war baff. »Unmöglich«, sagte sie nachdenklich. »Das gibt es überhaupt nicht. Selbst wenn er unterschiedliche Namen benutzt hat, irgendwo muss er mit diesem einen doch eine Spur hinterlassen haben.«

»Vielleicht schreibt er sich heute anders«, warf Stiller ein.

»Andere Schreibweisen!«, befahl Kerstin.

Diesmal wurden sie mit einer Fülle von Treffern belohnt. Überraschend geduldig ging Kerstin die ersten, wichtigsten Seiten durch. Es handelte sich um unterschiedliche Kombinationen von »Riese« oder »motzen«, doch keine davon ließ sich mit ihrem Unbekannten in Verbindung bringen. »Das führt zu nichts«, räumte Kerstin schließlich ein. »Du kannst gern selbst noch ein bisschen stöbern, aber das sind alles andere Nicknames.«

Stiller schüttelte den Kopf. »Das glaube ich auch. Ich denke, er ist die große Ausnahme und hat diesen einen Nickname nur für Facebook benutzt.«

»Quatsch.« Kerstin sah ihn nicht an, sondern hielt den Blick auf ihr Tablet gerichtet. »Heute könnte ich mir das vielleicht vorstellen, da sind die Leute besser aufgeklärt und vorsichtiger, wenn sie im Internet was veröffentlichen. Aber damals – wir reden von der Zeit vor zwanzig Jahren. Alte Menschen erinnern sich dunkel: Snowden und der NSA-Skandal waren gerade erst ganz groß rausgekommen.« Sie überlegte. »Ich hab eine andere Idee, und die unterstützt deine Theorie.«

»Und die wäre?«

»Er hat alles gelöscht.«

***

Strobel sollte sich besser fühlen, doch die Unruhe will nicht weichen. Er kann nichts dafür, dass die ersten Schritte der Ermittlungen aus dem Ruder gelaufen sind, nicht er zeichnet für die spektakuläre Festnahme von Lisas Freund verantwortlich, die so viel Aufsehen erregt hat.

Er hat beim Haftrichter nach bestem Wissen und Gewissen argumentiert, alle Hinweise genannt, die gegen den Verdächtigen sprechen.

Dennoch war es unklar, ob Simon Bauer deshalb schon in Untersuchungshaft wandern würde. Kripo und Staatsanwaltschaft haben bisher nichts, was ihn unmittelbar mit dem Mord in Zusammenhang bringt. Wer weiß, mit einem besseren Anwalt und mit weniger öffentlichem Druck wäre er jetzt möglicherweise auf freiem Fuß.

Der öffentliche Druck, das ist das Fatale an diesem Fall, denkt Strobel. Die Internetmeute und der Mob, sie haben Bauer bereits verurteilt. Und sicher gibt es viele, die ähnlich denken, ohne es zu schreiben oder gleich Lynchjustiz zu fordern.

Die Hetze muss und wird ein Nachspiel haben. Strobel hat beim Dienststellenleiter bereits ein Team angefordert, das nach den Initiatoren im Netz forscht. Sie müssen sich dafür verantworten. Vor Gericht.

Plötzlich ist Strobel klar, woher seine Unruhe kommt. Er hat selbst einen Fehler gemacht. Einen Fehler, für den man ihn später zur Rechenschaft ziehen kann. Möglicherweise hat er die Ermittlungen behindert.

Er hat Fenia Saalbach am Mittag ein Interview gegeben, das nicht mit der Staatsanwaltschaft abgesprochen war. Er hat sich von ihrem Charme umgarnen lassen. Und benebeln. Sie hat eine Information aus ihm herausgelockt, die nicht für die Öffentlichkeit bestimmt ist. Noch nicht. Er hat ihr verraten, dass er die Rädelsführer der Hetze und des Aufruhrs verfolgen lassen will.

Wenn das publik wird, dürfte es bald keine Rädelsführer mehr geben, die er verfolgen könnte. Sie werden ihre schlimmsten Hetztiraden löschen, ihre Spuren beseitigen. Er muss versuchen, das zu verhindern.

Strobel lässt die Finger knacken. Das Kärtchen, das ihm Fenia Saalbach dagelassen hat, liegt immer noch auf seinem Schreibtisch. Er zieht es zu sich heran und schaut auf die Uhr: Sie müsste inzwischen von der Pressekonferenz der Staatsanwaltschaft zurück sein. Er greift zum Telefon und wählt.

Sie meldet sich sofort.

Strobel ist verlegen, ein Gefühl, das ihm sonst unbekannt ist. »Ich habe Ihnen heute ein Exklusiv-Interview gegeben, Frau Saalbach«, setzt er an. »Darf ich Sie im Gegenzug um einen Gefallen bitten?«

»Darf ich zuerst hören, worum es geht?«, fragt sie zurück.

»Gut.« Ihm ist klar, dass sie ihm blanko keine Zusage gibt, und sagen muss er es ihr ohnedies. »Es wäre mir lieb, wenn Sie vorerst nichts davon veröffentlichen, dass wir den Initiatoren der Internethetze nachgehen. Sie verstehen: wegen der Verdunklungsgefahr.« Himmel, dieser hölzerne Ton.

»Ja, ich verstehe, was Sie meinen.« Sie schweigt einen Moment. »Trotzdem ist es zu spät«, sagt sie. »Es steht schon im Netz. Aber aus dem Printartikel kann ich es weglassen.«

»Lässt es sich vielleicht auch aus dem Netz wieder herausnehmen?« Strobel weiß, dass es möglich ist. »Nur für zwei, drei Tage, bis wir alles gesichert haben.«

»Da bin ich nicht zuständig«, erwidert Fenia. »Aber ich werde Bescheid sagen. Ich glaube, wir können Ihnen da entgegenkommen. Aber wirklich nur ein paar Tage.«

Strobel ist erleichtert. Er widersteht der Versuchung, mit ihr über die Pressekonferenz der Staatsanwaltschaft zu plaudern. Es ist ihm wichtiger, dass sie rasch handelt. Sie verabschieden sich, er legt auf.

Vielleicht hat er das Schlimmste verhindert. Die Mehrzahl der Menschen liest noch die Zeitung, wenn es um regionale Themen geht. Die Anzahl derer, die sich lokale Informationen aus dem Internet holen, ist deutlich geringer. Zudem kann der Hinweis auf die kommende Untersuchung der Hetze noch nicht lang im Netz gestanden haben.

Andererseits hat der Mordfall überregionales Aufsehen erregt, da schaut natürlich auch das örtliche Zeitungspublikum häufiger im Internet nach, ob es etwas Neues gibt. Und die Internetgemeinschaft tauscht sich rasend schnell aus. Strobel muss sich nur im eigenen Haus umsehen. Etliche Kollegen haben, wenn sie am Schreibtisch sitzen, nebenbei ständig Facebook offen oder andere Plattformen. Natürlich zu Dienstzwecken. Bei allen Büroberufen ist das so. Und bei allen anderen, die nichts Besseres mit ihrer Zeit anzufangen wissen, ebenfalls.

Strobel versucht, sich zu beruhigen. Die meisten von denen, die sich an der Internethetze beteiligen, haben überhaupt kein Unrechtsbewusstsein. Sie halten sich für die Guten. Vermutlich kommen sie gar nicht auf den Gedanken, dass ihnen daraus jemand einen Strick drehen könnte. Und der Mob, der vor der Dienststelle aufgezogen ist, erst recht nicht. Das sind schließlich sogar Menschen, die mit ihrem Gesicht dazu stehen, was sie tun, während sich im Internet alles anonym abspielt. Da glauben die meisten, sie seien mit ihren Decknamen auf der sicheren Seite und könnten unter der vermeintlichen Tarnung so richtig die Sau rauslassen.

Aber das ist ein Irrtum.

Strobel erinnert sich an den Papierstapel, die Facebook-Ausdrucke. Das Kondolenzbuch ist die Wurzel des Übels. Wenn da jemand etwas löscht, hilft es ihm auch nichts, Strobel hat es bereits schwarz auf weiß. Er zieht die Schreibtischschublade auf, um nachzusehen, nimmt die Blätter aber nicht heraus. Er hat versprochen, dass er sich an der Befragung der Zeugen beteiligt, die Lisa Falk in ihrer letzten Nacht am Feierkreisel gesehen haben wollen. Es fehlt einfach an Personal, die Polizeireform erweist sich als Fehlschlag.

Er kennt die Priorität: Erst muss er diesen Fall klären, dann wird er sich die Meute vorknöpfen. Seufzend steht er auf.

***

Kerstin Polke bekam nun doch ein wenig Mitleid mit Stiller. »Jetzt guck nicht so bedröppelt.«

»Was heißt alles gelöscht?« Stiller runzelte die Stirn, die senkrechte Falte über der Nasenwurzel grub sich tief ein. »Hast du mir nicht immer erzählt, das Internet vergisst nichts?«

»Tut es auch nicht. Ich meine, wenn du dich auskennst, kannst du natürlich deine Spuren verwischen, deine Einträge löschen oder ganze Seiten verschwinden lassen, die dir mal gehört haben. Aber das gibt dir nie die letzte Sicherheit.« Kerstin war in ihrem Element. »Du kannst nicht wissen, wer deine Beiträge und Auftritte im Netz schon weiterverbreitet hat und wohin. Wenn du dagegen was unternehmen willst, brauchst du einen Anwalt. Und wie willst du feststellen, ob sich nicht schon jemand was von dir runtergeladen hat, bevor du es aus dem Netz nimmst? Oder archiviert? Es gibt zig Anbieter, die sich aufs Archivieren alter Webseiten spezialisiert haben.«

»Wozu das denn?«

»Du stellst Fragen!« Sie verdrehte die Augen. »Wissen ist Macht. Und da geht es nicht um Bildung, sondern um Informationen, die wertvollsten Rohstoffe der modernen Gesellschaft. Was sich technisch sammeln lässt, wird auch gesammelt, verlass dich drauf. Und die Archivseiten sorgen dafür, dass nichts von den Daten verloren geht. Ich bin sicher, wir finden was von deinem Motzriesen.«

»Riesenmotz«, korrigierte Stiller. »Ich hör's ja gern. Aber was will jemand mit Daten anfangen, die zwanzig Jahre alt sind?«

»Es kommt auf die Summe der Informationen an. Die du dann nach den Kriterien, die dir wichtig sind, wieder zerlegst.« Sie sah seinen fragenden Blick und lachte kurz auf. »Es geht nicht nur um die Spuren, die jemand hinterlässt, wenn er sich im Internet bewegt. Das weiß heute jeder, dass man nachvollziehen kann, welche Seiten er besucht hat, wofür er sich interessiert oder was für 'ne Musik er sich reinzieht. ›Kunden, die dieses Buch gekauft haben, lesen auch …‹, das ist ein alter Hut. Aber du siehst daran, die Wirtschaft war schon immer auf diese Daten angewiesen.«

»Wohl eher mit mäßigem Erfolg«, wandte Stiller ein. »Solche Hinweise haben mich jedenfalls nie dazu bewogen, ein bestimmtes Buch zu kaufen.«

»Wirklich?« Sie sah ihn an und kniff die Augen zusammen. »Ja, nee klar, du hast natürlich gedacht, du wärst ein mündiger Bürger, der selbst entscheidet, was er kauft. In Wahrheit wussten die anhand deiner Daten exakt, wofür du dich interessierst, du, und Millionen andere, und genau die passenden Produkte haben sie am Markt platziert. Du verstehst den Unterschied? Die Hersteller entwickeln keine Produkte mehr, um sie dir dann mit einem teuren Werbefeldzug schmackhaft zu machen. Sie geben das Geld lieber vorher für Daten aus, die übrigens die meisten Nutzer willig verschenkt haben, um ihr Produkt deinem Geschmack anzupassen. Jetzt sagst du natürlich: Klingt doch eigentlich gut. Aber trotzdem haben sie dich damit entmündigt, dir die freie Wahl genommen.«

»Verstehe. Aber …«

Kerstin ließ sich nicht unterbrechen. »Und da reden wir nur von den Spuren, die du hinterlässt, wenn du im Internet surfst, was bestellst oder runterlädst. Wir reden noch gar nicht von all dem anderen. Bezahlst du zum Beispiel mit Payback-Karte?«

»Also …«

Sie musste die Antwort nicht abwarten, sie kannte sie. »Sei froh, dass du es nicht tust! Was denkst du, wie scharf die auf diese Informationen sind? Deine Profile in irgendwelchen sozialen Netzwerken kannst du halbwegs steuern. Dein Konsumverhalten ist viel ehrlicher, es verrät alles über deine Lebensumstände. Essgewohnheiten und Freizeitverhalten, welche Haustiere du hast, welche Alterszipperlein oder sexuelle Neigungen.« Kerstin warf Stiller einen schrägen Blick zu, als schlösse das eine das andere aus.

Er sagte lieber nichts.

Sie wertete sein Schweigen als Aufforderung, fortzufahren. »Zu guter Letzt kommen noch diese Dinger ins Spiel.« Sie deutete auf seine Smartwatch. »Die verrät nicht nur, mit wem du telefonierst. Wenn du damit rumrennst, wissen die jederzeit, wo du bist und woher du kommst. Die schicken dir einen Trojaner, damit sie über das Mikro mithören können. Theoretisch könnte gerade jemand den Gratisunterricht aufzeichnen, den ich dir hier gebe. Bei den Tablets und iPhones funktioniert das genauso – und das schon seit Jahrzehnten. Kannst du dich noch an den Skandal erinnern, vor zwanzig Jahren oder so, als sich herausgestellt hat, dass die NSA sogar unsere damalige Kanzlerin ausgespäht hat – wie hieß die doch gleich?«

»Merkel«, warf Stiller ein. Er erinnerte sich gut.

»Kann sein, hab's verdrängt. Jedenfalls muss damals schon der Letzte kapiert haben, um was es geht. Die meisten hatten bis dahin gedacht: Lass die doch alle spähen, ich hab ja nichts zu verbergen.«

»Das hab ich auch gedacht.«

Kerstin lachte. »Weil du geglaubt hast, die wollten nur rausfinden, ob du dir Kinderpornos runterlädst oder eine Bauanleitung, wie man Bomben bastelt. Nein, mein Lieber, du hast nichts zu verbergen …«

»Also doch?«

»… weil du nichts verbergen kannst. Wenn du nicht lebst wie in der Steinzeit, kennen die alles von dir. Musikgeschmack, Beziehungsstatus, Bildungsniveau, wohin du in Urlaub fährst und mit wem, ob du 'ne illegale Waffe suchst oder ein Vegetarierrezept. Alles halt. Sogar, mit welchem Klopapier du dir deinen Hintern abwischst.« Sie legte eine kleine Pause ein. »Aber das wollen die natürlich gar nicht wissen.«

»Natürlich nicht«, bestätigte Stiller ironisch. Es hatte ihm durchaus eingeleuchtet, dass sich jemand für sein Toilettenpapier interessieren könnte. In den Jahren seit der Energiewende in Deutschland waren so viele Biomasse-Heizkraftwerke entstanden, dass Zellulose auf dem globalen Markt inzwischen heiß umkämpft war.

Kerstin hatte den Unterton nicht überhört. Ihr Blick verfinsterte sich. »Natürlich nicht. Die wollen nicht wissen, was du kaufst oder isst oder tust. Die wollen wissen, was du kaufen wirst, was du essen willst und was du vorhast. Dazu brauchen die deine Daten. Deshalb müssen sie erst alles sammeln, um es anschließend zu analysieren, also wieder zu zerlegen.«

»Was uns zu den Internetarchiven zurückbringt.« Stiller entschied sich für einen brutalen Themenwechsel.

»Stimmt.« Kerstin nickte. »Darum ging's ja.« Sie konzentrierte sich. »Ich kenne ein paar Adressen, die Erfolg versprechend sind. Wayback ist die bekannteste. Neverlost oder Cloudlifting hab ich auch schon häufiger genutzt.«

»Hört sich gut an.« Interessiert rollte Stiller den Bürostuhl etwas näher. Ihre Ellbogen berührten sich, sofort zog Kerstin den Arm weg.

»Du glaubst doch nicht, dass ich jetzt …? Vergiss es!« Sie kam so schnell in Rage, dass Stiller neben ihr regelrecht spürte, wie ihre Körpertemperatur stieg. »Meinst du, ich sitze hier zum Vergnügen? Weißt du, wie lang du mich jetzt schon aufhältst? Heute ist Ende Gelände. Komm morgen wieder, aber vor zehn, wenn's recht ist. Und diesmal wirklich pünktlich.«

Stiller hob abwehrend die Hände. »Schon gut.« Er stieß sich mit den Füßen ab und brachte den Bürostuhl in sichere Entfernung, bevor er nachschob: »Schickst du mir wenigstens die Links? Dann kann ich selbst …«

»Das wär ja mal was ganz Neues!«, fiel sie ihm ins Wort. Offensichtlich war der Gedanke so neu, dass sie sich wieder ein wenig beruhigte. »Gut, ich schick dir die Links. Die meisten Server stehen sowieso in Amiland, damit müsste sich dein Freund Kleinschnitz ganz gut auskennen.«

»Schön.« Stiller stand auf. »Ach, und Kerstin …« Er hatte in der Miltenberger Kultkonditorei ein Päckchen Pralinen gekauft, während er auf Jan warten musste. Eigentlich war es für Ruth bestimmt, doch spontan entschied er sich anders, zog es aus der Tasche und legte es auf Kerstins Schreibtisch. »Danke!«

Erstaunt betrachtete sie das Päckchen. »Willst du, dass ich fett werde?«, brachte sie schließlich heraus.

»Ist ja nur eine Kleinigkeit.« Stiller kannte Kerstin lang genug, um zu wissen: Diesmal war es nicht der Zorn, der ihr Gesicht rot färbte. Er lächelte, winkte kurz und ging durch den Newsroom davon. Er spürte, wie sie ihm nachblickte.

Bis Stiller seinen Rückzugsraum erreichte und das Tablet anschloss, hatte ihm Kerstin die Links schon geschickt. »Antwort: Danke«, sagte er.

Weil er keine Lust hatte, allein im Internet zu surfen, entschloss er sich zu warten, bis Kleinschnitz sich meldete. Stattdessen sortierte er die Fakten, die er für den ersten Beitrag seiner Serie über den Parkhausmord brauchte. Wenn er ihn heute schon schrieb, hatte er morgen mehr Zeit. Außerdem konnte er den Onlinern dann gleich den fertigen Bericht hinterlassen und musste ihnen nicht eigens die Informationen zusammenstellen, die sie benötigten, um morgen früh im Netz mit der »Begleitmusik« loszulegen, die sich Bausback gewünscht hatte.

Der Ring stellte ihn vor Probleme. Wenn er sich genau an die Ereignisse von vor zwanzig Jahren halten wollte, passte diese Entdeckung nicht ganz ins Konzept: Der Ring war am ersten Tag kein Thema gewesen. Im Grunde fügte er sich überhaupt nicht ein, schließlich hatte Stiller jetzt erst davon erfahren. Darüber hinaus hatte er Stefan Rohm versprochen, ihn nicht mit dem Ring in Verbindung zu bringen.

Er überlegte kurz und fand eine Lösung, die er für geschickt hielt: Er würde einen kleinen Zusatzartikel zum ersten Beitrag schreiben. Motto: neue Details im Mordfall Lisa Falk. Ein Hinweis aus »gut unterrichteten Kreisen«. Das ließ sich mit einem Aufruf an die Leser verbinden – vielleicht wusste jemand etwas zu dem Ring zu sagen, der in bestimmten Satanistengruppen offenbar als Erkennungszeichen diente. Stiller nahm sich vor, in diese Richtung noch genauer zu recherchieren. Außerdem musste er herausfinden, ob Lisa nicht doch zur koptischen Kirche gehört hatte. Die Liste seiner Aufgaben wuchs damit erneut. Daneben sollte er dem Entsiedelungsprogramm nachgehen und – neuerdings – dem Mobbing gegen Charlotte und ihre Kinder. Das eine hatte er Bausback versprochen, das andere Ruth und Jan.

Wenigstens lief ihm die erste Folge der Serie leicht von der Hand. Er wählte die Gegenwartsform, was dem Text mehr Dramatik verlieh, wie er fand. Er schilderte, wie Rohm die Leiche gefunden hatte, schmückte das Ganze ein wenig aus: die Morgendämmerung auf dem obersten Parkdeck, das grelle Neonlicht im Treppenhaus, zufallende Stahltüren, die besonders laut hallten in der Stille nach der lärmigen WM-Party am Feierkreisel. Stiller verwarf den Gedanken, den Lesern den Begriff »Autokorso« näher zu erläutern. Wegen der irre hohen Spritpreise und der noch immer begrenzten Ladekapazität der E-Mobile kamen solche Events inzwischen kaum noch vor. Trotzdem dürften sich die meisten daran erinnern. Das Partypublikum von damals war heute zwischen Mitte dreißig und fünfzig.

Im nächsten Abschnitt des Textes fasste Stiller die damaligen ersten Erkenntnisse von Kripo und Staatsanwaltschaft über das Opfer und die Tatumstände zusammen. Schließlich ging er auf die Reaktionen der Öffentlichkeit ein, die Mahnwache am Tatort und das Kondolenzbuch auf Facebook. Am ersten Tag hatte dort die Anteilnahme im Vordergrund gestanden. Stiller ließ in seinem Text aber anklingen, welch unrühmliche Rolle diese Seite noch spielen sollte.

»Du musst sie ja neugierig machen«, murmelte er, als er am Ende alles noch einmal überflog.

»Unverständliche Eingabe«, antwortete das Tablet.

Er hatte wieder mit sich selbst gesprochen, das nahm langsam krankhafte Züge an. Andererseits: Wenn ihn mit Mitte sechzig sonst kein Leiden plagte … »War keine Eingabe«, stellte er klar.

Am Ende gab er dem Tablet die Anweisung, die beiden Beiträge für die Internet-Ausgabe mit den Fotos und Berichten im Archiv zu verknüpfen und alles an die Onliner weiterzuleiten. Zufrieden lehnte er sich zurück. Diese Arbeit machte ihm Spaß. Und es war noch nicht mal fünf. Voller Tatendrang bat er die Smartwatch, Olli Thyssen anzurufen, den Kopf der städtischen Demografiewerkstatt. Vielleicht konnte er noch etwas in Sachen Entsiedelungsprogramm unternehmen.

»Der Teilnehmer meldet sich nicht«, klagte die Computerstimme.

»Dann schick ihm eine Terminanfrage.«

»Terminanfrage verschickt. Akku-Ladestatus unter sieben Prozent.«

»Danke«, sagte Stiller. »Ich geb dir über Nacht eine Injektion.« Er zog ein gefaltetes Blatt Papier aus der Gesäßtasche. Jan hatte es ihm bei der Rückfahrt von Miltenberg zugesteckt. Dabei war der Austausch von schriftlichen Notizen kaum noch üblich, nicht nur wegen der hohen Papierpreise, sondern auch wegen der Vielzahl der digitalen Möglichkeiten. Aber was hatte ihm Kerstin gerade verklickert? Da liest der Feind mit. Wahrscheinlich hatte Jan genau deshalb zu Papier gegriffen, statt ihm eine elektronische Nachricht zukommen zu lassen.

Der Zettel enthielt eine Liste mit neun Namen und einigen

Zusatzinformationen, die sich Jan über das Meldeamt besorgt hatte – am Datenschutz vorbei. Es waren die Namen von Silversurfern, die in jüngster Zeit in Ruhestand gegangen waren und in Charlottes Nachbarschaft wohnten. Jan nahm Stillers Theorie sehr ernst, wonach jemand aus dieser Altersgruppe hinter dem Kindermobbing und den vergifteten Bonbons steckte.

Stiller schob sich die Lesebrille auf die Nase, strich die Liste glatt und betrachtete sie. Den Angaben zufolge hatten drei der Kandidaten selbst Kinder, wenn auch schon erwachsene. Die Erinnerung an die Zeit mit kleinen Kindern und an die Probleme, die sie machten, verblasste zwar schnell, das wusste Stiller aus eigener Erfahrung. Doch dass einer dieser drei einer Mutter drohen könnte, ihren Kindern etwas anzutun, das traute er ihnen nicht zu. Blieben sechs Namen.

Stiller sah das Tablet an. »Stadtplan«, sagte er. Die Karte erschien unverzüglich. Er nannte die sechs Adressen und ließ sie sich auf dem Plan anzeigen. Wieder konnte er drei Namen ausschließen, die Betroffenen wohnten zu weit weg. Weshalb sollten sie sich über Kinderlärm im Hof von Charlottes Wohnblock aufregen?

Er überflog die restlichen drei Namen. Die ersten beiden sagten ihm nichts, es waren Allerweltsnamen: Herbert Müller und Manfred Braun. Stiller musste sehen, was das Internet über sie hergab. Beim dritten war er sich dagegen sicher, dass er so weit nicht gehen musste, sondern schon im Zeitungsarchiv fündig wurde: Robert Geist.

Der Name war ihm nicht unbekannt. Geist hatte sich jahrelang in der Stadtpolitik engagiert – allerdings außerparlamentarisch. Er war Gründer einer Bürgerinitiative, die sich für Alkoholverbote und längere Sperrstunden in der Innenstadt engagiert hatte. Das war die Zeit, in der das Komasaufen jedes Wochenende drei oder vier Minderjährige ins Klinikum brachte. Bundesweites Aufsehen hatte Geist mit einer Kampagne gefunden, die auf ein Ausgehverbot für Minderjährige ab neun Uhr abends zielte. Stiller warf einen Blick auf den Stadtplan: Geist wohnte in einem Appartementhaus, das Charlottes Wohnblock genau gegenüberlag. Die beiden Häuser teilten sich den Hof. Es passte alles. Trotzdem wollte Stiller nicht glauben, dass Geist die Bonbons vergiftet haben könnte. Der Mann hatte schließlich einmal in der Öffentlichkeit gestanden und sich als Anwalt von Recht und Ordnung ausgegeben.

Unbewusst kringelte Stiller den Namen ein, während ihm noch etwas einfiel: Geist war ein paar Jahre lang der Kopf des Aschaffenburger Entsiedelungsprogramms gewesen. Stiller lehnte sich zurück und klopfte sich leicht mit dem Stift auf die Lippen. Er konnte den geplanten Bericht über das Entsiedelungsprogramm als Vorwand benutzen, um sich mit Geist zu treffen und ihm wegen des Mobbings in Charlottes Nachbarschaft auf den Zahn fühlen. Zwei Fliegen mit einer Klappe.

Was hieß zwei? Stiller dachte nach. War ihm der Name Geist nicht auch bei seinen Recherchen im Parkhausmord begegnet? Er setzte sich gerade. »Archiv«, sagte er, »suche Lisa Falk und Robert Geist.«

Der Bericht erschien keine zwei Sekunden später auf dem Bildschirm. Es handelte sich um ein Interview, das Fenia Saalbach ein paar Tage nach dem Mord mit Geist als dem damaligen Vorsitzenden der Jugendschutz-Initiative geführt hatte. »Vergrößern«, sagte Stiller und legte die Lesebrille auf den Schreibtisch.

Geist hatte sowohl die Anteilnahme als auch die Wut der Öffentlichkeit nach Lisas Tod als Heuchelei bezeichnet. Eine Gesellschaft, die es zulasse, dass die nachfolgende Generation ihre Nächte auf der Straße verbringe mit Alkohol, Drogen, Sex und Gewalt, dürfe sich über die dramatischen Folgen weder wundern noch aufregen. Sie sei vielmehr mitverantwortlich für das, was geschehen war. Geist hatte seine Forderungen nach Ausgeh- und Alkoholverboten wiederholt und festgehalten: Nachdem er schon immer für diese Ziele eingetreten sei, stehe es ihm auch zu, die Tat scharf zu verurteilen. Lisas Mörder müsse hart bestraft werden. Der Rechtsstaat dürfe gegenüber solchen Kreaturen nicht zu weich sein.

Stiller stutzte. »Zeig mir das Ring-Zitat«, befahl er dem Tablet. Als er es sah, traute er seinen Augen kaum. Der Wortlaut der beiden Passagen stimmte fast völlig überein. Ruhig bleiben, sagte er sich. Vielleicht haben da nur zwei verschiedene Leute denselben Gedanken gehabt, wahrscheinlich hatten damals viele so gedacht. Oder der eine hat beim anderen abgeschrieben. Stiller suchte nach dem Datum des Interviews. Es war nach dem Facebook-Eintrag entstanden, und es war anzunehmen, dass Geist die Kondolenzseite genau verfolgt hatte. Das Thema hatte ihn schließlich interessiert, wie das Interview bewies. Stiller beschloss dennoch, sofort einen Termin mit ihm auszumachen. Das Entsiedelungsprogramm gab ihm einen guten Vorwand.

Er tippte auf die Smartwatch. »Ruf Robert Geist an. Aschaffenburg, Pestalozzistraße.«

»Der Teilnehmer meldet sich nicht. Du musst dringend den Akku laden, Status unter fünf Prozent.«

Stiller seufzte. »Runterfahren«, wies er das Tablet an und stand auf. Er ließ alles liegen und stehen, wie es war. Für das Treffen mit Kerstin musste er morgen vor zehn Uhr wieder hier sein. So früh würde ihm wohl kaum einer der anderen Schreiber den Platz streitig machen.

Statt mitten durch die Stadt zu fahren, wählte er den Radweg, der an der Ringstraße entlang verlief. Am Südbahnhof bog er rechts in das Güterbergviertel ab. Die Pestalozzistraße lag fast an seinem Heimweg. Geist wohnte in einem der alten Wohnblöcke im Stil der dreißiger Jahre. Ein Torbogen im Erdgeschoss führte in den Hof dahinter. Stiller lehnte das Rad an die Hauswand – direkt unter das Schild »Fahrradabstellen verboten« – und schloss es ab. Er warf einen Blick auf die Türschilder: Geist wohnte im zweiten Stock.

Statt zu klingeln, schritt Stiller durch den Torbogen. Er wollte sich erst einmal einen Eindruck vom Umfeld verschaffen. Oberflächlich betrachtet unterschied sich der Hof nicht von den ungezählten anderen dieser Art, die es in der Stadt gab. Eine asphaltierte Fläche hinter dem Torbogen diente als Parkplatz, auf dem nur zwei Autos abgestellt waren, ein winziger E-Smart und ein aufgemotzter Van. Rechts davon stand ein altes Holzhäuschen für die Mülltonnen, das allerdings für die Vielzahl der heutigen Sammelbehälter längst nicht mehr ausreichte. Links lag der übliche Wäschetrockenplatz, über den sich sogar Leinen spannten, daran grenzte eine kleine Wiese an.

Doch allmählich begriff Stiller, was diesen Hof von anderen unterschied: eine Fülle von Verbots- und Warnschildern, zum Teil aus Blech und geprägt, zum Teil aus Holz oder Karton und selbst bemalt. »Durchgang frei halten«, »Ballspielen verboten«, »Eltern haften für ihre Kinder«, ein Hinweis, der wiederholt auftauchte, »Kein Spielplatz!«, »Betreten des Rasens verboten« sowie ein großes laminiertes Plakat, das Lippen zeigte, über die sich ein Finger legte. »Ruhestörungen jeglicher Art sind untersagt«, war darunter zu lesen.

Stiller ließ den Blick zum Wohnblock gegenüber gleiten. Dort, an der Gabelsbergerstraße, wohnte Charlotte. Stiller nahm sich vor, anschließend bei ihr vorbeizusehen. Soweit er wusste, war Ruth schon dort. Sie hatte angekündigt, bei Charlotte zu übernachten.

In einem Winkel vor Charlottes Block lag ein kleiner Spielplatz. Aus der Ferne sah Stiller nur die verlassenen Rutschen und Schaukeln aus Kunststoff, der Sandkasten war hinter Büschen verborgen. Dort hatte der Unbekannte die präparierten Bonbons ausgelegt. Unbegreiflich, dass jemand zu so etwas fähig war. Die Schilder hier, das war eine Sache. Doch anonyme Drohbriefe und Gift waren etwas völlig anderes.

Stiller wandte sich um und wollte durch den Torbogen zur Straße zurückgehen. Da sah er an der Hofseite des Gebäudes die Außentreppe, die zum Keller führte. Durch eines der flachen, vergitterten Fenster schimmerte Licht. Kurz entschlossen stieg Stiller ein paar Stufen hinunter und beugte sich vor. Die Kellertür stand einen Spalt offen.

»Hallo!«, machte er sich bemerkbar. Da niemand antwortete, stieg er die Treppe ganz hinab und drückte die Tür auf. Vor ihm lag ein dunkler Flur. Stiller wartete, bis sich seine Augen an die Finsternis gewöhnt hatten, dann ging er hinein.

Der Flur mündete in einen Gang, der sich unter dem gesamten Haus durchzog und an dem sich rechts und links die Kellertüren aufreihten. Stiller schlug die Richtung ein, in der er das beleuchtete Kellerfenster gesehen hatte. Es war im übernächsten Raum. Die Tür aus alten Holzlatten stand einen Spalt offen, ein heller Lichtstreifen fiel über den Estrich des Gangs. Stiller wusste nicht, was ihn antrieb, er dachte nicht einmal darüber nach. Stattdessen klopfte er an die Tür, räusperte sich, um zusätzlich auf sich aufmerksam zu machen, und trat ein.

Genau gegenüber der Tür stand eine alte Werkbank. Stiller

erfasste mit einem Blick die Bonbonpapierchen, die auf der Platte lagen – neben einer Arzneiflasche und einer Einwegspritze. Mit drei Schritten war er an der Werkbank. Er wusste, dass er die Flasche nicht berühren durfte, zog die Brille aus der Tasche und senkte den Kopf, um das Etikett lesen zu können.

Im selben Augenblick knallte hinter ihm die Tür zu, und es explodierte etwas in seinem Kopf.

10

Protokoll der Anhörung Ruth Stiller, Auszug aus der digitalen Aufzeichnung durch Kriminalhauptkommissar Johannes Strobel in der Polizeidienststelle Aschaffenburg:

»Gestern Morgen habe ich ihn zum letzten Mal gesehen. Ob er sich irgendwie auffällig benommen hat? Paul benimmt sich immer irgendwie auffällig, von daher fällt es mir schon gar nicht mehr auf. Warten Sie, es war Mittwoch, es gab keine gedruckte Zeitung, also hat er die Morgennachrichten auf dem Tablet gelesen. Er hat sich über einen Artikel aufgeregt und sich vorgenommen, dass er mit dem Sowieso mal ein ernstes Wörtchen reden müsse. Den Namen habe ich mir nicht gemerkt. Wieso hätte ich das heute Morgen sagen sollen, als ich die Vermisstenanzeige aufgegeben habe? Er macht das schon seit zwanzig Jahren so. Oder länger. Und noch nie hat ihm deswegen jemand etwas angetan, oder?

Mittags haben wir uns nicht gesehen, er war in Miltenberg bei einem Informanten. Abends bin ich zu meiner Tochter Charlotte gegangen, um bei ihr zu übernachten. Da hatte ich zum ersten Mal das Gefühl, dass etwas nicht stimmen könnte, weil er eigentlich vorhatte, auf dem Heimweg bei ihr vorbeizuradeln. Er kam aber nicht. Charlotte und ich haben versucht, ihn anzurufen, aber er hat sich nicht gemeldet. Das ist auch nichts Neues, er vergisst oft, seine Smartwatch zu laden.

Ich habe dann gedacht, ich sehe ihn ja heute früh, bevor er in die Redaktion fährt. Aber als ich gegen acht heimgekommen bin, war er nicht da. Und alles deutete darauf hin, dass er überhaupt nicht zu Hause gewesen ist. Das Bett war unbenutzt. Die Dusche und sein Handtuch waren trocken – er duscht immer, bevor er geht, egal, wie spät er dran ist. Und in der Küche stand kein gebrauchtes Geschirr herum. Das war wirklich auffällig, wenn Sie mich fragen.

Ob ich gedacht hätte, dass er vielleicht bei einer anderen übernachtet hat? Bitte, Herr Kommissar! Früher hat er sich bei der einen oder anderen gern mal was eingebildet, vor allem bei dieser jungen Kollegin, Fenia. Da musste ich schon ein bisschen auf ihn aufpassen, ich wollte ja nicht, dass er sich lächerlich macht. Liebe Güte, er ist im Grunde ein großes Kind. Immer gewesen. Aber seit er über die sechzig ist, hat sich bei ihm doch eine gewisse Reife durchgesetzt. Oder sagen wir: Erkenntnis. Er kennt seine Grenzen. Nein, zur Eifersucht hatte ich keinen Grund.

Ich war beunruhigt, weil ich befürchtete, es könnte ihm etwas zugestoßen sein. Nennen Sie es den sechsten Sinn. Es ist früher schon einige Male vorgekommen, dass er unangekündigt eine Nacht lang verschwunden war. Meistens steckte er dann in irgendeiner Klemme, ich glaube, das wissen Sie selbst, Sie haben ihn schließlich wiederholt rausgeboxt. Vor allem, wenn er mit seinem Freund Kleinschnitz unterwegs war. Große Kinder, alle beide. Aber immer stand Paul am nächsten Morgen wieder vor der Tür. Ein wenig lädiert, aber lebend.

Das war heute früh eben nicht der Fall. Also wollte ich Kleinschnitz fragen. Ich hatte gerade das Handy in der Hand, als dieser Anruf kam, der mir wirklich Angst gemacht hat.

Ich meine den Anruf von Kerstin Polke. Das ist Pauls Kollegin aus der Online-Abteilung. Sie war ziemlich, na ja, sagen wir aufgebracht, weil er sie offensichtlich versetzt hatte.

Da war mir endgültig klar: Paul muss etwas Schlimmes passiert sein. Sie müssen wissen, er hat einen Heidenrespekt vor dieser Frau. Er würde sie niemals ohne Not versetzen.«

Protokoll der Anhörung Kerstin Polke, Auszug aus der digitalen Aufzeichnung durch Kriminalhauptkommissar Johannes Strobel in der Polizeidienststelle Aschaffenburg:

»Zuerst hab ich gedacht: Das sieht ihm wieder ähnlich. Am Nachmittag vorher sage ich noch klar und deutlich: vor zehn Uhr. Und wenn ich vor zehn sage, meine ich nicht eine Minute vor zehn. Ich meine neun Uhr. Aber er kam nicht um neun. Er tauchte auch nicht eine Minute vor zehn auf. Und um zwanzig nach zehn war er immer noch nicht da. Da würde Ihnen doch auch der Kragen platzen, was? Paul wollte, dass ich ihm helfe. Gut. Aber dann hat er sich gefälligst nach meinem Zeitplan zu richten.

Oder sehe ich so aus, als hätte ich meine Zeit gestohlen? Steht ›Schaf‹ auf meiner Stirn? Ich hab einen Vierundzwanzig-Stunden-

Tag, für Onliner gibt es keinen Feierabend, für mich schon gar nicht. Ich bin für den ganzen elektronischen Krempel bei der Zeitung verantwortlich, und wenn etwas passiert, dann ganz bestimmt vor der Pause oder nachts um drei. Kurz, ich habe meine eigenen Probleme.

Dass ich jetzt hier rumsitzen muss, ist schlimm genug. Während Sie mir Fragen stellen, läuft auf meinem Rechner der Kram auf wie eine Lawine. Und wer muss sich da am Ende wieder rausbaggern? Ich allein! Nein, das Beste ist, wenn jeder an sich selbst denkt. Dann denkt wenigstens auch mal jemand an mich. Es ist einfach schiere Dummheit, wenn man einem anderen etwas Gutes tut. Vor allem, wenn dieser andere Paul Stiller heißt.

Nein, das geht Sie nichts an, wobei ich ihm helfen sollte. Schon mal was vom Redaktionsgeheimnis gehört? Das ist mehr als die ärztliche Schweigepflicht. Das ist so was wie das Beichtgeheimnis. Da können Sie mich befragen, solange Sie wollen. Aber ich sage Ihnen eines: Noch zehn Minuten und Ihre Kollegen müssen sich einen anderen suchen, der dieses Verhör fortsetzt … Was heißt Feingefühl? Wenn es Ihnen um Feingefühl geht, empfehle ich Ihnen eine rostige Axt.

Zwanzig nach zehn hat es mir gereicht. Wenn er da zur Tür reingekommen wäre, hätte ich ihm den Hals umgedreht. Natürlich hab ich versucht, ihn anzurufen, aber dieser Freak hatte seine Smartwatch ausgeschaltet. Oder die Akkus waren leer, das passiert ihm dauernd. Jedenfalls war das doppelt blöd, sonst hätten wir ihn später wenigstens über GPS orten können.

Ich weiß, ich soll nicht vorgreifen. Also der Reihe nach. Seine Frau, Ruth, war erreichbar. Ich glaube, ich hab sie ganz schön erschreckt. Sie hatte gerade festgestellt, dass Paul in der Nacht nicht zu Hause war – ich will mich in anderer Leute Beziehungen nicht einmischen, aber das finde ich schon merkwürdig, dass ihr das nicht früher aufgefallen ist –, und sie hat auch nicht gewusst, wo er sich aufhalten könnte.

Als Nächstes hab ich im Intranet nachgeschaut, ob er vielleicht einen Termin hatte. Aber es war nichts eingetragen. Er war für eine Seniorendemo vorgemerkt, heute Nachmittag, seine dritte diese Woche. Aber daraus wird jetzt ja wohl nichts.

Ich hab dann Kleinschnitz angerufen, mit dem Paul seit gefühlten hundert Jahren rumhängt. Zwei alte Säcke. Aber wie die Kinder. Wenn Sie denen sagen: Langt nicht auf die Herdplatte, die ist heiß, dann setzen die sich auch noch drauf. Ich möchte wissen, was die im Kopf haben. Oder ich möchte es lieber nicht wissen. Und wohin das führt, das sehen Sie ja.«

Protokoll der Anhörung Peter Kleinschnitz, Auszug aus der digitalen Aufzeichnung durch Kriminalhauptkommissar Johannes Strobel in der Polizeidienststelle Aschaffenburg:

»Sie wissen doch, Frauen neigen leicht zur Hysterie. Wir Männer sind da ganz anders, nicht wahr, Herr Kommissar. Ich habe mir gesagt: Peter, bleibe ruhig, mach den Kopf frei, du musst da rangehen wie ein erwachsener Mann.

Der erste Anruf kam von Ruth. Sie wirkte völlig aufgelöst, machte sich große Sorgen um Paul. Die Sorgen stützten sich vor allem darauf, dass er Interpol versetzt hatte. Was Interpol mit der Sache zu tun hatte? Ach, das können Sie ja nicht wissen. Das ist eine Kollegin. Gut, es klang schon alles mysteriös. Er war nachts nicht zu Hause gewesen. Er hatte sich seit dem Vorabend nicht mehr bei Ruth gemeldet. Und er hatte nirgendwo hinterlassen, was er vorhatte.

Ich wollte mich gerade darum kümmern, ob sonst jemand was wusste, da kam der Anruf von Interpol, Verzeihung, Kerstin Polke. Na, die war vielleicht hysterisch … Sie meinen, weil sie sich Sorgen um Paul gemacht hätte? Herr Kommissar, Sie kennen sie wirklich nicht. Weil er sie versetzt hatte! Obwohl, ein bisschen besorgt wirkte sie schon. Sie will das nicht so zeigen, glaube ich.

Jedenfalls brauchte ich nicht mehr weiterzuforschen. Interpol, Kerstin, hatte schon herausgefunden, dass im Desknet nichts eingetragen war und der Blattmacher keine Ahnung hatte, wo Paul steckte. Sie hat mir auch gesagt, dass er seine Smartwatch abgeschaltet hätte. Ich habe trotzdem versucht, ihn zu orten. Nichts.

Ich war fast ein wenig sauer auf ihn. Das war das erste Mal, dass er mich in seine Eskapaden nicht mit reinzog. Gut, das nervt, aber andererseits: Ich bin doch sein Freund!

Der Blattmacher wusste, dass Paul gestern Abend einen Beitrag für die morgige Printausgabe fertig gemacht hatte. Also bin ich in die Redaktion gefahren und habe die Büros abgeklappert. Ich kenne ja seine Lieblingsplätze, die mit den alten Computertastaturen. Ich habe das Büro ziemlich schnell gefunden. Paul hatte sein Redaktionstablet dort liegen gelassen, als wollte er den Platz reservieren. Das war ein Rückschlag: Ich hatte gehofft, ich könnte ihn über das Tablet orten, wenn er es unterwegs einschalten würde.

Es lag ungewöhnlich viel Papierkram herum, unter anderem eine Liste mit Namen und Adressen. Ja, Herr Kommissar, ich weiß inzwischen, woher Paul diese Liste hatte. Aber ich darf es Ihnen nicht verraten. Ich berufe mich auf den Informantenschutz.

Jedenfalls war auf der Liste nur ein Name eingekreist. Geist. Da hat mir mein Instinkt gesagt, den sollte ich mir einmal näher anschauen. Ich bin zwar Fotograf, aber auch Journalist, ich habe eine Nase für so etwas. Sie glauben gar nicht, wie oft Paul eigentlich nur durch mich …

Ja, ich mach's kurz. Weder Ruth noch Kerstin konnten mit diesem Geist etwas anfangen. Also haben wir uns dort verabredet.

Nein, an die Polizei habe ich nicht gedacht. Wieso denn auch? Interpol war doch dabei.«

Protokoll der Anhörung Manni F., Auszug aus der digitalen Aufzeichnung durch Kriminalhauptkommissar Johannes Strobel in der Polizeidienststelle Aschaffenburg:

»Es klingelt, und da stehen plötzlich diese drei Leute vor meiner Tür. Mir ist sofort klar, dass da etwas nicht ganz koscher war. Ich meine, wenn jemand klingelt, steht er ja eigentlich unten vor der Haustür. Die hat ein Schnappschloss und ist immer zu. Die drei sind aber schon bei mir oben, auf dem Treppenabsatz im zweiten Stock, den ich mir mit Herrn Geist teile. Vielleicht sind sie reingeschlüpft, als ein Mitbewohner das Haus verlassen hat, das kommt vor. Aber dann die Uhrzeit! Normale Leute arbeiten nach zehn. Ich war selbst nur zufällig zu Hause, fühlte mich nicht ganz wohl. Trotzdem klingeln die bei mir, obwohl ich eigentlich nicht da sein sollte, und fragen mich nach meinem Nachbarn, Herrn Geist, der als frisch gebackener Rentner doch zu Hause sein musste.

Also sage ich ihnen, dass sie sich irren müssten. Ich wohne

rechts, Geist links. Ich will die Tür schon wieder schließen, aber, können Sie sich das vorstellen? Dieser klapprige Mann klemmt seinen Fuß in den Türspalt. Wie im schlechten Film.

Eine der Frauen, so eine gepiercte, obwohl sie bestimmt schon auf die fünfzig zugeht, erklärt, sie hätten es bei Herrn Geist schon probiert, aber er sei offensichtlich nicht zu Hause, ob ich vielleicht wüsste, wo er sein könnte. Die Frau wirkte ziemlich bedrohlich, wenn sie mich fragen.

Ich antworte, wenn ich auch auf demselben Stock wohne wie Herr Geist, bin ich deshalb nicht sein Aufpasser. Herr Geist könnte überall sein, in der Stadt zum Beispiel, oder unten im Keller, wo er sich in den letzten Tagen besonders häufig aufgehalten hat. Wie mir das Wort Keller rausrutscht, tauschen die beiden Frauen einen vielsagenden Blick aus. Ich weiß, ich hätte den Keller nicht erwähnen sollen, aber ich wollte, dass dieser Fremde endlich seinen Fuß aus dem Türspalt zieht und die drei verschwinden.

Es ging dann auch ziemlich schnell. Die gepiercte Frau bedankt sich, und der klapprige Mann gibt den Türspalt frei. Ich tue so, als würde ich die Tür schließen, aber ich blicke ihnen natürlich durch das Treppenhaus nach, bis sie den Hausflur erreichen. Dort tuscheln sie kurz. Statt das Haus zu verlassen, steigen sie, hält man das für möglich!, die Kellertreppe hinab. Es kommt noch schlimmer: Ich höre sie schreien, und sofort splittert die Kellertür.

Na ja, daraufhin hab ich Sie angerufen.«

Protokoll der Anhörung Paul Stiller, Auszug aus der digitalen Aufzeichnung durch Kriminalhauptkommissar Johannes Strobel im Klinikum Aschaffenburg/Alzenau/Hanau, Station D, Ebene 02, Zimmer 02:

»Sachbeschädigung? Mit Verlaub, Herr Strobel, Sie tun ihnen unrecht. Da war Gefahr in Verzug. Da ging es um Leben und Tod. Um mein Leben, das konnte sie doch nicht kaltlassen. Meine Frau und meinen besten Freund. Und eine meiner liebsten Kolleginnen – Sie lachen? Was ist daran denn so lustig? Die drei wollten mir helfen!

Sie glauben doch selbst nicht, dass sie irgendwo einbrechen oder mutwillig eine Kellertür kaputt machen wollten. Sonst wären Sie nicht hier. Sie sind schließlich nicht Kommissar bei irgendeiner Brigade für Kleindelikte, oder? Sie leiten das Kommissariat für Kapitalverbrechen. Unter anderem für Mord. Vergessen Sie das mit uns, fangen Sie lieber diesen Geist, bevor er jemand umbringt. Bisher hat er es nur versucht.

Dieser Kopfverband – reicht er Ihnen nicht? Meinen Sie vielleicht, der Mann hat mir nur zum Vergnügen die Schneeschaufel über den Schädel gezogen? Zum Glück war das Blatt aus Holz. Ich lebe wahrscheinlich nur noch, weil er auf die Schnelle nichts Besseres gefunden hatte. Also besser für ihn. Eine Eisenstange zum Beispiel. Oder ein Stahlrohr. Da hätten Sie jetzt einen richtigen Fall. Aber wer weiß, wann Sie mich gefunden hätten, nicht wahr? Im Grunde müssen Sie den dreien mindestens so dankbar sein wie ich.

Was heißt »unrechtmäßiges Betreten fremden Eigentums«? Die Kellertür stand offen, drinnen brannte Licht. Ich habe geklopft, aber niemand hat geantwortet. Da stimmte doch etwas nicht. Jedenfalls kam das bei mir so rüber. Sie wissen besser als ich, wie viele Menschen täglich die Treppe hinunterfallen und sich nicht mehr allein helfen können. Die Zahl solcher Fälle hat sich in den letzten zwanzig Jahren mindestens vervierfacht, eine Folge des demografischen Wandels.

Mein erster Gedanke war: Da liegt wahrscheinlich eine arme alte Frau hilflos auf dem Rücken, kann nicht mehr aufstehen, mindestens Oberschenkelhalsbruch, wenn nicht schlimmer, und kann nicht mehr rufen, ist vielleicht ohnmächtig oder steht unter Schock. Ich wollte helfen, das hätten Sie an meiner Stelle auch getan.

Das war alles der blanke Zufall. Gut, ich hätte mir denken können, dass es der Kellerraum von Geist war. Am Türblatt waren drei gelbe Warnschilder aus Blech angeschraubt: Eines mit der Aufschrift ›Betreten verboten‹, dann ein dreieckiges mit einem Totenkopf und schließlich eines mit einem Blitz.

Wieso ich den Raum trotzdem betreten habe? Herr Strobel, ich bin doch kein Kind mehr. Mit einem Totenkopf können Sie mir keine Angst einjagen. In zwanzig, fünfundzwanzig Jahren sehe ich vermutlich selbst so aus. Wenn es gut läuft. Damit habe ich mich schon angefreundet. Und dass ich nicht die Elektrozentrale vor mir hatte, da war ich mir sicher.

Als ich dann die laborartigen Sachen auf der Werkbank gesehen habe … da war mir klar: Das ist der Keller, in dem jemand die Bonbons vergiftet, die er dann am Spielplatz auslegt – ob Geist oder nicht. Ihre Spusi hat hoffentlich alles sichergestellt. Ich habe jedenfalls nichts angefasst, das schwöre ich.

Was sich dann ereignet hat, ist mir ehrlich gesagt ein wenig peinlich. Ich hoffe, Sie halten mich nicht für kindisch oder so. Aber woher hätte ich wissen sollen, dass Geist auch den Raum auf der anderen Seite des Ganges gemietet hat? Hinten hab ich leider keine Augen. Ich nehme an, er stand schon eine Weile hinter mir. Kaum war ich an der Werkbank, zog er mir die Schaufel über den Kopf.

Und ab da – Filmriss, bis ich heute früh wieder zu mir kam. Ich hab mir schon gedacht, dass sich dieser Geist aus dem Staub gemacht hat. Er wollte mich sicher nicht umbringen, denn früher oder später würde er doch auffliegen, bei den Methoden der Kripo heute. Dann hätte er zusätzlich noch einen Mord am Hals. Nein, schlimmer war die Angst, dass er nicht mehr wiederkam und ich da unten langsam verdursten und verhungern musste. Der Raum war schalldicht verkleidet, so schien es mir, und die Tür kam mir ziemlich massiv vor.

Viel sehen konnte ich ja nicht im Dunkeln. Außerdem hat er mich mit dem Gesicht nach unten liegen lassen, nachdem er mich wie ein Paket verschnürt hatte. Mit Kabelbinder. Schauen Sie sich die Striemen an den Handgelenken und Knöcheln nur mal an.

Während ich noch darüber nachdachte, was ich tun sollte, hörte ich, wie Ruth meinen Namen rief. Ich wollte antworten, aber versuchen Sie das mal mit einem Klebeband über dem Mund. Es kam nur ein »Mmh« heraus. So richtig schalldicht war der Raum offenbar nicht, denn sofort wollte Peter die Tür eintreten, hat sich aber nur den Fuß verstaucht. Wenigstens hatte ich mich mit der Tür nicht getäuscht. Aber dann war Kerstin dran, sie kann natürlich Karate, ich gebe Ihnen einen guten Rat: Legen Sie sich niemals mit dieser Kollegin an! Sie zog einmal voll durch, und der Weg war frei.

Immerhin weiß ich jetzt in etwa, wie es sich anfühlt, wenn man eingesperrt ist.«

***

Simon hockt auf dem Kopfende der Pritsche, die als Bett und gleichzeitig als einzige Sitzgelegenheit in seiner Zelle dient. Er hat den Rücken gegen die schmale Wand mit dem vergitterten Fenster gelehnt, die Beine angezogen, die langen Arme um die Knie geschlungen. Wenn er den Kopf heben würde, könnte er zur Tür in der schmalen Wand gegenüber blicken. Doch er hält den Kopf gesenkt. Er will dösen, damit die Zeit vergeht, aber es gelingt ihm nicht.

Die Zelle ist klein, misst höchstens sechs bis acht Quadratmeter im Ganzen. Die Pritsche steht an der einen Längswand, in der anderen ist, neben einem Spind, ein Klapptisch an der Wand befestigt. So schmal ist die Zelle, dass die Kante des Tischs, der aufgeklappt ist, leicht über die Pritsche ragt, sodass Simon zum Essen keinen Stuhl braucht. Auf dem Tisch steht das Tablett mit seinem Sandwich, die Toastscheiben diagonal aufgeschnitten. Daneben ein Tetra Pak mit Orangensaft. Beides unberührt.

Er will nichts essen, nichts trinken. Er verspürt weder Hunger noch Durst, seit sie ihn hergebracht haben. Es gibt noch einen anderen Grund, weshalb er nichts anrührt von dem, was ihm die Wärter auf den Tisch stellen: Er hat keine Lust, aufs Klo zu gehen. Nicht, weil ihn der kalte Edelstahl abstoßen würde, sondern weil das Klo am Fußende der Pritsche steht, völlig ohne Sichtschutz, und er nicht weiß, ob ihn die Wärter durch den Spion in der Tür beobachten. Es ist für ihn, als würde ein immer wiederkehrender Alptraum seiner Kindheit Wirklichkeit. Ein Alptraum, der in einem gutbürgerlichen Gasthaus spielt, vielleicht im »Goldenen Ochsen«, wohin seine Großeltern früher die Familie an Festtagen ausführten. Ringsherum speisen lauter bessere Leute, besser als seine Familie. Plötzlich sitzt Simon nicht mehr auf einem Stuhl, sondern auf einem Klo. Mitten in der Gaststube. Mal sind seine Hosen bis zu den Knöcheln hinuntergelassen, mal ganz verschwunden, sodass er sie nicht hastig hochziehen kann. Die feine Gesellschaft schaut kauend zu ihm herüber, während er verzweifelt versucht, sich heimlich den Hintern abzuwischen, ohne ihn allzu weit anzuheben.

Ein Scheißtraum halt.

Sie haben ihn nicht in die Aschaffenburger Justizvollzugsanstalt gebracht, sondern in den Knast nach Würzburg, weit weg vom Mob zu Hause. Sie haben ihm eine Einzelzelle gegeben, wollen ihn von den anderen Insassen fernhalten – oder umgekehrt. Er komme schließlich nur in Untersuchungshaft, haben sie ihm auf der Fahrt nach Würzburg erklärt, seine Schuld sei nicht erwiesen. Und er sei noch achtzehn, falle unters Jugendstrafrecht, falls er doch schuldig sein sollte. Da sei es besser, jeden Kontakt mit »den wirklich schweren Jungs« zu vermeiden, damit sie ihn nicht völlig verderben. Einen Jugendlichen könne die Justiz noch auf den richtigen Weg zurückbringen, das sei wichtiger als Sühne.

Ihre Andeutungen ließen noch einen anderen Grund dafür ahnen, ihn von den anderen abzusondern: Jemand, der eine junge Frau, gerade achtzehn, umgebracht haben soll, zuvor vielleicht noch vergewaltigt, so jemand steht weit unten in der Knasthierarchie. Ob er nun schuldig ist oder nicht. Zumal Simon selbst noch in die Kategorie »Frischfleisch« fällt.

Jetzt hockt er auf der Pritsche und grübelt über die Sätze nach, statt zu dösen, was er lieber getan hätte. Er hat Lisa nicht vergewaltigt, verdammt noch mal. Sie wollte ficken. Die Untersuchung hat sogar bestätigt, dass Lisa Stunden vor ihrem Ableben mit ihm im Bett war. Trotzdem ist dieser Kommissar Strobel selbst beim Haftrichter noch darauf herumgeritten: Wieso sollte Lisa »einvernehmlichen Verkehr« mit Simon gehabt haben, wenn sie ihn kurz darauf eiskalt abserviert? Außerdem hätten sich an der Leiche eindeutige Spuren gefunden, nach denen sich Lisa gegen den Geschlechtsverkehr gewehrt habe.

Dabei hat das bei Lisa zum Sex gehört. Sie war so, wie sie es brauchte. Zu Hause eine Heilige, beim Handball eine Hexe und im Bett eine Hure. Sie hat sich gewehrt, weil sie hart genommen werden wollte. Das hat sie angemacht. Aber das will ihm jetzt niemand abkaufen.

Wahrscheinlich nicht mal der Alte. Simon hat nichts mehr von ihm gehört und gesehen, seit sie ihn an dem Morgen vor zwei Tagen abgeholt haben. Er fragt sich, ob der Alte in seinem Suff überhaupt mitbekommen hat, dass er nicht mehr da ist. Wahrscheinlich schon, denkt Simon, die Bullen müssen ihn ja wegen seines Alibis befragt haben.

Wenn sie ihm das mit der Vergewaltigung schon nicht abkaufen, dann bestimmt erst recht nicht, dass er mit Lisas Tod nichts zu tun hat. Simon weiß selbst nicht mehr, ob er schuldig ist oder nicht. Ja, er hat es sich an diesem Abend vorgestellt, wie es wäre, sie umzubringen. Niemals vorher hat ihn eine Frau so erniedrigt. Er hat ihr den Tod gewünscht. Aber von dem Moment an, ab dem sich Lisa bei der Fußballparty von ihm getrennt hat, kann er sich an nichts erinnern. Er war wie benommen. Und er hat getrunken.

Aber jetzt wünscht er ihr den Tod nicht mehr. Wenn er könnte, würde er sie wieder lebendig machen. Oder selbst sterben. Ein Grund mehr, nichts zu essen und zu trinken.

***

»So, jetzt machen wir aber schön den Mund auf. Wir wollen den Reisbrei doch essen, solange er noch warm ist, nicht wahr, Herr Stiller?«

Die Krankenschwester hob sanft seinen Kopf an und ließ den Plastiklöffel in Lauerstellung vor seinen zusammengepressten Lippen verharren. Sie hatte sich so geschickt auf die Bettkante gesetzt, dass Stillers linker Arm zwischen ihrem ausladenden Hinterteil und seinem Körper eingequetscht war. Den rechten Arm hatte er zwar auf der Bettdecke liegen, doch er traute sich kaum, ihn zu bewegen, weil in der Ellbogenbeuge eine Kanüle steckte. Trotzdem ließ er ihn hochschnellen und grapschte nach ihrer Hand. Erschrocken zog sie den Löffel zurück.

»*Wir* wollen gar nichts essen«, presste Stiller hervor und ließ den schmerzenden Arm auf die Bettdecke zurückfallen. »Außerdem hab ich Reisbrei noch nie gemocht.« Ängstlich sah er die gut genährte Krankenschwester an. »Essen Sie ihn doch selbst.«

Sie erkannte ihre Chance. Bei Stillers letzten Worten stieß sie rasch die Hand vor, traf aber nur den Mundwinkel. Seufzend warf sie den Löffel auf das Tablett, zupfte ein Papiertaschentuch aus dem Pappkarton auf dem Nachttisch und tupfte den Breibatzen auf, der gerade dabei war, in Richtung Stillers Kinn zu entkommen. »Wir sind aber ein ungezogener junger Mann!«, murmelte sie dazu.

Stiller verkniff sich einen Kommentar über ihr gemeinsames Geschlecht. Er äußerte sich auch nicht zum jungen Mann, er war auf den ersten Blick etliche Jährchen älter als sie. »Das ist Folter«, gurgelte er vielmehr verzweifelt. »Lassen Sie mich endlich hier raus! Peter, tu was, du bist doch mein Freund …«

Kleinschnitz saß auf einem Plastikstuhl auf der anderen Seite des Betts. Er beugte sich vor und tätschelte Stillers Hand. »Du bist hier gut aufgehoben, glaub mir. Du musst doch nur bis morgen hierbleiben, zur Beobachtung. Der nette Arzt will nur ausschließen, dass du eine Gehirnerschütterung hast.«

»Papperlapapp!« Stiller war drauf und dran, mit dem Kanülenarm die Bettdecke wegzuziehen und die Beine aus dem Bett zu schwingen. Im letzten Augenblick erinnerte er sich daran, dass er nur das alberne Nachthemd trug, kurz und hinten offen, und sonst nichts. »Wenn ich jetzt noch keine Gehirnerschütterung habe, kommt auch keine mehr. Es sei denn …« Er warf einen eindeutigen Blick auf die Krankenschwester.

»Was wollen wir damit sagen?«, plapperte sie munter. »Wir sollten auf unseren Freund hören, dann sind wir auch bald wieder ganz gesund.«

»Ich will hier raus.« Stiller bemühte sich um einen überzeugenden Tonfall. »Und Finger weg von dem Löffel da. Ich werde den Mampf nicht essen, basta.«

Sie ließ sich ebenso wenig beirren. »Anscheinend hat das arme Köpfchen durch den Schlag doch einen größeren Schaden erlitten.« Sie klang besorgt, während sie die Hand mit dem Löffel um Stillers Kinn kreisen ließ. »Sonst würden wir das doch verstehen. Wenn der Onkel Doktor sagt, wir müssen bleiben, dann müssen wir ihm folgen.«

»Sie vielleicht. Wir nicht.« Stillers Schläfen pochten schmerzhaft, als er dem Löffel auswich. Er wusste, er musste handeln. Er warf die Bettdecke zur Seite und setzte sich auf. Kleinschnitz räusperte sich und sah schamhaft weg. Die Krankenschwester fuhr zurück. Zum ersten Mal, seit sie mit dem Reisbrei das Zimmer betreten hatte, war sie sprachlos.

Stiller schüttelte den linken Arm, den sie eingequetscht hatte, und zog die graue Kappe ab, die auf seinem Mittelfinger steckte. Sofort gab eines der elektronischen Geräte, die sich über die Regale im Krankenzimmer verteilten, einen Warnton ab.

»Das hört sich nicht gut an, Paul«, quengelte Kleinschnitz.

Stiller ignorierte den Zwischenruf. »Nehmen Sie mir den Kopfverband ab«, forderte er die Krankenschwester auf, während er den Klettverschluss des Blutdruckmessgeräts löste, das seinen linken Oberarm umspannte. »Damit sehe ich aus wie der Eiermann aus ›I Am The Walrus‹ von den Beatles.«

»Nie und nimmer«, fand sie ihre Sprache wieder. »Wir haben eine Platzwunde. Fünf Stiche.«

»Tun Sie ein Pflaster drauf.« Stiller beugte sich vor, um die Reisetasche, die Ruth ihm gepackt und ins Klinikum gebracht hatte, unter dem Bett hervorzuziehen. »Sie haben mir ohnedies den halben Schädel kahl rasiert.«

»Viel war da nicht mehr zu rasieren«, gab die Krankenschwester zurück. »Und ohne ärztliche Anweisung nehme ich Ihnen weder den Verband ab, noch tue ich Ihnen irgendwo ein Pflaster drauf.« Ihre Munterkeit war wie weggeblasen. »Legen Sie sich sofort wieder hin.«

Stiller wurde schwindelig, rasch richtete er sich wieder auf. Er sah Kleinschnitz flehentlich an. »Gibst du mir bitte die Tasche?«

»Unterstehen Sie sich!« Die Krankenschwester sprang auf. »Ich rufe den Arzt.« Sie drückte auf ihre Smartwatch.

Kleinschnitz gestikulierte hilflos in ihre Richtung und hob die Reisetasche aufs Bett.

»Bis der Onkel Doktor kommt, ziehen wir uns schon einmal an«, sagte Stiller. Er fischte eine Unterhose aus der Tasche, streifte sie sich ächzend über die Füße und zog sie hoch. Dann stand er vorsichtig auf. Er schwankte beträchtlich. »Geht doch«, urteilte er ungerührt, schälte sich aus dem kurzen Nachthemd und ließ sich aufs Bett zurücksinken. »Bei den Socken könnten wir ein wenig Hilfe gebrauchen.«

Die Krankenschwester schnaubte nur. Auch Kleinschnitz rührte sich nicht. »Wenn du dich nicht selbst anziehen kannst, bleibst du hier.«

»Es geht auch ohne Socken.« Stiller nahm die Jeans aus der Reisetasche, ließ sich aufs Bett zurückfallen, zog die Beine an und schlüpfte mit den Füßen in die Hose. Fassungslos sah ihm die Krankenschwester zu.

»Was ist hier los?«, platzte eine strenge Stimme in den Raum.

Stiller hielt inne, er war mit der Hose gerade bis zu den Knien gekommen, und hob den Kopf. Im Türrahmen stand eine Frau in den mittleren Jahren, blond, blauäugig, volle Lippen und üppig gebaut. Der blaue Kittel wies sie als Ärztin aus. »Sind wir der Onkel Doktor?«, fragte er.

Die Ärztin ließ ihren Blick von Stiller zu Kleinschnitz und schließlich zur Krankenschwester wandern. »Hat der Patient Probleme mit seiner Persönlichkeit?« Rasch trat sie ans Bett, zog mit Daumen und Zeigefinger Stillers Lider auseinander und leuchtete ihm mit einem Lämpchen ins Auge. Sie schüttelte den Kopf und fühlte seinen Puls. Schließlich beugte sie sich über ihn und tastete sie mit den Fingerspitzen seinen Nacken und die Halspartien unter den Ohren ab.

»Darf ich mal?« Kleinschnitz drängte sich dazwischen und streifte die Bettdecke über Stillers Hüften.

»Es scheint mir alles ganz normal zu sein.« Die Ärztin lächelte ihm freundlich zu. »Herr Stiller ist durchaus vital.«

»Ich darf also raus?«, erkundigte sich Stiller hoffnungsfroh.

»Wenn Sie mir die entsprechenden Formulare unterschreiben ...« Sie sah sich nach der Krankenschwester um, die missbilligend schnaufte, ihr aber folgsam ein altertümliches Klemmbrett reichte. Die Ärztin legte es auf Stillers angewinkelte Oberschenkel und gab ihm den Stift, den sie in der Brusttasche ihres Kittels stecken hatte. »Aber Sie müssen mir versprechen, dass Sie sich morgen früh als Erstes bei Ihrem Hausarzt melden.« Sie überlegte kurz und schob Stiller dann ein Kärtchen in die Hand. »Außerdem gebe ich Ihnen meine Privatnummer«, sagte sie dazu. »Falls Sie mich brauchen.«

Die Krankenschwester versuchte zu protestieren. »Aber wir ...«, stammelte sie, »... der Herr Professor hat ...«

Die Ärztin bedachte sie mit einem nachsichtigen Blick. »Der Herr Professor ist im Entspannungsraum beim Cybergolf«, erwiderte sie. »Das hier geht auf meine Verantwortung. Und ich würde mich freuen, wenn Sie Herrn Stiller beim Anziehen ein wenig zur Hand gehen würden. Nehmen Sie ihm vor allem diesen albernen Kopfverband ab. Und bringen Sie ihn anschließend in die Cafeteria. Dort wartet der attraktive Kommissar auf ihn, der heute Mittag schon einmal hier war. Er hat noch ein paar Fragen.« An Stiller gerichtet, fügte sie hinzu: »Sie sind offensichtlich ein begehrter Mann. Gelesen habe ich schon viel von Ihnen. Nett, dass ich Sie nun auch einmal persönlich kennengelernt habe.«

»Meinerseits«, brachte Stiller hervor. Er sah ihr nach, während sie das Zimmer verließ.

Hüstelnd machte sich Kleinschnitz bemerkbar. »Es tut mir ja leid, Paul, dass ich das sagen muss. Aber wenn du mich fragst: Die spinnt.«

11

Stiller bemühte sich um einen geradlinigen Gang, sobald Strobel in seinem Blickfeld auftauchte.

»Gell, jetzt wollen wir uns nicht anmerken lassen, wie schwer uns das Laufen fällt«, knotterte die Krankenschwester, die sich bei ihm untergehakt hatte. Sie trotzte noch immer, weil sie ihn ziehen lassen musste.

Stiller war froh, dass sein eines Ohr seit dem Schlag ein wenig taub war und er die Krankenschwester nur wie durch Watte hörte. Kaum aus dem Zimmer, hatte er versucht, sie abzuwimmeln: Kleinschnitz könnte ihn doch führen. Aber trotz ihres engen Zeitplans hatte sie das resolut abgelehnt: Wenn sie der Ärztin schon gehorchen müsse, dann aber voll und ganz.

»Du musst dich gar nicht so zusammenreißen«, raunte ihm Kleinschnitz tröstend in das gesunde Ohr und wies mit dem Kinn auf das dichte Gedränge in dem Gang, der auf die Cafeteria zuführte. »Fällt nicht weiter auf, wenn du hier ein wenig schwankst.«

Stiller sah sich um und gab Kleinschnitz recht. Unter denen, die auf dem Flur unterwegs waren, gehörte er zu den Jüngeren. Nirgends zeigte sich der demografische Wandel so deutlich wie im Klinikum. Zudem schien es etliche Patienten weit schlimmer getroffen zu haben als ihn. Immerhin waren sie mobil. Seit Jahren schaffte das Klinikum nur noch elektrische Rollstühle an, weil die Zahl der Alten ohne Angehörige wuchs und es bei Weitem nicht genug Pfleger gab, um Patienten durchs Haus zu schieben.

Strobel winkte kurz zum Zeichen, dass er Stiller und Kleinschnitz bereits ausgemacht hatte. Er saß an einem der hinteren Tische, wo es etwas ruhiger war als an der Theke, vor der eine Traube von betagten Patienten und Besuchern anstand. Es war erst früher Nachmittag, aber die Cafeteria zählte zu den wenigen Freizeitvergnügen, die ein Krankenhaus bot. Angeblich genossen ältere Menschen die Abwechslung, die ihnen ein Arztbesuch verschaffte. Doch der Aufenthalt im Klinikum gehörte sicher nicht dazu. Stiller vermutete, dass die meisten Untersuchungen hier nicht so kurz, schmerzlos und aufregend verliefen wie diejenige, die er vor wenigen Minuten über sich hatte ergehen lassen müssen.

»Schön, dass Sie sich noch einmal Zeit für mich nehmen, Herr Stiller«, begrüßte ihn Strobel, nachdem das Trio seinen Tisch erreicht hatte und die Krankenschwester wieder in der Masse untergetaucht war. »Wie ich sehe, geht es Ihnen schon wieder besser. Und Ihren Kollegen haben Sie auch gleich mitgebracht.«

Stiller rätselte, wie er Strobels Ton deuten sollte, während er sich ächzend auf den Plastikstuhl sinken ließ, den ihm Kleinschnitz von hinten in die Kniekehlen schob.

Strobel beugte sich vor und betrachtete ihn ernst. »Es geht Ihnen doch besser?«

Stiller begnügte sich mit einer wegwerfenden Handbewegung und fragte: »Haben Sie diesen Geist geschnappt?«

»Noch nicht«, bedauerte Strobel. »Aber das ist nur eine Frage der Zeit. Wir können sein Auto zwar nicht orten und sein Smartphone auch nicht, doch die Fahndung läuft auf Hochtouren, bundesweit. Die Software sämtlicher Überwachungskameras ist mit seinem Bild und seinen Daten gefüttert. Flughäfen, Bahnhöfe, U-Bahn-Stationen, Busknotenpunkte, alle öffentlichen Einrichtungen, große Plätze, die verstecktesten Geldautomaten – alles. Der kommt uns nicht aus.«

»Wenn Sie ihn noch nicht haben, weshalb sind wir dann hier?« Stiller sah sich beim Wort »wir« unwillkürlich nach der Krankenschwester um.

»Gleich«, erwiderte Strobel. »Wir warten noch auf meinen Mitarbeiter, Mike Staab. Ich habe ihn gebeten, uns Kaffee zu organisieren.« Er deutete zur Theke.

»Hoffentlich gibt es einen starken Kaffee.« Stillers Augen suchten den beleibten Beamten im Trubel. Er kam bereits mit einem Tablett auf den Tisch zu. »Das koffeinfreie Gebräu auf der Station war ungenießbar.«

Staab hatte den letzten Satz noch mitbekommen. »Ich kenne doch deinen Geschmack«, sagte er tröstend. Seit vielen Jahren trafen sie sich hin und wieder auf eine Partie im »Schach-Café Fischer«. Staab verteilte die Tassen auf dem Tisch. Aus der Brusttasche seiner Uniformjacke brachte er zwei Schokoriegel zum

Vorschein und bot sie Stiller und Kleinschnitz an. »Ich verzichte«, kündigte er an und klopfte sich vielsagend auf den Bauch.

Unterdessen packte Strobel einen Tabletcomputer aus, schaltete ihn ein und schob ihn über den Tisch vor Stiller. »Können Sie mir sagen, was das bedeutet?«

Neugierig betrachtete Stiller das Touchscreen, auch Kleinschnitz beugte sich vor. Das Tablet zeigte den News-Ticker der Zeitung. Stiller las die Schlagzeile – und hielt die Luft an.

»Parkhausmord: sensationelle Enthüllung!!!«

»Drei Ausrufezeichen«, brummelte Kleinschnitz von der Seite. »Zugegeben, das ist albern. Aber das wird doch nicht der Grund sein, weshalb Sie uns das zeigen.«

Strobel schwieg und beobachtete Stiller.

Das war also die Begleitmusik, die Stillers Serie im Internet einleiten sollte. Sein Plan, Lisas Ring einen kleinen Nebenartikel zu widmen, war gründlich schiefgegangen. Die Onliner hatten das »neue Detail«, von dem Stiller geschrieben hatte, zur »sensationellen Enthüllung« aufgeblasen und gleich die Frage angehängt: »Was hat die Polizei vor zwanzig Jahren noch verschwiegen???« Stiller räusperte sich und las weiter, ohne aufzusehen. »War die achtzehnjährige Lisa F. das Opfer von Satanisten? Darauf könnte ein Ring hindeuten, den das Mädchen getragen hatte, wie unsere Recherchen für einen Rückblick auf den Mordfall ergaben. Doch im damaligen Ermittlungsbericht ist dieses Detail nie aufgetaucht.« Es folgte der übliche Schlusssatz: »Näheres heute Abend im Internet und morgen in unserer Druckausgabe.«

Stiller hob den Blick. »Na ja«, sagte er, »das ist ein Teaser. Wir müssen schon ein bisschen auf die Pauke hauen, wenn wir die Zeitung verkaufen wollen.«

Strobel legte die Finger aneinander und ließ sie knacken. »Das ist mir klar. Aber woher haben Sie das mit dem Ring? Was wissen Sie davon?«

»Ich wollte deswegen sowieso auf Sie zukommen«, versicherte Stiller. Er schilderte möglichst knapp, wie er über die Erwähnung des Rings auf der Facebook-Seite gestolpert war, hinterher festgestellt hatte, dass sonst nirgendwo darüber berichtet worden war, und schließlich einen Zeitzeugen aufgetrieben hatte, der ihm ein wenig mehr darüber berichten konnte. »Das ist alles«, schloss er ehrlich. »Aber ich hätte gern etwas mehr darüber gewusst.« Erwartungsvoll lehnte er sich zurück.

Strobel tauschte einen kurzen Blick mit Staab und nickte dann. »Gut«, sagte er. »Wir hatten dem Ring damals tatsächlich eine gewisse Bedeutung beigemessen, zunächst jedenfalls. Sowohl Lisa als auch ihr Freund Simon gehörten einer Gruppe von Satanisten an. Oder was sie dafür hielten, denn nach unseren Ermittlungen war das nichts Ernsthaftes. Andererseits ist es auch mehr als eine Kinderei gewesen. Sie waren wie alle Heranwachsenden sozusagen auf dem Selbsterfahrungstrip. Da sind Drogen schlimmer als diese harmlose Satanismus-Spinnerei. Kurz und gut: Der Ring war ihr Erkennungszeichen.«

»Das Henkelkreuz«, warf Stiller ein. »Lisa hätte allerdings auch Koptin sein können.«

Strobel schüttelte den Kopf. »Weder sie noch Simon noch sonst jemand aus ihrem Umfeld. Außerdem sprach alles dafür, dass der Ring aus dem Bestand eines Internet-Anbieters für Okkultismusbedarf stammte.«

»Dann stimmt es jedenfalls, dass Lisa so einen Ring trug.« Insgeheim war Stiller froh, dass ihm Strobel gerade zwei Aufgaben von der Liste gestrichen hatte: Weder brauchte er nach Lisas Religionszugehörigkeit zu forschen, noch musste er sich tiefer mit Satanismus beschäftigten – zumindest wenn Strobel recht hatte und Lisa oder Simon nicht ernsthaft in diese Szene verstrickt gewesen waren. Laut fuhr er fort: »Weshalb hat die Kripo dieses Detail nie erwähnt?«

Strobel hob die Augenbrauen, was seine Stirn mit Furchen überzog. Auch er kam in die Jahre, wie Stiller feststellte, er hatte sich das früher einmal volle schwarze Haar kurz geschoren und zum Ausgleich einen Dreitagebart stehen lassen. »Wir hatten uns damals entschieden, dieses Detail zurückzuhalten, weil der Ring keinerlei Fingerabdrücke aufwies. Weder die von anderen Personen noch Lisas. Das hat uns misstrauisch gemacht.«

Stiller zuckte die Achseln und verzog sofort das Gesicht. Die ruckartige Bewegung jagte ihm einen stechenden Schmerz durch den Rücken. »Wenn es ihr Ring war …«, stöhnte er. »Sie wird ja nicht dauernd daran herumgefingert haben. Beim Händewaschen und Abtrocknen verschwinden die Abdrücke eben.«

»Das ist durchaus wahrscheinlich«, schaltete sich Staab in das Gespräch ein. »Aber wie wir aus der Befragung von Zeugen wissen, hat Lisa am Abend ihrer Ermordung den Ring nicht getragen, weder beim Public Viewing noch am Partykreisel. Das belegt ein Bild von der Fußballfeier, auf dem sie zufällig zu sehen und ihre Hand zu erkennen ist. Im Übrigen hat es uns Simon damals bestätigt.«

»Wenn ich mal meine Meinung äußern darf«, ließ sich Kleinschnitz hören. »Ich hab es schon zu Paul gesagt: Was soll das dauernd mit dem Ring? Der muss doch gar nichts mit dem Mord zu tun gehabt haben. Vielleicht hat sie ihn sich später an dem Abend selbst angesteckt.«

»Das erschien uns damals möglich«, stimmte Strobel zu. »Aber dann hätten wir mit größter Wahrscheinlichkeit ihre Fingerabdrücke am Ring finden müssen.«

»Vielleicht war sie noch irgendwo auf dem Klo«, beharrte Kleinschnitz. »Hat sich danach die Hände gewaschen.«

»Auch möglich«, bestätigte Strobel erneut. »Aber es war nicht ihr eigener Ring, den sie in der Mordnacht trug«, sagte Strobel. »Ihren hatte sie zu Hause in ihrem Schminktisch aufgehoben. Übrigens mit ihren Fingerabdrücken drauf.«

Stiller war nicht weiter überrascht. »Genau so etwas habe ich erwartet. Wie es der unbekannte Riesenmotz auf Facebook geschrieben hat: Der Mörder hat ihr den Ring angesteckt ...«

Strobel ließ ihn nicht ausreden. »Ja, das ist eine Theorie«, brauste er plötzlich auf. »Aber meinen Sie, wir sind ihr damals nicht nachgegangen?« Heftig pochte er auf sein Tablet, die Tassen wackelten auf dem Tisch. »Was Sie da schreiben, ist blanker Unsinn. Es gibt keine sensationellen Enthüllungen. Ich nehme an, Sie wollen uns eine Mitschuld anhängen an dem, was später mit Simon passiert ist. Das lasse ich nicht auf mir und der damaligen Soko sitzen.«

Stiller war von dem Ausbruch sichtlich betroffen. Er griff nach der Kaffeetasse, um nichts sagen zu müssen, ließ sie aber stehen, weil seine Hand zitterte. Leicht hätte er darauf hinweisen können, dass er den Internet-Teaser gar nicht selbst verfasst hatte. Er wollte sich jedoch nicht auf diese billige Weise aus der Verantwortung stehlen.

Staab nutzte die Pause. »Wir haben gründlich nachgeforscht und nichts verschwiegen«, sagte er beschwichtigend. »Wenn wir nicht mit jedem Detail an die Öffentlichkeit gegangen sind, hatte das ermittlungstaktische Gründe.«

»Gerade, was den Ring betrifft«, ergänzte Strobel. So schnell, wie er in Rage geraten war, hatte er sich auch wieder abgeregt. »Wir haben uns von Simon eine Liste sämtlicher Mitglieder der damaligen Satanistengruppe geben lassen. Er hatte einige Mühe damit. Ständig waren neue junge Leute dazugekommen, andere wieder abgesprungen. Wir haben sie uns vorgeknöpft, einen nach dem anderen. Alle hatten noch ihren Ring, ausnahmslos. Selbst diejenigen, die schon lang nicht mehr dabei waren.«

Staab nahm den Faden auf. »Du musst wissen: Simon hatte die Ringe besorgt und verwaltet. Er hatte einen Vorrat, sozusagen. Wir konnten problemlos nachprüfen, wie viele er übers Internet bestellt hat. Wir haben die Ringe sämtlicher Mitglieder der Gruppe abgezogen und das Ergebnis mit dem Rest abgeglichen, den wir in seinem Zimmer sichergestellt haben. Wenn ich dir das erzähle, kannst du dir vielleicht denken, was dabei herauskam.«

Stiller nickte. »Einer fehlte.«

»So ist es«, sagte Strobel. »Jetzt können Sie natürlich alles Mögliche unterstellen. Es kann der pure Zufall gewesen sein. Zufällig hat ein völlig Fremder auch so einen Ring, zufällig ist Lisa sein Opfer, zufällig steckt er ihr den Ring an. Das sind ein paar Zufälle zu viel, denke ich. Noch dazu, weil Simon dann, zufällig zur selben Zeit, einen Ring aus seinem Vorrat verschludert haben muss – was er übrigens auch behauptet hat. Oder ein anderer aus der Gruppe hat sich unbemerkt einen zusätzlichen Ring genommen, als er bei Simon zu Hause war. Vielleicht Lisa selbst. Aber das sind alles Theorien, Gedankenspiele. Wir Ermittler müssen uns an die Fakten halten, und da war der fehlende Ring nur ein Fakt von vielen.«

Da Stiller schwieg, sprang Kleinschnitz ein. »Na gut.« Er räusperte sich. »Aber der Facebook-Eintrag. Simon kann das ja wohl nicht selbst geschrieben haben«, er räusperte sich nochmals, »sagt mein Freund hier.«

»Feigling«, zischte ihm Stiller zu. Kleinschnitz hatte Angst, Strobel erneut zu reizen.

Doch der blieb gelassen, lächelte fast. »Auch dafür sind zig Erklärungen denkbar. Es waren genug Menschen am Tatort, Polizisten, Sanitäter, der Notarzt, die Leute, die den Transport zur Gerichtsmedizin in Würzburg übernommen haben, später dann die Mitarbeiter der Pathologie dort und so weiter. Es gab jede Menge Zeugen, die den Ring gesehen haben, und noch mehr, denen sie es erzählt haben können. Vielleicht hat sich der eine etwas zusammengereimt, vielleicht wollte sich der andere wichtigmachen. Nein, der Eintrag sagt leider gar nichts aus. Im Internet wird viel Mist verzapft. Damals wie heute.«

Staab legte Stiller die Hand auf den Arm, eine tröstende Geste. »Außerdem sind wir damals den schlimmsten Netzhetzern nachgegangen, später, nach … der Geschichte mit Simon. Es war niemand dabei, den wir mit dem Mord an Lisa in Verbindung bringen konnten.«

»War dieser Riesenmotz auch darunter?«, bohrte Stiller nach.

Strobel holte tief Luft und stieß sie langsam wieder aus. »Journalisten sind ein komisches Volk. Das ist jetzt zwanzig Jahre her. Und es hat ein Dutzend Kollegen daran gearbeitet, die Netzhetzer zu überprüfen. Glauben Sie, ich könnte mich an jeden Namen erinnern, geschweige denn, ich hätte sie alle gekannt?« Er dachte kurz nach und ließ dabei unbewusst die Finger knacken. »Aber weil Sie es sind, werde ich nachsehen. Wenn die Akten noch verfügbar sind, kriegen Sie die Information.«

Stiller nickte dankbar. »Ich hätte noch eine Bitte.«

»Übertreiben Sie's nicht!«, warnte Strobel.

»Wenn Sie Geist haben, würden Sie ihm nebenher ein bisschen auf den Zahn fühlen, was er über den Parkhausmord gewusst hat, damals?«

Erneut holte Strobel tief Luft. Es war ihm anzusehen, dass er seinen Ärger nur mit Mühe unterdrückte. »Was reimen Sie sich da ständig zusammen? Geist wollte Kinder vergiften – mutmaßlich. Was soll er mit dieser alten Sache zu tun gehabt haben?«

»Er hat unserer Zeitung ein Interview gegeben und dabei einen Satz geäußert, der fast wörtlich übereinstimmt mit dem, was Riesenmotz auf der Kondolenzseite geschrieben hat. Bis auf den Hinweis auf den Ring. Ich weiß, das klingt weit hergeholt, und es wäre einer dieser Zufälle, an die Sie nicht glauben. Aber Geist und Riesenmotz – vielleicht sind die beiden identisch …«

Strobel lachte auf. »Der Schlag auf den Kopf hat Ihnen vielleicht doch mehr geschadet, als ich befürchtet habe. Hat Ihre Zeitung damals überhaupt korrekt zitiert? Damit geht es doch schon mal los.«

Staab wog den Kopf. »Ich will dir keinesfalls widersprechen, Jo. Andererseits sollten wir bedenken: Was die vergifteten Bonbons betrifft, lag Stiller mit seinem Verdacht auch richtig.«

Strobel dachte nach. »Gut«, sagte er dann. »Fragen kostet schließlich nichts. Allerdings nur unter einer Bedingung.«

»Und die wäre?«, fragte Stiller vorsichtig.

»Dass Sie dann aufhören, in dieser alten Geschichte herumzuwühlen. Niemand hat etwas davon. Was soll dieses Sensationsgerede, diese billige Effekthascherei? Schreiben Sie meinetwegen Ihren Rückblick und gut.«

»Nichts anderes hatte ich vor«, verteidigte sich Stiller. In Gedanken setzte er »am Anfang« dazu.

Strobel seufzte. »Bleiben Sie künftig, bitte, einfach seriös.«

Kleinschnitz bekam einen Hustenanfall und schlug die Hände vor den Mund. Die drei anderen blickten ihn besorgt an. »Ich glaube, ich vertrage die Krankenhausluft nicht«, entschuldigte er sich, als er wieder sprechen konnte. »Ich muss hier raus, Paul. Lass uns gehen!«

»Sagt zu dir, du sollst seriös bleiben«, prustete Kleinschnitz, sobald er hinter dem Steuer seines Buick saß. »Du. Seriös. Bleiben. Drei Widersprüche in einem Satz. Ich hätte nicht gedacht, dass jemand noch blauäugiger sein kann als wir beide.«

»Jetzt mach mal halblang«, wehrte sich Stiller. »Natürlich bin ich seriös. Immer.« Er warf einen Seitenblick auf Kleinschnitz. »Wenn es manchmal nicht so wirkt, liegt es daran, dass ich mich meiner Umgebung anpasse.«

»Wenn du laufen möchtest, kannst du gern aussteigen.«

Stiller sah aus dem Fenster. Idyllisch war es ja. Das Klinikum lag etwas außerhalb Aschaffenburgs an einem Berghang. Kleinschnitz hatte für die Fahrt in die Redaktion nicht den direkten Weg durch die Stadt gewählt, sondern war auf das kleine Sträßchen abgebogen, das am Stadtrand verlief und ins Tal führte, in den Krämersgrund. Mit seinen hohen Bäumen, grünen Hecken und saftigen Wiesen wirkte er wie aus einem anderen Jahrhundert. Noch vor ein paar Jahren war hier ein äußerer Verkehrsring geplant – gegen heftigen Widerstand der Umweltgruppen. Aber der Geist der Betonpolitik war dem Stadtrat kaum auszutreiben gewesen. Erst die neuen Sprit- und Klimaschutzgesetze hatten das Projekt sterben lassen.

An der nächsten Kreuzung trat Kleinschnitz plötzlich auf die Bremse. Das Sträßchen durch den Krämersgrund war gesperrt, gelbe Schilder mit schwarzem Totenkopf hingen an den Gittern. Die Umleitungstafel wies in die Stadt. »Was ist los?«, fragte Kleinschnitz.

»Schädlingsbekämpfung«, sagte Stiller. »Wahrscheinlich die Tigermücke oder wieder was Neues. Wie heißen diese fetten Spinnen, die neuerdings aus dem Südosten kommen? Wir verduften besser.«

»Hab dich nicht so«, beschwichtigte Kleinschnitz. »Keine Ahnung, was gefährlicher ist. Die paar Insekten oder die chemische Keule, mit der ausgerechnet das Gesundheitsamt zurückschlägt.«

»Das sagt einer, der keinen Fuß ins Freie setzt, wenn es sich vermeiden lässt.« Stiller deutete mit dem Daumen nach links in Richtung Stadt. »Gib Gummi.«

Kleinschnitz ließ den Buick anrollen. »Ich weiß gar nicht, was du hast«, motzte er.

Stiller wusste, Kleinschnitz liebte das feuchtheiße Klima, das sich in der Mitte Deutschlands breitgemacht hatte, gerade an den Westrändern der Mittelgebirge. Trotz der Rekordtemperaturen im Sommer verging kaum ein Tag ohne Wolken und Regen. Ein Atlantiktief jagte das andere. Das Azorenhoch, das früher die Sommermonate bestimmt hatte, war chancenlos geworden. Es galt als Sensation, dass es seit fast einer Woche nicht mehr geregnet hatte. Freilich bevorzugte Kleinschnitz klimatisierte Räume: seinen Buick, seine Wohnung, sein Fotografenbüro, Kneipen mit Aircondition. Und das, obwohl Klimaanlagen durch die jüngsten Energieverordnungen zu Luxusgütern geworden waren. Im Gegensatz zu vielen anderen hatte Kleinschnitz auch kein Problem mit all dem Ungeziefer und den Krankheitserregern, die sich mit dem Klimawandel ausbreiteten – umso schneller, als sie hier keine natürlichen Feinde hatten. Das galt für Pflanzenschädlinge wie den asiatischen Laubbaum-Bockkäfer ebenso wie für diverse Parasiten, die es auf Mensch und Tier abgesehen hatten.

Nach ein paar hundert Metern erreichten sie das erste Haus an dieser Zufahrt zur Stadt, das Zeughaus, eine uralte Gaststätte mit Biergarten. Ein gutes Dutzend älterer Herrschaften saß im Schatten der wuchtigen Kastanien.

Erneut bremste Kleinschnitz abrupt und lenkte den Buick auf den Parkplatz vor dem Biergarten.

»Was hast du vor?«, erkundigte sich Stiller, obwohl er es bereits ahnte.

»Einkehren.«

»Lass uns lieber weiterfahren. Ich muss in die Redaktion, ich hab schon mehr als einen halben Tag verloren.«

Kleinschnitz schaltete unbeirrt den Motor aus. »Ich denke, den Artikel für die morgige Printausgabe hast du gestern Abend schon geschrieben?«

»Das schon.« Stiller machte keine Anstalten, sich abzuschnallen. »Aber hast du eine Ahnung, wie lang meine Arbeitsliste ist?«

»Wir arbeiten hier.« Kleinschnitz zog den Schlüssel ab und öffnete die Fahrertür. »Ich hab alles mit, was wir brauchen.«

Stiller überlegte kurz. Am Vorabend hatte er einen Schlag auf den Schädel bekommen. Die Nacht hatte er in Gefangenschaft verbracht, den Vormittag und den frühen Nachmittag im Klinikum. Im Verlag hatte sich keine Socke für sein Schicksal interessiert – außer Kerstin und Kleinschnitz. »Du hast recht«, sagte er zu Kleinschnitz. »Ruf Kerstin an. Ob wir uns in der Redaktion mit ihr treffen oder hier, das spielt doch keine Rolle. Ich geb euch einen aus – auf die geglückte Rettung.«

Als Stiller Kerstin erwähnte, zog Kleinschnitz die Tür rasch wieder zu. »Bei Interpol rufst du besser selbst an.«

Stiller hob den Arm mit der Smartwatch. »Kein Akku.« Er schnitt eine Grimasse. »Ich steig dann schon mal aus.«

Eine halbe Stunde später stieß Kerstin zu ihnen. Sie wirkte weit weniger verärgert, als es Stiller und Kleinschnitz befürchtet hatten. Sie winkte ihnen schon von Weitem, während sie ihr rotes Hybrid-Cabrio im E-Modus auf den Parkplatz vor dem schmiedeeisernen Zaun rollen ließ. Nach einem prüfenden Blick zum Himmel entschied sie sich, das Verdeck zu schließen. Sie misstraute der langen Trockenheit, zumal in den letzten Minuten eine dichte Wolkendecke über der Stadt aufgezogen war. Sie hängte sich ihre Notebooktasche über die Schulter, schlenderte in den Biergarten und genoss sichtlich die Aufmerksamkeit, die sie bei einer Gruppe von Silversurfern erregte, neben deren Tisch sich Stiller und Kleinschnitz niedergelassen hatten.

Stiller kam es vor, als habe sie sich für das Treffen sogar ein wenig zurechtgemacht. Sie trug schwarze Lack-Pumps mit High Heels, die er an ihr noch nie gesehen hatte, und einen kurzen schwarzen Rock, was zumindest in den vergangenen Jahren bei ihr selten geworden war. Die Bluse, ebenfalls schwarz, hatte sie über der Taille verknotet. Ihre diversen Piercings glänzten wie frisch poliert, vor allem das im Nabel.

»Diese Frau altert nie«, seufzte Stiller.

»Wie deine Ruth«, erwiderte Kleinschnitz mit einem warnenden Unterton.

»Wie aufmerksam, dass du an mich gedacht hast!«, rief sie Stiller zu, als sie sich dem Tisch näherte. Suchend sah sie sich um. »Wo ist Ruth? Hast du sie nicht eingeladen? Sie war an deiner Rettung nicht ganz unbeteiligt.«

»Sie muss einen Kurs halten«, sagte Stiller. »Außerdem dachte ich, wir könnten das Angenehme mit dem Nützlichen verbinden und gleich ein wenig arbeiten.«

»Sonst wär ich auch nicht gekommen.« Kerstin schob sich auf die Bank neben Kleinschnitz. »Ich hab meine Zeit schließlich nicht gestohlen. Ich hab wegen dir heute früh schon mehr als eine Stunde meiner Rest-Lebenszeit bei der Polizei verschenkt.«

»Ich weiß. Tut mir leid.« Stiller sah sich nach der Bedienung um. »Was willst du trinken?«

»Ist hier keine Selbstbedienung mehr?«, fragte Kerstin zurück.

»Nicht mehr, seit das Publikum kaum noch laufen kann«, stichelte Kleinschnitz und wies mit dem Kinn auf die Gruppe der Silversurfer. »Und vor allem, seit es nicht mehr richtig hört, was ausgerufen wird.«

»Nur kein Neid!«, gab Kerstin zurück und schenkte dem Nachbartisch ein Lächeln, das dort freundliches Nicken auslöste. »Was trinkt ihr denn da?« Misstrauisch beäugte sie die gerippten Gläser auf dem Tisch.

»Apfelwein, sauer gespritzt«, verriet Stiller.

Kerstin verzog das Gesicht. »Ebbelwoj«, ahmte sie den Aschaffenburger Dialekt nach. »Pfui Teifel.«

»Das heißt ›Äppler‹«, stellte Kleinschnitz klar. »Und ›Deifel‹. Was übrigens nicht zutrifft. Stillt den Durst und macht nicht dick.«

»Das ist ein Altmännergetränk, egal, wie ihr es nennt. Ich will ein ordentliches Bier!«, gab Kerstin der Bedienung auf. »Wie die Herren am Nachbartisch.«

Sofort schallte ein vielstimmiges ›Prost‹ herüber. »Wir hätten noch ein Plätzchen frei«, bot ein Silversurfer an. »Oder ein Knie«, schickte ein anderer hinterher. Die Runde johlte. »Benimm dich mal!«, wies ein dritter den kecken Zwischenrufer zurecht.

»Danke für das Angebot«, lachte Kerstin. »Aber ich muss diese beiden Altlinge hier betreuen. Ohne mich sind sie völlig hilflos.«

Während Stiller und Kleinschnitz protestierten, wuchtete sie ihre Tasche auf den Tisch und packte ihr Tablet aus. Gespannt sah sie in die Runde, ihr sonst so bleiches Gesicht war vor Eifer gerötet. »Was ist?«, fragte sie. »Soll ich loslegen?«

Ohne Pause war sie zur Arbeit übergegangen. Stiller und Kleinschnitz nickten sprachlos.

Kerstin lachte kurz auf. »Heißt das ja, oder habt ihr 'ne Schüttellähmung?«

Kleinschnitz räusperte sich. »Du … bist heute so anders.«

Wieder lachte sie. »Erstens bin ich nicht in der Redaktion, und zweites hab ich erfolgreich recherchiert, während sich unser Starjournalist im Klinikum hat pflegen lassen. Hier«, sie hob das Tablet an und hielt es wie einen Spiegel vor Stillers Gesicht. »Ich habe tatsächlich Spuren von diesem Motzriesen gefunden. Er …« Sie ließ das Tablet sinken, als die Bedienung mit dem Bier ankam. »Das ging aber schnell! Ist das auch frisch?« Sie nahm das Glas, prostete erst Stiller und Kleinschnitz zu, dann dem Nachbartisch und nahm einen tiefen Zug. »Doch«, sagte sie und wischte sich mit dem Handrücken den Mund ab. »Frisch.«

»Jetzt mach es nicht so spannend«, bat Stiller.

»Wo war ich denn?«

»Du sagtest: Er ...«, gab ihr Stiller das Stichwort.

»Ach so, ja. Er war auf Brautschau.«

Stiller und Kleinschnitz schwiegen verblüfft.

Kerstin ließ die Worte wirken, griff erneut nach ihrem Glas und nahm einen weiteren Zug. »Gut, was?«, sagte sie dann. Als immer noch keine Reaktion kam, fügte sie hinzu: »Stimmt, ihr könnt ja nicht wissen, wie das schmeckt. Ihr trinkt ja Ebblä.«

»Was meinst du mit Brautschau?« Stiller fand endlich die Sprache wieder.

»Ich hab's jetzt mal so genannt«, erklärte Kerstin. »Er war in mindestens zwei Partnerbörsen unterwegs, Friends4Life und Luckylove. Es können auch mehr Seiten gewesen sein. Ich hab bisher nur bei Wayback nachgeforscht. Außerdem war er mit WhatsApp unterwegs, was heute übrigens kein Mensch mehr kennt. Da hat er bevorzugt mit jungen Dingern angebandelt.« Sie sah ihr Bier an, als wollte sie erneut trinken.

Rasch legte Kleinschnitz seine Pranke auf das Glas. »Jetzt red schon«, forderte er sie auf. »Was hast du rausgefunden?«

Sie gab sich beleidigt. »Ich hab schon alles an Paul weitergeleitet. Eigentlich sollte er das selbst machen oder mit dir zusammen, aber er hat es ja vorgezogen, sich einsperren zu lassen ...«

»Hast du seinen Namen?«, unterbrach Stiller.

»Nicht wirklich.« Ihr Bedauern klang echt.

»Moment, Moment.« Stiller tastete nach dem Pflaster an seinem Hinterkopf. »Er wird doch nicht mit dem Namen Riesenmotz in einer Partnerbörse unterwegs gewesen sein.«

»Das nicht«, bestätigte Kerstin. »Diesen Namen hat er nur benutzt, um sich anzumelden. Alle drei Zugänge waren gefälscht. In seinen Chats nannte er sich Kevin.«

»Na also, das ist doch schon was. Kerstin, du bist spitze«, lobte Stiller.

»Auf Friends4Life hieß er Dennis.«

»Wie jetzt?«

»Und Dustin auf Luckylove. Na, dämmert's euch? Drei Fake-Accounts …«

»… und er hat sich jeweils als ein anderer ausgegeben«, vervollständigte Kleinschnitz und hob die Hände. »Ich geb mich geschlagen.«

Sofort schnappte sich Kerstin das Glas, trank es aus und sah sich nach der Bedienung um. »Kommt bloß nicht auf komische Gedanken. Ich hab einfach nur 'nen Mordsdurst. Das kommt davon, dass ich den ganzen Tag euren wüsten Mordtheorien hinterherjage.«

»Und sonst hast du nichts?«, bohrte Stiller nach. »Irgendwas muss er doch angegeben haben. Alter, Beruf, Wohnort?«

»Paul, du nervst!«, gab Kerstin trotzig zurück. »Halt mich nicht für eine Anfängerin. Ich bin keine von deinen früheren Volontärinnen. Ich …« Sie stockte, weil die Bedienung an den Tisch trat und ein Glas frisches Bier vor ihr abstellte. Kerstin zog die Brauen zusammen, was das Piercing über ihrem linken Auge hervortreten ließ. »Das hab ich nicht bestellt.«

»Die Herren laden Sie ein.« Die Bedienung deutete auf den Nachbartisch. Wie auf Kommando streckten die Silversurfer ihre Gläser in Kerstins Richtung.

Stiller hob ihr Tablet hoch und tat, als betrachte er den Bildschirm. In Wahrheit ging er dahinter in Deckung.

»Was ist denn das für 'ne Nummer?«, fragte Kerstin schroff und laut genug, um am Nachbartisch gehört zu werden. »Ich lass mir doch nicht gleich von jedem Fremden ein Bier bezahlen. Außerdem will ich 'ne Cola Zero. Bringen Sie das wieder weg.«

»Ich nehm es«, feixte Kleinschnitz. Er zog das Glas an sich, bevor die Bedienung zugreifen konnte, erhob sich und verneigte sich leicht vor der Männerrunde. »Ihr seid ja so süß«, fügte er hinzu. Die Silversurfer sahen beleidigt weg.

»Lass das!« Kerstin zog Kleinschnitz am Hemd auf die Bank zurück. »Ich denke, du trinkst Ebblä, wegen deiner Linie?«

»Was geschenkt ist, macht nicht dick.«

Kerstin ließ die Hand vor ihrem Gesicht kreisen. »Sag mal, bist du schon völlig debil? Ich denke, Paul lädt uns ein. Es ist alles geschenkt.« Sie wandte sich an Stiller. »Was guckst du so?«

»Ich warte.«

»Verstehe.« Sie sammelte sich. »Aber leider darfst du nicht zu viel erwarten. Sein Alter hat er in den beiden Partnerbörsen mit vierundzwanzig angegeben. Das ist das Alter, das bei Frauen mit achtzehn, neunzehn auf solchen Seiten damals am häufigsten gefragt war, statistisch gesehen. Beim Chatten mit WhatsApp war er angeblich einundzwanzig. Da hat er es auch auf Vierzehn- und Sechzehnjährige abgesehen gehabt. Wenn ihr mich fragt, war er älter. Auf jeden Fall um die dreißig.«

»Wie kommst du darauf?«, fragte Stiller dazwischen.

»Reines Bauchgefühl. Warum war er sonst mit einem Fake-Account auf den Seiten unterwegs? Das war 'ne beliebte Masche. Damals haben sich immer wieder alte Böcke über gefälschte Zugänge in den Chatrooms getummelt und sich jünger gemacht, um an unerfahrene Teenies ranzukommen.«

»War er pädophil?«, fragte Stiller dazwischen.

»Nein, das wäre noch eine Altersklasse drunter. Dafür hab ich bisher keine Hinweise.« Sie warf einen raschen Blick auf den Nachbartisch und senkte die Stimme. »Aber er wollte sie vögeln. Auch die vierzehnjährigen Mädels.« Sie unterbrach, um der Bedienung die Cola abzunehmen. »Was das betrifft, hat er kein Blatt vor den Mund genommen. Da war er ziemlich direkt. Lies nach, was ich dir geschickt habe«, fuhr sie dann fort. »Er passt genau ins Muster. Dreißig plus. Auf keinen Fall über vierzig, weil es beim ersten Date sonst ein wenig kompliziert für ihn geworden wäre.« Sie hob ihr Glas, um mit Stiller und Kleinschnitz anzustoßen.

»Okay.« Stiller wartete, bis sie ihr Glas wieder abgestellt hatte. »Beruf?«

»Auch da kannst du nichts drauf geben«, erwiderte Kerstin. »Bei WhatsApp hat er sich als Mitarbeiter eines lokalen Fernsehsenders ausgegeben. In den Partnerbörsen als Fotograf. Das war Teil seiner Masche. Die Minderjährigen hat er mit angeblichen Castings angelockt, die Älteren mit Fotoshootings für irgendwelche Model-Wettbewerbe. Kannst dir ja vorstellen, wie er sie am liebsten fotografieren wollte.«

»Ich kann's mir denken. Vorstellen will ich es mir lieber nicht.« Stiller kniff ein Auge zusammen. Die Kopfhaut spannte sich schmerzhaft. »Das könnte allerdings heißen, dass er ein Fotostudio gehabt hat.«

»Nicht unbedingt«, erwiderte Kerstin. »Ich bin sogar ziemlich sicher, dass er keines hatte. Er wird sie ja wohl nicht zu sich nach Hause geschleppt haben. So ein Studio lässt sich auch mieten, oder?« Fragend sah sie Kleinschnitz an.

»Stimmt. Außerdem hätte er es sich anderswo einrichten können.«

»Was uns zu seinem Wohnort bringt …«, wechselte Stiller das Thema.

»Fehlanzeige«, sagte Kerstin knapp. »Keine Adressangabe, keine Hinweise, aus denen sich irgendwelche Schlüsse ziehen lassen.«

»Na ja, das war jetzt wohl auch nicht zu erwarten«, sagte Stiller, obwohl er es gehofft hatte. »Ich dachte, du könntest ihn vielleicht über die damalige IP-Adresse seines Computers einkreisen.«

Kerstin lachte. »Ich bin, glaub ich, fünfzehn Jahre jünger als du. Aber was das angeht, bist du das Küken, oder? Also versuch nicht, der Henne das Eierlegen beizubringen.«

Stiller erinnerte sich dunkel, dass er diesen Satz früher gern selbst gebraucht hatte, wenn es um seine Arbeit ging.

Sie trank ihr Glas leer und schob es dann auf dem Tisch so weit wie möglich von sich weg. Ein deutliches Zeichen, dass sie genug hatte und bald wieder wegwollte. »So weit bin ich noch nicht. Die IP-Adressen zu knacken, ist nicht ganz so leicht, wie es sich naive Gemüter vorstellen. Über das Web-Archiv geht es schon mal gar nicht. Dazu brauche ich entweder eine Seite, die noch existiert und auf der dein Riesenmotz noch existent ist. Oder ich muss beim damaligen Betreiber nachforschen. Was voraussetzt, dass ich da jemand kenne, der mir Auskunft gibt.«

»Jemand wie deinen ominösen Freund«, schloss Stiller.

Sie nickte. »Er arbeitet dran. Morgen früh weiß ich mehr. Alles was ich dir bisher sagen kann, ist Folgendes: Der Riesenmotz hatte ein bevorzugtes Revier für seine Hasenjagd, und das war eindeutig die Region um das Main-Viereck mit Lohr, Wertheim, Miltenberg, Aschaffenburg und das hessische Grenzgebiet von Hanau über Seligenstadt bis Dieburg. Immer vorausgesetzt, dass wenigstens die Ortsangaben der Mädels gestimmt haben.«

In der Ferne war ein Grollen zu hören. Stiller lugte durch die Zweige der Kastanie zum Himmel, um festzustellen, ob es von einem Flugzeug kam oder ob ein Gewitter aufzog. »Wenn ich mir sein Revier als Spinnennetz vorstelle, liegt Aschaffenburg also ziemlich in der Mitte«, spann er gedankenverloren vor sich hin.

»Ziemlich genau.«

»Was heißen kann, aber nicht muss, dass Riesenmotz hier auch gelebt hat.«

»Wie gesagt, mit der IP-Adresse musst du dich bis morgen gedulden.«

»Auf jeden Fall war er mobil. Er wird ja wohl nicht im Stadtbus zu seinen Dates gefahren sein.«

»Nein. Er hat ein paar Tussis angeboten, sie mit dem Auto abzuholen.«

»Nach deiner Schätzung ist er um die dreißig gewesen ...«

»Keine Schätzung. Reines Bauchgefühl.«

»... und er war scharf auf junge Frauen und Mädchen. Du musst unbedingt überprüfen, ob er in der Pädophilen-Szene unterwegs war.«

Kerstin schnaufte.

Stiller wusste, dass sie die Worte »du musst« nicht gern hörte. Sie war ihre eigene Herrin. Schnell schickte er ein Lob hinterher: »Du hast gesagt, ich sollte nicht zu viel erwarten, Kerstin. Ich finde, das ist doch schon jede Menge. Und wir sind erst am Anfang.«

Beim »wir« zuckte sie leicht, doch diesmal ließ Kleinschnitz sie nicht zu Wort kommen. »Wir wissen sogar noch mehr. Er könnte irgendwo ein Fotostudio gehabt oder gemietet haben. Und er hat sich in jedem Fall gut mit dem Internet ausgekannt.«

»Wie kommst du darauf?«, fragte Stiller.

»Da ist zum einen die Sache mit den Fake-Accounts. Ich hab das damals selbst mal ausprobiert, natürlich nur zum Spaß. Es war gar nicht so leicht, mit einem gefälschten Zugang in eine Partnerbörse zu kommen. Zum anderen hat er seine Spuren verwischt wie ein Weltmeister. Überlegt doch mal selbst, ob ein Laie wie du das hingekriegt hätte. Nein, der war ein Netzprofi.«

Stiller nickte, obwohl es ihm Kopfschmerzen bereitete. »Ich wüsste nicht, was ich ohne euch beiden anfangen sollte.«

Kerstin räusperte sich. »Zum letzten Mal, Paul: Hör auf rumzuschleimen. Wenn du mir so kommst, wäre ich lieber in der Redaktion geblieben.«

»Das ist kein Schleimen. Ich mein es ernst.« Stiller winkte der Bedienung. »Ich bezahle. Für heute reicht es mir. Fährt mich einer von euch beiden in die Pestalozzistraße? Da steht mein Fahrrad.«

»In unserem Zustand steigen wir nicht aufs Rad«, ahmte Kleinschnitz die Krankenschwester nach. »Ich fahre dich nach Hause.«

»Danke.« Stiller widersprach nicht. Die Bedienung kam und streckte ihm das elektronische Bestellgerät hin. Er hielt seine Smartwatch vor das Induktionsfeld. Im Weggehen musterte er verstohlen die Silversurfer am Nachbartisch. Zum Teil neugierig, zum Teil sehnsüchtig sahen sie Kerstin hinterher.

Sie schien es nicht zu bemerken. Stattdessen verfinsterte sich ihre Laune umso mehr, je näher sie den Autos kamen. »Du fährst nach Hause, und ich muss zurück in die Redaktion.«

»Eben hat es sich noch so angehört, als freust du dich darauf«, erwiderte Kleinschnitz.

»Tu ich auch. Wie die Sau aufs Messer.«

Stiller ging nicht darauf ein. »Bitte, bleib an diesem Riesenmotz dran«, sagte er zu ihr, als sie sich am Parkplatz trennten.

»Ach ja«, brauste sie auf. »Und was machst du?«

»Ich werde auch noch arbeiten«, beschwichtigte Stiller. »Ich google nach Volker Geist. Mal sehen, ob der auch alle Spuren verwischt hat.«

12

Kleinschnitz hatte das Fahrerfenster geöffnet und den Ellbogen locker aufgelegt. Während er den Buick auf den kleinen Legatplatz rollen ließ, zog er missfällig die Nase hoch. »Bei euch stinkt's.« Er kurbelte das Fenster zu.

»Das kommt nicht von uns«, erwiderte Stiller. »Das ist der Kanal. Er wird nicht mehr genug gespült.«

»Wieso? Wohnt denn sonst niemand mehr hier?«

»Doch.« Stiller deutete auf das Haus, das seinem schräg gegenüberlag. »Fischers. Das war's.«

»Also kommt es sozusagen doch von euch.« Kleinschnitz bleckte die Zähne. »Warum rufst du nicht den Spüldienst der Stadtwerke?«

Stiller biss sich auf die Unterlippe. Hatte er Ruth nicht versprochen, sich darum zu kümmern? »Die wollen nicht die Abwasserkanäle fluten, sondern die Wohnsiedlung entleeren.«

»Du arme Socke.« Kleinschnitz sah sich neugierig um. »Ich war ewig nicht mehr hier. Was macht denn deine anhängliche Nachbarin? Die aus Frankreich?«

»Weggezogen. Schon lang. Kannst du mich morgen früh abholen?«

»Halb acht, wenn es dir passt.«

»Passt.« Stiller holte tief Luft, stieß die Tür auf, schälte sich schwerfällig aus dem flachen Wagen und presste ein »Danke fürs Bringen« hervor.

»Mach rasch die Tür zu«, drängelte Kleinschnitz. »Ich verdufte.«

Der Buick wendete und wummerte davon. Die graublaue Abgaswolke, die sich hinter ihm ausbreitete, roch fast wohltuend. Stiller zwängte sich zwischen den beiden Hybridautos durch, die vor seinem Haus parkten. Charlotte und Jan waren da. Vermutlich würde er sich noch einiges anhören müssen wegen der Geschichte mit Geist.

Im Flur kündigte er sich mit dem üblichen »Ich bin's« an und gab ihm eine betont fröhliche Note.

»Wir sind hi-hier«, trällerte Charlotte aus der Küche zurück.

Daran hatte Stiller keinen Zweifel gehabt. Allerdings überraschte ihn der aufgekratzte Ton seiner Tochter. Vorsichtig schob er die Küchentür auf und streckte den Kopf durch den Spalt.

Sofort stürmte Charlotte auf ihn zu. »Papa! Mein Held!« Sie zog ihn in die Küche und umarmte ihn stürmisch.

»Nein, unser Held«, krähten Maya und Emil.

Über Charlottes Schulter blickte Stiller fragend zu Ruth, die neben ihren Enkeln am Tisch saß. Sie lächelte nachsichtig und fügte hinzu: »Meiner auch. Natürlich.«

»Wir sind stolz auf dich«, meldete sich Jan, der am Kühlschrank lehnte. »Aber du hättest das mit Geist nicht im Alleingang erledigen müssen, weißt du? Wenn du mich mitgenommen oder der Polizei Bescheid gesagt hättest, wäre dir das da vielleicht erspart geblieben.« Er deutete auf Stillers Kopf. »Auf jeden Fall hätten wir ein paar Sorgen weniger gehabt.«

Charlotte ließ Stiller los. »Jetzt mach ihm bloß keine Vorwürfe«, entrüstete sie sich. »Er hat einem Giftmischer das Handwerk gelegt. Meine Kinder gerettet.« Sie schleppte Stiller an den Küchentisch. »Setz dich, Papa.«

Insgeheim war Stiller froh über Charlottes Begeisterung. Aus der Fülle seiner erzwungenen oder leichtfertig gegebenen Versprechen hatte er wenigstens dieses eine verwirklicht. Es war zwar mehr Zufall als Plan gewesen, aber immerhin hatte er etwas gegen das Mobbing der Kinder unternommen, und zwar erfolgreich.

»Das hätte ganz schön schiefgehen können«, gab Jan nicht nach.

Maya stand auf und beäugte neugierig das Pflaster auf Stillers Hinterkopf. »Tut das sehr weh?«

»Nur, wenn ich lache«, schwindelte Stiller.

Sofort schnitt Emil eine grässliche Grimasse, und Stiller lachte lauthals.

»Lass das«, wies Maya ihren kleinen Bruder zurecht. »Das tut ihm doch weh. Schau mal, Opa!«

Bei diesem Wort zuckte Stiller noch immer zusammen. Erfolglos hatte er bei seinen Enkeln die Anrede Paul durchsetzen wollen.

Maya hielt ihm ein Blatt vors Gesicht. »Das hab ich für dich gemalt. Weil du uns gerettet hast, sagt Mama.« Das Bild zeigte einen Mann mit Buckel hinter Gittern. Er klammerte sich an die

Stäbe, als wollte er daran rütteln, Blitze zuckten aus seinen Augen, und der aufgerissene Mund entblößte spitze Haifischzähne. »Er ist natürlich böse auf dich«, erläuterte Maya. »Wehe, wenn er dich kriegt! Hat er so ausgesehen?«

»So muss er ausgesehen haben«, stimmte Stiller zu. In Wahrheit hatte er Geist nie zu Gesicht bekommen, der Schlag hatte ihn von hinten getroffen. »Ein tolles Bild. Du bist ja eine echte Künstlerin, wie deine Oma«, lobte er und ließ den Zeigefinger über das Bild gleiten. »Was sind das denn für Farben?«

»Druckerfarben«, verriet Maya. »Ich hab's am Artboard gemalt.«

»So geht das heute«, warf Charlotte ein. »Es ist aber immerhin von Hand gezeichnet, ohne Korrekturprogramm.«

»Ich hab auch was.« Emil hatte sich angeschlichen, während Stiller das Bild betrachtete, drückte ihn und gab ihm eine kleine Plastikfigur. Es war ein strahlender Fantasy-Ritter aus der Serie »Starwars – die siebte Generation«.

»Der sieht ja fast aus wie ich«, sagte Stiller.

»Nur nicht so alt«, nickte Emil.

Stiller schwieg verdutzt. Kinder waren grausam ehrlich.

»Und ich hab auch was«, lenkte Ruth ab. Sie nickte Jan zu, der sich umdrehte und den Kühlschrank öffnete. Er brachte eine Flasche Champagner zum Vorschein und reichte sie Ruth. Während er vier Sektschalen aus dem Küchenschrank holte, ließ sie den Korken knallen.

»Zur Feier des Tages, Paul«, sagte sie. »Immerhin haben wir dich heil wieder.« Sie sah ihn ernst an. »Dieser Geist hätte dich auch umbringen können, sagt Strobel. Eines kannst du mir glauben: Wenn er das getan hätte – dann hättest du jetzt keinen Schampus verdient!«

Das Wohnzimmer im Häuschen am Legatplatz war winzig. Stiller hatte oft daran gedacht, eine Wand herausnehmen zu lassen, um es zu vergrößern. Andererseits nutzte Ruth den Nachbarraum als Töpferwerkstatt mit, zudem war von jeher die große Küche der Treffpunkt der Familie. Erst seit Ruth und er allein waren, zogen sie sich abends häufiger ins Wohnzimmer zurück. Ruth nannte es »kuschelig«.

Sie lag mit ihrem E-Reader auf der Couch und las. Sie hatte lang an Büchern festgehalten. Doch nachdem der letzte Buchladen in der Innenstadt auf digitalen Handel umgestellt hatte, musste sie widerwillig kapitulieren. Wie Stiller lehnte sie aber weiterhin die Google-Brillen ab, die den Text direkt auf die Gläser übertrugen. Mit dem Reader hatte sie wenigstens noch etwas in der Hand.

Am meisten bedauerte Stiller bei der ganzen Entwicklung die Autoren: Er fragte sich, wie sie von den paar Cent leben sollten, die für sie heraussprangen, seit Bücher nur noch Datensätze in einer Cloud waren. Er kannte jede Menge Leute, die kein einziges Buch mehr besaßen, dafür aber drei E-Reader, wenn sie sich die Texte nicht gleich auf Tablets oder Datenmembranen zogen. Im Netz war zudem nur noch gefragt, was möglichst umsonst war, und der Begriff Urheberrecht galt in der virtuellen Welt als Fremdwort.

Er hatte es sich im Sessel bequem gemacht, ein Bein angezogen und das Tablet ans Knie gelehnt.

»Wonach schaust du?«, erkundigte sich Ruth über den Rand ihres Readers hinweg.

»Nach Geist. Er ist in meinen Recherchen zum Parkhausmord aufgetaucht. Bisher habe ich nur im Zeitungsarchiv nach ihm gesucht. Ich will mal sehen, was ich im Internet über ihn herausfinden kann.«

»Warum wartest du nicht, bis ihn die Polizei gefunden hat?«

»Weil die sich logischerweise um die Giftgeschichte kümmert. Ich werde aber das Gefühl nicht los, dass er auch mit der alten Sache etwas zu tun haben könnte.«

»Du und deine Gefühle«, seufzte Ruth. »Es ist immer dasselbe. Stört dich Musik?«

»Nicht mehr als sonst.«

»Gut.« Sie schnippte leicht mit den Fingern. Sofort schalteten sich ihr iPhone und die Streaming-Lautsprecher ein. Norah Jones sang »December«. Wie bei den Büchern war Ruths Geschmack auch bei der Musik eher altmodisch geblieben – noch eine Vorliebe, die Stiller teilte.

»Such Volker Geist«, befahl Stiller seinem Tablet.

Ruth sah auf. »Macht's dir was aus, zu tippen statt zu reden?«

»Entschuldige.« Seine Idee, einfach nur nach dem Namen

suchen zu lassen, war ohnedies albern gewesen: Als Ergebnis kamen Millionen Treffer. Ganz vorn standen ein Heilpraktiker aus München, ein Wissenschaftler für alte Sprachen aus Stuttgart, ein Mikrobiologe aus Frankfurt und ein Logistikunternehmer aus Köln.

Geduldig begann Stiller mit den Spitzen seiner beiden Zeigefinger zu tippen und die Suche einzugrenzen. Bald häuften sich die Informationen. Geist hatte sich bevorzugt in Foren geäußert, die über Alkoholausschank an Jugendliche, Komasaufen und nächtliche Sperrzeiten für Innenstadtkneipen diskutierten. Die Probleme damit hatten über Jahre hinweg nicht nur Aschaffenburg beschäftigt, sondern eine Vielzahl von Städten landauf, landab. Stiller sah sich einige Einträge näher an und gewann zunehmend den Eindruck, dass der Jugendschutz in den Foren allenfalls eine untergeordnete Rolle spielte. Den meisten Diskussionsteilnehmern ging es um Law and Order.

Geist gehörte zu dieser Gruppe. Er ließ einen regelrechten Hass auf junge Leute erkennen, forderte ein hartes Durchgreifen bei Alkoholmissbrauch, saftige Strafen für Jugendliche, die sich öffentlich betranken, und nächtliche Ausgehverbote, gestaffelt nach Altersgruppen. Alle Gedanken, das Problem von der anderen Seite her zu lösen, lehnte er ab. Den Vorschlag etwa, den Verkauf von Alkohol und billigem Fusel an den Tankstellen zu verbieten, bezeichnete er als massiven Eingriff in die freiheitlichen Bürgerrechte. Den Urheber des Vorschlags rückte er in den Bereich von »Staatsfeinden und Demokratieschädlingen«, obwohl der rasch eingeschränkt hatte, es sei ihm doch nur um den Tankstellenverkauf von Alkohol an Minderjährige gegangen.

Stiller ließ den Kopf an die Sessellehne zurücksinken. Geist hatte auf einen Decknamen verzichtet und all das unter seinem eigenen Namen veröffentlicht. Offensichtlich hatte er keinerlei Probleme damit, was seine Äußerungen betraf.

Wie denn auch? Wieder erinnerte sich Stiller zwanzig Jahre zurück, es fiel ihm inzwischen nicht mehr schwer. Viele hatten gedacht wie Geist. Aschaffenburg hätte damals leicht darauf hinwirken können, den Alkoholverkauf an Tankstellen an Minderjährige oder Jugendliche einzuschränken. Der bayerische Justizminister war hier einer der Stadträte gewesen. Aber wahrscheinlich saß der wie alle weiß-blauen Politiker lieber im Münchner Hofbräuhaus und trank Bier, während er zu Hause Wasser predigte.

Stattdessen hatte die Stadt eine Verordnung erlassen, nach der es ab zweiundzwanzig Uhr verboten war, Alkohol in der Öffentlichkeit sichtbar mit sich zu tragen, geschweige denn zu konsumieren. Um die Gleichbehandlung zu wahren, hatte das Verbot zwar für alle Altersgruppen gegolten, doch es war selbstverständlich um die Jugendlichen gegangen. Und ebenso selbstverständlich waren die »besonderen Anlässe« von der Verordnung ausgenommen, sodass sie in vielen Nächten gar nicht umsetzbar war: Beim Stadtfest und in der Museumsnacht zogen sich die Stände nun einmal durch die gesamte Altstadt. Während des Fischmarkts beschränkte sich der Alkoholausschank zwar auf den Marktplatz, der »Küstennebel« hinterließ jedoch Spuren von Erbrochenem in sämtlichen Straßen ringsum. Und beim Weihnachtsmarkt durften die gewaltigen Glühweinpyramiden sogar länger öffnen als die Verkaufsbuden, damit die Besucher den süßen Freuden des Advents freien Lauf lassen konnten.

»Oh du fröhliche«, murmelte Stiller.

Ruth warf ihm einen besorgten Blick zu. Vermutlich fragte sie sich, ob er nicht doch eine Gehirnerschütterung hatte.

Schnell fixierte er wieder das Tablet. Ihm war aufgefallen, dass es von Geist nur alte Einträge gab. Vor knapp zwanzig Jahren hatte er aufgehört, sich an den Law-and-Order-Foren zu beteiligen, ziemlich bald nach Lisas Ermordung. Trotzdem, Geist hatte keinen Nickname benutzt, und anders als Riesenmotz hatte er keinen Versuch unternommen, seine Spuren später zu löschen, zumindest die alten. Und noch etwas schien zwischen beiden nicht übereinzustimmen: Nach Kerstins Vermutung war Riesenmotz damals nicht älter als vierzig, eher um die dreißig. Geist müsste vor zwanzig Jahren jedoch schon Mitte bis Ende vierzig gewesen sein. Andererseits konnte sich Kerstin auch irren. Halblaut sagte er: »Sie ist schließlich nicht unfehlbar.«

Wieder sah Ruth auf. »Geht es dir nicht gut?«, fragte sie diesmal.

»Alles in Ordnung.« Stiller verschwieg ihr lieber, dass er sich in jüngster Zeit häufig bei Selbstgesprächen ertappte, wenn er sich konzentrieren musste. »Aber falls wir von der NSA ausgespäht werden, haben die gleich allen Grund, sich zu wundern.«

»Was meinst du?«

»Ich schaue jetzt mal nach, ob Geist in irgendwelchen Partnerbörsen unterwegs war.«

Ruth runzelte die Stirn. »Ich hoffe, das ist nur beruflich!«

»Keine Sorge.« Die Abfrage blieb ohnedies erfolglos. Stiller versuchte es in verschiedenen aktuellen Chatrooms, fand aber auch hier keinen Hinweis auf Geist. Einer Eingebung folgend, öffnete er eine der Archivseiten, zu denen Kerstin ihm die Links geschickt hatte, und startete eine neue Suche. Diesmal wurde er fündig: Geist hatte ein Konto bei Flirt-AB gehabt, einer regionalen Partnerbörse, die längst wieder verschwunden war. »Bingo«, triumphierte Stiller.

»Jemand Nettes gefunden?« Ruth schmunzelte.

»Weiß noch nicht.« Geist hatte sich bei Flirt-AB zwar unter seinem Klarnamen angemeldet. Doch wie Riesenmotz hatte er für seine Chats einen falschen Namen benutzt und sich Jonathan getauft. Und wie Riesenmotz war Geist alias Jonathan eindeutig auf junge Mädchen aus gewesen.

Das angewinkelte Bein pochte, es war eingeschlafen. Doch Stiller achtete nicht darauf. Gebannt durchforstete er die Chats. Nach den Archivdaten stammten sie aus der Zeit vor gut zwanzig Jahren, also kurz bevor Geist seine Internet-Aktivität eingestellt hatte. Er hatte sich damals als Mitte zwanzig ausgegeben und behauptet, er sei Modelscout für eine Castingshow im Privatfernsehen. The Next Miss Germany. Noch eine Parallele zu Riesenmotz, aber das schien damals eine gängige Masche gewesen zu sein. Viele Teenies träumten nun mal von einer Karriere als Topmodel, entsprechend leicht ließen sie sich ködern. Eine Fünfzehnjährige namens Gaby hatte es Geist alias Jonathan besonders angetan. Er hatte nicht lang gezögert, bis er zur Sache kam, und sie unverhohlen aufgefordert, sich vor ihrer Webkamera für ihn auszuziehen. Das Archiv ließ nicht erkennen, ob sie mitgemacht hatte, ihren Chats nach zu schließen aber eher nicht.

»Glückwunsch!«, murmelte Stiller. Ruth beließ es bei einem kurzen Seitenblick.

Trotzdem war Gaby bereit gewesen, sich mit dem angeblichen

Jonathan für ein Fotoshooting zu treffen. Er sollte sie mit dem Auto zu Hause abholen, als Wohnort hatte sie Straße und Adresse in Alzenau angegeben.

Moment mal! Die Geschichte kam Stiller bekannt vor. Hatte er damals nicht darüber gelesen? Er loggte das Tablet ins Zeitungsarchiv ein und tippte ein paar Begriffe, die ihm zielführend erschienen, ins Suchfeld. Sie waren zielführend. Stiller unterdrückte ein erneutes »Bingo«, als der Artikel erschien.

Es war der Polizeibericht über die damaligen Ereignisse. Er enthielt keinerlei Namen, aber die Alters- und Ortsangaben passten: Es musste sich um Geist alias Jonathan und Gaby handeln. Der Fall hatte Aufsehen erregt. Das sogenannte Cyber-Grooming war damals zwar keine Seltenheit gewesen – und trotz aller Erfahrungen tummelten sich bis heute noch genug Leute im Internet, um sich unter falscher Identität an Kinder oder unerfahrene Mädchen heranzumachen. Doch selten war es passiert, dass jemand dabei so offensichtlich vorgegangen war wie Jonathan.

Vielleicht war gerade das der Grund, weshalb in Gabys Umfeld zunächst niemand Verdacht geschöpft hatte. Ihr Vater war erst misstrauisch geworden, als der angebliche Modelscout von Mitte zwanzig in einem sündhaft teuren und aufgemotzten Auto vorgefahren war, um die Tochter abzuholen. Trotzdem hatte er sie einsteigen lassen, ohne sich den Fahrer näher anzusehen. Immerhin hatte er sich die Automarke und einen Teil des Kennzeichens gemerkt. Denn kaum war der Wagen aus seinem Blickfeld verschwunden, waren ihm allmählich doch Bedenken gekommen, und er hatte die Polizei verständigt. Die Fahndung war schon nach wenigen Minuten erfolgreich: Am Kahler See hatte eine Streife Jonathan aus dem Verkehr gefischt. Vermutlich hatte er das Fotoshooting mit Gaby dort am Strand geplant.

Laut Polizeibericht hatte der »Mittvierziger« beteuert, er habe die Fünfzehnjährige nie angefasst – was das Mädchen bestätigte – und es auch nie vorgehabt. Stattdessen sei es ihm darum gegangen, mit seiner Aktion die Öffentlichkeit wachzurütteln und auf die Gefahren des Internets für Minderjährige aufmerksam zu machen. Das klang wieder ganz nach Geist. Deshalb habe er im Netz auch falsche Angaben zu seiner Person machen müssen.

Stiller forschte noch eine Weile im Zeitungsarchiv, fand aber keinen Bericht über ein Gerichtsverfahren gegen Geist. Entweder war es damals nicht zur Anklage gekommen, oder die Verhandlung war nicht öffentlich gewesen, um Gaby zu schützen. Mehr als eine Bewährungsstrafe hatte er auch nicht zu befürchten gehabt, das lehrte die Erfahrung aus ähnlichen Fällen.

Immerhin wusste Stiller jetzt, warum sich Geist damals so abrupt aus dem Internet und der Öffentlichkeit zurückgezogen hatte. Er hatte keine andere Wahl gehabt, wenn er es vermeiden wollte, dass der Fall irgendwann einmal wieder hochkochen würde.

Die Musik wechselte, Norah Jones war durch, jetzt kam die Stimme von Zaz aus den Streaming-Boxen. Sie sang »Eblouie Par La Nuit«. Vor zwanzig Jahren hatte Stiller mal daran gedacht, ein Drehbuch zu schreiben – nur um den Film genau mit diesem Chanson enden zu lassen. Er stellte das Tablet neben dem Sessel auf den Dielenboden, streckte das steife Bein aus und legte den Kopf zurück. Doch er durfte der Musik nicht lauschen. Im Flur klingelte das Telefon.

»Gehst du?«, fragte Ruth beunruhigt.

»Wer ruft denn jetzt noch an?«

»Vielleicht ist was mit Charlotte.«

Stiller stemmte sich aus dem Sessel und humpelte aus dem Zimmer.

Nach ein paar Sekunden war er zurück. »Aufgelegt. Wahrscheinlich hat sich jemand verwählt.« Ächzend versank er im Sessel. »Schon verrückt.«

»Hm?« Ruth sah zu ihm hinüber.

»Seit Tagen beschäftige ich mich nur noch mit den dunklen Seiten des Internets. Netzhetze, Datenklau, Cyber-Grooming …«

Ruth ließ den E-Reader sinken. »Na, dann fehlen dir ja noch ein paar. Geldwäsche, Kinderpornografie, Erpressung, Abzocke in allen Variationen. Nur so zum Beispiel.«

»Ich meine: Das muss sich doch irgendwann in den Griff kriegen lassen. Das Netz ist inzwischen so existenziell für uns.«

»Für mich nicht.« Ruth gähnte. »Ich könnte auch ganz gut ohne leben.«

»Weil du Künstlerin bist. Aber mein Beruf ist ohne das Netz längst undenkbar.«

»Ich glaube mich zu erinnern, dass es der Zeitung deutlich besser ging, bevor das Internet kam.«

»Ich rede ja nicht von der Zeitung. Mir ist es doch egal, auf welchem Medium meine Nachrichten erscheinen. Ich rede vom Journalismus.«

»Paul, ich bitte dich!« Ruth schloss die Augen und sprach weiter. »Wer kann denn heute noch guten Journalismus von selbstgefälligem Alltagsgeschwätz im Internet unterscheiden?«

»Für die Arbeit ist es unverzichtbar«, beharrte Stiller. »Ich sitze hier in meinem Wohnzimmer und recherchiere in ein paar Minuten eine komplette Geschichte. Ohne Internet hätte ich Tage gebraucht, um die Fakten zusammenzuklauben.«

Das Telefon klingelte erneut. Mühsam machte sich Stiller auf den Weg. »Wieder aufgelegt!« Diesmal nahm er das Mobilteil aus dem Flur mit ins Wohnzimmer und legte es zum Tablet neben seinen Sessel. »Da hat jemand eine falsche Telefonnummer und gibt nicht auf.«

»Was zeigt denn das Display?«, fragte Ruth schläfrig.

»Nichts. Die Nummer ist unterdrückt.«

»So viel zum Thema Internet-Kommunikation.«

»Ach komm, das ist doch wirklich ein Vorteil.« Unschlüssig blieb Stiller stehen, schließlich setzte er sich doch wieder. »So kannst du wenigstens unseren Großen von Zeit zu Zeit sehen.«

Ruth wusste, worauf er anspielte. Sie hatte mit dem ältesten Sohn Fabian feste Zeiten vereinbart, zu denen sie über Skype miteinander telefonierten. Der alte Aussteiger war vor ein paar Jahren endlich sesshaft geworden – als Schafzüchter in Neuseeland, auf der anderen Seite der Weltkugel.

»Das stimmt. Ein Punkt für dich.« Ruth legte den E-Reader endgültig weg und richtete sich langsam auf. »Andererseits erzählst du mir fast jeden Tag, wie sehr dir die 3D-Konferenzen mit der Redaktion auf den Wecker gehen.« Sie schlüpfte in ihre Hausschuhe. »Ich bin müde. Kommst du mit ins Bett?«

Stiller sah sie prüfend an. »Bist du wirklich schon müde?«

Zur Antwort gähnte sie heftig hinter vorgehaltener Hand.

»Dann bleib ich noch ein bisschen hier sitzen und hör mir die alten Aufnahmen an«, beschloss Stiller.

Das Telefon klingelte. Stiller nahm das Mobilteil vom Boden und reichte es Ruth. »Vielleicht solltest du mal rangehen.«

»Hallo?« Sie wartete kurz und gab es Stiller zurück. »Aufgelegt.«

»Komisch.«

Sie gähnte noch einmal. »Gute Nacht, Paul.«

»Gute Nacht.« Stiller drückte den schmerzenden Kopf gegen die Sessellehne. Lässig winkelte er wieder ein Bein an und legte sich das Mobilteil des Telefons in den Schoß. »Eblouie Par La Nuit!«, befahl er Ruths iPhone. Doch schon beim Schnippen der Finger und den ersten Akkorden schlief er ein.

13

In der Früh fühlte sich Stiller wie gerädert. Er sah auf die Smartwatch und stellte überrascht fest, dass es erst ein paar Minuten nach fünf war. Die Fensterläden standen offen, das helle Morgenlicht hatte ihn geweckt. Es dauerte eine Weile, bis ihm klar wurde, dass er am Vorabend im Sessel eingeschlafen war. Er erinnerte sich nicht, ob Ruth später noch einmal versucht hatte, ihn zu wecken. Das Telefon war ihm vom Schoß gerutscht und auf den rötlichen Lärchendielen gelandet. Das angewinkelte Bein war fast völlig taub. Er streckte es aus und wartete auf das unangenehme Bitzeln, wenn das Blut wieder frei durch die Adern strömte.

Nach einer Weile stand er vorsichtig auf. Durch die gekrümmte Haltung war sein Körper steif geworden, der Kopf schmerzte noch immer. Stiller fühlte sich, als hätte er die Nacht durchzecht. Er tastete nach dem Pflaster: Es saß noch, die Wunde war trocken.

Auf dem Weg in die Küche schwankte er leicht, es kam ihm vor, als sei er in den letzten Stunden um Jahre gealtert. Er füllte Wasser in den Kocher, um sich einen starken Kaffee zu brühen. Dann überlegte er es sich anders. Es war Freitag, heute kam die Printausgabe. Er wollte den Kaffee lieber beim Zeitunglesen trinken. Er schaltete den Kocher wieder aus und schlurfte ins Bad. Er zog sich aus, versenkte die zerknautschten Kleidungsstücke im Wäschekorb und stellte sich unter die Dusche. Das blöde Pflaster würde abgehen, aber das war ihm egal. Er schaute nach oben zur Brause, ließ sich den Strahl über das Gesicht laufen und genoss das angenehm warme Wasser.

Im Keller sprang das Mikro-Blockheizkraftwerk an, und sofort fühlte sich Stiller noch etwas besser. Er war froh, dass er sich für dieses Gerät entschieden hatte. Die meisten, die er kannte, hatten Garantieverträge mit den Stadtwerken abgeschlossen, eine Art Energieversicherung für den Fall, dass die eigenen Strom- und Wärmequellen nicht ausreichten, ob Solaranlagen auf dem Dach oder Wärmetauscher im Keller. Doch seit dem endgültigen Atomausstieg kam es immer wieder zu Netzschwankungen oder

Erzeugungsengpässen, sodass die Stadtwerke die Liefergarantie oft nicht erfüllen konnten. Besonders hart traf es die Wohnanlagen mit Pelletsheizungen, nachdem Holz auf dem Markt kaum noch zu bekommen war. Dagegen war Stiller mit seinem Mini-Dachs immer autark. In der städtischen Vergärungsanlage für Biomüll hatte er sich mit einem Vorrat an Methangas eingedeckt, sodass er auch keine Engpässe befürchten musste, wenn die osteuropäischen Erdgasländer wieder einmal den Hahn zudrehten. Und das Fracking-Gas, das die großen Versorgungskonzerne nach langem Hin und Her endlich auch aus den deutschen Schieferböden pressen durften, war sündhaft teuer.

Nach dem Duschen rubbelte er sich trocken, schlich sich ins Schlafzimmer, um Ruth nicht zu wecken, und suchte sich frische Wäsche. Dann zog er sich wieder in die Küche zurück und kochte Kaffee. Mit der dampfenden Tasse in der Hand ging er vor die Haustür und schnupperte. In der Kühle der Nacht hatte sich der Gestank gelegt, aber es würde nicht lang dauern, bis er wieder aufstieg.

Stiller beschloss, die halbwegs frische Luft auszukosten. Er überquerte den Legatplatz und setzte sich auf die Sandsteinbank, die noch immer Wärme vom Vortag gespeichert hatte. Der eingravierte Schriftzug erinnerte an die Gründung der Kolonie als Werksiedlung einer Lenkradfabrik. Im Zuge der Globalisierung war ein asiatisches Unternehmen eingestiegen und hatte die Produktion Stück für Stück in Billiglohnländer verlagert. Am Ende war die Fabrik vollständig verschwunden – wie nun auch die Siedlung verschwinden sollte. Dabei waren die kleinen Häuser eigentlich ideal für die heutigen Haushalte, in denen zum Großteil kinderlose Paare, Singles oder alleinstehende Alte lebten.

Wenig später hörte Stiller das leise Sirren, auf das er hier draußen gewartet hatte: Die Zeitungsdrohne war im Anflug, pünktlich um sechs. Stiller wunderte sich immer wieder, wie leicht diese scheinbar filigranen Konstruktionen mit ihren sechs oder acht kleinen Rotoren die Zeitungspakete durch die Luft hievten, als wären sie aus Watte, um dann, punktgenau programmiert, exakt eines der Exemplare vor der Haustür der Abonnenten abzuwerfen. Auch Paketdienste und Logistikunternehmen setzten die Drohnen ein. Sie wirkten wie Libellen, die viel zu große Beutetiere mit sich schleppten. Verblüfft fiel Stiller ein, dass auch diese Entwicklung vor ziemlich genau zwanzig Jahren begonnen hatte. Ein Internethändler hatte damals begonnen, damit zu experimentieren. Er wollte die Zusteller loswerden, die mehr Lohn gefordert hatten. Postwendend war die Post auf diesen Zug aufgesprungen.

Stiller lehnte den Kopf an die steinerne Lehne der Bank, um nach der Drohne Ausschau zu halten. Eine Schrecksekunde lang dachte er daran, seine Kopfwunde könnte sich vielleicht infizieren, dann tröstete er sich mit dem Gedanken, dass seine Zukunft viel zu kurz war, um sich darum zu sorgen.

Als die Zeitungslibelle über den Platz schwirrte und sein Haus ansteuerte, stand er auf und ging ihr nach. Mit dem Zeitungsboten hätte ich jetzt ein Schwätzchen halten können, dachte Stiller. Mit einer Drohne ging das nicht mehr. Andererseits musste er sich eingestehen, dass er früher meist noch im Bett lag, wenn die Austräger kamen. Heute bedauerte er, dass er diese Gelegenheiten zum Plausch nicht genutzt hatte.

Er war noch nicht an der Haustür, da hörte er drinnen bereits das Telefon klingeln. Wieder war er sich sicher, dass es nichts Dienstliches sein konnte. Da lief alles über mobile Geräte, und der Akku seiner Smartwatch war wieder geladen, wenn er sie nach dem Duschen auch nicht gleich angelegt hatte. Schnell schlüpfte er ins Haus und schnappte sich das Mobilteil des Telefons. Wie am Vorabend war die Rufnummer unterdrückt. Trotzdem nahm er an, besorgt, das anhaltende Klingelgedudel könnte Ruth aufwecken.

»Ich höre?«, sagte er atemlos.

»Schmierfink!«, kam es zurück, und das Gespräch war beendet.

Unschlüssig hielt Stiller den Hörer in der Hand. Die Stimme war verstellt, schwer zu sagen, ob es die einer Frau oder eines Mannes war. Doch so, wie es sich angehört hatte, war er wohl jemandem mit einem Artikel gehörig auf die Füße getreten. Schmierfink – das hatte er in seiner Laufbahn oft genug gehört, und immer war es um einen missliebigen Zeitungsbeitrag gegangen.

Plötzlich kam ihm ein bestürzender Gedanke: Möglicherweise hatte der Produktionstisch den Printbeitrag über den Parkhausmord ähnlich dramatisch aufgeblasen, wie es die Onliner mit dem

Vorbericht im Internet getan hatten. Stiller steckte das Mobilteil des Telefons in die Brusttasche seines Hemdes, band sich die Smartwatch um und ging zur Haustür, um die Zeitung aufzusammeln, die er im Vorbeieilen liegen gelassen hatte.

Er breitete die Zeitung auf dem Küchentisch aus und begutachtete erst die Aufmachung seiner Beiträge. Sofort wurde er ruhiger. Alles war, wie er es sich vorgestellt hatte. Der kleine Erklärkasten, der die Leser über die Serie und ihren Zweck informierte. Der Hauptartikel mit dem Rückblick auf den ersten Tag des Parkhausmordes. Die Zusatzgeschichte mit dem Ring.

Stiller sah sich den Hauptartikel näher an. Die ersten Sätze entsprachen vollständig seinem Text, die Blattmacher hatten kein i-Tüpfelchen verändert.

Allerdings kam er über zwei Absätze nicht hinaus. Die Smartwatch meldete sich. Beunruhigt sah er aufs Display – es war Kerstin.

»Ich höre?«

»Mensch, Paul«, legte Kerstin ohne lange Begrüßung los. »Das ist ja sensationell. Was sagst du dazu?«

»Wozu?« Stiller runzelte die Stirn. »Guten Morgen, übrigens.«

»Ja, schon gut. Sag bloß, du hast es noch gar nicht mitgekriegt?«

»Was mitgekriegt?«

»Was hier los ist.«

»Was wo los ist?« Stiller verlor allmählich die Geduld. Gestern im Biergarten hatte er Kerstin kaum wiedererkannt. Aber so aufgeregt wie jetzt hatte er sie auch noch nicht erlebt. Wenn sie Gefühlsausbrüche zeigte, waren es meist ihre berüchtigten Wutanfälle.

»Im Internet. Schau mal auf unsere Online-Seiten. Oder auf Myface. Zig Kommentare zu deiner Geschichte. Das toppt alles.«

»Verstehe. Du willst mir sagen, ich soll mich freuen.« Stiller hielt inne. »Aber warum so früh?«

Sie schwieg.

Das konnte nichts Gutes bedeuten. »Kerstin? Bist du noch dran?«, fragte Stiller, obwohl er es wusste.

»Na ja«, sagte sie endlich. »So viele Reaktionen, das ist doch erfreulich, oder nicht? Das bringt uns ins Gespräch. Und für dich ist das auch gut. Wann hast du zum letzten Mal eine größere Resonanz auf einen deiner Artikel gehabt?«

Stiller überlegte. »Was bedeutet ›na ja‹?«

»Die Leute reden drüber«, sagte sie vorsichtig. »Sie diskutieren. Aber es sind natürlich nicht alle begeistert von deinem Rückblick.«

»Wie, nicht begeistert? Das ist ein Zeitungsbericht. Niemand muss begeistert sein. Mir langt es, wenn er gelesen wird.«

»Na ja«, wiederholte sie. »Gelesen wird er jedenfalls. Dann freu dich über die vielen Kommentare.«

Stiller spürte, wie die Kopfwunde zu brennen begann. Er schwitzte plötzlich. »Lies mir mal einen vor.«

Kerstin zögerte. »Lies lieber selbst. Schau am besten auf Myface. Da gibt es 'ne Gruppe ›Lisa – unvergessen‹. Komm nachher gleich bei mir vorbei.« Sie legte auf.

Ratlos blieb Stiller einen Moment am Tisch sitzen. Sollte er das Tablet holen oder gleich auf der Smartwatch nachschauen? Er war jetzt mehr als beunruhigt. Dennoch entschied er sich für das Tablet, weil er das kleine Display der Uhr nicht mochte. Er zog es aus seiner Arbeitstasche, schob die Zeitung zur Seite und legte es neben seine Kaffeetasse. »Myface«, sagte er barsch. »Gruppe ›Lisa – unvergessen‹.«

»Guten Morgen, übrigens«, kam es zurück.

Stiller war verdattert. Die Maschine ahmte ihn nach. Er begann mehr und mehr zu glauben, dass die Dinger ein Eigenleben führten.

»Du musst dich einloggen, um die Seite lesen zu können.«

»Dann logg ein. Du kennst doch meine Daten.«

Die Startseite erschien. Das Panoramabild zeigte einen Friedhof, vermutlich den, auf dem Lisa begraben lag. Ihr Grabstein und ihr Porträt waren als Detailbilder eingebunden. Sie war wirklich hübsch gewesen. Stiller hätte gern gewusst, ob ihre Schönheit von innen gekommen war oder ob Lisa nur so wirkte. Soweit er im Archiv nachgelesen hatte und sich erinnerte, hatte sie damals nur wenige Freundinnen gehabt – und trotz ihres Aussehens außer Simon auch nicht viele Freunde.

»Scrollen«, befahl Stiller. »Stopp!«

Die Myface-Gruppe dagegen hatte schon gut zweihundert Freunde. Der Begriff »Freund« gehörte für Stiller nach wie vor zu den größten Absurditäten der sozialen Netzwerke. Myface hatte ihn von Facebook übernommen, während andere Dienste wie Twitter wenigstens von »Followern« sprachen. Folger oder Fans, das ging ja noch. Aber dass sich Menschen, die sich zum Teil nur flüchtig, zum Teil gar nicht kannten, massenweise »Freunde« nannten, hatte die ursprüngliche Bedeutung von Freundschaft inzwischen vollständig entwertet. Was ähnlich für den Begriff »soziales Netz« galt. Stiller erinnerte sich dunkel an eine Zeit, als darunter die Wohlfahrtspflege verstanden worden war. Um Wohlfahrtspflege ging es in den heutigen sozialen Netzen jedenfalls nur bedingt.

Die Gruppe »Lisa – unvergessen« war um die Mittagszeit des Vortags gegründet worden, wie Stiller aus der Timeline schloss. Ihr Aufhänger musste daher die Internet-Werbung für den Bericht über den Parkhausmord gewesen sein. Stiller sah sich die Timeline näher an. Die Printartikel der Zeitung wurden bereits am Abend vor der Veröffentlichung online gestellt. Tatsächlich hatte die Gruppe unmittelbar danach bis in den späten Abend hinein den größten Zulauf bekommen. Die Leute hatten Zeit, und Nachrichten pflegten sich auf Myface zu verbreiten wie Lauffeuer. Erst zur Schlafenszeit war es wieder ruhiger geworden, um dann, mit der Auslieferung der Printausgabe, ab fünf wieder aufzuflammen.

Stiller schob das Kinn vor. Wer spielte da mit dem Feuer? »Scrollen … Stopp!« Jemand mit dem passenden Nickname »fegefeuer24« hatte die Online-Ankündigung der Zeitung auf Myface gepostet und einen Kommentar dazu gesetzt: »Lisa ist unvergessen. Doch geht's da wirklich um ihr Andenken?«

Sofort kam eine Diskussion in Gang, in der zunächst noch die Zustimmung überwog. »Ich find's gut, wenn die Zeitung Lisas Andenken wahrt.« Oder halbwegs neutral, wenn auch ohne jede Rücksicht auf Grammatik und Rechtschreibung: »das machen die doch immer so wenn die aktuell nix besseres haben das die einen rueckblick schreiben.«

Doch ebenso schnell regte sich Widerspruch. Stiller fing an, die Einträge zu überfliegen.

»Was soll denn dann die sensationsgeile Ankündigung?«

»Und was heißt, nix Besseres haben? Es gibt genug aktuelle

Themen, um die sich die Zeitung mal kümmern könnte. Zum Beispiel um das Entsiedelungsprogramm.«

»Lasst die Toten ruhen!!!«

»Schwacher versuch die Sinkende druckauflage zuretten. Wenn dass so weiter geht, bin ich jedenfalls nicht mehr LANGE dabei.«

»Die Akten sind geschlossen und sollen es auch bleiben.«

»Diese unseriöse Berichterstattung bin ich ja gewöhnt. Wie heißt denn der Schmierfink? Dem würd ich gern mal die Meinung geigen.«

Stiller zuckte zusammen. Das war die erste direkte Anspielung auf ihn selbst. Natürlich hatte der Autor einen Decknamen benutzt: kreuzritter. Dabei war zu diesem Zeitpunkt im Internet außer der Ankündigung noch gar nichts zu lesen. Die Onliner hatten die Artikel erst später ins Netz gestellt. Am zunehmend scharfen Ton der Diskussion änderte das allerdings nichts mehr.

»Will die Zeitung auch noch Kapital schlagen aus dem bedauernswerten Schicksal eines jungen Mädchens? Pfui!«

»Die nennen das Andenkenwahren. In Wahrheit wollen die nur kassenfüllend Kohle machen.«

Stiller schüttelte den Kopf. Nie hatten er oder einer der Onliner behauptet, es ginge mit der Serie darum, Lisas Andenken zu wahren. Dieser Aspekt war aus der Internet-Gruppe heraus ins Spiel gekommen – und wurde mit einem Mal als Vorwurf gegen die Zeitung gewendet. Stiller war klar, dass sich diese Diskussion nicht mehr auf eine sachliche Grundlage zurückführen ließ. Er hatte das in den letzten beiden Jahrzehnten tausendfach erlebt; allerdings hatte er dabei noch nie selbst im Kreuzfeuer gestanden.

»Hallo! Hat da vielleicht auch jemand an die Familie des Opfers gedacht.«

»Oder an die Familie des Täters. Die hat doch auch gelitten. Monatelang konnte die sich nicht mehr in der Öffentlichkeit blicken lassen.«

Stiller lehnte sich zurück. Das war wahr. Daran hatte er nicht gedacht.

***

Ein lauter Gong kündigt die Mail an. Stiller hat den Ton eigens für Nachrichten vergeben, die als dringend markiert sind, daher öffnet er sie sofort. Die Mail stammt von Fenia und enthält nur vier Worte ohne Punkt und Komma:

»Komm schnell werde bedroht.«

Stiller lässt alles liegen und stehen, sprintet los. Fenias Büro ist das drittnächste. Schon auf dem Gang ist die kreischende Männerstimme zu hören: »Alles eure Schuld … Nicht mehr bieten lassen …« Stiller holt noch einmal Luft und stößt die Tür auf.

Fenia hat ihren Bürostuhl fast bis ans Fenster zurückgerollt, eine Hand liegt noch auf der Computertastatur. Dicht vor ihr hat sich ein Mann von der Statur eines Kleiderschranks aufgebaut.

Stiller sieht ihn nur von hinten, die kurz geschorenen Haare, den wulstigen Nacken über dem Kragen eines klein karierten Jacketts, die graue ausgebeulte Cordhose. »Was ist hier los?«, ruft er laut. Mit einem Satz ist er an der Seite des Mannes, legt ihm eine Hand auf die Schulter und zieht ihn zurück, von Fenia weg.

Unerwartet schnell wendet sich der Mann halb zu Stiller um, schlägt dessen Hand von der Schulter und versucht einen Bodycheck. Doch Stiller ist zu weit weg, zusätzlich zieht er sich wieder ein Stück zur Tür zurück.

Der Mann folgt ihm. »Verschwinde!«, brüllt er. »Und fass mich nie wieder an!« Er ballt eine Faust.

Stiller hebt die Hände vor das Gesicht, die Handflächen dem Mann zugewandt. Eine beschwichtigende Geste, die es ihm gleichzeitig erlaubt, Abwehrhaltung einzunehmen. »Ganz ruhig.« Er ärgert sich, dass seine Stimme zittert, aber er weiß, er ist diesem Gegner körperlich nicht gewachsen. »Ich will Sie nicht anfassen. Jedenfalls, wenn Sie mir keinen Grund dazu geben.«

Über die Schulter des Mannes wirft er einen Blick auf Fenia. Sie ist kreidebleich, Tränen stehen ihr in den Augen. »Alles in Ordnung?«, fragt er besorgt.

Sie nickt nur.

»Nichts ist in Ordnung!«, brüllt der Mann. Sein aufgedunsenes Gesicht ist kaum einen Meter von Stiller entfernt, er riecht nach Alkohol, die Augen sind leicht gerötet. »Gar nichts. Sonst wär ich nicht hier.«

»Bitte!« Stiller senkt eine Hand, um auf die beiden Besucherstühle an der Wand neben der Tür zu deuten. »Wir setzen uns erst einmal, dann sagen Sie mir, warum Sie hier sind.«

»Ich hab's der da schon gesagt. Aber die will mir nicht zuhören.« Der Mann hebt die Faust, um mit dem Daumen über die Schulter auf Fenia zu zeigen.

Die ruckartige Bewegung lässt Stiller zusammenzucken. »Setzen Sie sich!« Sein Ton wird schärfer. Er hat das Gefühl, dass der Fremde vor ihm mehr Respekt hat als vor einer Frau. Vielleicht liegt es auch daran, dass sie jetzt zu zweit sind. Stiller sieht, wie Fenia aufsteht, als habe sie seine Gedanken gelesen. Dadurch ist er einen Augenblick abgelenkt.

Der Mann stößt sofort die Arme nach vorn, eine Faust trifft Stiller am linken Brustkorb in der Höhe des Herzens. Er schwankt, krümmt sich leicht unter dem stechenden Schmerz, weicht aber nicht zurück. Der Mann dreht sich mit Schwung um, wie es aussieht, will er auf Fenia losgehen. Geistesgegenwärtig streckt Stiller ein Bein vor und tritt ihm seitlich gegen die Ferse.

Der Fremde taumelt, scheint sich zu fangen. Aber der Schwung ist zu groß, und der Alkohol tut ein Übriges. Fenia springt zur Seite, während er der Länge nach zu Boden stürzt. »Das gibt 'ne Ansseige.« Er krächzt nur noch. »Das kann ich euch versprechen. Das war 'ne Tätlichkeit.«

Stiller beugt sich über ihn. »Ich hab kein Problem damit, die Polizei zu rufen.« Der Schmerz ist vergessen. Er hat den Kleiderschrank zu Fall gebracht. Er ist der Held, stolz schaut er Fenia an. »Meine Kollegin und ich werden gern zu Protokoll geben, wer hier tätlich geworden ist.«

»Du wirst 'n Scheißdreck tun.« Der Mann wälzt sich schwerfällig auf den Rücken. »Ich verklag den ganzen Laden hier, wenn ich muss.«

»Wer sind Sie überhaupt?«, erkundigt sich Stiller.

»Frag nich so blöd.« Langsam rappelte sich der Mann wieder auf.

»Das ist Simons Vater«, sagt Fenia leise. »Herbert Bauer.«

***

Stiller sah die Szene vor sich, als wäre sie eben erst passiert. Es war am fünften Tag nach dem Mord an Lisa gewesen. Der Heißhunger der Medien war bereits wieder erkaltet, da es über den Fall an sich wenig Neues zu berichten gab. Lediglich Simon war für die Boulevardblätter und überregionalen Sender noch interessant, begierig kratzten sie die Krümel zusammen, die sein Leben und seine Familie für die Berichterstattung abwarfen. Ein gefundenes Fressen für die Sensationspresse: der Vater, ein arbeitsloser Trinker, aggressiv gegen Frau und Kind, der seinen Sohn schlug und im Übrigen sich selbst überließ. Ebenso die Mutter, die – wer wollte es ihr verdenken? – mit einem anderen Mann davongegangen war, mit dem sie jetzt in wilder Ehe lebte und schon wieder ein Kind hatte. Die Wohnung im Herz-Jesu-Viertel, ein verwahrlostes Loch, wie die Nachbarn behaupteten. Die ganze Familie ohne soziale Kontakte.

So konnte der Sohn ja gar nichts anderes werden als ein gehemmter, labiler Jugendlicher, der zwei Anläufe für den Hauptschulabschluss gebraucht und mit Ach und Krach einen Ausbildungsplatz ergattert hatte. Ein Spanner, der heimlich Mädchen in der Umkleidekabine beobachtete, ein Spinner, wenn er je geglaubt haben sollte, dass er zu Lisa passen würde. Und gewalttätig wie der Vater, als sie ihm den Laufpass gegeben hatte.

In den Internetforen, vor allem auf der angeblichen Kondolenzseite bei Facebook, hatte Simon ohnedies als Täter gegolten. Die wenigen, die zuvor noch wie Kommissar Strobel auf die Unschuldsvermutung im deutschen Rechtssystem hingewiesen hatten, waren längst verstummt, die Beiträge weit über den Punkt hinausgeschossen, an dem sich noch sachlich argumentieren ließ. Inzwischen waren auch Simons Eltern zu Zielscheiben der Netzhetze geworden. Besonders leidenschaftlich hatten die Foren die Frage erörtert, ob solche »Subjekte« überhaupt Kinder haben durften oder Simon besser abgetrieben worden wäre.

Eine Hetze, die wiederum aus der virtuellen in die reale Welt geschwappt war. Stiller sah die Fotos noch vor sich, die Kleinschnitz bereits vier Tage nach dem Mord geschossen hatte. Unbekannte hatten mit schwarzer und roter Farbe Wörter wie »Sau«, »Mörder« und »Asis« auf die Fassade des Hauses gesprüht, in dem Simon lebte. Vor dem Eingang des Wohnblocks hatten aufgebrachte Bürger demonstriert. Sobald Simons Vater das Haus verließ, riefen sie Schmähworte oder bespuckten ihn. Jemand hatte ihn mit Hundekot beworfen.

Einmal war Herbert Bauer der Kragen geplatzt, ging er, wütend und angetrunken, wie er war, auf die Menge los. Genau auf diesen Moment hatte einer der Sensationsreporter gewartet. Am fünften Tag war das Foto in mehreren Revolverblättern erschienen: das Bild eines rasenden Mannes, das Gesicht wutverzerrt, die Fäuste drohend gehoben. Unterschrift: »Der Vater des Monsters«.

Ähnlich hatte es vor dem Haus ausgesehen, in dem Simons Mutter wohnte. Auch ihre Adresse hatte sich in Windeseile über das Internet verbreitet. Als sich die Schmierereien und Drohanrufe häuften, war sie mit ihrem Kind zu einer Freundin gezogen. Angeblich war das der Wunsch ihres Lebensgefährten gewesen. Stiller erinnerte sich, dass sie später nur noch einmal zu ihm zurückgekehrt war: um ihre Sachen abzuholen.

Simons Vater war in seiner Wohnung geblieben, er dürfte auch kaum Freunde gehabt haben, die ihn aufgenommen hätten. Aber am fünften Tag war er in der Redaktion aufgetaucht. Er machte damals ausgerechnet die örtliche Tageszeitung für die Hetze verantwortlich, obwohl Fenia nie Simons Nachnamen veröffentlicht und selbst den Vornamen stets mit »S.« abgekürzt hatte. Mit Rücksicht auf Lisas Angehörige hatte die Zeitung übrigens auch deren Familiennamen nie erwähnt.

Es hatte bei seinem Auftritt in Fenias Büro eine Weile gedauert, bis Stiller herausgefunden hatte, was Herbert Bauer damit überhaupt bezweckte. Er hatte so etwas wie ein Schuldeingeständnis der Redaktion für die Netzhetze verlangt, wahllos Gegendarstellungen, Widerrufe oder Unterlassungen gefordert und mit Klagen gedroht. Schließlich habe er, der Vater, mit dem Mord an Lisa nichts zu tun gehabt. Er könne nichts dafür, dass »die Nutte« mit einem anderen abgezogen sei, es dürfe ihm nicht angelastet werden, dass Simon dadurch missraten sei.

Lange Zeit unbegreiflich war für Stiller der Hass geblieben, mit dem Vater Bauer über seinen Sohn gesprochen hatte: Er bezeichnete ihn als perversen Widerling, dem es nicht anders gehöre, als für immer weggesperrt zu werden. Er sei selbst entsetzt über das Monster, das er an seiner Brust genährt habe. Er habe nicht nur Lisa ums Leben, sondern darüber hinaus auch ihn, den Vater, in Verruf gebracht.

Bauer hatte allen Ernstes einen Artikel gefordert, aus dem zweifelsfrei hervorgehen sollte, dass er sich von seinem Sohn losgesagt habe und die Tat ebenso entschieden verurteile wie der Mob im Internet und auf der Straße. Stiller und Fenia hatten ihre gesamte Überredungskunst aufbieten müssen, um ihn nach über einer Stunde endlich zum Gehen zu bewegen.

Das Telefon schreckte Stiller aus seinen Gedanken. Er sah aufs Display, erneut war die Nummer unterdrückt. Er ahnte, dass gleich wieder aufgelegt würde, als er sich mit »Ich höre« meldete. Nichts, wie erwartet. Er legte das Telefon auf den Tisch zurück, sofort begann es wieder zu läuten.

»Was ist denn los, Paul?« Ruth stand schlaftrunken im Rahmen der offenen Tür und sah besorgt in die Küche.

Stiller überlegte, wie er es ihr beibringen konnte, ohne dass sie sich aufregte. »Setz dich erst mal«, sagte er. »Und reg dich nicht auf.«

Das war der falsche Ansatz.

Natürlich regte Ruth sich auf. »Du musst die Polizei einschalten«, verlangte sie, nachdem er ihr den Shitstorm gezeigt hatte, der sich auf Myface gegen die Zeitung entwickelt hatte. Und nicht nur dort. Auch im eigenen Online-Auftritt der Zeitung hagelte es böse Kommentare.

»Wenn du mich fragst: Die Polizei kann derzeit überhaupt nichts unternehmen. Meckern ist nicht verboten.« Stiller wusste, er klang nicht sehr überzeugend. Die meisten Kommentare hatten mit bloßem Meckern nichts mehr zu tun. Und immer häufiger wendeten sie sich gegen Stiller persönlich: »Was bildet sich dieser Schreiberling überhaupt ein?« oder »Spielt der jetzt den Richter?«. Wiederholt tauchten Fragen nach seiner Telefonnummer, Mail- und Wohnadresse auf. Da er bereits anonyme Anrufe bekam, vermutete Stiller, dass bald alle Daten im Internet kursieren würden.

»Und die anonymen Anrufe?« Offensichtlich war auch Ruth unter die Gedankenleser gegangen.

»Geh einfach nicht mehr ans Telefon, wenn die Rufnummer nicht angezeigt wird«, riet er ihr.

»Du bist gut. Wie lang soll das dauern?«

Stiller zuckte die Schultern. »In der Regel legt sich so ein Sturm rasch wieder.« Er glaubte selbst nicht daran. »Ich werde bei der Komm-Union gleich eine Anruf-Rückverfolgung beantragen. Dann hört es schneller auf.«

»Mach das.«

Stiller gab dem Tablet den Befehl, die Seite der Komm-Union aufzurufen und die Rückverfolgung anzumelden. Kerstin hatte recht gehabt: Wenn in der digitalen Welt eines gut klappte, dann war es das Ausspionieren, Orten und Verfolgen von Kommunikationsdaten. »Sichtbar«, erklärte Stiller auf die entsprechende Rückfrage seines Tablets. Die Anrufer sollten ruhig wissen, dass ihr Standort festgehalten und ihre Mobilgeräte geortet wurden, welche sie auch immer benutzten. Stiller hielt das für den besten Schutz vor anonymen Belästigungen.

Ruth ließ sich davon nicht beruhigen. »Wenn du dich nicht offiziell an die Polizei wenden willst, dann ruf wenigstens deinen Freund Mike an. Haben die nicht schon seit Jahren eine Spezialeinheit für Cyber-Mobbing?«

»Wir machen uns höchstens lächerlich«, wiegelte Stiller ab. »Ich koche dir erst einmal einen Kaffee.«

»Du bist ein echter Frauenversteher, Paul.« Trotz ihrer Sorgen kniff Ruth ironisch ein Auge zu. »Erstens trinke ich morgens Tee. Das solltest du eigentlich wissen, oder hast du schon Probleme, dir solche Sachen zu merken? Zweitens machen wir uns nicht lächerlich. Ich habe Angst. Du hast es mir doch selbst erzählt: Genauso ist das damals losgegangen mit der Netzhetze gegen Lisas Freund und seine Familie. Und du weißt, wohin das geführt hat.«

Stiller nickte schweigend, er dachte an Simon. »Trotzdem kann ich es im Moment nicht ändern«, sagte er, als er Ruth den Rücken zuwandte, um erneut den Wasserkocher zu füllen. »Es ist Viertel nach sieben. Mike dürfte noch gar nicht im Dienst sein.«

»Ich denke, er ist dein Freund. Du kannst ihn jederzeit anrufen«, entgegnete Ruth trotzig.

Das Telefon ließ beide aufschrecken. Wieder zeigte das Display keine Nummer. Allerdings blieb es diesmal bei einem Klingeln.

»Siehst du«, triumphierte Stiller. »Es wirkt schon. Da hat jemand rasch wieder aufgelegt, als er gemerkt hat, dass er geortet wird.« Er goss das heiße Wasser in Ruths Teetasse und trug sie zum Tisch. »Lass uns erst mal frühstücken. Um halb kommt Peter, um mich abzuholen.«

Ruth brauste auf. »Da haben wir's. Du gehst und lässt mich hier allein sitzen. Das ist doch nicht dein Ernst, oder? Die ganze Ecke hier ist wie ausgestorben, das weißt du genau. Ich bin völlig schutzlos, wenn der Mob hier auftaucht.«

Stiller biss sich auf die Unterlippe. Im Grunde hatte Ruth recht. »Ich behalte die Diskussion im Auge und sage dir sofort Bescheid, falls etwas Ernstes passiert. Und du gehst bitte nicht ans Telefon oder Handy, wenn die Nummer unterdrückt ist. Später kommt dein Kurs, da bist du sowieso nicht mehr allein.«

»Das sind alte Frauen.« Ruth legte eine Hand auf seinen Unterarm. »Ich lass dich nur gehen, wenn du mir versprichst, diesen Mike anzurufen!«

»Versprochen«, sagte Stiller.

»Wirklich?«

»Wirklich«, beteuerte er. »Das wird das Erste sein, was ich mache, wenn ich im Büro bin.«

Sie lächelte erleichtert, nahm die Hand von seinem Arm und angelte den Teebeutel aus der Tasse. »Ich hätte nie gedacht, dass ich es doch einmal bedauern würde, in dieser einsamen Ecke zu wohnen.« Sie zog sich die Zeitung heran. »Was macht eigentlich dein Bericht über das Entsiedelungsprogramm?«

14

Kleinschnitz war pünktlich. Wie immer benutzte er nicht die Klingel, sondern klopfte ans Küchenfenster. »Beeil dich«, drängelte er, als Stiller hinter der Scheibe erschien. »Es fängt schon wieder an zu müffeln hier draußen.«

Stiller verabschiedete sich von Ruth, versicherte ihr nochmals, mit Mike zu reden, und warf sich die Umhängetasche über die Schulter. Seufzend faltete er sich auf den Beifahrersitz des Buick.

»Hast du gesehen, was im Internet los ist?«, begrüßte ihn Kleinschnitz.

»Ich bin ja nicht blind.«

Kleinschnitz warf ihm einen ironischen Seitenblick zu. »Kerstin hat bei dir angerufen und dich darauf hingewiesen, stimmt's?«

Stiller schwieg.

»Tröste dich: bei mir auch.« Kleinschnitz ließ den Buick anspringen und steuerte ihn vom Legatplatz in die schmale Dankwartstraße. »Da parkt aber einer blöd! Dieser Van versperrt die halbe Gasse.«

»Du fährst ja selbst immer noch deinen breiten Ami-Schlitten«, lästerte Stiller.

»Aber im Gegensatz zu diesem Angeber kann ich wenigstens ordentlich parken«, verteidigte sich Kleinschnitz, während er den Buick an dem Hindernis vorbeiquetschte.

Im Augenwinkel nahm Stiller den klobigen Volkswagen wahr, der am Straßenrand hielt. Von der Seite betrachtet, war es kein Van, sondern der Form nach eher ein Pick-up. Wahrscheinlich der neueste Amarok mit Brennstoffzelle, eines dieser Kraftwerke auf Rädern und entsprechend aufgemotzt: riesige Reifen und Radkästen, eine Reihe von Scheinwerfern auf dem Dach, verchromte Frontschutzbügel. »Komisch«, sagte Stiller, »der kommt mir bekannt vor. Aber hier hab ich den noch nie gesehen.« Er drehte sich um. Die Scheiben waren getönt. Trotzdem glaubte Stiller, eine schemenhafte Gestalt hinter dem Steuer zu erkennen.

Kleinschnitz konzentrierte sich auf die Straße. »Die Kolonie ist zwar heillos überaltert, aber trotzdem darf es hier wohl Leute geben, die ein modernes Auto fahren wollen, oder? Nicht jeder hat einen Freund, der ihn ständig durch die Gegend kutschiert.«

»Das mag ja stimmen. Aber in der Dankwartstraße wohnt niemand mehr. Außerdem sitzt jemand hinterm Steuer.« Noch einmal sah Stiller zurück. »Jetzt fährt er los. Ich sag dir was: Der hat auf uns gewartet.«

»Wieso soll der auf uns gewartet haben? Das ist doch Quatsch. Wer kann denn überhaupt wissen, dass ich bei dir vorbeikommen würde?«

»Dann hat er eben auf mich gewartet«, beharrte Stiller. »Denk an den Shitstorm. Ruth hat recht. Was ist, wenn es nicht bei virtuellen Pöbeleien bleibt? Ich schreib mir die Nummer auf.«

»Wenn es dich beruhigt.«

Stiller kniff die Augen zusammen. »Das Nummernschild ist nicht lesbar. Total verdreckt. Ich sag dir, das ist Absicht!« Er klappte die Sonnenblende herunter, um den Volkswagen im Auge zu behalten, ohne sich umdrehen zu müssen. Als wäre das Modell nicht auffällig genug, war es auch noch kaffeebraun lackiert. In jüngster Zeit waren die Geschmacksverirrungen längst vergangener Jahre wieder richtig beliebt.

»Ich sag dir was anderes: Du siehst schon Gespenster.« Kleinschnitz lenkte den Buick in die Bushaltebucht an der Obernauer Straße.

Der Volkswagen passierte sie, ohne das Tempo zu drosseln. Stiller sah scharf hin, doch durch die getönten Scheiben war der Fahrer nicht zu erkennen.

»Na bitte.« Kleinschnitz ließ den Buick rechts über die Rampe zur Ringstraße hinabrollen, während der Volkswagen geradeaus in Richtung Südbahnhof weiterfuhr.

»Du hättest ihm ja mal nachfahren können«, beschwerte sich Stiller. »Spaßeshalber.«

»Paul!« Kleinschnitz wollte noch etwas hinzufügen, beließ es aber bei einem: »Mehr sag ich dazu nicht.«

Stiller hatte gedacht, er könnte mit Kleinschnitz zu dieser frühen Stunde noch ein wenig ungestört nach Riesenmotz und Geist recherchieren. Doch da hatte er sich gehörig geirrt. Schon auf dem Weg ins Verlagshaus verkündete ihm die Smartwatch eine Nachricht von Bausback: Er wolle Stiller sprechen, sobald er in die Redaktion komme, und zwar unverzüglich. Das sei nicht »aufschubrelevant«. Die Smartwatch las ihm den Text im heiteren Tonfall vor, die Wortwahl verriet aber, dass es Bausback weit weniger freundlich gemeint hatte.

»Was treibt Bausback denn schon so früh in den Verlag?« Stiller war nervös.

»Vermutlich der Shitstorm.«

Unmittelbar danach kam eine Nachricht von Kerstin Polke. Sie habe Neuigkeiten, Stiller solle rasch bei ihr vorbeischauen.

»Ich gehe erst zu Interpol«, erklärte Stiller. »Lass mich am Technikgebäude raus, dann kann ich den Hintereingang nehmen, und Bausback kriegt nicht mit, dass ich schon da bin.«

Kleinschnitz räusperte sich missbilligend. »Du spielst mit deiner Rente.«

»Je schneller ich mit diesem Riesenmotz weiterkomme, desto früher ist die Sache beendet.«

»Die Sache ist beendet. Seit zwanzig Jahren. Du schreibst einen Rückblick, schon vergessen?«

Stiller kam nicht dazu, etwas zu erwidern. Erneut meldete sich die Smartwach. »Dein Redaktionsaccount ist zu achtzig Prozent belegt. Du hast zweihundertzwölf neue E-Mails. Bitte bearbeiten.«

»Was bedeutet das schon wieder?« Stiller blies verärgert die Backen auf. Er kannte die Antwort: Der Mob hatte seine Zeitungs-Mailadresse. Das war auch kein Hexenwerk, sie war jederzeit online zu finden – und stand zusätzlich in der gedruckten Ausgabe. »Gut, wir machen es so: Ich springe möglichst unauffällig in ein Reporterbüro, lösche dort die Mails und rufe Kerstin nur an. Hinterher gehe ich sofort zu Bausback. Zufrieden?«

»Also nicht zum Hintereingang?

»Nein, ich gehe vorn rein. Wer bin ich denn?«

Kleinschnitz ließ den Buick an der Pförtnerloge halten. »Wenn du mich das fragen musst, steht es schlimmer um dich, als ich dachte.«

Stiller hatte Glück: Niemand war ihm auf dem Weg zu den Reporterbüros begegnet. Da wenigstens hatte die frühe Stunde ihr Gutes. Er legte das Tablet auf den Schreibtisch. Während er es einschaltete, bat er die Smartwatch, ihn mit Kerstin zu verbinden. Als sie sich meldete, rief er die Hologrammfunktion auf.

»Paul! Ich dachte, du schaust bei mir vorbei.«

»Tut mir leid, Kerstin, aber mein Postfach droht überzulaufen. Wahrscheinlich Hassmails. Ich lösche sie rasch und leite alle neuen gleich in die Cloud weiter. Und hinterher muss ich sofort bei Bausback antanzen.«

»Du Armer.« Es klang nach ehrlichem Bedauern.

Stiller nickte. »Was gibt es denn Neues?«

»Die IP-Adressen. Ich mach es kurz: Dein Riesenmotz war ganz schön unterwegs. Das meiste, was über das Netzarchiv noch zu finden ist, hat er zwar von Aschaffenburg aus gepostet. Aber es sind auch andere Gegenden dabei.«

Stiller öffnete sein Postfach und las die erste Mail. Ihr Ton erschütterte ihn.

»Herr Stiller, mit Abscheu habe ich gelesen, dass Sie den feigen Mord an Lisa F. in ein neues Licht rücken wollen. Menschen wie Sie sind für mich nichts als Totengräber der Wahrheit, der Erinnerungskultur und der Pietät. Es ist eine Schande, dass Sie ein Mitglied der Presse sind, meines Erachtens haben dort solche infamen Subjekte nichts zu suchen.«

»Hey«, machte sich Kerstin bemerkbar, »hörst du überhaupt zu?«

»Natürlich. Andere Gegenden. Schieß los.«

»Ein paarmal hat er sich in der Nachbarschaft von Aschaffenburg eingeloggt. Kahl und Weilbach. Aber ein gutes Viertel der IP-Adressen sind ausländische.«

»Hm.« Aus den Augenwinkeln überflog Stiller eine zweite Mail.

»(Sehr geehrter Herr) Stiller, sind Sie noch bei Sinnen? Sie sind doch kein Schmierreporter der Klatschpresse, oder etwa doch? Ich war in meinem ganzen Leben ein treuer Leser Ihrer Zeitung, nun jedoch nicht mehr. Wegen Leuten wie Ihnen geht die Presse zielstrebig in Richtung Bedeutungslosigkeit. Welche Werte vertreten Sie noch? Mit Sicherheit nicht die des demokratischen Rechtsstaats …«

»Bist du jetzt interessiert oder nicht?« Kerstin klang gereizt.

»Bitte, ich hab es dir doch schon gesagt.« Rasch löschte Stiller die Mail und wandte sich Kerstins Hologramm zu.

»Es sind ein paar Hauptstädte darunter: Warschau, Prag und der Großraum Paris. Aber auch andere Städte. Antwerpen in Belgien, Almere in den Niederlanden, Balling in Dänemark oder Basingstoke. Das liegt in Hampshire, Großbritannien. Nur ein Ort im Süden, in der italienischen Lombardei.« Kerstin konzentrierte sich auf ihren Bildschirm. »Buguggiate oder wie man das auch immer ausspricht. Das war's dann.«

»Kerstin, du bist spitze!«

»Bedank dich bei meinem … Bekannten. Der hat das rausgekriegt. Ich hab die Liste mit den Adressen und den jeweiligen Zeitpunkten schon an dich weitergeleitet. An dein privates Postfach.«

Stiller legte die Stirn in Falten. »Das meiste stammt also aus Aschaffenburg. Kann ich daraus schließen, dass Riesenmotz hier gewohnt hat?«

»Würde ich sagen.«

»Lässt sich der Ort genauer eingrenzen?«

»Nein. Im Innenstadtbereich halt.«

»Und wenn er im Ausland ins Internet ist – lassen die Zeitpunkte irgendein Muster erkennen?«

»Sag mal, bin ich so was wie deine Sklavin?« Kerstin schnaufte. »Ich hab die Liste vor einer Dreiviertelstunde bekommen. Ich hab sie für dich besorgt. Such selbst nach Mustern.«

»Entschuldige.« Stiller nahm sich vor, Kerstin nicht zu reizen.

Es wirkte. Überraschend freundlich fügte sie hinzu: »Oberflächlich betrachtet, gibt es jedenfalls kein Muster.«

»Tippst du auf Urlaub?«

»Oh Mann, wie oft denn noch? Ich tippe nicht, du wolltest die Adressen, also tippe du. Aber das kann nicht nur Urlaub gewesen sein. So oft wie der könntet nicht mal ihr Redakteure freinehmen.«

»Also könnte er zumindest zum Teil eher beruflich unterwegs gewesen sein.« Stiller dachte nach.

Kerstin kam seinen Gedanken zuvor: »Vielleicht war er Fernfahrer. Aschaffenburg war schon immer ein Logistikzentrum.«

»Gute Idee.« Stiller sah sich um. Das Tablet war mit dem E-Mail-

Postfach belegt, die Smartwatch mit Kerstin. Er zog eine Schreibtischschublade auf und fand einen schwarzen Edding. Papier gab es jedoch nicht, auch nicht in den anderen Schubladen. »Schöne neue Bürowelt«, grummelte er.

»Was hast du vor?«

»Notieren.« Stiller beugte sich zur Seite und schrieb mit dem Edding »Logistik« an die Fensterscheibe. »Er könnte auch so etwas wie ein Verkäufer gewesen sein. Hat vielleicht im Vertrieb einer Firma von hier gearbeitet.« Stiller setzte das Wort »Vertrieb« unter »Logistik«.

»Dann müsste das eine Firma gewesen sein, die den europäischen Markt bedient hat. Das würde den Kreis ziemlich einschränken.«

»Dass du dich da mal nicht täuschst! Denk allein an die Lenkradproduktion, die Airbags und Sicherheitssysteme für Autos. Dann die Stapler und das Zubehör für Hydraulikfahrzeuge …« Stiller notierte »europ. Verbindung« auf der Scheibe und verband die Abkürzung per Pfeil mit dem Begriff »Vertrieb«.

»Dann kannst du gleich noch ›Einkauf‹ aufschreiben. Umgekehrt funktioniert das schließlich auch.«

Stiller folgte gehorsam. »Und was hältst du von Reiseveranstaltern oder etwas in der Art?«

»Paul, wenn du so weitermachst, sitzt du bald im Dunkeln.«

Völlig ohne Vorwarnung erschien Bausbacks Gesicht auf Stillers Tablet. »Wenn er so weitermacht, sitzt er bald auf der Straße«, dröhnte es aus dem Lautsprecher. »Sie sollten sich unverzüglich bei mir melden! Habe ich mich vielleicht nicht deutlich genug ausgedrückt?« Scharf schob Bausback ein »Herr Stiller!« nach.

»Ich bin dann mal weg«, erklärte Kerstin. Das Hologramm verschwand.

Stiller breitete entschuldigend die Hände aus. »Ich wollte nur eben die Hassmails löschen …«

»Die Hassmails sind jetzt nicht erörterungsrelevant«, unterbrach ihn Bausback. »Viel schlimmer ist der Shitstorm gegen unsere Zeitung, falls Sie davon überhaupt schon etwas mitbekommen haben.«

»Natürlich hab ich. Was denken Sie, warum ich eben mit Kerstin …«

Bausback ließ ihn nicht ausreden. »Was haben Sie da nur wieder angerichtet?« Seine Stimme überschlug sich. »Ich hätte auf Ihre groteske Idee mit dem Rückblick niemals eingehen dürfen.« Er rieb sich mit den Handflächen die Schläfen. »Ich hätte wissen müssen, dass Sie nur wieder Ihr eigenes Süppchen kochen wollen und sich nicht an die Absprachen halten.« Er legte eine Hand über die Augen und schüttelte den Kopf.

»Ich verstehe nicht«, erwiderte Stiller wahrheitsgemäß. »Ich schreibe einen Rückblick auf den Parkhausmord. Wie abgesprochen.«

»Pap-per-la-papp!« Bausbacks Hand ballte sich zur Faust, mit der er sich bei jeder Silbe gegen die Stirn hämmerte, während er das »Papperlapapp« wiederholte. »Sie halten sich *nicht* an die Fakten. Sie erfinden neue dazu. Sie wollen die Geschichte schon wieder umdrehen.«

Die Worte »schon wieder« reizten Stiller zum Widerspruch, doch er schwieg lieber.

»Dieser Ring, der war doch gar nicht fallrelevant.« Bausback wedelte mit seiner eigenen Ringhand, um die Worte zu unterstreichen. »Und jetzt haben wir den Salat. Jetzt ist die Kacke am Dampfen. Aber eines kann ich Ihnen sagen«, Bausback beugte sich so dicht an die Kamera, dass Stiller tief in seinen Rachen blicken konnte, während er brüllte: »Diese Suppe müssen Sie selbst auslöffeln.«

Stiller fuhr erschrocken zurück. »Wie stellen Sie sich das vor? Was soll ich denn tun?«

Bausback ließ seine Zunge über die Lippen gleiten, ein Bild, das Stillers Tablet komplett ausfüllte. »Das ist ja das Schlimme an dem, was Sie uns da eingebrockt haben. Wenn das Kind erst einmal in den Brunnen gefallen ist, wird man die Geister, die man rief, so leicht nicht mehr los.« Er lehnte sich etwas zurück und zeigte Stiller den Rest des Gesichts, das zum Mund gehörte. Sein Blick war schneidend wie das Beil eines Scharfrichters. »In einer halben Stunde habe ich eine Besprechung mit der Geschäftsleitung.« Er hob den Kopf zur Decke, über der die Geschäftsleitung residierte, und kam gleichzeitig so dicht an die Kamera, dass er für Stiller nur noch aus Nasenlöchern bestand. »Krisensitzung.« Seine Nasenhaare zitterten. »Da werden wir über das weitere Vorgehen reden.«

Das würde kein leichter Gang für Bausback werden, das war Stiller klar. »Ich kann gern mitkommen«, bot er mitfühlend an.

»Sie!« Jetzt war es wieder Bausbacks Fingerkuppe, die den Bildschirm ausfüllte. »Sie halten sich da gefälligst raus, Sie sind alles andere als anwesenheitsrelevant. Ich sage Ihnen später, was Sie zu tun haben. Fürs Erste lassen Sie mal schön die Finger von der Geschichte. Sammeln Sie Kleinschnitz ein und fahren Sie mit ihm nach Leider, und zwar sofort. Da läuft eine Seniorendemo gegen das Entsiedelungsprogramm. Das ist das Thema, das ich Ihnen schon vor Tagen aufgetragen habe, schon vergessen? Spätestens um eins steht der Bericht über die Demo im Netz. Und bleiben Sie für mich erreichbar, sonst ist Schluss mit lustig.« So plötzlich, wie Bausback aufgetaucht war, so unvermittelt verschwand er auch wieder.

»Gib Kleinschnitz Bescheid«, befahl Stiller der Smartwatch. »Seniorendemo in Leider. Er soll mich hier abholen.«

»Präzisiere: hier.«

Stillers Fass war knapp vor dem Überlaufen. »Gib ihm doch die Koordinaten, du dämliche Maschine.« Da die Smartwatch schwieg, wandte er sich den Mails zu und überflog ein paar weitere.

»Ich möchte Ihnen in diesem Sinne ganz herzlich dafür danken, unmissverständlich bewiesen zu haben, dass die Medien im Kampf gegen das barbarische Verbrechertum meiner Heimat ebenso unnütz sind wie ein T-Bone-Steak im Kühlschrank eines Vegetariers.«

»Wegen Schmierfinken wie Ihnen sollte jeder vernünftige Mensch auf Veröffentlichungen aus Ihrem Hause sch… Sie sind ein Arschkriecher vor der sensationsgeilen Masse. An Ihrer Stelle würde ich mich schämen.«

»Augenscheinlich sind auch Sie nur ein Steigbügelhalter für den Ritt der Medien in den Abgrund ohne Moral und Ethik. Sie sollten sich schämen, vor allem den Eltern des armen Opfers gegenüber.«

Stiller verlor die Lust daran, die Mails zu lesen, entschied sich aber, vorerst keine mehr zu löschen. Er markierte sämtliche Eingänge und speicherte sie in der Cloud. »Alle Neueingänge mit unbekanntem Absender in den Speicher weiterleiten«, befahl er dem Tablet, bevor er es in die Tasche schob.

Während er auf Kleinschnitz wartete, lehnte er sich zurück und betrachtete die kleine Liste, die er mit dem Edding auf dem

Fenster notiert hatte. Er hatte keine Ahnung, wie viele Berufe in Frage kamen, die einen Menschen häufiger ins Ausland führten. Vielleicht war Riesenmotz aus der Bekleidungsbranche, die damals in der Region rings um Aschaffenburg noch eine gewisse Rolle spielte. Stiller schrieb den Begriff ans Fenster und zog eine Linie zu »Vertrieb«. Hinter »Reiseveranstalter« setzte er die Berufsbezeichnungen »Zugführer« und »Pilot«.

»Hat Balling in Dänemark einen Flughafen?«, fragte er die Smartwatch.

Prompt kam die Antwort. »Balling, Midtjylland, nächster Flughafen Skive Airport, Entfernung einundzwanzig Kilometer. Weiter zur Flugplanauskunft?«

»Leider nein.« Stiller unterstrich den Begriff »Pilot« und fotografierte das Fensterbild mit der Smartwatch. »Übertrag das Foto in eine Grafik«, gab er ihr auf. So konnte er später am Tablet daran weiterarbeiten.

»Schon wieder Selbstgespräche?« Kleinschnitz stand im Türrahmen und schwenkte seine Museumskamera wie ein Pfarrer das Weihrauchfass. »Los komm, sonst reißt uns Bausback den Arsch auf.«

Im Buick wollte Stiller das Brainstorming mit Kleinschnitz fortsetzen. »Fallen dir noch Berufe ein, bei denen man viel in der Weltgeschichte unterwegs ist?«

»Reisejournalist.« Kleinschnitz bleckte die Zähne. »Sag bloß, da bist du nicht von selbst drauf gekommen?«

Stiller lachte mit. Plötzlich wurde er ernst. »Langsam.« Er legte eine Hand auf Kleinschnitz' Unterarm. Mit der anderen deutete er in den Seitenweg, der zur Aschaff führte. Halb verdeckt von jungen Eschen war dort ein Auto zu erkennen, das zur Straße hin lauerte wie ein jagdbereites Raubtier: ein kaffeebrauner Pick-up mit verchromten Frontschutzbügeln. Als der Buick vorüber war, fuhr der Pick-up an und bog hinter ihnen in die Weichertstraße.

Kleinschnitz fixierte den Rückspiegel und ließ einen leisen Pfiff hören. »Den kennen wir doch!«

Wie am Vormittag klappte Stiller die Sonnenblende herunter. »Hältst du mich jetzt noch immer für paranoid?«

»Hm.«

»Der ist hinter uns her.« Stiller wies mit dem Daumen über die Schulter.

»M-m. Ich hab es dir schon heute früh gesagt: Der hat in deinem Viertel gewartet und konnte nicht wissen, dass ich dich abhole. Und du hast den richtigen Schluss daraus gezogen: Der ist hinter dir her.«

»Aber wer?«

»Woher soll ich das wissen? Du siehst doch den Staub, den du mit deinem Rückblick aufwirbelst. Ich nehme mal an, einige Leute sind natürlich ganz schön böse auf dich.«

Stiller stutzte. »Was erzählst du mir da?«

Kleinschnitz hielt beim Fahren im Rückspiegel die Straße hinter dem Buick im Blick. »Ich hab dir 'ne Menge erzählt. Was meinst du genau?«

»Du hast gesagt, einige Leute wären *natürlich* böse auf mich.«

»Hab ich das? Warum fragst du mich dann?«

»Ich hab das schon mal gehört.« Stiller spreizte eine Hand und massierte sich mit Daumen und Mittelfinger die Schläfen. Maya fiel ihm ein. Das Bild. Der Sträfling, der aussah wie ein wilder Räuber Hotzenplotz. Geist hinter Gittern. Aber das traf nicht zu; die Polizei hatte ihn noch gar nicht. Was hatte Maya dazu gesagt?

»Wehe, wenn er dich kriegt …«, murmelte Stiller.

»Hä?«

»Du hast recht: Der ist hinter mir her.« Jetzt wusste er auch wieder, wo er den Amarok schon einmal gesehen hatte: Er hatte im Hof in der Pestalozzistraße gestanden. »Hör zu, ich bin mir ziemlich sicher: Das hinter uns ist Geist.«

»Das ist doch Unsinn. Der wird überall gesucht – und fährt mit so einem Auto durch die Gegend?«

»Wieso nicht? Du hast doch Strobel gehört: Sie können ihn nicht orten. Er hat vermutlich den Bordcomputer ausgeschaltet. Und den Transponder. Das ist Geist.« Stiller tippte auf die Smartwatch. »Mike Staab anrufen.«

Es dauerte nur Sekunden, bis sich Staabs Stimme über die Freisprechanlage meldete, doch für Schiller schien sich die Zeit endlos zu dehnen. Er berichtete so überzeugend wie möglich, aber mit so wenigen Worten wie nötig von seinem Verdacht.

»Und ihr seid sicher, dass es Geist ist?«, fragte Staab zurück.

Kleinschnitz schüttelte den Kopf, als könnte Staab ihn sehen. »Das ist mein Freund Stiller hier, der auf Geist tippt. Aber wir sind sicher, dass jemand an uns dranhängt.«

»Vielleicht ist es ja jemand von deiner Truppe, Mike«, ergänzte Stiller ironisch.

Staab überlegte einen Moment. »Gut«, sagte er dann. »Wir überprüfen das. Ich schicke ein paar Streifen los.« Die Freisprechanlage übertrug ein unverständliches Tuscheln, dann meldete sich Staabs Stimme wieder: »Lasst eure Mobilgeräte an, damit wir euch orten können. Und fahrt noch ein bisschen durch die Gegend, vielleicht bleibt er ja dran, bis wir bei euch sind. Aber unternehmt nichts auf eigene Faust, was euch in Gefahr bringen könnte. Haltet vor allem auf keinen Fall an.«

»Wir haben's gehört«, bestätigte Stiller und beendete das Gespräch.

Kleinschnitz lenkte den Buick auf die B 26, die nach Osten aus der Stadt führte.

»Wohin willst du?«, fragte Stiller irritiert. »Nach Leider geht es in die andere Richtung.«

»Vergiss die Seniorendemo.« Kleinschnitz konzentrierte sich auf die Straße, ließ aber den Rückspiegel nicht aus den Augen. »Ich kenne eine Strecke, auf der unser Verfolger an uns dranbleiben muss – ob er will oder nicht.«

»Und die wäre?«

Kleinschnitz wies mit dem Kinn auf das blaue Hinweisschild am Straßenrand.

»Sag nicht, du hast vor, auf die Autobahn zu fahren!«

»Ich hab's nicht gesagt. Aber ich hab's vor.«

»Meinetwegen.« Stiller überprüfte den Sitz des Sicherheitsgurts. »Klingt nach einer guten Idee.«

»Ich war mir bis eben nicht sicher, ob es eine gute Idee ist«, gab Kleinschnitz zurück. »Aber wenn du es sagst …«, entschlossen setzte er den Blinker, »kann es eigentlich keine sein.«

15

Bernd Süß hatte seinen Beruf einmal geliebt – aber das war lang her. Sicher, seine Freunde beneideten ihn um seinen stillen, stressfreien Job. Aber die bekamen ja auch immer mehr Arbeit draufgepackt, während er immer weniger leisten musste. Sie sprachen von himmlischer Ruhe, doch für ihn war es die Hölle. »Das Nichtstun ist für mich die Verdammnis«, pflegte er zu klagen, und dann guckten sie ihn genau so an – als wäre er des Teufels.

Deshalb war er vor acht Jahren zur Autobahnmeisterei Hösbach gewechselt. Um genau zu sein: zur Streckenkontrollstelle Spessart-Nord der neuen bayerischen Rail-System-Gesellschaft. Damals war das hier der Himmel auf Erden. Alles war Neuland, er hatte endlich wieder eine Aufgabe, bei der er Verantwortung für Menschenleben trug. So heiß es auch herging, von seinem kühlen Kopf, von seinem kaltblütigen Handeln hingen Schicksale ab. Und heute?

Sein voriger Arbeitsplatz, die Netzleitstelle der städtischen Versorgungsgesellschaft, hatte ihm das nicht mehr geboten. Vor der Energiewende, ja, da war die Versorgungswelt noch in Ordnung: Ein paar Konzerne produzierten den Strom, die Stadtwerke verteilten ihn an die Kunden, Süß hatte dafür zu sorgen, dass es keine Ausfälle gab. Doch dann koppelten sich immer mehr Haushalte von der Konzernversorgung ab. Machten sich »autark«. Die Abnehmer wurden plötzlich auch kleine Erzeuger. Die Stromversorgung war so komplex geworden, von Menschenhand ließ sich da nichts mehr steuern. Das intelligente Netz hatte das selbst übernommen. Ohne Computer lief nichts mehr.

Die Ausschreibung der Streckenkontrollstelle Spessart-Nord war zum richtigen Zeitpunkt erschienen. Süß hatte sich gegen alle Mitbewerber durchgesetzt und war stolz zur Autobahnmeisterei Hösbach gewechselt.

Vor acht Jahren war die Streckenkontrolle noch Pionierarbeit gewesen. Das Rail-System auf Autobahnen war erst im Aufbau. Es stützte sich auf die Kooperative Fahrzeugsicherheit, die an der

Aschaffenburger Hochschule mitentwickelt worden war. Unterstützt von Transpondern und Dreihundertsechzig-Grad-Kameras kommunizierten die Bordcomputer der Fahrzeuge untereinander sowie mit den Verkehrszeichen am Straßenrand, die ebenfalls mit der nötigen EDV ausgestattet waren.

Die Fäden liefen in den Kontrollstellen zusammen. Klar war Informationstechnologie bei der Verkehrsabwicklung im Spiel. Sie regelte Geschwindigkeit und Fahrspurverteilung, sie tarierte die Abstände aus, wenn sich Fahrzeuge ein- oder ausfädelten, ja, sie behielt sogar die Reichweite der Spritfahrzeuge und den Batterieladestand der Elektromobile im Blick. Aber in den Anfangsjahren war die Kontrolle durch kluge Köpfe, aufmerksame Augen und helfende Hände noch unersetzlich gewesen. Das Rail-System hatte die tollsten Tücken.

Immer wieder gerieten Fahrzeuge ohne Transponder auf die Autobahn. Die Kofas-Elektronik nahm dann nur die Handys oder Smartphones der Fahrer wahr, die somit als Fußgänger durch das System geisterten. Zwar konnten die Kameras Fahrzeuge ohne Transponder durch einen Speicherabgleich identifizieren. Doch es waren längst nicht alle Typen gespeichert, vor allem die Oldtimer fehlten. Das waren dann Ufos, unbekannte Fahrobjekte, die sofort Alarm auslösten, weil sie nicht berechenbar waren.

Störungen waren die Regel: verlorene Ladung oder Fahrzeugteile, geplatzte Reifen, Wildwechsel, umgeknickte Bäume bei Sturm oder nur Zweige, die der Wind auf die Fahrbahn wehte. Schlimm waren auch die Deppen, die trotz aller Verbote in die elektronische Steuerung ihrer Autos eingriffen, weil sie meinten, es besser zu können – was sich regelmäßig als Fehleinschätzung entpuppte.

All das war Vergangenheit. Seit drei, vier Jahren klappte alles wie am Schnürchen – buchstäblich. Wie von unsichtbaren Fäden gezogen, schob sich der Verkehr über die Autobahn. Rechts war die Spur für Schwerverkehr und Autos, in denen nur eine einzelne Person saß, Süß nannte sie spaßeshalber »Single-Track«. Auf die mittlere Spur durften nur Autos mit mindestens zwei Insassen, links kam die Rapid-Lane für Rettungsdienste, VIPs und sonstige Leute mit Sondergenehmigung.

Am Ende passierte genau das, womit Süß nie gerechnet hatte: Es passierte nichts mehr. Die Hölle. Fast alle Fahrzeugtypen seit dem T-Modell von Ford waren gescannt. Jedes nur mögliche Hindernis war inzwischen mindestens einmal vorgekommen und damit im System programmiert. Es gab keine Staus mehr und kein Gedrängel. Dadurch hatte auch die Zahl der Herzinfarkte am Steuer nachgelassen. Und wenn doch ein Fahrer zusammenbrach, hatte ohnedies Kofas die Kontrolle über das Auto – und bestellte gleich den Rettungsdienst an die nächste Ausfahrt.

Wieder war Süß von der Technologie ersetzt worden.

Er lehnte sich zurück und ließ den Blick über die großen Bildschirme gleiten, die das immer Gleiche zeigten. Endlose Fahrzeugkolonnen, wie Züge, die dem Namen Rail-System alle Ehre machten.

Das Schlimmste war: In seinen Streckenabschnitt von der hessischen Landesgrenze bis zum Rastplatz Rohrbrunn im Spessart fiel die Einhausung bei Hösbach, eine Fehlgeburt der Straßenbaugeschichte. Zwei künstliche Tunnel, oberirdische Betonröhren, die gleich hinter dem Anschluss Aschaffenburg-West begannen und sich bis zu der Ausfahrt hinzogen, an der die Autobahnmeisterei lag. Das gigantische Bauwerk diente nur dem Lärmschutz, hatte aber das Zigfache normaler Schallschutzwände gekostet. Immerhin war auf dem Dach der Einhausung einer der längsten Solarparks in Bayern entstanden, es dürfte also nur noch gut drei Jahrhunderte dauern, bis sich die Investition amortisiert haben würde.

Da würde Süß jedenfalls tot und begraben sein. Trotzdem, lange Zeit hatte die Einhausung Leben in seinen Alltag bei der Autobahnmeisterei gebracht. Es genügte, wenn der Auspuff eines Lastwagens übermäßig qualmte – schon gab es Feueralarm. Mittendrin lag die Zufahrt Goldbach. Das Betonbauwerk ließ praktisch keinen Beschleunigungsstreifen zu, was Kofas beim Einfädeln vor Probleme stellte. Beliebt war die Einhausung außerdem bei Selbstmördern, die ihren Freitod als Unfall kaschieren wollten: Sie rasten an den Tunnelzufahrten gegen die Betonwand, vor der die Standspuren plötzlich endeten.

Und heute? Nichts mehr von all dem. Die Geschwindigkeit

in den Röhren war auf Tempo achtzig gedrosselt, Kofas auf alle Tücken des Tunnels geeicht. Für Süß war die Einhausung zum langweiligsten Abschnitt seiner Kontrollstrecke geworden.

Immerhin versprach ihm der Tag noch ein wenig Abwechslung. Gegen Mittag hatte sich eine Grundschulklasse angemeldet. Früher waren Führungen in der Streckenkontrollstelle strikt verboten gewesen, doch seit es nur noch Schulklassen mit weniger als fünfzehn Schülern gab, drückte die Rail-System-Gesellschaft gern ein Auge zu. Was sollte auch schon passieren?

Nichts, gab sich Süß die Antwort selbst. Von wegen himmlisch! Er verschränkte die Hände im Nacken und überlegte, ob er seine neidischen Freunde anrufen und von der Arbeit abhalten sollte.

Der Lautsprecher stieß ein kurzes Piepen aus. Ein rotes Lämpchen leuchtete auf, von dem Süß gar nicht mehr wusste, dass es noch da war.

Und dann brach die Hölle los.

***

»Stopp!« Stiller fuchtelte mit der Hand in Richtung Straßenrand. »Da hat ›Stopp‹ geleuchtet.«

»Hab's gesehen.« Kleinschnitz lenkte den Buick dennoch in die Autobahnauffahrt. »Da leuchtet's noch mal, schau.« Sein Kinn wies auf ein weiteres Verkehrsschild. Auf dem schwarzen Untergrund erschien eine grellgelbe Hand, darüber in Rot der Schriftzug »Stopp«.

»Stopp!« Stiller erblasste. »Das heißt, du sollst anhalten.«

»Da wär ich jetzt gar nicht drauf gekommen.« Kleinschnitz packte das Lenkrad fester. »Aber ich werd den Teufel tun und jetzt anhalten.«

»Wann warst du das letzte Mal auf der Autobahn?«, erkundigte sich Stiller vorsichtig.

»Mit dem Buick?« Kleinschnitz zuckte die Schultern. »Ist 'ne Weile her. Warum?«

Am Fahrbahnrand begann eine orangefarbene Lichterkette zu blinken, auf weiteren Warnschildern, die hintereinander angeordnet waren, leuchtete ein neuer Schriftzug auf: »Hier ausfahren«. Ein Pfeil wies nach rechts, wo eine Notausfahrt vom Öhr der Autobahnauffahrt abzweigte.

Stiller deutete auf die Notausfahrt. »Ich rate mal: Dein Buick hat keinen Transponder.«

»Gut geraten.« Kleinschnitz trat das Gaspedal durch, der Buick raste an der Notausfahrt vorbei. Draußen ertönte ein akustisches Signal, ein lang gezogenes Hupen. »Na und?« Kleinschnitz ließ sich nicht aus der Ruhe bringen. »Die können den Buick ja scannen.«

***

Das Piepen ging in einen Dauerton über, weitere Kontrolllämpchen blinkten rot. Auf dem Hauptbildschirm öffnete sich ein Fenster. Süß musste nicht hinsehen, um zu wissen, was da stand: Das war ein Ufo-Alarm. Irgendein Idiot wollte mit einem Fahrzeug ohne Transponder auf die Autobahn. Mit einem Fahrzeug, das obendrein nicht identifizierbar war.

»Zeig mir das Ufo«, bellte Süß den Computer an. Endlich hatte er wieder Macht über ihn. »Bildschirm zwo.«

Ein neuer Alarm schallte aus dem Lautsprecher. Süß kannte auch dieses Pfeifen. Der Typ im Ufo hatte sein Smartphone an. Kofas hielt ihn zwangsläufig für einen Fußgänger.

»Zwei Fußgänger«, erklärte die Computerstimme, als hätte sie Süß' Gedanken gelesen.

»Keine Fußgänger«, korrigierte Süß. »Fahrzeuginsassen.«

»Kein Fahrzeug feststellbar«, kam es zurück.

Bildschirm zwei zeigte die Autobahnauffahrt Aschaffenburg-Ost. Ein rotes Auto, flach wie eine Flunder, fädelte sich gerade auf den Beschleunigungsstreifen ein. »Da ist es doch.« Süß sprach mehr zu sich selbst. »Was ist das für 'ne Karre?«

»Scanning erfolglos.« Die Computerstimme wiederholte zur Vorsicht: »Scanning erfolglos.«

»Was auch immer: Ufo als Fahrzeug akzeptieren. Einfädeln in die Single-Track ermöglichen.« Süß war in seinem Element. Himmlisch. »Und hol mir die Kiste gefälligst näher ran.«

Er wollte noch den Sicherheitsdienst verständigen, kam aber nicht mehr dazu. Ein weiterer Alarm hinderte ihn daran.

***

»Er ist noch hinter uns.« Stiller brachte die Sonnenblende mit dem Schminkspiegel in eine günstige Position, um den Amarok im Auge zu behalten.

»Gut.« Kleinschnitz setzte den Blinker links, um vom Beschleunigungsstreifen auf die rechte Fahrspur zu wechseln. Dort fuhr parallel zum Buick ein Hybrid-Sprinter, den die Firmenaufschrift als Lieferfahrzeug der Bäckerei Schwarzkopf in Mainaschaff zu erkennen gab. Der Sprinter verlangsamte seine Fahrt, offenbar um den Buick einfädeln zu lassen. Doch Kleinschnitz bremste ebenfalls. Der Beschleunigungsstreifen endete und setzte sich als Standspur fort.

»Was hast du vor?« Stiller fuchtelte mit den Händen, um Kleinschnitz auf den Sprinter aufmerksam zu machen. »Der will uns einfädeln lassen. Gib einfach Gas und fahr vor ihm rein.«

»Dann verlier ich den da.« Kleinschnitz wies mit dem Daumen über die Schulter. Er bremste den Buick weiter ab, um den Sprinter vorbeiziehen zu lassen, doch der blieb parallel.

»Da!« Stiller streckte verzweifelt die Hände aus. Warnschilder kündigten das Ende der Standspur an. »Jetzt mach schon.«

»Zu spät«, knurrte Kleinschnitz. »Ich kann nicht mehr Gas geben.«

Stiller sah es ein. Die Betonwand der Einhausung von Hösbach tauchte vor ihnen auf.

***

»Was ist los?« Süß hörte das Tuten und fühlte, wie sein Adrenalinspiegel stieg.

Der Computer antwortete unaufgeregt. »Fahrobjekt ohne Transponder. Identifiziert als Amarok vier Punkt null.«

»Das neueste Modell.« Süß kratzte sich am Kopf. »Wieso hat der keinen Transponder? Zeigen!« Der Ausschnitt auf dem Bildschirm zwei vergrößerte sich. Überrascht stellte Süß fest, dass der Amarok unmittelbar hinter der roten Flunder fuhr. »Einfädeln lassen!«

»Einfädeln von Ufo fehlgeschlagen.« Eine heisere Sirene begleitete die Computeransage. Das war eine der höheren Alarmstufen.

»Was soll das heißen?«

»Fahrverhalten von Ufo irrational.«

»Auf den Hauptschirm!« Süß sprang auf. Fassungslos betrachtete er die Szene. Der rote Oldtimer war auf der Standspur geblieben und raste auf die Wand der Einhausung zu. Ein Selbstmörder? Offensichtlich nicht, vielmehr hinderte ihn ein weißer Sprinter am Einfädeln.

»Den Sprinter beschleunigen. Maximal.« Befriedigt sah Süß den Lieferwagen einen Satz nach vorn machen. Gleichzeitig ertönte ein neues Alarmsignal. Süß runzelte die Brauen.

***

Plötzlich schoss der Sprinter an ihnen vorbei, als hätte er ein Düsentriebwerk, das jemand gezündet hatte.

»Na bitte.« Kleinschnitz wollte den Buick nach links ziehen. Da weiteten sich seine Augen. »Zu früh gefreut!« Er trat so heftig auf die Bremse, dass sich Stiller leicht vor der Windschutzscheibe verbeugte.

Um die Ladung im Lieferwagen unterzubringen, hatte der Fahrer des Sprinters die Hecktür nicht ganz schließen können. Die starke Beschleunigung ließ die Türflügel auffliegen. Die Plastikpaletten rutschten nach hinten, eine nach der anderen stürzten sie aus dem Wagen. Brötchen und Brotlaibe rollten über die Fahrbahn. Etliche sprangen hoch wie Gummibälle und prallten gegen die nachfolgenden Autos.

Der Amarok wäre ihnen bei Kleinschnitz' Bremsmanöver fast ins Heck gefahren. Kleinschnitz ließ den Buick im letzten Moment wieder anziehen.

»Du musst rüber.« Stiller war drauf und dran, ins Steuer zu greifen.

Kleinschnitz folgte. Haarscharf schrammte der Buick an der Betonwand vorbei und verschwand im Tunnelmund der Einhausung.

»Uff.« Stiller hatte Schweißperlen auf der Stirn.

Etwas schlug dumpf auf dem Dach des Buick auf. Kleinschnitz zuckte zusammen. »Was war das?«

Stiller sah über die Schulter zurück. »Der Form nach ein Wagenradbrot.«

»Wenn meinem Buick was passiert …«

»Was dann?« Stiller wandte sich wieder nach vorn.

»Kauf ich nie wieder was vom Schwarzkopf!«

»Pass auf!« Stiller stützte sich am Armaturenbrett ab.

Eine Palette mit Kartons war aus dem Sprinter gestürzt. Ein Karton wurde hochgeschleudert, knallte auf die Windschutzscheibe des Buick und platzte. Sofort verteilte sich eine sahnige Masse auf dem Glas.

»Torte«, stöhnte Kleinschnitz.

»Sieht nach Schwarzwälder Kirsch aus«, bestätigte Stiller. »Was für eine Verschwendung.«

»Shit, ich seh nichts mehr!« Kleinschnitz hatte den Scheibenwischer eingeschaltet, um die Torte abzustreifen. Doch die Wischblätter verteilten die cremige Sahne großflächig über das Fenster. Hektisch schaltete Kleinschnitz die Wischer auf die schnellste Stufe.

Der Buick rumpelte über ein Hindernis am Boden. »Was war jetzt das?«, wiederholte Kleinschnitz verzweifelt.

»Bin ich Hellseher?« Stiller drehte sich um und sah nach. »Baguettes. Die vom Schwarzkopf kannst du eh vergessen.«

»Ist der Amarok noch dran?«

Stiller nickte. »Ja. Aber fahr trotzdem auf die mittlere Spur, damit wir hinter dem Sprinter wegkommen.«

»Ich bin doch nicht verrückt. Die Autos da sind schneller.« Ein Kugelhagel von Pralinen prasselte auf den Buick. »Okay«, resignierte Kleinschnitz und gab Gas.

***

»Ladung auf der Fahrbahn«, kommentierte der Computer den neuesten Alarm.

»Gefährdungspotenzial?«, erkundigte sich Süß.

»Stufe drei.«

Süß atmete auf. Lackschäden und Beulen in der Karosserie, nichts Ernstes. Es gab zehn Stufen, es hätte schlimmer kommen können. Allerdings würde diese Sache erhebliche Schadenersatzklagen nach sich ziehen. Wie üblich dürften sich die Klagen gegen die Rail-System-Gesellschaft richten. Wenn er nicht angemessen handelte, konnte ihn das den Job kosten. »Die Einhausung in Richtung Würzburg sperren«, kommandierte er daher.

»Amarok eingefädelt.«

»Gut.« Süß wusste, bis Kofas die Fahrzeuge ausreichend heruntergebremst hatte, um sie vor der Einhausung anzuhalten oder bei Aschaffenburg-Ost von der Autobahn zu leiten, würden bei der aktuellen Verkehrsdichte noch dreißig bis vierzig Wagen in die Tunnelröhre einfahren. Er sah die Lösung: »Alle Fahrzeuge außer dem Sprinter auf die Fahrspuren zwei und drei leiten.«

»Rapid-Lane nur für Sonderfahrzeuge freigegeben«, kam es trotzig zurück.

Süß duldete keinen Widerspruch. »Tu gefälligst, was ich sage!«

Es klingelte.

***

Der Buick schwenkte auf den Mittelstreifen. Überrascht stellten Stiller und Kleinschnitz fest, dass auch alle anderen Autos wie von Geisterhand gezogen auf die benachbarten Fahrbahnen wechselten.

»Kofas scheint die rechte Spur freizuräumen.« Stiller musterte im Schminkspiegel die Strecke hinter dem Buick. Der Amarok hatte den Fahrstreifen nicht gewechselt, er war hinter dem Sprinter geblieben. »Bis auf den da.« Stiller hob die Brauen. »Der hat auch keinen Transponder.«

»Was hast du denn gedacht?« Kleinschnitz bremste leicht, um den Amarok nicht abzuhängen. »Dass ein gesuchter Kindervergifter mit eingeschaltetem Transponder unterwegs ist, damit ihn jeder Trottel orten kann?«

»Gut, aber durch uns weiß die Polizei jetzt, wo er ist. Warum dauert es so lang, bis er aus dem Verkehr gezogen wird?«

»Weil sich die Bullen noch nicht hinbeamen können.« Die Windschutzscheibe war halbwegs frei, Kleinschnitz schaltete den Scheibenwischer aus. »Komm«, sagte er. »Ich probier mal was. Bin gespannt, ob uns dieser Typ noch mag.«

Wieder trat er aufs Gas.

***

Es war die Türklingel. Süß warf einen Blick auf den Bildschirm rechts unten, der den Eingangsbereich vor den Garagen der Rettungsfahrzeuge zeigte, über denen die Kontrollstelle eingerichtet war. Die Schulklasse!

Na toll. Süß drückte auf den Türöffner. Bei den letzten Führungen hatten sich die Schüler regelmäßig gelangweilt – und ihre Lehrerinnen auch. Diesmal würde er ihnen etwas bieten können. Die Kamera übertrug, wie sie ins Treppenhaus strömten. Doch ein neuer Alarm lenkte ihn ab.

»Erneut irrationales Fahrverhalten von Ufo«, erläuterte die Computerstimme.

Süß sah auf den Hauptschirm. Er brauchte die Zahlenkolonnen nicht, die als Infoband am unteren Bildschirmrand vorbeizogen. Die Bilder der Kameras im Tunnel waren eindeutig: Die rote Flunder beschleunigte. Und der Amarok dahinter ebenso.

Die Computerstimme ließ nicht auf sich warten. »Fahrverhalten von Amarok irrational.«

»Das ist nicht irrational«, korrigierte Süß. »Der Amarok verfolgt das Ufo.« Wahnsinn. Er gab der Flunder keine Chance. Die lief allenfalls mit Biosprit, lang würde der Motor die Jagd nicht mitmachen. Der Amarok war dagegen ein Kraftwerk auf Rädern.

»Geschwindigkeitsbegrenzung überschritten«, warnte der Computer.

»Stören wir?«, kam eine Stimme von hinten.

Süß wandte kurz den Kopf um. Die Lehrerin stand schüchtern im Türrahmen, ein knappes Dutzend Schüler schaute neugierig an ihr vorbei, beeindruckt von all dem Piepen, Pfeifen, Tuten und Heulen. Süß war sich nicht sicher. Trotzdem sagte er: »Kommen Sie herein.«

Im selben Augenblick gab es wieder Alarm. Das Unfallsignal. Süß hatte einen Moment lang nicht hingesehen. Er unterdrückte einen Fluch – er fluchte nie im Beisein von Kindern. Stattdessen wandte er sich rasch der Bildschirmwand zu.

***

»Verdammt«, fluchte Kleinschnitz, »er hat uns gerammt!« Er trat das Gaspedal voll durch und wechselte auf die linke Spur.

Stiller drehte sich um. Der Amarok folgte ihnen dicht, der Fahrer war jedoch nur undeutlich zu sehen. Stiller war sich sicher: Es musste sich um Geist handeln – und sein Wagen kam wieder näher. »Schneller!«, trieb Stiller Kleinschnitz an.

»Ich bin am Limit. Ein alter Gaul ist kein Rennpferd.« Kleinschnitz warf einen kurzen Seitenblick auf Stiller. »Du solltest das wissen.«

»Wer ist hier der …«, setzte Stiller an. Ein Knall unterbrach ihn, der Buick ruckte kurz. Der Amarok war auf das Heck aufgefahren, ließ sich etwas zurückfallen, holte aber sofort wieder auf.

Stiller presste den Kopf gegen die Nackenstütze. »Dann mach was anderes.«

»Ich weiß schon, was ich mache.« Kleinschnitz unterbrach kurz, weil der Motor des Buick zu qualmen begann. »Ich schmeiße dich raus. Er will ja nur dich.«

»Du bist ein wahrer Freund, weißt du das?« Im Augenwinkel betrachtete Stiller den Laster einer Spedition, den sie gerade überholten. Er hatte eine Idee. »Rechts rein!«

»Spinnst du?«

»Jetzt.« Stillers Stimme überschlug sich.

Kleinschnitz folgte irritiert. Unmittelbar vor dem Laster wechselte er auf die mittlere Spur zurück. Der Amarok reagierte zu spät und war mit einem Satz an ihrer linken Seite.

»Weiter.« Diesmal griff Stiller ins Steuerrad, damit Kleinschnitz es nicht zurückdrehen konnte.

»Finger weg!« Kleinschnitz war außer sich.

Der Buick zog auf die rechte Spur.

»Jo-ho-ho«, jubelte Stiller. »Und jetzt: bremsen!«

Kleinschnitz kapierte. Er nahm den Fuß vom Gas und trat die Bremse durch.

***

Als der Feueralarm durch die Zentrale schrillte, waren die Kinder nicht mehr zu halten. Sie stürmten nach vorn, umringten Süß, der am Steuerpult stand, und starrten gebannt auf die Bildschirmwand.

»Rauchentwicklung im Bereich von Ufo«, teilte die Computerstimme mit.

»Ich weiß nicht, Kinder …« Die Lehrerin hatte die Arme verschränkt und rieb sich mit den Händen die Schultern. Sie zitterte. »Das hört sich ja furchtbar an.«

»Sie müssen sich nicht fürchten, Frau Dittmann«, versuchte ein Dreikäsehoch sie zu beruhigen. »Das ist gar kein echtes Ufo. Das ist ein Buick. Century. Baujahr 1972, würd ich sagen.«

»Baujahr 1973«, korrigierte ihn eines der Mädchen. »Das ist ein Sondermodell. Gran Sport.«

»Alle Achtung«, lobte Süß. Endlich war ihm klar, weshalb das Modell nicht gespeichert war. »Buick Century GS 1973«, wiederholte er für den Computer. »Lernen!«

Der Computer hatte schnell gelernt: »Fahrverhalten von Buick irrational.«

Die Lehrerin schrie auf, während sie auf dem Hauptschirm zusah, wie der Buick einen Lastwagen überholte, um unmittelbar vor ihm einzuscheren. Damit war der Mindestabstand nach Kofas unterschritten. Automatisch bremste das System den Lastwagen – so plötzlich, dass er leicht zu schlingern begann.

»Alle nachfolgenden Fahrzeuge auf die Rapid-Lane fädeln«, ordnete Süß an.

»Manöver nicht mehr nötig«, widersprach der Computer. Der Buick hatte den Lastwagen nur geschnitten und war auf die rechte Spur ausgewichen. Damit war die Mindestabstandsfläche wieder frei, der Laster fing sich.

Wenn Süß eines nicht vertrug, dann war es der Widerspruch eines Computers. Doch er kam nicht dazu, seinen Befehl zu wiederholen.

»Polizei.« Eines der Kinder deutete auf den Bildschirm, der den Eingangsbereich der Kontrollstelle überwachte. Ein Streifenwagen der Verkehrspolizeiinspektion raste in den Hof.

»Die wissen Bescheid.« Süß war überrascht, er hatte die Verkehrspolizei noch gar nicht anfordern können. »Woher?«

Ein uniformierter Beamter sprang aus dem Streifenwagen. Süß drückte den Türöffner, um den Beamten einzulassen.

Die Lehrerin schrie auf. Ohne ihre vor Schreck geweiteten Augen vom Hauptschirm abzuwenden, packte sie Süß am Handgelenk.

***

Kleinschnitz riss das Lenkrad nach links und schwenkte direkt hinter dem Lastwagen wieder auf die mittlere Fahrbahn. »Ist links frei?«

Stiller warf einen Blick über die Schulter und sah die dichte Wagenkolonne auf der Rapid-Lane, die sich durch den Tunnel zog. »Nein.«

»Dann halt dich fest.« Kleinschnitz gab Vollgas. Der Buick hustete dichten schwarzen Qualm aus, während er auf die linke Spur schoss und dabei einen zitronengelben Elektro-Smart schnitt. Kofas schien sofort eine Notbremsung einzuleiten, denn der Smart schlingerte und fiel zurück. Bremsen quietschten, im Schminkspiegel sah Stiller, wie sich Autos quer stellten. Ob es Unfälle gab, konnte er nicht mehr erkennen, der Qualm des Buick vernebelte die Szene.

Kleinschnitz spitzte die Ohren. »Martinshorn. Da kommen die Freunde und Helfer.«

Sie rauschten an der Auffahrt Goldbach vorbei. Zwei Motorradstreifen röhrten die kurze Rampe herunter und fuhren hinter ihnen in die Einhausung ein.

Während der Buick den Lastwagen links überholte, nutzte der Amarok den Vorsprung, den er inzwischen gewonnen hatte, um auf die mittlere Spur zurückzuwechseln.

»Das wird dir nichts nutzen, Freundchen.« Stiller winkelte die Arme an und ballte die Fäuste vor dem Gesicht. »Jetzt drehen wir den Spieß mal um.«

Kleinschnitz warf ihm einen sorgenvollen Seitenblick zu. »Was glaubst du eigentlich, wer hier fährt?«

Stiller ließ die Fäuste sinken und stützte sich am Armaturenbrett ab. »Pass lieber auf.«

***

In der Streckenkontrollstelle passierte alles gleichzeitig. Der Feueralarm löste automatisch die Notentlüftung in der tunnelartigen Einhausung aus. Der rechte Bildschirm übertrug, wie sich die Garagen der Rettungsfahrzeuge im Hof öffneten. Die Kinder jauchzten begeistert über den schwarzen Qualm, der sich in der Röhre ausbreitete, während sich die Lehrerin ängstlich an Süß klammerte. »Fahrverhalten von Buick irrational«, tönte der Computer dazwischen.

Der uniformierte Beamte stürmte in den Kontrollraum. »Wo sind sie?« Er war atemlos.

»Gerade an der Auffahrt Goldbach.« Süß deutete auf den Hauptschirm.

»Gut.« Der Beamte kämpfte sich durch die Traube der Schüler zu Süß vor. »Wir müssen sie in Hösbach ausleiten. Direkt hierher auf den Hof.«

Der Mann hat keine Ahnung, dachte Süß. Laut sagte er: »Kofas kann sie nicht kontrollieren. Beide.«

Der Beamte nickte. »Ich weiß. Das übernehmen meine Leute. Wichtig ist der Amarok. Um den geht es.«

Süß lachte. »Die beiden Motorradstreifen?« Er deutete auf die Motorräder, die gerade auf dem Hauptschirm erschienen. »Was wollen die denn gegen diesen Panzer ausrichten?«

»Die sind nur Ablenkung. Lassen Sie den gesamten Verkehr anhalten. Wir sperren die Autobahn bei Hösbach.«

»Sie – was?« Ungläubig wollte Süß die entsprechende Kamera auf einen der Bildschirme schalten, es gelang ihm aber nicht, weil die Lehrerin ihren Klammergriff nicht von seinem Handgelenk löste. »Zeigen«, forderte er stattdessen.

»Anweisung präzisieren«, gab der Computer zurück.

Süß schnaufte. Das Ding wollte ihn vorführen. Der Beamte

sollte ihn für einen Trottel halten. Zum Glück musste er sich wieder auf den Hauptschirm konzentrieren. Dort überschlugen sich die Ereignisse.

Der Buick hatte den Lastwagen wieder überholt und versuchte, hinter dem Amarok einzuscheren. Doch der bremste abrupt. Der Buick schlingerte auf die linke Spur zurück.

»Fahrverhalten von Amarok irrational«, verriet der Computer, was jeder sehen konnte. Gleichzeitig ließ Kofas den Lastwagen notbremsen und auf die rechte Spur wechseln. Dort schnitt er die beiden Polizeistreifen, die gerade aufgefahren waren. Ein Motorrad wich aus und fiel etwas zurück, das andere stürzte und schlitterte mitsamt seinem Fahrer hinter dem Lastwagen her.

Die Kinder schrien auf, Süß spürte, wie die Fingernägel der Lehrerin sein Handgelenk aufschlitzten. »Den gesamten Verkehr in der Einhausung Fahrtrichtung Würzburg anhalten«, befahl er.

»Anhalten des Verkehrs im Tunnel bei Feueralarm unzulässig«, widersprach der Computer. »Die Einhausung ist in jedem Fall zu räumen.«

»Feueralarm ignorieren.« Süß war fassungslos. »Oder hat dir jemand in dein Elektronenhirn geschissen?«

»Also bitte!« Die Lehrerin ließ endlich das Handgelenk los. »Doch nicht vor den Kindern …«

Süß sah befriedigt, wie die Fahrzeuge in der Einhausung ihr Tempo verringerten.

Der Beamte klopfte ihm auf die Schulter. »Sie kommen«, sprach er in sein Digitalfunkgerät. »Allein. Wisst ihr schon was von dem gestürzten Kollegen?« Die Antwort war nicht zu hören, doch der Beamte atmete auf.

***

»Was hat der vor?« Kleinschnitz schnickte mit dem Kopf in Richtung des Amarok, der nach seinem abrupten Bremsmanöver auf die Beifahrerseite des Buick gelangt war.

Stiller versuchte, einen Blick auf Geist zu erhaschen. Trotz der Tönung der Seitenfenster war gerade noch zu erkennen, wie er das Lenkrad nach links riss. »Mist«, sagte Stiller leise.

»Wieso Mist?«

Stiller musste es Kleinschnitz nicht mehr erklären. Der Amarok schlug einen Bogen nach links und knallte mit der Seite gegen die Beifahrertür des Buick.

»Mein Buick!« Kleinschnitz versuchte, nach links auszuweichen, kam der Betonwand der Einhausung damit aber gefährlich nahe.

»Du hast gut jammern! Du sitzt doch auf der anderen Seite.« Stiller presste sich gegen die Lehne. »Gib Gas, er holt wieder aus.«

Wieder schrammte der Amarok gegen den Buick. Diesmal lenkte er nicht zurück.

Kleinschnitz hielt dagegen. »Wenn du noch einmal was von Gasgeben sagst, fliegst du raus!«

»Dazu musst du den erst mal abhängen.« Stiller deutete mit dem Daumen auf den Amarok, der endlich abließ und wieder auszuholen schien.

»Sag mir, wie!«, blaffte ihn Kleinschnitz an. »Ich muss lenken, du musst denken.«

»Gut.« Stiller sah das Licht am Ende des Tunnels. »Ich sag jetzt nichts von Gas. Aber hol aus deiner Mühle alles raus, was drin ist.«

Kleinschnitz folgte, was der Buick mit öligem Qualm quittierte. Das Ende der Einhausung kam näher, Hinweisschilder kündigten die Ausfahrt Hösbach an.

»Alles!« Stiller hielt den Atem an.

Der Amarok beschleunigte mit. Er kam wieder näher.

***

»Zulässige Höchstgeschwindigkeit überschritten«, maulte der Computer.

Sorgenfalten zogen sich über die Stirn des Beamten. »Die rasen genau auf unsere Absperrung zu.«

»Kontakt mit den Fahrern aufnehmen«, befahl Süß.

Kofas reagierte sofort: »Verbindung mit Mobilgeräten im Buick im Aufbau. Kein Mobilgerät im Amarok vorhanden.«

Süß war überrascht. »Kein Transponder, kein Mobilgerät. Was ist mit dem los?«

»Wir suchen ihn«, erläuterte der Beamte. »Er wollte sich unsichtbar machen.«

»Dafür hat er sich ja die beste Strecke ausgesucht«, murmelte Süß.

Erneut klammerte sich die Lehrerin an ihn.

***

Der Buick jagte aus der Tunnelröhre.

Kleinschnitz' Augen weiteten sich. »Schau mal!« Rechts tauchte die Ausfahrt Hösbach auf – und geradeaus eine Barriere aus vier oder fünf Streifenwagen. »Die haben die Autobahn gesperrt.« Er wollte den Fuß vom Gas nehmen.

»Nicht bremsen«, kam ihm Stiller zuvor. »Wir fahren raus. Gleich.« Er sah aus dem Seitenfenster. Der Amarok holte Schwung und wollte sie erneut abdrängen. »Jetzt bremsen«, schrie Stiller, unmittelbar bevor der Amarok die Seite des Buick rammen konnte. »Voll!«

Kleinschnitz stieg auf die Bremse.

Der Amarok reagierte zu spät, raste schlingernd an ihnen vorbei auf die Polizeiabsperrung zu.

»Nach rechts – und raus!«, schrie Stiller.

Kleinschnitz folgte ihm widerspruchslos.

»Jo-ho-ho«, jubelte Stiller erneut, als der Buick fast gemächlich in die Ausfahrt einbog.

Reifen quietschten.

»Schau!« Kleinschnitz deutete auf die Straßensperre.

Geist versuchte, vor den Streifenwagen eine Kehrtwende hinzulegen. Der Amarok drehte sich zwar um hundertachtzig Grad, doch das Manöver misslang. Der Motor erstarb. Die Brennstoffzellen machten viel mit, aber auch nicht alles. Sofort kreisten die Wagen den Amarok ein, Polizeibeamte in voller Montur mit Helmen und schusssicheren Westen sprangen heraus, die Waffen im Anschlag.

Kleinschnitz' iPhone meldete sich. Weil die Rufnummer unterdrückt war, antwortete er mit einem vorsichtigen »Hallo?«.

***

Der Beamte beugte sich zum Mikro. »Deller hier, Verkehrspolizei. Fahren Sie nach der Ausfahrt geradeaus weiter zur Autobahnmeisterei. Ich erwarte Sie im Hof. Und versuchen Sie bitte keine Sperenzchen. Wir haben Sie auf dem Schirm, Sie kommen uns nicht aus.« Er besann sich kurz. »Gut gemacht übrigens. Das reine Chaos, aber wenigstens haben alle überlebt.«

»Haben Sie meinen Buick auf dem Schirm?« Kleinschnitz klang, als sei er den Tränen nahe. »Wie sieht er aus?«

»Zum Sachschaden kann ich mich noch nicht äußern. Bis gleich.« Der Beamte beendete das Gespräch und richtete sich wieder auf. »Ich bin sofort wieder da«, kündigte er an und verließ den Kontrollraum.

Die Schüler applaudierten. Offensichtlich hatten sie das alles für eine Show gehalten, die eigens für ihren Besuch inszeniert worden war.

Süß war es egal. Er hatte das Geschehen auf der Autobahn gemeistert – wie es die Aufgabe der Autobahnmeisterei eben war. Keine Toten, kein Feuer, selbst die Sperrung würde höchstens ein paar Minuten dauern. Optimal, wenn man bedachte, dass da gleich zwei Verrückte unterwegs waren. Sollten seine Besucher denken, was sie wollten. Es war endlich mal wieder heiß hergegangen, und er fühlte sich wie im siebten Himmel.

Die Lehrerin löste sich von ihm und rieb sich wieder die Schultern. Fröstelnd sagte sie: »Das war ja die Hölle.«

16

Die Beifahrertür ließ sich nicht öffnen. Stiller rutschte über die Sitzbank und stieg auf der Fahrerseite aus. Kleinschnitz umrundete den Buick bereits und begutachtete jammernd die Schäden.

Mit langen Schritten gesellte sich ein Polizist zu ihnen. »Ich bin Deller«, stellte er sich vor. »Mein Kollege Staab hat uns informiert, dass Sie von einem mutmaßlichen Straftäter verfolgt würden. Wir sind durchaus dankbar, dass Sie ihn im Schlepptau gehalten haben, bis wir eingreifen konnten. Aber wie zum Teufel sind Sie denn auf die irrsinnige Idee gekommen, auf die Autobahn zu fahren?«

Kleinschnitz schwieg eisig, die Mittagshitze kühlte spürbar ab.

»Wenn du willst, können wir uns die Reparaturkosten teilen«, bot Stiller versöhnlich an.

»Keine Sorge.« Kleinschnitz bleckte die Zähne. »Seit ich deinetwegen mal in einem See gelandet bin, habe ich den Buick gut versichert.«

»Sie wollen dieses Fossil doch nicht wirklich reparieren lassen …« Deller schwieg erschrocken, als er in Kleinschnitz' Augen Mordlust aufblitzen sah. »Wie auch immer: Für den Fremdschaden muss die Rail-System-Gesellschaft aufkommen.« Er sah sich um. »Ich würde sagen, wir nehmen gleich das Protokoll auf, dann können Sie sich um Ihr Museumsstück kümmern.«

Stiller und Kleinschnitz folgten Deller in das Gebäude der Autobahnmeisterei und nahmen in der kleinen Teeküche Platz. Aus dem Kontrollraum waren Kinderstimmen zu hören.

Stillers Smartwatch meldete sich. Er sah aufs Display: Interpol. »Darf ich ran?« Fragend sah er Deller an.

»Sicher. Ich muss ohnedies noch ein Aufnahmegerät holen.«

Während Deller den Raum verließ, nahm Stiller den Anruf an. »Kerstin«, sagte er. »Was gibt's?«

Sie lachte heiser. »Wart ihr das, die den Verkehr in der Einhausung lahmgelegt haben?«

»Nicht direkt.« Stiller war immer wieder überrascht, wie rasch die Onlinekollegen an die Infos der Polizei kamen. Vermutlich zapften sie den digitalen Behördenfunk an.

»Bausback ist jedenfalls außer sich. Da kannst du dich auf was gefasst machen.«

»Schönen Dank für die Vorwarnung.« Stiller hatte damit bereits gerechnet. »Aber deswegen rufst du sicher nicht an, oder?«

»Stimmt. Ich hab was.«

Stiller gab Kleinschnitz ein Zeichen, der gerade den Kaffeeautomaten untersuchte. »Ich schalte auf Hologramm.« Er wischte mit dem Finger über die Smartwatch. »Also, was hast du?«, fragte er, als Kerstins Gesicht erschien. »Mach's nicht so spannend.«

»Dreimal darfst du raten.«

»Ich rate nie. Ich recherchiere. Wir sind hier nicht beim Jauch.«

»Wer ist das denn?«

»Vergiss es.« Stiller wusste nicht, ob sich Kerstin über ihn lustig machen wollte. So jung war sie auch nicht mehr, dass sie den Mann vergessen haben konnte, der jahrzehntelang die Millionärshow moderiert hatte.

»Ich hab ein Bild.« Kerstin klang beleidigt.

»Von Riesenmotz«, antworteten Stiller und Kleinschnitz wie aus einem Mund.

Kerstin sah verdutzt drein. »Stimmt. Woher wisst ihr das?«

»Woher hast du es?«, entgegnete Stiller.

»Blöde Frage. Aus dem Netz natürlich. Stammt genau aus der Zeit um den Mord rum.«

Kleinschnitz hielt fragend zwei Kaffeetassen hoch.

Stiller nickte ihm zu. »Wieso bist du so sicher, dass es ein Bild von Riesenmotz ist?«

»Er hat es damals selbst hochgeladen. Unter seinem Nickname. Als Selbstporträt. Auf 'ner Seite von Satanisten.«

»Wieso haben wir es dann nicht gleich gefunden?«

Der Kaffeeautomat spuckte fauchend eine braune Brühe in die erste Tasse.

»Weil er es in den Tagen nach dem Mord wieder gelöscht hat. Aber er war nicht schnell genug. Jemand anders hat es runtergezogen und auf Dropbox verbreitet.«

»Nie gehört.«

Kerstin verdrehte die Augen. »Das war so etwas wie 'ne externe Festplatte im Internet. Die Leute haben das benutzt, um große Datenmengen auszutauschen. Ohne Mail oder USB-Stick und was es damals halt noch so gab.«

Stiller dachte an die gefälschten Bilder, die Geist von sich auf Flirt-AB verbreitet hatte. »Es könnte auch ein Fake sein …«, überlegte er laut, während Kleinschnitz die zweite Tasse in den Automaten schob.

»Glaub ich nicht.« Kerstin blickte sich um. »Was faucht denn das so?«

»Der Kaffeeautomat.« Kleinschnitz winkte ihr. »Ungefähr so alt wie mein Buick.« Sein Blick verdüsterte sich.

Stiller räusperte sich, um Kerstins Aufmerksamkeit wieder auf sich zu lenken. »Und warum glaubst du das nicht?«

»Aus zwei Gründen.« Sie legte eine kurze Pause ein, weil Kleinschnitz Stiller eine Kaffeetasse reichte. »Habt ihr's bald?«

Stiller hob die rechte Hand mit der Tasse und prostete ihr zu. »Ich bin ganz Ohr.«

»Du klingst wie Bausback.« Kerstin genoss es sichtlich, Stiller zucken zu sehen. »Also, erstens: Warum hätte er ein Fake-Bild löschen sollen?«

»Weil es ihm nicht um das Bild ging«, warf Stiller ein, »sondern um seine Spuren. Die wollte er komplett beseitigen.«

»Guter Schüler!« Kerstin zwinkerte anerkennend. »Aber es gibt noch einen zweiten Grund, aus dem ich schließe, es könnte ein echtes Bild von ihm sein.«

Deller kam zurück. Irritiert schaute er in die Runde.

»Eine Kollegin.« Stiller wies auf das Hologramm. »Kerstin Polke.« Um ein Haar wäre ihm »Interpol« herausgerutscht.

»Oh.« Kerstin klang verunsichert. »Ihr seid nicht allein.«

Stiller biss sich auf die Unterlippe. Ihm fiel ein, dass Kerstin einen Hacker eingeschaltet hatte, um Riesenmotz auf die Spur zu kommen.

»Wie auch immer«, sagte Kerstin, und erneut fragte sich Stiller, ob sie seine Gedanken lesen konnte. »Schaut euch das Bild an, dann wisst ihr, was ich meine. Ich hab's euch geschickt.« Sie nickte zum Abschied und verschwand.

Stiller löschte das Hologramm. »Wird es lang dauern?«, fragte er. »Ich habe gerade einen wichtigen Auftrag bekommen.«

»Eine halbe Stunde wird das schon warten müssen.« Deller brachte sein Smartphone auf dem Küchentisch in Stellung.

Die Tür des Kontrollraums öffnete sich, eine Schar von Kindern drängte in den Flur. Neugierig äugten sie in die Kaffeeküche, in der sie den Polizisten von vorhin wiedererkannten.

»Sind das Verbrecher?« Ein vorwitziger Knabe deutete auf Stiller und Kleinschnitz.

Deller schüttelte den Kopf. »Im Gegenteil.« Er lachte. »Das sind zwei Heilige. Die Zeitungsapostel Peter und Paul.«

Der Junge war beeindruckt. »So alt sind die schon …«

Stiller hatte es kaum erwarten können, bis er endlich mit Kleinschnitz wieder im Buick saß. Er zog sein Tablet aus der Tasche und schaltete es ein. Auf Anhieb fand er die Datei, die Kerstin geschickt hatte, und öffnete sie.

»Lass mich mitgucken.« Kleinschnitz rückte näher.

Schweigend starrten sie auf das Display. Was sie sahen, enttäuschte sie. Es war das Brustbild einer Gestalt, die eine Art Mönchskutte trug. Sie hatte sich die Kapuze weit über den Kopf gezogen, statt eines Gesichts war nur ein dunkler Fleck zu erkennen. Kerstin hatte recht. Dieses Bild hätte Riesenmotz wirklich nicht löschen müssen – es sei denn, es zeigte ihn selbst und er wollte jedes Risiko ausschließen, erkannt zu werden. Außerdem wäre es völlig sinnlos gewesen, ein gefälschtes Bild von sich einzustellen, das im Grunde gar nichts zeigte.

»Männlein oder Weiblein?«, grummelte Stiller. Nicht einmal das ließ sich feststellen.

»Amateurfoto.« Kleinschnitz zog verächtlich die Nase hoch. »Wahrscheinlich hat es dieser Riesenmotz mit seinem eigenen Handy geschossen. Einfach den Arm ausgestreckt.«

»Den Ausschnitt mit dem Gesicht heranzoomen«, befahl Stiller dem Tablet. Der Schatten unter der Kapuze vergrößerte sich, offenbarte aber keinerlei Details.

»Das kannst du vergessen. Er hat sich im Gegenlicht fotografiert.« Kleinschnitz tippte auf das Tablet. »Da.«

Über der Schulter der Kapuzengestalt war ein Fenster erkennbar, offensichtlich die einzige Lichtquelle des sonst dunklen Raums. Genau deshalb zeichnete sich die Gestalt nur als Silhouette ab.

»Typisches Handyfoto für die damalige Zeit«, kommentierte Kleinschnitz. »Selbst bei einer Billigkamera hätte sich der Autoblitz eingeschaltet. Aber so, wie er das Ding gehalten hat, muss es die Belichtung am hellen Fenster orientiert haben.«

»Das heißt, am Tageslicht draußen?« Stiller dachte nach. »Das Fenster vergrößern«, sagte er dann. Das Fenster rückte ein wenig heran, die Umrisse von Gebäuden wurden sichtbar.

Kleinschnitz pfiff anerkennend durch die Zähne. »Du bist ja ein echter Sherlock Holmes.«

»Danke, Watson.« Stiller war froh, dass Kerstin dieses Gespräch nicht hörte. Wenn sie schon den Jauch nicht kannte … Das Jagdfieber hatte ihn gepackt. »Ganzer Bildschirm«, sagte er. Das Fenster füllte das komplette Display aus, doch das Ergebnis war zu verschwommen, um mehr erkennen zu können.

»Das war zu viel«, moserte Kleinschnitz. »Etwas kleiner.«

Das Tablet reagierte nicht.

»Es hört nur auf mich«, verriet Stiller. »Langsam verkleinern!« Er sah zu, wie das Fenster schrumpfte und sich die Gebäudeumrisse im Hintergrund allmählich schärften. »So passt es. Stopp!«

Stiller und Kleinschnitz starrten auf den Bildausschnitt wie zwei gealterte Lüstlinge auf das Dekolleté einer Oktoberfest-Kellnerin. Das Fenster gab den Blick über einen lang gestreckten Hof frei. Weil der Boden nicht zu sehen war, ließ sich das allerdings nur aus der Stellung der übrigen Gebäude schließen. Gegenüber, weit im Hintergrund, war die schmucklose Fassade einer Art Bürogebäude zu erkennen, dunkle Fenster, dicht beieinanderliegend, in einer weißen Wand. Links schob sich die Flucht eines eher verspielten Gebäudes ins Bild. Es war rosafarben verputzt und hatte erkerartige Vorbauten mit Balkonen. Geranienkästen hingen an den Stahlgeländern. Rechts ragte eine Brandwand auf, die diesen Teil des Bildes verdeckte.

»Keine Ahnung, ob dich das jetzt weiterbringt.« Kleinschnitz fuhr sich mit der Hand über seinen grauen Schädel. »Mich jedenfalls nicht.«

Stiller deutete auf die Brandwand. »Das muss irgendwo in der Innenstadt gewesen sein. Sonst gab es das in Aschaffenburg vor zwanzig Jahren kaum noch.«

»Du weißt doch nicht mal, ob er das Foto überhaupt hier geschossen hat. Nach dem, was du mir erzählt hast, war Riesenmotz viel unterwegs.«

»Das Rosa sagt mir was!« Stiller legte den Kopf zurück und schloss die Augen, um besser nachdenken zu können.

»Mir auch: Da hat ein Bauherr mal guten Geschmack bewiesen.« Kleinschnitz lachte glucksend. »Im Ernst, diese Farbe gibt es hundertfach in der Stadt, wie gesagt, wenn das Bild überhaupt von hier ist.«

Stiller öffnete die Augen und heftete den Blick wieder auf das Tablet. »Interessant ist auch das dahinten. Ein reiner Zweckbau. Sieht aus, wie in den fünfziger Jahren rasch hingeklotzt.«

»Hm.« Kleinschnitz vertiefte sich in das Bild.

Stiller hatte sich mehr erhofft, er brummte verärgert. »Mensch, du bist doch der Zeitungsfotograf. Klingelt's bei dir überhaupt nicht?«

»Nö. Ich sag dir auch, warum: Wenn du den ganzen Ausblick hättest, ging's vielleicht. Aber mit diesem winzigen Ausschnitt – wer soll daran herausfinden, wo das Bild entstanden ist?«

»Jemand, der die Stadt gut kennt«, sagte Stiller nachdenklich. »Und ich glaube, ich weiß, wer da in Frage kommt.«

»Jetzt fang nicht auch noch an, in Rätseln zu sprechen.«

»Ich kenn jedes Haus en jede Stää«, zitierte Stiller und legte den Finger an die Stirn. »Es is alles dadrin.«

»Ich hätte aufs Gegenteil getippt.«

Stiller schob das Tablet in die Tasche zurück. »Ich muss ins Altenheim an der Würzburger Straße.«

»Schön für dich.« Kleinschnitz startete den Buick, der sofort eine schwarze Qualmwolke ausspuckte. »Und ich muss in die Werkstatt.«

»Dann bring mich wenigstens zu meinem Fahrrad«, bat Stiller, während er sich anschnallte. »Es steht noch in der Pestalozzistraße. Und bitte: Nimm nicht wieder die Autobahn.«

Kleinschnitz holte tief Luft, verzichtete aber auf einen Spruch und lenkte den Buick in Richtung Hösbach-Bahnhof. Stiller schloss daraus, dass er auch die Bundesstraße meiden und lieber auf den kleinen Seitenstraßen durch das Schmerlenbacher Tal nach Aschaffenburg zurückfahren wollte.

Sie waren noch keine zwei Kilometer weit gekommen, als Stillers Smartwatch klingelte. Er sah aufs Display und runzelte besorgt die Stirn. Die Nummer war zwar nicht unterdrückt, doch er kannte sie auch nicht. »Ich höre?«, meldete er sich vorsichtig.

»Ich bin's«, antwortete Ruths Stimme aus dem Lautsprecher im Buick.

»Ruth?« Verblüfft betrachtete Stiller das Display. »Was ist das für eine …«

»Ich rufe mit dem Handy einer Kursteilnehmerin an«, unterbrach sie ihn. »Du hast keine Ahnung, was hier los war.«

Du auch nicht, dachte Stiller, schwieg aber und hörte zu.

»Unsere Festnetznummer geistert durchs Internet. Andauernd hat jemand angerufen. Ich hab jetzt den Akku rausgenommen. Nur falls du selbst telefonieren wolltest.«

Der Buick ruckte kurz, während er den alten Hösbacher Bahnhof passierte. Kleinschnitz motzte leise vor sich hin.

»Und die Rückverfolgung?« Stiller deutete auf das Sträßchen, das scharf rechts in Richtung Aschaffenburg abzweigte. Kleinschnitz rollte mit den Augen.

»Die haben das total geschickt gemacht. Niemand hat mich mehr beschimpft. Alle haben sie nur nach dir gefragt oder behauptet, sie hätten sich verwählt, und gleich wieder aufgelegt.« Ruth wartete einen Moment. »Hast du schon Mike Staab verständigt?«

Stillers Gesicht lief rot an. Er hatte es ihr versprochen. »Ich bin ehrlich noch nicht dazu gekommen«, sagte er schuldbewusst. »Ich mach das jetzt sofort. Paul ist mein Zeuge.«

»Ich bin dein bescheuerter Chauffeur«, knurrte Kleinschnitz.

»Wo seid ihr denn?«, erkundigte sich Ruth.

»Bei Winzenhohl«, antwortete Stiller wahrheitsgemäß.

»Ihr fahrt durch den Spessart, während ich hier sitze und mir Sorgen mache!« Ruth klang empört. »Und du bist noch nicht einmal dazu gekommen, diesen einen Anruf zu erledigen? Was geht da vor bei dir?«

Stillers Kopfschmerzen kehrten zurück. Er wollte Ruth nicht zusätzlich aufregen. »Ich kann dir das jetzt nicht erklären.«

»Paul!« Ihr Ton war streng geworden. »Ich halte das nicht mehr aus. In einer halben Stunde endet der Kurs. Dann bin ich hier allein. Unternimm etwas, verstanden?«

»Versprochen.«

»Das hab ich schon mal gehört. Letzte Chance – sonst: tschüss.« Sie beendete das Gespräch.

Wie in Trance deutete Stiller auf die Abzweigung nach Schmerlenbach. »Da rein.«

»Mach nur so weiter!« Kleinschnitz bog ab. »Dann ist nicht nur deine Frau weg, sondern auch noch dein einziger Freund. Und jetzt ruf Mike Staab an!« Die Kirche tauchte vor ihnen auf. Kleinschnitz deutete auf die Klosterschänke am Straßenrand. »Was hältst du übrigens von einer Pause? Mein Magen knurrt.«

»Keine Zeit.« Stiller gab der Smartwatch den Befehl, Staab anzurufen. Es dauerte eine Weile, bis er sich meldete.

»Paul«, grüßte er. »Was habt ihr da wieder angestellt?«

»Steht alles im Protokoll.« Stiller schmunzelte, wurde aber gleich wieder ernst. »Ich hab ein anderes Problem.« In wenigen Worten erzählte er Staab von der Internethetze, von den anonymen Anrufen und von den Hassmails, die er bekommen hatte – und vermutlich noch immer bekam.

Staab überlegte. »Du darfst auf keinen Fall im Internet darauf reagieren.«

»Das weiß ich selbst. Ist das alles?«

»Natürlich nicht. Aber das ist wichtig. Viele machen den Fehler, zu antworten, und gießen damit nur Öl ins Feuer. Die Meute handelt nicht rational. Mit Argumenten kommt man ihr nicht bei.«

Das war Stiller klar. Er hatte zahllose solcher Fälle erlebt – bisher aber nur als Beobachter. »Und was könnt ihr unternehmen?«

»Ich kann dir doch nicht unsere Taktik offenlegen.«

Im Vorbeifahren zeigte Kleinschnitz auf die Schellenmühle. Eine digitale Tafel kündigte »Mittagstisch« an.

Stiller schüttelte den Kopf und wandte sich wieder an Staab. »Verrate mir wenigstens so viel, dass ich Ruth beruhigen kann.«

»Ich geb deinen Fall weiter an unsere Experten für Cyber-Kriminalität. Wir haben sogar einen davon in Strobels Kommissariat. Stalking oder Morddrohungen fallen unter Straftaten gegen das Leben, wenn es um die Ermittlung geht. Aber wie die Kollegen vorgehen, entzieht sich meiner Kenntnis.«

»Das kannst du meinen Enkeln erzählen!«

Staab seufzte. »Also gut, ich nehme an, sie informieren als Erstes den Anbieter der Plattform. Du sagst, die Hetze spielt sich hauptsächlich auf Myface ab?«

»Bisher jedenfalls.« Stiller hatte keine Ahnung, ob der Mob inzwischen auch in anderen Foren aktiv war.

»Das ist ungünstig. Die Betreiber sitzen im Ausland, da sind wir auf ihren guten Willen angewiesen, wenn sie uns die Accountinhaber nennen sollen. Aber wenn wir sie kriegen, kannst du davon ausgehen, dass wir uns die Wortführer vornehmen. Jedenfalls diejenigen, die besonders aggressiv sind. Voraussetzung ist allerdings, dass du bei der Staatsanwaltschaft eine Strafanzeige stellst. Verleumdung, Beleidigung, Nachstellen, Bedrohung – such dir was aus.«

»Ich bin mitten in einer Recherche!«

Staab hatte mit dem Einwand gerechnet. »Du hast uns verständigt, das reicht den Cyber-Cops erst einmal, um aktiv zu werden. Aber du musst die Strafanzeige zumindest nachreichen. Das ist wichtig für weitere Schritte.«

Stiller glaubte nicht, dass es dazu kommen würde. Als Journalist wusste er nur zu gut, wie schwer die Grenze zwischen Meinungsäußerung und Beleidigung zu ziehen war. Es sei denn … »Du meinst, es wird schlimmer?«

»Ich schließe nichts aus.«

»Und was ist mit den anonymen Anrufen?«

»Ich weiß nicht, ob wir da viel machen können.« Staabs Bedauern klang echt. »Es war auf jeden Fall richtig, die Fangschaltung einrichten zu lassen. Durch die Rückverfolgung sind sie wenigstens nicht mehr anonym, von Prepaid-Handys abgesehen, da hapert's bei uns heute noch wie vor zwanzig Jahren. Gib mir am besten alle Nummern weiter, die du kriegst. Wir können damit über die Provider wenigstens feststellen, wer die Anrufer sind. Aber solange du nicht bedroht wirst, haben wir kaum eine Handhabe gegen sie. Schlimmstenfalls müsst ihr euch vorübergehend eine neue Festnetznummer geben lassen.«

Stiller stöhnte. Schlimmstenfalls musste ihm erst etwas passieren, damit die Polizei eine Handhabe bekam. Besser erschien es ihm, wenn Ruth den Akku vorerst nicht mehr ins Telefon einlegte. Immerhin hatte die Meute die Mobilfunknummern noch nicht herausgefunden. »Was ist, wenn sie bei uns auftauchen?«

»So weit ist es zum Glück noch nicht«, wich Staab aus. »Vielleicht können wir es mit unseren Mitteln vorher stoppen. Halte mich in jedem Fall auf dem Laufenden«, fuhr er fort.

»Du mich bitte auch«, erwiderte Stiller.

»Ach Paul.« Mike war noch nicht fertig. »Du hast im Klinikum gefragt, ob Geist etwas mit Lisas Tod zu tun haben könnte. Ich hab mal ein bisschen in den Akten geblättert.«

»Und?«

»Er hat definitiv nichts damit zu tun. Die Kollegen hatten ihn damals gründlich durchleuchtet, weil er sich auffällig für den Parkhausmord interessiert und sich ziemlich aggressiv gegen Simon Bauer geäußert hatte – im Netz und in Interviews.«

»Sicher?«

»Er hatte ein bombensicheres Alibi für die Tatzeit. Er war damals bei Freunden in Würzburg und hat dort auch übernachtet. Erst haben sie das Fußballspiel geguckt, anschließend haben sie es analysiert. Bis vier. Bei beiden Gelegenheiten floss reichlich Alkohol. Dafür gab es ein halbes Dutzend Zeugen.«

»Habt ihr Riesenmotz damals zufällig auch durchleuchtet?«

»Offenbar nicht. Wir sind nur den besonders aggressiven Hetzern und den Initiatoren nachgegangen.«

»Danke, Mike.«

Kleinschnitz wartete, bis das Gespräch beendet war. »Gleich sind wir wieder am Zeughaus.«

»Peter, bitte, ich kann jetzt nichts essen!«

»Als ob davon irgendwas besser würde«, moserte Kleinschnitz. Sein Magen knurrte unüberhörbar. Mit leidender Miene setzte er die Fahrt fort. Bis er Stiller in der Pestalozzistraße absetzte, sprach er kein Wort mehr.

Das Seniorenpflegezentrum wirkte von außen wie ausgestorben. Als es vor zwanzig Jahren gebaut worden war, hatte der Träger alle Wohn- und Pflegezimmer nach hinten ausrichten müssen. Für andere Lösungen war der Verkehr auf der Würzburger Straße damals noch zu stark und vor allem zu laut gewesen. Das hatte sich inzwischen geändert, doch die Raumaufteilung war geblieben. Das Leben spielte sich auf der anderen Seite ab.

Trotzdem fragte sich Stiller, ob er vielleicht ungelegen kam. Möglicherweise gab es so etwas wie eine Mittagsruhe, in der die Heimbewohner ein Schläfchen halten mussten. Davon hatte er allerdings noch nichts gehört, außerdem wollte er keine Zeit verlieren. Er schloss sein Fahrrad an eine der Platanen am Straßenrand und schritt die barrierefreie Rampe zum Eingang hinauf. Die Empfangstheke war seitlich in einer kleinen Halle untergebracht, dahinter saß eine Pflegerin im weißen Kittel und tippte auf einem Tablet-Computer. Es roch nach Kantine. Plötzlich merkte Stiller, dass er doch Hunger hatte.

Ein paar alte Frauen, die im Hintergrund der Halle in ihren Rollstühlen saßen, hoben neugierig den Kopf, während Stiller auf die Theke zuging. Eine lächelte ihn zahnlos an, eine andere gab einen nasalen Begrüßungslaut von sich. Immerhin wusste Stiller jetzt, dass er sich umsonst Sorgen um eine mögliche Mittagsruhe gemacht hatte.

Die Pflegerin sah auf und musterte ihn eingehend. Es schien ihr nicht zu entgehen, dass er leicht schwankte. Ihr Blick blieb kurz an seiner Kopfwunde hängen, dann lächelte sie fürsorglich. »Herzlich willkommen!«

»Grüß Gott«, erwiderte Stiller. Es war ein christliches Heim.

Ihre Augen weiteten sich leicht. »Jesus und Maria! Sie sind ja ganz blass, Sie Armer. Kann ich Ihnen helfen?«

»Das hoffe ich.« Stiller legte die Unterarme auf die Theke. »Ich suche …«

»Entschuldigung, wenn ich Sie gleich unterbreche«, sagte sie schnell. »Aber ich möchte nicht, dass Sie sich einer falschen Hoffnung hingeben. Wir sind nämlich komplett ausgebucht.«

Stiller bemühte sich um ein Lächeln. »So weit ist es auch noch nicht …«

»Auf lange Zeit«, unterbrach sie ihn erneut. »Es gibt eine Warteliste. Ich kann Sie gern zur Aufnahme schicken, wenn Sie sich draufsetzen lassen wollen. Aber vor Ablauf von fünf, sechs Jahren …«

Diesmal fiel Stiller ihr ins Wort. »Nein. Ich suche …«

»Tagespflege!« Ihr Blick hellte sich auf. »Da ist eher was machbar. Wissen Sie, zur Tagespflege kommen ja nur diejenigen, die noch Kinder oder Angehörige haben, von denen sie abends umsorgt werden. Davon gibt es leider nicht mehr viele. Wenn Sie dazugehören, sollten Sie sich glücklich preisen.«

Stiller schwieg verdutzt. Mit den Kindern lag sie ja richtig – aber wie alt musste er auf sie wirken?

»Dann geben Sie mir bitte Ihren Namen, damit ich Sie bei der Aufnahme anmelden kann.« Die Pflegerin legte ihr Tablet auf die Theke und blickte ihn erwartungsvoll an.

»Mein Name ist Paul Stiller. Ich arbeite für die hiesige Zeitung und hätte gern Frau Leisner gesprochen.«

Die Überraschung stand ihr ins Gesicht geschrieben. »Sie müssen in Ihrem Alter noch arbeiten! Sie Armer.« Dann lachte sie. »Ach, ich Dummerle. Ich habe doch tatsächlich geglaubt, Sie suchen einen Pflegeplatz.«

Das hätte sie mir doch tatsächlich nicht eigens erklären müssen, dachte Stiller.

Sie besann sich. »Frau Leisner, sagen Sie?«

Stiller nickte.

Sie sah auf dem Tablett nach. »Das ist Zimmer 327. Im dritten Stock.«

»Ach so.«

»Ich frage nach, ob Frau Leisner Sie empfangen möchte.« Sie griff zum Telefon und tippte. »Die Zimmernummer ist gleichzeitig die Durchwahl«, verriet sie, während sie wartete.

»Nicht dass ich sie in ihrer Mittagsruhe …«, setzte Stiller an.

Die Pflegerin winkte ab. »Frau Leisner ruht nie. Sie ist noch sehr gut auf den Beinen, müssen Sie wissen.«

Stiller hätte es wissen sollen. Vor ein paar Tagen hatte er gesehen, wie sie mit ihrem Stock auf einen katholischen Pfarrer losgegangen war.

»Frau Leisner?« Der Blick der Pflegerin sagte Stiller, dass sie sich nicht geirrt hatte. »Sie bekommen Besuch. Darf ich ihn zu Ihnen hochschicken? – Wer?« Sie kniff in Stillers Richtung ein Auge zu. »Ein junger Mann von der Zeitung.«

»Eigentlich stamm ich ja von Stockstadt. Awwer ich hab scho mit achtzehn geheiert un bin mit meim Mann nach Ascheberg gezooche. In die Östreicher Kolonie, er war Eisenbahner. Da steht er ja, mein treuer Heinrich.« Frau Leisner lag halb in einem Ohrensessel, über den sie eine einfache graue Schondecke geworfen hatte. Ihren Stock hatte sie nicht losgelassen. Jetzt hob sie ihn an und wies mit der Gummispitze auf ein Dutzend Porträtfotos, die auf dem Sideboard standen.

»Nebendran, des sinn die Kinner. Vier Kinner hab ich großgezooche – un heit? Schaun Se sich um. Zwöfehalb Quadratmeter, mehr kann ich mir von de Witwerente nit leiste. Da brauch ich sogar noch Grundsicherung.«

Folgsam sah sich Stiller um. Das Zimmer war einfach eingerichtet, nur wenig schien von Frau Leisner selbst zu stammen: der Sessel, das Sideboard mit den Fotografien, eine Kuckucksuhr darüber, eine großformatige Spessartlandschaft in Öl an der gegenüberliegenden Wand und eine Reihe von Büchern und Zeitschriften auf einem Regal darunter. Dagegen gehörten das Pflegebett mit einem Nachttisch, wie er in Krankenhäusern üblich war, der niedrige Kleiderschrank, der quadratische Tisch mit runden Beinen und die beiden Stühle im gleichen Stil sicher dem Haus. Die Stühle waren gepolstert, aber unbequem, wie Stiller zu spüren bekam, nachdem er auf einem davon Platz genommen hatte. Auch der Flachbildschirm, der in einer Zimmerecke hing, schien eher nicht zu Frau Leisner zu passen.

»Gott sei Dank hamm se des jetzt endlich abgeschafft, dass unser Kinner mit ihrem Ersparte für ihr Eltern bezahle müsse. Des war die größte Ungerechtigkeit, die wo's gewwe hatt. Erst kannste nix hinterlasse, weil de alles für die Kinner brauchst – hamm Sie Kinner? Dann wisse Se ja, was des kost! Dann hamm die Ärmste noch ihr eigenes Geld dransetze müsse, um ihr Alde dorchzufüttern.«

Stiller wollte ihr recht geben, kam aber nicht zu Wort.

»Nä, ich saach Ihne, die wo kä Kinner hamm, die hamms richtig gemacht. E schee Lewe, alles für sich selbst. Kä Sorche, was aus de Kinner mal wird, und dann uff Koste von de Allgemeinheit alt wern. Genau genomme hamm die uns ja neigeritte in den Schlamassel. Erst dun se kän Nachwuchs beischaffe, wo später die Arbeit macht un Steuern zahlt, un im Alter dann von de wenige Steuern lewe, während die, wo Kinner hatte, immer des schlechte Gewisse hamm, weil se denne jetzt uff de Tasche lieche, obwohl die doch ach nur gern e schee Lewe hätte. Könne Sie mir mal mei Glas gewwe?«

Stiller war froh, dass er etwas Bewegung bekam. Er stand auf, füllte das Glas aus der Wasserkanne noch einmal auf und reichte es ihr, bevor er sich wieder setzte.

»Na ja, jetzt lieche mer dem Staat wenichstens alle uff de Tasche. Awwer des is gerechter, als die Kinner zu bestrafe. Die könne doch nix defür, dass mer se in die Welt gesetzt hatt.«

Sie trank, und Stiller nutzte die Pause. »Sie hatten mir neulich erzählt, dass Sie Aschaffenburg sozusagen aus dem Effeff kennen …«

»Des könne Se saache. Seit achtesiebzich Jahr leb ich in der Stadt. So alt müsse Sie üwwerhaupt erst emal wern. En jede Stää kenn ich …«

Stiller fiel ihr entschlossen ins Wort. »Sie sagten, Sie würden sogar Details erkennen, die sich inzwischen verändert haben.«

»Ach Gott, ja. Was sich alles verändert hat in de letzte Jahr. Hätte Sie früher gedacht, dass es heut fast kän äänziche Verein mehr gibt, weil kääns mehr da is, wo sich fer die Allgemeinheit einsetze will? Die ganze Traditionsfeste sinn verschwunde. Die Gickelskerb, die Quetschekuchekerb …«

»Ich dachte jetzt mehr an bauliche Veränderungen. Wenn ich Sie richtig verstanden habe, wissen Sie da auch Bescheid.«

»Ei, wundert Sie des? Des is halt so, wenn mer sich für sei Stadt interessiert.«

»Nein«, sagte Stiller, »das wundert mich überhaupt nicht. Deswegen bin ich ja hier.« Er zog das Tablet aus der Umhängetasche.

»Geh'n Se mir fort mit dem moderne Zeuch.« Ihren Worten zum Trotz sah sie ihm neugierig zu, wie er das Tablet einschaltete und das Foto auf den Bildschirm lud.

»Würden Sie sich das einmal ansehen?« Stiller hielt ihr das Tablet hin. »Ich würde gern wissen, wo das aufgenommen worden ist.«

Ihr Blick wanderte von der Hand mit dem Stock zur anderen, in der sie das Glas hielt.

»Warten Sie.« Stiller nahm das Glas und stellte es auf den Boden.

Sie packte sein Handgelenk und zog das Tablet zu sich heran. Ihr Kopf mit dem lichten weißen Haar beugte sich darüber. »Wenn Se mer mal mei Brille gewwe däde? Do leit se.« Sie deutete auf den Nachttisch.

Stiller legte das Tablet auf ihren ausgestreckten Beinen ab und brachte ihr eine Brille mit Gläsern, dick wie die einer Lupe. »Vielleicht ist das Foto ja gar nicht von hier«, warf er vorsichtig ein.

Mit der freien Hand schob sie sich sorgfältig die Brille auf und studierte wieder das Tablet. Mehrmals stieß sie ein »Hm« aus, es klang wie ein Summen. Die Kuckucksuhr tickte. Endlich warf sie Stiller einen triumphierenden Blick zu. »Jetzt saache Se bloß nit, des hamm Sie nit erkannt?«

»Doch.«

»Sie hamms erkannt?«

»Nein.«

»Also was jetzt?«

»Doch, ich sage, ich habe es nicht erkannt.«

»Awwer ich.«

Stiller spürte, wie ihm ein Schauer über den Rücken lief. Er war Riesenmotz so nah wie nie zuvor. »Also stammt die Aufnahme aus Aschaffenburg?«

Sie nickte.

Er rückte den Stuhl noch etwas heran. »Ich höre?« Seine Stimme war plötzlich heiser.

Sie ließ das Tablet sinken und lehnte sich zurück. »Des kost en Schnaps.«

17

Stiller hatte nicht allzu weit gehen müssen, um den gewünschten Schnaps zu besorgen. Dem Seniorenpflegezentrum gleich gegenüber lag ein großer Einkaufsmarkt, der nach wiederholten Umbauten genau auf die Bedürfnisse alter Menschen zugeschnitten war – wie die meisten Märkte in der Stadt. Alles war barrierefrei erreichbar, wenn sich ein Warenhaus über zwei oder mehr Etagen erstreckte, ergänzten großräumige gläserne Aufzüge das Angebot an Rolltreppen und Laufbändern. Damit niemand zu hoch greifen musste, reihten sich an den breiten Gängen niedrige Regale auf, die auf hohen Füßen standen, damit auch das Bücken entfiel. Zwischen den Gestellen gab es gepolsterte Hocker, ganze Sitzecken, manchmal auch Liegen aus festem Schaumstoff. Große Preisschilder klebten an den Waren, an allen Einkaufswagen hingen Lupen, die auch das Kleingedruckte lesbar machten.

Stiller hatte sich für einen Birnenbrand entschieden, weil der »Willi« bei älteren Herrschaften angeblich besonders beliebt war. Er selbst mochte ihn nicht. Trotzdem hatte er eine teure Marke ausgewählt, um bei Frau Leisner den Eindruck zu vermeiden, er wolle sich die Information nichts kosten lassen. Allerdings hatte er die Quittung aufgehoben, obwohl er annahm, dass der Verlag keine Spesen akzeptieren würde – schon gar nicht, wenn es sich um Alkoholika handelte.

Dafür hatte ihn Frau Leisner kräftig am Konsum des Birnenbrands beteiligt – gegen seinen Willen. Aber er hatte gute Miene zum bösen Spiel gemacht und sich geärgert, dass er keinen Grappa gewählt hatte. Ihren Geschmack dagegen traf der Schnaps, wie sie versicherte, nachdem sie das Etikett akribisch studiert, mit Kennermiene in die Flasche geschnüffelt und mit einem Schmatzen den ersten Schluck gekostet hatte. Erst nach vier Gläschen, für beide, damit sie mit jemandem anstoßen konnte, war sie mit der gewünschten Information herausgerückt.

Mit brummendem Schädel vom Schlag und vom Schnaps stand Stiller jetzt an dem Ort, den er anhand des Fotos gesucht hatte.

Alles war genau so, wie sie es beschrieben hatte und wie es der alten Aufnahme entsprach. Mit der Innenstadt hatte er richtig getippt, der Hof lag im Bahnhofsviertel.

Die erkerartige Flucht des rosafarbenen Gebäudes links war die Rückseite einer der ältesten privaten Seniorenwohnanlagen, des Elisa-Stifts – benannt nach der Elisenstraße, die in der Nähe vorbeiführte und die City-Galerie mit dem Hauptbahnhof verband. Abgesehen vom Putz, der inzwischen grau gestrichen war, hatte sich nichts verändert. Selbst die Geranienkästen an den Balkonen schienen noch die alten zu sein. Frau Leisner hatte das Gebäude trotz des kleinen Ausschnitts sofort erkannt, weil sie sich hier einmal um ein Appartement bemüht und die gesamte Anlage eingehend besichtigt hatte, bevor sie doch lieber in das christliche Seniorenzentrum an der Würzburger Straße gezogen war.

An die Brandwand gegenüber war inzwischen ein Bürohaus angebaut worden, das schmal genug war, um nicht zu weit in den Hof zu kraken. So war der Blick auf das weiße Gebäude im Hintergrund erhalten geblieben. Frau Leisner hatte es als Teil einer ehemaligen Kleiderfabrik entlarvt, die vor ihrer Zerstörung im Krieg in der Heinsestraße gestanden hatte. Danach war sie wieder aufgebaut worden, aber nicht für Büros, wie Stiller vermutet hatte, sondern als Geschäftshaus. Frau Leisner erinnerte sich sogar, dass vor zwanzig Jahren im Erdgeschoss schon ein Sanitätshaus firmierte, darüber »irgendein Laden mit Telefonkram«. Die Fenster waren heute so schwarz, die Fassade so nüchtern und weiß wie damals.

Stiller stellte sich in die Mitte des Hofs und drehte dem Geschäftshaus den Rücken zu. Er schaute ein paarmal über die Schulter und versuchte, mit dem Tablet in der Hand das Haus zu lokalisieren, in dem Riesenmotz das Selbstporträt und damit den Blick aus dem Fenster aufgenommen hatte. Er fand es ohne Probleme – es kam nur eines in Frage: ein vierstöckiges Wohnhaus, das mit einem anderen, rechts daneben, zusammengebaut war und den Hof zur Elisenstraße begrenzte.

Im Nachbarhaus sowie in den weiteren Wohnhäusern, die darauf folgten, konnte das Bild nicht entstanden sein. Sie standen zu weit rechts. Von dort aus gesehen hätte das Seniorenstift den Blick in den Hof verdecken müssen.

Links des Hauses klaffte eine Lücke, die einzige Zufahrt von der Elisenstraße in den Hof. Sie konnte auch vor zwanzig Jahren nicht bebaut gewesen sein, denn die Hauseingänge lagen innen und nicht an der Straße, und es gab keinen anderen Durchgang.

Langsam näherte sich Stiller dem Wohnhaus, kniff die Augen zusammen und versuchte abzuschätzen, welches Stockwerk in Betracht kam. Er tippte auf den ersten Stock, allenfalls auf den zweiten. Vom dritten Stock ganz oben hätte Riesenmotz nach unten fotografieren müssen; er hatte sich die Kamera jedoch waagerecht vor das Gesicht und damit vor das Fenster gehalten. Vom Erdgeschoss aus wiederum hätte das Bild mehr Hoffläche zeigen müssen.

Am schwersten ließ sich das passende Fenster bestimmen – dazu hätte Stiller den Blick von drinnen nach draußen gebraucht. Vielleicht gelang es ihm ja, ins Treppenhaus zu kommen und zumindest herauszufinden, ob das Fenster rechts oder links davon gelegen hatte. Es konnte ohnedies nichts schaden, auf Verdacht zu klingeln. Es war immerhin möglich, dass Riesenmotz noch in diesem Haus lebte. Und wenn nicht, musste er jemanden finden, der lang genug darin wohnte, um ihn zu kennen.

Entschlossen schritt Stiller zur Haustür und musterte das Klingelschild. Demnach gab es acht Parteien, zwei auf jeder Etage. Immerhin sieben Schildchen waren beschriftet, sechs sogar lesbar. Eine Gegensprechanlage gab es nicht.

Aufs Geratewohl drückte Stiller auf einen Klingelknopf für den zweiten Stock, neben dem der Name Moerk stand. Er wusste noch nicht, was er genau sagen sollte, verließ sich aber auf seine Eingebung. Im Notfall würde er es mit der Wahrheit versuchen: Er kam von der Zeitung und suchte jemand, der vor zwanzig Jahren hier gewohnt haben musste … Das würde ihn allerdings vor Probleme stellen, wenn er auf Riesenmotz selbst traf. Verärgert biss sich Stiller auf die Unterlippe. Er hätte es zuerst bei einer der Wohnungen probieren sollen, die mit Sicherheit nicht in Frage kamen – im Erdgeschoss oder ganz oben.

Beinahe erleichtert stellte er fest, dass niemand auf sein Klingeln reagierte. Für den zweiten Versuch wählte er einen der obersten Knöpfe aus: Kumar. Sollte er dort eingelassen werden, konnte er gleich den Blick aus dem Treppenhaus prüfen. Doch wieder gab es keine Reaktion. Stiller klingelte ein weiteres Mal bei Kumar und drückte nach kurzem Warten dann den Knopf daneben, der nicht beschriftet war. Auch da hatte er keinen Erfolg.

Im Erdgeschoss ging es ihm genauso. Hier war der eine Name unleserlich, der andere lautete auf Waßner. Stiller begann sich zu fragen, ob das Haus überhaupt noch bewohnt war. Kaum ein Fenster hatte Gardinen, alles wirkte ungepflegt. Familien waren hier mit Sicherheit nicht zu Hause, im Hof fehlte jegliches Spielgerät. Andererseits: Gerade wenn hier nur Singles lebten, bot das eine Erklärung, warum er niemanden antraf: Am Freitagnachmittag mussten die meisten Berufstätigen noch arbeiten, wer freihatte, nutzte die Zeit für Besorgungen.

Zumindest funktionierte die Klingelanlage noch, Stiller hatte es bei seinen Versuchen im Erdgeschoss deutlich läuten hören. Hoffnungsvoll testete er die drei übrigen Knöpfe, den einen im zweiten, die beiden im ersten Stock. Während er wartete, las er die Namen: Özdemir, Ertl und Krämer.

Als wieder keine Reaktion kam, gab er auf. Er musste am Abend oder am kommenden Morgen noch einmal vorbeischauen. In der Zwischenzeit konnte er überprüfen, ob jemand von den heutigen Mietern schon vor zwanzig Jahren zur Hausgemeinschaft gehört hatte. Stiller hob das Handgelenk mit der Smartwatch und fotografierte das Klingelschild ab.

Er wusste auch schon, wie er die Recherche anstellen musste. Er brauchte ein Verzeichnis, das heute kaum jemand mehr kannte. Einen Gegenstand, den er früher so gern benutzt hatte, auch wenn ihn alle, die mit Internet-Verzeichnissen groß geworden waren, deswegen belächelten. Aber das Internet brachte ihn hier nicht weiter, weil es die Einträge fortlaufend aktualisierte und die früheren löschte.

»Wie komme ich an alte Telefonbücher?«, fragte er die Smartwatch.

Die Antwort kam so rasch, als habe die schlaue Uhr nur darauf gewartet: »Postmuseum in Nürnberg, heute Komm-Union. Willst du die Kontaktdaten?«

Da musste auch Stiller nicht lang überlegen. »Vorerst nicht.«

Er hatte weder Zeit noch Lust, nach Nürnberg zu fahren, zumal die Elektroautos von trans-IT-car für große Distanzen auf den Huckepack-Traffic der Bahn angewiesen waren. Es gab in Aschaffenburg zwar Zufahrtsrampen, doch die Autozüge mussten meist einen Tag im Voraus gebucht werden. Die Nachfrage war riesig. Die Menschen schätzten die Autozüge, weil sie so trotz der begrenzten Reichweite der E-Mobile auch große Distanzen in ihrer gewohnten Kabine überwinden konnten. »Ich brauche nur das Örtliche für Aschaffenburg und Umgebung. Gibt es nichts Näheres?«

»Zwei Treffer. Erstens: Stadt- und Stiftsarchiv Aschaffenburg. Kontaktdaten …«

»Keine Chance«, unterbrach Stiller. Das war eine Behörde, am Freitag kurz nach vier würde dort kaum noch jemand zu erreichen sein. »Und zweitens?«

»Zeitungsarchiv. Allerdings gibt es dort nur die Exemplare bis zur Einstellung des Telefonbuchdrucks vor zehn Jahren.«

»Grrr«, knurrte Stiller. »Die naheliegendste Variante spuckst du mir als letzte aus!«

»Tut mir leid«, entschuldigte sich die Smartwatch. »Aber die Variante war so naheliegend, dass ich dachte, du hättest sie ausgeschlossen.«

»Ich denke, du denkst nicht, du Schlaumeier!« Stillers Ton war bissig, obwohl er dem Minicomputer insgeheim recht gab: An das Zeitungsarchiv hätte er selbst denken können. Allerdings hatte er auch nicht damit rechnen können, dass die Zeitung die alten Telefonbücher aufgehoben hatte. Er seufzte: »Dann gib mir Carsten.«

»Präzisiere: Carsten.«

»Ich kenne nur einen. Und ich habe bei dir auch nur einen programmiert, du hirnloses Stück Elektroschrott.«

»Korrekt«, schallte es munter aus dem Minilautsprecher. »Als elektronischer Rechner verfüge ich nicht über das, was im allgemeinen Sprachgebrauch als Hirn bezeichnet wird. Meine Intelligenzleistung ist dennoch weitaus größer.«

»Jeder Rechner ist nur so intelligent wie derjenige, der ihn bedient«, entgegnete Stiller.

»Im Schach schlage ich dich.«

Das stimmte. Stiller wusste nicht mehr, was er erwidern sollte. Zum Glück meldete sich Carsten, und es gab Wichtigeres zu tun, als sich mit einer Uhr zu streiten. Stiller schilderte ihm kurz, was er wollte.

Carsten zierte sich erst ein wenig. »Die Telefonbücher sind irgendwo im Keller gestapelt. Ich weiß gar nicht, wo ich suchen soll. Außer dir hat noch nie jemand danach gefragt.« Schließlich gab er nach. Im Gegenzug musste Stiller ihm versprechen, so rasch wie möglich vorbeizuschauen. »Ich will dieses Mausoleum heute pünktlich um fünf verlassen.«

»Ich bin gleich bei dir.«

Stiller hatte sein Fahrrad in der Elisenstraße abgestellt. Er wollte lostraben, doch sofort nahm der Kopfschmerz zu. Er legte daher einen langsameren Gang ein. Während er auf das Rad zuschritt, fiel sein Blick durch die Schlucht der Elisenstraße auf die City-Galerie, die gegenüber der Einmündung an der Goldbacher lag. Rechts davon schloss das City-Parkhaus an, unsichtbar von Stillers Standpunkt aus, weil es von den Häusern vor ihm verdeckt war. Nur ein paar hundert Meter lagen zwischen dem Ort, an dem Lisa vor zwanzig Jahren ermordet worden war, und der Wohnung, die damals Riesenmotz gehört haben könnte. Stiller hatte das Rätseln satt, er wollte endlich mehr über ihn erfahren.

Es gab eine Verbindung zwischen Riesenmotz und der Toten, davon war er überzeugt, seit er den Hinweis auf den Ring entdeckt hatte. Doch als er jetzt in der Elisenstraße stand, vor dem Haus, in dem er die Wohnung des Netzhetzers vermutete, ließ er sich auch den weiter gehenden Verdacht nicht mehr nehmen, den er von Anfang an gehegt hatte: Riesenmotz stand mit dem Mord an Lisa in Verbindung. Hatte die Kripo vor zwanzig Jahren am Ende doch den Falschen verhaftet? Und hätte sich der tragische Ausgang noch verhindern lassen, wenn die Ermittler damals die Spur des Rings weiterverfolgt hätten? Stiller erinnerte sich daran, was er selbst zu Kleinschnitz gesagt hatte: »Dieses Detail ändert alles.«

Ein wenig verwirrt blickte er sich um: Er hatte schon wieder laut gesprochen. Schuldbewusst fiel ihm gleichzeitig ein, dass er sich an den letzten beiden Tagen kaum noch um den alten Mordfall gekümmert hatte. Er beruhigte sein schlechtes Gewissen jedoch gleich wieder. Es blieb ihm übers Wochenende Zeit genug, um den Beitrag für den zweiten Teil seiner Serie zu schreiben, und die Fakten dafür hatte er bereits recherchiert. Zudem war damals an den Tagen nach Simons Festnahme nicht mehr viel passiert. Kaum hatte der Verdächtige in Untersuchungshaft gesessen, ließ das Interesse der überregionalen Medien auch schon wieder nach. Die Meute hatte zwar weiter gehetzt, virtuell und real, aber niemand hatte vorhersehen können, wohin das führen würde.

»Und wenn schon«, sprach Stiller einmal mehr mit sich selbst. »Du hättest es ja doch nicht verhindern können.«

***

»Was ist los mit dir? Nun spuck's schon aus!« Bühler lehnt am Fensterbrett, die schräg stehende Sonne wirft seinen Schatten ins Büro bis auf den Schreibtisch, hinter dem sich Strobel verschanzt hat. Sie sind lang befreundet, schon aus der Zeit, bevor sie beide Karriere gemacht haben. Bühler ist fast zehn Jahre älter, er hat Strobel die niederen Weihen gegeben, als der, noch ein Jungspund, zur Kripo stieß. Bühler spürt die Unruhe, die den Freund und Kollegen umtreibt, so ruhig er auch dasitzt.

»Ich weiß selbst nicht recht«, räumt Strobel ein. Seine Hände liegen auf der Schreibtischplatte, sein Kopf ist nachdenklich gesenkt. »Was habe ich übersehen?«

Bühler verschränkt die Arme. Statt zu antworten, sagt er: »Hast du das Gefühl, dass du etwas übersehen hast?«

»Ja und nein.«

»Du hast nichts übersehen, Jo. Du hast einen erstklassigen Job gemacht. Du leitest ein Riesenteam, es sind Topleute dabei. Du hast sie richtig eingesetzt. Schau dir den Erfolg an. Wir haben zumindest einen Verdächtigen. Du solltest stolz darauf sein.«

»Irgendwas stimmt da nicht.«

Bühler kennt Strobels Ehrgeiz, seinen Hang zur Perfektion. Zureden hilft da nichts. Trotzdem versucht er es, zumal Strobel schweigt. »Wir tragen Fakten zusammen, nicht mehr und nicht weniger. Es ist die Aufgabe der Staatsanwaltschaft und der Gerichte, herauszufinden, ob da etwas nicht stimmt. Keiner macht dir einen Vorwurf, solange du deinen Part ordentlich erledigst. Und das tust du.«

Strobel nickt, immerhin eine Bewegung. »Das ist mir klar. Trotzdem: Je mehr Fakten wir zusammentragen, die gegen Simon Bauer sprechen, desto größer werden meine Zweifel, ob er wirklich Lisas Mörder ist.«

»Wenn du Zweifel hast, dann geh ihnen nach. Setz Leute darauf an. Du bist der Chef des Kommissariats. Aber vergiss nicht: Die Fakten sind entscheidend, und die sind bisher eindeutig.«

Strobel hebt eine Hand und winkt ab. »Genau da liegt mein Problem. Es gibt einfach ein paar Details, die nicht zu den Fakten passen. Lose Fäden, die ich nicht zusammenbringe.«

Diesmal schweigt Bühler. Er zieht nur fragend die Brauen hoch, obwohl ihn Strobel gar nicht anschaut – und im Gegenlicht das Mienenspiel auch nicht sehen könnte.

»Nur ein Beispiel: Klar sagen die Fakten, dass der Ring, den Lisa trug, von Simon stammt. Trotzdem habe ich Zweifel, ob es wirklich er war, der ihn ihr angesteckt hat.«

»Jo, wir sind das tausendmal durchgegangen. So viele Zufälle gibt es gar nicht …«

Strobel fällt ihm ins Wort. »Sicher. Aber eben doch nicht hundertprozentig sicher. Mir wäre einfach wohler, wenn er es zugeben würde. Wir haben kein Geständnis. Er leugnet alles. Das ist Punkt zwei.«

»Na, hör mal!« Bühler ist ehrlich verblüfft. »Das erlebst du doch fortwährend. Denk an die stundenlangen Verhöre, die du schon geführt hast. Nenne mir einen Missetäter, der gleich mit der Wahrheit rausrückt.«

Strobel geht nicht darauf ein. »Punkt drei: die Aussage des Zeugen am Tatort.«

»Du meinst den Parkhauswächter, diesen …«

»Rohm«, unterbricht Strobel erneut. »Nach seiner Aussage ist der mutmaßliche Täter in Richtung Innenstadt weggelaufen. An der Elisenstraße hat er ihn aus den Augen verloren. Das passt nicht. Bauer wohnt in der Breslauer Straße. Die liegt genau in der entgegengesetzten Richtung.«

Für Bühler ist auch diese Frage nicht neu, die Soko hat sie schon erörtert. »Rohm stand auf dem obersten Parkhausdeck. Er konnte gar nicht richtig mitkriegen, was sich unten abgespielt hat. Wir wissen nicht einmal, ob die Person, die er gesehen hat, wirklich der Täter war.«

»Aber wir stützen uns auf diese Aussage. Ein blonder Mann …«

»Wir stützen uns doch nicht allein darauf. Wir haben auch all die anderen Fakten. Und Rohms Beschreibung kommt nun mal hin.«

»Aber nicht die Richtung!«, beharrt Strobel.

»Dafür gibt es jede Menge Erklärungen. Bauer hat nach der Tat vielleicht nicht gleich nach Hause gewollt. Ist erst noch einmal in eine der Innenstadtkneipen, um sich zu betrinken. Ins O 19 oder ins Cena, die hatten wegen der WM-Party beide offen bis fünf.«

»Niemand kann sich an Bauer erinnern, weder das Personal noch die Gäste, die wir ausfindig gemacht haben. Und in den anderen Innenstadtkneipen hat ihn auch niemand gesehen, obwohl dort um diese Uhrzeit kaum noch Betrieb war.«

»Dann ist er eben nur rumgelaufen. Ziellos. So wie er es angeblich ja auch getan haben will, nachdem er sich am Feierkreisel von Lisa getrennt hat.« Bühler löst sich vom Fensterbrett und geht ein paar Schritte zur Seite, damit Strobel nicht ins Licht blicken muss, falls er den Kopf hebt. »Es passt doch sogar, dass er nach dem Mord nicht gleich nach Hause gelaufen ist. Er wollte den Schal loswerden. Und die Speicherkarte seiner Kamera.«

»Das ist Punkt vier.« Nachdem Bühler den Platz gewechselt hat, schaut Strobel tatsächlich hoch. »Wir wissen von Rohm, dass der Täter die Leiche fotografiert haben muss. Das Blitzen hat ihn überhaupt erst darauf aufmerksam gemacht, dass da etwas nicht stimmte. Wir finden bei der Wohnungsdurchsuchung Simon Bauers kleine Digitalkamera. Was fehlt, ist die Speicherkarte.«

»Bauer räumt selbst ein, dass er sie in dieser Nacht weggeworfen hat. Angeblich, weil Bilder von Lisa darauf waren und er alle Erinnerungen an sie löschen wollte, nachdem sie mit ihm Schluss gemacht hatte.«

»Simon erklärt, es seien Bilder der lebendigen Lisa gewesen.«

Bühler verzieht den Mund zu einem aufmunternden Grinsen.

»Noch mal, Jo: Würdest du als Täter etwas anderes sagen? Denk an deine Erfahrung.«

»Eben.« Strobel zieht die Schultern zurück und drückt das Kreuz durch. »Nach meiner Erfahrung ist es völlig unlogisch, die Leiche überhaupt erst zu fotografieren, wenn ich den Chip dann doch gleich wegwerfen will. Das Risiko ist viel zu hoch.«

»Gewalttäter handeln nur bedingt logisch, das weißt du. Ich rede nicht von Mördern, die alles planen. Aber Simon Bauer hat letztlich im Affekt gehandelt. Er rächt sich für die Demütigung, indem er Lisa erdrosselt und die Leiche in einer entwürdigenden Stellung zurücklässt. Um sie zusätzlich zu erniedrigen, fotografiert er sie in dieser Situation. Hinterher wird ihm klar, wie sehr ihn das belasten kann, und er entsorgt die Speicherkarte. Und zwar so, dass wir sie nicht finden. Das wäre doch völlig anders, wenn er nur ein paar unverfängliche Bilder loswerden wollte, die er von Lisa beim Feiern geschossen hat, wie er sagt. Da hätte ihm der nächstbeste Abfalleimer am Partykreisel genügt, um die Speicherkarte mitsamt seinen Erinnerungen wegzuwerfen.«

Strobel will etwas erwidern, doch es klopft.

Die Tür öffnet sich ein wenig. Mike Staab schiebt seinen Kopf durch den Spalt. »Darf ich?«

Bühler wirft einen fragenden Blick auf Strobel, doch der winkt ab. »Komm rein!«

»Ich weiß nicht, ob ihr es schon gehört habt: Vater Bauer hat Strafanzeige gestellt. Gegen unbekannt. Wegen der Netzhetze und wegen der Schmierereien am Haus. Er hat wohl was von ›Verhetzung‹ gesagt, aber Possmann hat ihm klargemacht, dass es so was nicht gibt. Jetzt geht es um Bedrohung, Beleidigung, üble Nachrede und Sachbeschädigung.«

»Das war überfällig.« Strobel rollt mit dem Bürostuhl zurück. »Ich kann es ihm nicht verdenken. Wie läuft denn die Ermittlung nach den Rädelsführern der Netzhetze?«

»Zäh.« Staab seufzt. »Wir haben die Liste der Nicknames an Facebook geschickt und den Betreiber aufgefordert, uns die Account-Inhaber mitzuteilen. Aber das dauert. Außerdem sind einige Einträge schon gelöscht.«

Strobel hat es befürchtet. »Warte mal.« Er zieht die Schreibtischschublade auf und nimmt die Ausdrucke des Kondolenzbuchs heraus. »Vielleicht hilft das weiter. Das sind ganz frühe Kopien. Von den gelöschten Einträgen könnten hier noch ein paar dabei sein.« Er hebt den Stapel hoch und drückt ihn Staab in die Hand. »Gib das den Kollegen, die sich darum kümmern.«

Staab nickt. »Sollen sie nach allen Account-Inhabern forschen?«

»Sie sollen erst einmal mit denen anfangen, die am schärfsten gehetzt haben«, schlägt Bühler vor. »Da sind auch die Erfolgsaussichten am größten, wenn es zur Anklage kommt.«

»Du hörst es«, stimmt Strobel zu. »Trotzdem gilt: Je mehr Klarnamen wir kriegen, desto besser.« Er lässt die Hand wieder auf die Tischplatte sinken. »Viel Erfolg!«

***

Carstens rauchiger Bass hörte sich noch brummiger an als sonst. »Schickt mich kurz vor Dienstschluss noch in den Keller, um ein altes Telefonbuch rauszukramen. In welchem Zeitalter leben wir denn?«

»Und, hast du's gefunden?« Stiller stellte seine Tasche auf dem Schreibtisch ab und setzte sich Carsten gegenüber.

»Du kannst von Glück sagen, dass es im Grunde gar nicht so viele sind. Pro Jahrgang eines, insgesamt keine vierzig. Länger hat der Verlag die Bücher nicht gedruckt.« Carsten schob ein Telefonbuch über den Tisch und tippte auf die Titelseite. »Allerdings gab es jeweils ein eigenes für die unterschiedlichen Bereiche des Verbreitungsgebiets. Das hier ist für Stadt und Kreis Aschaffenburg, ich hoffe, das reicht dir.«

Stiller nahm es in die Hand und blies eine Staubwolke vom oberen Rand.

»Es ist genau zwanzig Jahre alt. Zur Vorsicht habe ich noch das vorhergehende und das nachfolgende Exemplar mitgebracht. Nicht dass ich noch einmal in den Keller muss. Das Telefonbuchregal steht echt im letzten Winkel«, erklärte Carsten murrend.

Die Werbung auf der Titelseite weckte nostalgische Gefühle in Stiller. Außer einem Laden für Orientteppiche und einem Autohaus waren es lauter Angebote, nach denen im Notfall niemand lang suchen will: ein Unfallanwalt, ein Zahnarzt, ein Schlüsseldienst, je ein Notdienst für Abwasser- und Heizungsprobleme und drei Beerdigungsinstitute. Zwei davon waren inzwischen selbst schon beerdigt. Gleich daneben warb ein Fachanwalt für Erbrecht, darunter standen die üblichen Notrufnummern.

»Was ist?«, brummte Carsten. »Mach hin! Ich hab gleich Feierabend.«

»Entschuldige.« Stiller kramte seine Lesebrille aus der Tasche, während das Tablet das Foto vom Türschild lud, das er in der Elisenstraße geknipst hatte.

»Kommst du allein klar?« Carsten deutete mit dem Daumen über die Schulter. »Ich hab hinten zu tun.« Er stand auf und verdrückte sich in den schmalen Gang an der Fensterwand, der zu den Archivblöcken führte.

Stiller schlug das Telefonbuch auf. Einen Kumar hatte es damals nicht gegeben, sah er. Daraufhin begann er, in alphabetischer Reihenfolge nach den Namen zu suchen. Ertl tauchte zweimal auf, beide aber nicht unter der Adresse Elisenstraße. Der eine hatte in einem Vorort Aschaffenburgs gelebt, der andere im Fischerviertel am Main.

Bei Krämer sah es schon anders aus. Stiller zählte zwanzig Einträge einschließlich eines Kraemer. Rasch schied er die aus, die von der Adresse her nicht passten. Fünf blieben übrig, bei denen keine Straße aufgeführt war. Bei zweien gab es lediglich Handynummern, bei einem stand nur der Anfangsbuchstabe des Vornamens und eine Telefonnummer, die zur Innenstadt passte. Bei zwei weiteren Krämers ohne Straßenangabe wies die erste Ziffer der Nummer zwar auf andere Stadtteile hin, doch das musste nichts bedeuten: Bei Umzügen war es üblich, die alte Telefonnummer mitzunehmen, sodass sich die frühere Einteilung damals schon längst durchmischt hatte. Zur Vorsicht diktierte Stiller der Smartwatch alle Nummern der Krämer-Einträge ohne Adresse.

Moerk machte es ihm wieder leicht: Davon hatte es vor zwanzig Jahren keinen einzigen gegeben. Die drei damaligen Özdemir waren mit Adresse vermerkt – und ließen sich danach von der Liste streichen.

Blieb noch Waßner. Stiller blätterte weiter – und spürte ein leichtes Kribbeln im Nacken. Der Name tauchte genau einmal auf – exakt unter der gesuchten Adresse in der Elisenstraße. »Ich hätte von hinten anfangen sollen«, beschwerte sich Stiller laut.

»Fündig geworden?«, erkundigte sich Carsten aus dem Nebenraum.

»Ein Volltreffer: Waßner, Udo. Und vielleicht ist bei Krämer auch noch ein richtiger dabei.«

»Und jetzt?« Neugierig kehrte Carsten ins Büro zurück.

»Suche Udo Waßner, Elisenstraße«, befahl Stiller der Smartwatch.

»Kein Eintrag vorhanden.«

Stiller hatte es befürchtet. Vermutlich hatte Waßner in den letzten Jahren irgendwann den Telefonanbieter gewechselt. Oder er hatte ganz auf einen Festnetzanschluss verzichtet und war auf Mobilfunk umgestiegen, wie die meisten. Stiller warf einen Blick ins Telefonbuch und diktierte der Smartwatch die alte Nummer.

»Dieser Anschluss ist nicht vergeben.«

»Pech gehabt«, kommentierte Carsten.

Das stimmte. Wenn Stiller mit Waßner Kontakt aufnehmen wollte, würde er noch einmal in die Elisenstraße fahren müssen. Er entschied sich, es zuvor mit dem Krämer zu versuchen, dessen damalige Nummer zur Innenstadt passte. »Suche Krämer, Vorname beginnend mit B, Elisenstraße.«

»Präzisiere: Kremer, Kra-emer …«

»Umlaut!« Die Smartwatch brachte Stiller schon wieder zum Kochen. Hatte er ihr die Namen nicht erst vor ein paar Minuten diktiert?«

»Keine Einträge vorhanden.«

»Dann verbinde mich mit der alten Nummer von Krämer B.«

»Dieser Anschluss ist nicht vergeben.«

»Sapradi!« Stiller war enttäuscht. Er überlegte, ob er gleich noch einmal in die Elisenstraße radeln oder erst noch einen der anderen Krämer ausprobieren sollte. Doch dazu kam es nicht. Auf dem Display der Smartwatch erschien Charlottes Nummer.

Er nahm an. »Charlotte?«

Es war Ruth, die sich meldete. »Ich bin zu Charlotte gezogen«, erklärte sie ihm. »Unsere Adresse steht im Internet. Und ein Bild von unserem Haus. Ich hab das einfach nicht mehr ausgehalten.«

Über die Veröffentlichung der Adresse war Stiller weniger beunruhigt. Gerade hatte er festgestellt, dass es früher fast die Regel war, die persönlichen Anschriften im Telefonbuch preiszugeben. Und wer wissen wollte, wo Stiller wohnte, hatte heute genug Möglichkeiten, es herauszufinden. Das mit dem Bild war etwas anderes …

»Sie waren schon da.« Ruth sprach aus, was er dachte. »Jemand hat vom Legatplatz aus unser Haus fotografiert. Charlotte hat es im Netz entdeckt. Sie hat mich abgeholt. Hast du Mike Staab schon von der Hetze erzählt?«

»Ja.«

»Und was sagt er?«

»Sie tun, was sie können, Ruth.« Schlagartig wurde Stiller bewusst: Bei der Verfolgung von Straftaten im Internet hatte sich in den letzten zwanzig Jahren nicht viel verbessert. Damals wie heute hinkten die Methoden der Ermittler den Machenschaften der Kriminellen hoffnungslos hinterher, waren die Staatsbehörden nach wie vor auf das Entgegenkommen der Betreiber angewiesen.

»Wir können bei Charlotte wohnen, solange es nötig ist.«

»Vielleicht sollte ich besser bei uns zu Hause bleiben«, erwiderte Stiller. »Sonst ziehe ich Charlotte und die Kinder da nur mit rein, wenn die Meute erfährt, wo ich mich aufhalte.«

»Nein, wir haben aufgepasst. Niemand hat etwas mitgekriegt. Bitte komm zu uns, Paul.« Ruth flehte fast.

Stiller willigte ein. »Einverstanden. Ich fahre nur noch rasch bei uns vorbei und hole mir ein paar Sachen.«

»Nicht nötig. Ich habe für dich gleich mitgepackt.«

»Gut. Dann bis gleich. Haltet die Ohren steif.« Stiller beendete das Gespräch.

»Tut mir leid für euch.« Carsten sammelte die drei Telefonbücher ein. »Die Netzhetze ist Tagesgespräch im Verlag. Deine Verfolgungsjagd übrigens auch.«

Stiller lächelte schief. Es kam ihm vor, als seien seit dem Abenteuer auf der Autobahn schon wieder Tage vergangen. Er steckte das Tablet in die Tasche. »Ich muss los.«

Carsten räusperte sich. Er war sichtlich verlegen. »Ich hab's dir bisher verschwiegen, Paul, weil ich wollte, dass du in Ruhe recherchieren kannst. Aber die Netzhetze und die Verfolgungsjagd – das ist noch nicht alles.«

Stiller betrachtete ihn besorgt. »Was gibt's denn noch Schlimmes?«

»Bausback wollte dich sprechen. Eigentlich sofort.«

So schlimm, wie es Stiller befürchtet hatte, kam es nicht. Vermutlich hatte sich Bausbacks größter Ärger in der Wartezeit wieder verflüchtigt. Statt Stiller vor den Schreibtisch zu zitieren, bot er ihm gönnerhaft einen Stuhl am Besprechungstisch an und setzte sich zu ihm.

»Haben Sie das schon gelesen?« Er hielt Stiller ein älteres Galaxy-Smartphone vor die Nase, dem Aussehen nach ein S 24.

Stiller überflog das Display, so gut es ohne Lesebrille ging.

»Kann sich die Zeitung solch einen Redakteur leisten? Von Ihrem Herrn Stiller wird ein kriminalistisches Verfahren mit pseudo-intellektuellen Phrasen in Frage gestellt.« – »Am liebsten würde ich jetzt wüsteste Beschimpfungen gegenüber einem solchen Reporter und der veröffentlichenden Zeitung schreiben, aber das würde wohl gelöscht.« – »Was ist denn das? Also, zu dem Herrn Redakteur, Sie haben wohl den Beruf verfehlt, die Zeitung als Ihr Sprachrohr zu missbrauchen, ich weiß ja nicht.« – »Unterirdisches Niveau. Wie peinlich für die Zeitung, einen solchen Redakteur zu haben! Das Niveau dieses Artikels gleicht eher der BLÖD-Zeitung! Der Artikel des Herrn Stiller ist ausgemachter Blödsinn.«

Bausback steckte das Smartphone weg. »Das sind alles Kommentare zu Ihrem Artikel. Auf unserer eigenen Homepage.«

»Wenigstens bedrohen sie mich nicht. Gegenüber den Hassmails, die ich bekomme, und dem Shitstorm auf Myface erscheint mir das eher harmlos.«

»Vielleicht nicht körperlich. Aber indirekt fordern sie Ihren Kopf.« Bausback überlegte kurz. »Ich habe eine Entscheidung getroffen«, kündigte er dann an. »Herr Stiller, die Geschäftsleitung verlangt von mir, dass ich hart durchgreife. Die öffentliche Aufregung ist für unser Haus untragbar. Unerträglich. Die Geschäftsleitung ist besorgt um den Ruf unseres Hauses. Nicht nur wegen des Shitstorms«, erläuterte er mit vorgestülpten Lippen. »Das Rennen, das Sie und Kleinschnitz sich heute Vormittag mit einem gesuchten Kriminellen geliefert haben, geht bereits durch sämtliche digitalen Medien. Auch das ist rufrelevant.«

»Wir sind daran unschuldig.« Stiller hob die Hände.

Bausbacks Blick ließ ihn schweigen. »Die Geschäftsleitung will, dass Sie die Serie über den Parkhausmord einstellen. Keine weitere Folge mehr. Zweitens sollen Sie sich bei den Angehörigen des damaligen Mordopfers und bei den Lesern für Ihre Einmischung entschuldigen. Drittens sind Sie ab sofort kein Reporter mehr. Sie sollen an den Produktionstisch wechseln. Und ich«, Bausback schluckte, »soll das alles durchsetzen.«

Kampflos wollte Stiller die Serie nicht aufgeben. »Ich …«

»Ich bin noch nicht fertig«, unterbrach ihn Bausback. »Oder wollen Sie meine Entscheidung gar nicht hören?«

Stiller sah ihm herausfordernd ins Gesicht.

»Lassen wir einmal die ständigen Scharmützel zwischen uns beiden außen vor.« Bausback räusperte sich. »Herr Stiller, ich habe Ihnen das vielleicht nie gesagt, aber Sie sind einer meiner besten Leute. Vielleicht mein bester Mann. Und ich finde, mit der Netzhetze und …«, er musterte Stillers Kopfwunde, »… allem anderen sind Sie schon gestraft genug. Außerdem passt es mir nicht, wie die Geschäftsleitung mit mir umspringt. In der Redaktion entscheide immer noch ich, wer was macht, ist das klar?«

Allmählich dämmerte Stiller, was kommen würde. »Klar«, stimmte er zu.

»Also: Sie haben das angefangen, jetzt bringen Sie es auch zu Ende. Aber halten Sie sich aus Spekulationen raus. Und ich will jede Folge gegenlesen, bevor sie erscheint. Am Montagfrüh habe ich den zweiten Teil auf dem Schirm, verstanden?«

»Verstanden«, bestätigte Stiller. »Und danke!«

»Gut, dann halten Sie sich dran.« Bausback wedelte mit der Hand, um ihn zu entlassen. Doch bevor Stiller zur Tür hinaus war, hielt er ihn noch einmal auf. »Ich habe nur einmal relevant gesagt. Haben Sie aufgepasst?«

Stiller nickte. »Rufrelevant.«

Auf dem Weg zu Charlottes Wohnung radelte Stiller noch einmal in der Elisenstraße vorbei. Der Hof lag so öde da, wie Stiller ihn verlassen hatte. Nichts deutete darauf hin, dass inzwischen einer der Mieter nach Hause gekommen sein könnte. Auch auf den Balkonen des Seniorenstifts ließ sich niemand blicken.

Mit einem mulmigen Gefühl klingelte Stiller bei Waßner. Das Erlebnis mit Geist hatte ihn nicht vorsichtiger gemacht, erneut suchte er die Begegnung mit einem Mann, der vielleicht mit Riesenmotz identisch war. Und wieder hatte er niemandem davon erzählt. Andererseits wohnte Waßner im Erdgeschoss, was bei Riesenmotz mit Sicherheit nicht der Fall war. Zumindest damals. Es kam ohnedies keine Reaktion. Nach einer Weile drückte Stiller nochmals den Knopf. Während er wartete, öffnete sich plötzlich die Tür. Ein kleiner, schmaler Mann wollte schwungvoll das Haus verlassen und wäre ums Haar mit Stiller zusammengeprallt.

Erschrocken blieb er stehen, seine Augen verdunkelten sich misstrauisch. »Wollen Sie zu jemandem?«

Stiller schätzte kurz ab, ob er es mit Waßner zu tun haben könnte. Der Mann war um die vierzig, sein schwarzes Haar, sauber gekämmt, bekam erste silberne Strähnen. Das Gesicht war schmal und dunkel, Nase und Kinn sprangen markant vor. Stiller tippte auf Kumar oder Özdemir. »Zu Waßner.«

»Da haben Sie Pech, er ist nicht zu Hause.« Trotz der Schwüle trug der Mann einen grauen Anzug, in dem er wirkte wie aus dem Ei gepellt. Er schien nicht recht zu dem abgelebten Ambiente zu passen.

»Wissen Sie zufällig, wann er zurückkehrt?«

»Bedaure. Er wohnt für ein paar Tage woanders.« Der Mann zog die Tür zu und ließ sie einschnappen, um Stiller klarzumachen, dass er damit auch keinen Zutritt ins Haus bekommen würde. »Ich hüte so lang sein Appartement.«

»Dann haben Sie vielleicht eine Nummer, unter der ich ihn erreichen kann?«

»Die habe ich. Aber ich werde sie einem Unbekannten nicht geben.« Selbstbewusst reckte er das Kinn vor.

»Entschuldigung!« Stiller kramte nach seinem Presseausweis und hielt ihn hoch. »Mein Name ist Stiller. Ich bin von der Zeitung.«

»Angenehm. Kumar.« Er studierte den Ausweis eingehend. »Trotzdem. Waßner hat nur eine Mobilnummer und mich gebeten, sie für mich zu behalten.«

»Ich brauche nur ein paar Auskünfte von ihm.« Stiller dachte kurz nach. »Könnten Sie ihm wenigstens eine Nachricht …«

Kumar unterbrach ihn. »Ich könnte Ihnen sagen, wo Sie ihn morgen antreffen.«

»Schön.« Stiller blieb keine Alternative. Dennoch fügte er hinzu: »Obwohl ich ihn so früh wie möglich sprechen müsste.«

»Das lässt sich machen. Er arbeitet morgen im Wertstoffhof. Ab sieben.« Lächelnd ließ Kumar ein blendend weißes Gebiss sehen.

Stiller dachte an seine altersschwachen Zähne und traute sich kaum noch, den Mund zu öffnen. »In welchem Wertstoffhof?« Es gab inzwischen sieben.

»In dem für seltene Erden und so, wenn sie dort natürlich auch alles andere annehmen. Am Schlossplatz. Sie wissen, wo das ist?«

»Ja, ich kenne mich aus«, erwiderte Stiller höflich.

»Gut.« Kumar tippte ihm leicht an den Ellbogen. »Dann darf ich Sie jetzt zur Straße begleiten.«

18

Stiller war sich sicher: An diesem Tag würde es Regen geben. Der Morgenhimmel war wolkenverhangen und grau, die Luft drückend und schwül.

Er schloss sein Fahrrad am Scharfeck an und setzte den Weg zum Schloss zu Fuß fort. Der Wetterumschwung passte zu seiner Gefühlslage. Wie das heitere Blau der letzten Tage war auch die gute Laune verflogen, die er sich trotz der Geschichte mit Geist und der Netzhetze bewahrt hatte. Erst am Vorabend hatte sich seine Gelassenheit in Niedergeschlagenheit verwandelt. Der Shitstorm war mit ein Grund dafür: Gegen Ruths Rat hatte er sich noch einmal in das Forum »Lisa – unvergessen« eingeloggt. Der Ton der Diskussionsbeiträge dort hatte sich deutlich verschärft.

»Zum Teufel mit diesem Schmierblatt.«

»Na ja, solange die nicht auf Türkisch schreiben, wird das Schmierblatt ja nicht gekauft und geht irgendwann in die Pleite.«

»Was sind diese Stillers und Konsorten für Journalisten? Arme Schweine, die sonst nichts haben, außer Grütze im Kopf. Verlierer auf der ganzen Linie, mit denen will doch in der Gesellschaft keiner was zu tun haben. Erbärmliches Niveau.«

»hoffentlich erlebe ich noch den tag, an dem solche lügner aus den medien verschwinden …«

Viele Einträge richteten sich gegen ihn direkt: »Ist es eigentlich noch erlaubt, einen Menschen als widerlich zu empfinden, selbst wenn der Journalist ist? Wenn ja, dann empfinde ich Stiller als widerlich.«

Ein Satz hatte Stiller besonders erschüttert: »Erschießen, besorgt mir das Gewehr, vor Gericht leg ich das als Notwehr aus, da er eine Gefahr für die deutsche Kultur ist ;-)« Der Autor hatte natürlich einen Nickname benutzt: Sargnagel. Andere nannten sich Zyklop oder Kreuzritter, Prolo, Hubaluba, Rotznase oder Ratte. Wie Ratten kamen sie Stiller auch vor.

Er hatte zweierlei beschlossen: das Tablet abzuschalten und Ruth nichts von der Hetze gegen ihn persönlich zu erzählen. Außerdem hatte er vor, zumindest am Abend keine Mails mehr zu öffnen, obwohl ihn die Smartwatch wiederholt und freundlich auf neue Eingänge hingewiesen hatte. Der Speicherplatz in der Cloud war unendlich.

Ruth hatte es übernommen, die Kinder ins Bett zu bringen, und sich dann selbst früh ins Gästezimmer zurückgezogen. Stiller war ihr bald gefolgt und hatte Charlotte mit Justus allein im Wohnzimmer zurückgelassen. Schließlich hatte er vor, am nächsten Morgen früh aufzustehen. Um halb sieben würde ihn die Smartwatch wecken.

Es war halb acht, als er vor dem Wertstoffhof am Schlossplatz stand. Hier, im einstigen Marstall der Mainzer Kurfürsten, war in der Tradition der Schlossbauhütten zuletzt die Steinmetzschule untergebracht gewesen. Doch vor einigen Jahren waren ihr die Schüler ausgegangen, und sie hatte der städtischen Abfallwirtschaft Platz gemacht, die umso mehr expandierte, je knapper und teurer die Rohstoffe wurden.

Stiller schritt durch das schmiedeeiserne Tor und blickte über den weiten Hof. In der großen Zerlege- und Sortierhalle gegenüber rührte sich nichts, auch an den Sammelboxen in den ehemaligen Stallungen rechts herrschte kaum Betrieb. Ein einziger E-Golf parkte davor, ein Mitarbeiter des Wertstoffhofs taxierte den Elektronikschrott, den der Fahrer auf einem Fließband ausbreitete. Stiller gesellte sich zu ihnen und sprach den Mitarbeiter an. »Ich suche Herrn Waßner.«

Der Mitarbeiter sah sich um, als befände sich noch jemand auf dem Hof, und wies dann mit einem Uralt-Handy, das noch über eine Antenne verfügte, auf den Gebäudeflügel links des Tors. »In seinem Büro. Zum Haupteingang rein, dann links. Sein Name steht an der Tür.«

Waßner stand am Fenster, die Hände in den Hosentaschen, und beobachtete das Geschehen im Hof. »Haben Sie das gesehen? Ein Motorola 3200. Der sogenannte Knochen. Sensationell. Das ist vierzig Jahre alt. Das erste Handymodell in Deutschland. Wahnsinn. Wissen Sie, was das damals gekostet hat? Mittlerer Preis: knapp dreitausend Euro, also umgerechnet. Mit Vertrag. Und wissen Sie noch was? Mit dem, was da drinsteckt, ist es heute noch mehr wert.«

Während er sprach, sah Stiller ihn etwas genauer an. Waßner war um die fünfzig und hatte sich, wie viele in diesem Alter, die Haare kurz geschoren – sicher, weil sie schütter wurden. Er erledigte das offensichtlich selbst mit einem Rasiergerät, weil er sich auf Schopf und Bart beschränkte. Kein Friseur hätte ihm die zottigen Brauen und die Haarbüschel durchgehen lassen, die ihm aus den Ohren sprossen. Er erinnerte Stiller an Kleinschnitz.

»Der Kunde da«, Waßner wies mit dem Kinn zum Golf hinüber, »geht von hier als gemachter Mann weg. Verrückt. Na ja, sonst würden die sich auch nie von den Dingern trennen. Sind so was wie Sammlerstücke. Aber die Rohstoffe, die müssen wieder in Umlauf kommen. Nicht nur die Edelmetalle wie Gold, Kupfer oder Palladium, sondern auch die seltenen Erden. Tantal zum Beispiel. Schon davon gehört?«

»Seltene Erden ja, Tantal nein«, antwortete Stiller wahrheitsgemäß.

»Trotzdem tragen Sie es da mit sich rum.« Waßner deutete auf Stillers Handgelenk. »Lassen Sie Ihre Smartwatch da! Sie kriegen mehr dafür, als eine neue kostet.«

»Da hörst du's, Schlaumeier«, sagte Stiller zur Smartwatch. Sie schwieg.

»Sehen Sie mal …« Waßner drehte sich vom Fenster weg und winkte Stiller hinter sich her zum Schreibtisch, auf dem drei riesige Liquid-Bildschirme im Halbkreis angeordnet waren. »In den heutigen Smartphones stecken natürlich viel weniger Rohstoffe drin, das merken Sie ja schon am Gewicht. So ein Knochen hat noch mehr als ein halbes Kilo gewogen, das bringen heute nicht mal Tablets auf die Waage. Die haben dafür die großen Displays. Die brauchen Indium und Gallium, nur so zum Beispiel. Da haben Sie die Börsenkurse.«

Stiller betrachtete die Zahlenkolonnen mit mäßigem Interesse.

Waßner runzelte die buschigen Brauen. »Palladium verkaufen«, befahl er dem Computer plötzlich. »Hundertfünfzig Gramm.« Stolz zog er Stiller näher heran. »Sensationell. Achtundneunzig siebzig das Gramm. Über hundert Euro klettert der Preis die nächsten

Tage nicht mehr. Die Inder warten ab, und die Amis haben sich längst eingedeckt. Die sind nicht auf die Erze aus. Verrückt! Die sind höchstens scharf auf die Festplatten in den Handys. Wegen der Informationen, die sind nämlich auch was wert.«

Daten als Rohstoffe. Stiller hatte keine Lust auf einen weiteren Vortrag dieser Art. Auf die Gefahr hin, sich unbeliebt zu machen, fiel er Waßner ins Wort: »Ich …«

Waßner stutzte. »Stimmt, was führt Sie eigentlich zu mir? Wer sind Sie überhaupt?«

»Stiller. Ich komme von der Zeitung.«

»Von der Zeitung? Sa-gen-haft! Wollen Sie mal sehen, wo der Papierpreis steht?«

Statt einer Antwort fragte Stiller zurück: »Sind Sie Herr Waßner?«

»Ach! Ich habe mich gar nicht vorgestellt. Udo Waßner. Womit kann ich Ihnen weiterhelfen?«

»Mit einem Kontakt vielleicht. Oder mit einem Namen.«

»Mit Namen hab ich's nicht so. Aber wenn's um Kontakte geht, sind Sie hier richtig …«, er kniff ein Auge zu, »… *gold*-richtig sozusagen. Wenn Sie allerdings hoch belastbare und korrosionsbeständige Kontakte suchen, nehmen Sie Platin. Kleiner Spaß. Um wen geht es denn?« Er ließ sich in den Bürosessel vor dem Schreibtisch fallen.

»Um jemand, der vor zwanzig Jahren in einer Wohnung bei Ihnen im Haus gelebt hat.«

»Ui, vor zwanzig Jahren! Das ist lang her. Wahnsinn, wie die Zeit vergeht. Und einen Namen haben Sie also nicht?«

»Deswegen bin ich hier.«

»Setzen Sie sich doch.« Waßner zog einen zweiten Bürosessel heran und klopfte mit der Hand auf die Sitzfläche, als wolle er einen Schoßhund auffordern, hochzuspringen. »Um ehrlich zu sein, habe ich keine Ahnung mehr, wer damals alles im Haus gewohnt hat. Das ist dort ein ständiges Kommen und Gehen. Ich bin der Einzige, der es bisher länger ausgehalten hat. Seit bald dreißig Jahren lebe ich schon da.« Er stutzte. »Haben Sie das geahnt, oder woher wissen Sie das eigentlich?«

Stiller schmunzelte. »Aus einem alten Telefonbuch.«

»Sie müssen mir schon etwas auf die Sprünge helfen.« Einer der Bildschirme zog seine Aufmerksamkeit auf sich. »Was habe ich Ihnen gerade gesagt? Platin. Sensationell! Hundertachtzig fünfunddreißig das Gramm. Ich darf mal kurz, ja?« Rasch gab er dem Computer den Befehl, fünfundsiebzig Gramm Platin auf den Markt zu werfen. »So, ich bin wieder bei Ihnen.«

Stiller hatte sich schon vor dem Besuch ins Gedächtnis gerufen, was er über Riesenmotz wusste. »Ein Mann, ich würde sagen: Single. Er könnte damals um die dreißig gewesen sein. Eher drüber als drunter.«

»Na, das ist ja eine Wahnsinnsbeschreibung.«

»Er war viel unterwegs, wahrscheinlich beruflich, und oft im Ausland. Sicher hat er jemand gebraucht, der sich in der Zwischenzeit um seine Wohnung kümmert.«

»Hm. Das kommt alle naslang vor. Ich selbst schlafe auch gerade aushäusig.« Wieder kniff er ein Auge zu.

»Er muss im ersten Stock gewohnt haben oder im zweiten, also auf Ihrer Etage. Und er hat sich gut mit Computern und dem Internet ausgekannt.«

»Was Sie alles wissen, dafür, dass Sie keinen Namen haben!« Diesmal überlegte Waßner länger. »Um die dreißig, sagen Sie? Da gab's mal einen, der war IT-Spezialist … Hat für eine größere Firma gearbeitet.«

Stiller fühlte sich wie ein Schachspieler, der darauf brennt, den entscheidenden Zug auszuführen, aber noch nicht weiß, ob der Gegner seine Pläne in letzter Minute durchkreuzt. »Lassen Sie sich ruhig Zeit.«

»Der hat damals bei mir die ganzen WLAN-Geschichten eingerichtet.«

Stiller wartete.

»Aber der hat nicht auf meinem Stock gewohnt, das wüsste ich noch genau. Verrückt, was einem plötzlich so einfällt. Der war aus dem Stockwerk drunter.«

»Das kommt hin. Wie hieß er denn?«

»Wir haben uns geduzt. Wir waren ja etwa gleich alt.« Waßner schnippte mit den Fingern wie ein Schüler, der sich meldet. »Moritz. Ich glaube, er hieß Moritz.«

»Fällt Ihnen der Nachname auch noch ein?«

Nach kurzem Überlegen schüttelte Waßner den Kopf. »Und fragen Sie mich bloß nicht, ob das jetzt zwanzig Jahre her ist.«

»Könnte die Beschreibung denn noch auf andere passen, die in dem Haus gewohnt haben?«

Waßner lachte. »Beschreibung ist gut.«

Stiller schob noch ein Detail nach: »Er könnte häufiger Besuch von jungen Frauen gehabt haben. Sehr jungen.«

»Was meinen Sie damit?« Plötzlich wurde Waßner ernst. »Vor zwanzig Jahren, sagen Sie? Und Sie sind von der Zeitung? Sind Sie etwa dieser Typ, der in dem alten Mord an dem Mädchen herumrührt?«

»Ich rühre nicht herum, ich schreibe einen Rückblick«, entgegnete Stiller freundlich.

»Und was soll das hier? Diese Fragerei?«

»Das hat nichts miteinander zu tun. Oder war Moritz irgendwie darin verwickelt?«

»Jetzt machen Sie aber mal 'nen Punkt! Was sind das für Unterstellungen?« Waßner sprang auf, der Bürosessel rollte zurück. »Vergessen Sie den Namen, ich habe keine Ahnung, ob er stimmt. Oder ob die Zeit stimmt. Ich will nicht, dass Sie unbescholtene Leute in den Dreck ziehen. Am besten gehen Sie jetzt.«

Stiller erhob sich langsam. »Wie hieß denn die Firma, bei der er gearbeitet hat?«

Waßner packte ihn am Ellbogen und schob ihn zur Tür. »Von mir hören Sie kein Wort mehr! Sie schleichen sich hier ein und tun so, als interessier'n Sie sich für die Wertstoffkurse. In Wahrheit schnüffeln Sie nur rum.« Er riss die Tür auf und schob Stiller hinaus.

»Herr Waßner«, setzte Stiller an. »Es tut mir leid, wenn Sie …«

»Verschwinden Sie!« Waßner knallte die Tür zu. Dann stellte er sich wieder ans Fenster und sah zu, wie Stiller über den Hof lief und durch den Torbogen verschwand. »Schau mal, ob du die Nummer von Moritz noch hast«, befahl er dem Computer. Er hatte ihn seit Jahren nicht mehr gesehen, völlig verdrängt. »Und wenn ja, gib ihn mir.«

Während des Gesprächs mit Waßner hatte sich der Himmel zunehmend verdüstert, Stillers Laune dagegen erheblich aufgehellt. Er hatte zwar weniger Informationen erhalten als erhofft, doch sie würden genügen, Riesenmotz weiter einzukreisen. Stiller überlegte kurz, ob es an der Zeit war, Strobel einzuschalten, verwarf den Gedanken aber wieder. Das musste warten. Bisher wusste er nur, dass er auf der richtigen Spur war. Immerhin schienen Alter und Beruf zu dem zu passen, was Kerstin herausgefunden hatte, wenngleich Waßner nur vage von einem IT-Spezialisten gesprochen hatte. Stiller nahm sich vor, die Liste der großen Firmen in Aschaffenburg durchzugehen und dort gezielt nachzubohren. Immerhin hatte er jetzt einen Vornamen.

Nur in einem Punkt ärgerte er sich über sich selbst. Er hätte sich lieber auf die Zunge beißen sollen, statt die Frauenbesuche ins Gespräch zu bringen. Waßner hatte sofort dichtgemacht. Stiller war überzeugt, dass ihm am Schluss mehr zu Moritz eingefallen war, als er zugeben wollte.

Die Straßen belebten sich, während Stiller in die Innenstadt zurücklief. Er wählte den Weg über den Wochenmarkt, der für ihn zu den schönsten in der Region zählte. Die Zahl der Stände hatte hier auch kaum abgenommen. Dabei fiel den Händlern der Nachweis immer schwerer, ob ihr Obst und Gemüse wirklich frei von verändertem Genmaterial war oder nicht, das manipulierte Zeug breitete sich immer unkontrollierbarer aus. Besonders gefragt waren ohnedies die Stände des Stadtaltersrings, die in den letzten Jahren neu hinzugestoßen waren. Rentner verkauften hier, was der heimische Garten oder die Streuobstwiesen rings um die Stadt hergaben, um ihr schmales Einkommen aufzubessern.

An der Marktbushaltestelle gab es einen Aufruhr. Drei Hochbetagte gingen aufeinander los, stritten sich kreischend um das, was sie in den Abfalleimern gefunden hatten. Die Altersarmut machte immer mehr Menschen zu Müllsammlern, die Körbe und Container nach Essbarem und Verwertbarem durchwühlten.

An der Stadthalle bog Stiller in die Fußgängerzone ab. Eher betagt waren die Passanten auch hier. Die Mehrzahl war durchaus noch rüstig genug, um sich ohne Gehhilfe fortzubewegen. Doch die Zahl der Uhus wuchs, die sich auf Krücken, Stöcke oder Rollatoren stützten, Einzelne sausten auch mit elektrischen Rollstühlen durch die schmale Gasse. Stiller hatte sich vor zwanzig Jahren oft gefragt, wie die Innenstadt einmal aussehen würde, wenn sich die Zahl der Alten über achtzig verdoppeln und der Anteil der Jugendlichen unter achtzehn halbieren würden. Jetzt sah er es deutlich vor sich. Dass die Wochenenden inzwischen Regelarbeitstage geworden waren, tat ein Übriges, die Mittelalten samstags aus dem Straßenbild auszublenden. Die Fünf-Tage-Woche wurde in den Belegschaften flexibel geregelt, wobei Moslems am liebsten den Freitag, Christen weiterhin gern den Sonntag freinahmen.

Stiller war außerdem der Samstag wichtig gewesen, aus Tradition. Seit Jahrzehnten liebten Ruth und er die samstäglichen Bummel durch die Innenstadt. Immer trafen sie Freunde, oft blieb Zeit für einen Plausch. Davor oder danach setzten sie sich in eines der Straßencafés, meist in Gesellschaft, beobachteten das Treiben ringsum und lauschten den Straßenmusikern. Sie ließen sich das nicht nehmen, auch wenn der Betrieb von Jahr zu Jahr weniger geworden war – ebenso wie die Zahl der Straßencafés, die immer häufiger auf Anwohnerbeschwerden stießen. Viel zu bummeln gab es auch nicht mehr. In die meisten Läden waren Sanitätshäuser, Orthopädiegeschäfte, Geriatriebedarf und Apotheken eingezogen. Geblieben waren die Straßenmusiker – auch sie inzwischen stark gealtert. Sie hofften auf ein paar Münzen und bekamen kaum welche, was weniger an ihren steifen Fingern oder brüchigen Stimmen lag als daran, dass fast alle Jüngeren bargeldlos bezahlten und keine Münzen bei sich trugen.

Weil Stiller für das Gespräch mit Waßner schon früh in die Stadt geradelt war, hatte er sich mit Ruth vor dem Bummel zum Frühstück verabredet. Ruth hatte ein Café an der Ecke Steingasse und Herstallstraße vorgeschlagen, wo früher die Buchhandlung Diekmann gewesen war und sich die Fußgängerströme der unterschiedlichen Richtungen kreuzten. Stiller traf vor ihr ein. Er warf einen prüfenden Blick zum Himmel, hoffte optimistisch, dass der Regen noch eine Weile auf sich warten lassen würde, und setzte sich an einen Tisch im Freien.

Als hätte sie nur darauf gewartet, dass er eine Pause einlegte, meldete sich die Smartwatch. »Du hast vierhundertvierundsechzig ungelesene Nachrichten.«

Stiller seufzte. Er konnte sich schon denken, welcher Art sie waren. »Lies mir eine vor.«

»Präzisiere: eine.«

»Benutz deinen Zufallsmodus.« Stiller winkte der Bedienung.

»Nachricht dreihundertneunzehn: Herr Stiller, was immer Sie bewogen hat, das Andenken an Lisa F. zu besudeln, Sie hatten jedenfalls nicht das öffentliche Wohl, sondern ausschließlich Ihr eigenes Wohlbefinden im Sinn. Verdrehungen sind kein Journalismus, sondern Perversion. Ich kann daher nicht anders, als Sie als pervers zu bezeichnen.«

»Was hören Sie denn da? Das ist ja widerlich!«

Stiller blickte auf: Die Bedienung stand vor ihm. Er bemühte sich um ein Lächeln. »Ich nehme schon mal einen doppelten Espresso.« Er wartete, bis sie sich entfernt hatte, und forderte die Smartwatch auf, ihm noch eine Nachricht vorzulesen.

»Nachricht zweihunderteinundvierzig: Kennen Sie die Bibel, Herr Stiller? Hütet euch vor den falschen Propheten, die in Schafskleidern zu euch kommen. Inwendig aber sind Sie reißende Wölfe. Hat der Evangelist Matthäus an dieser Stelle nicht Journalisten wie Sie im Auge gehabt? Sie geben sich als Schaf aus, das nur berichten will. Inwendig sind sie aber ein Aasgeier.«

»Das reicht«, sagte Stiller.

»Ganz recht«, warf eine Frau am Nebentisch ein. »Lesen Sie das wenigstens leise. Ich will hier frühstücken, das Gerede von Aas verdirbt mir den Appetit.«

Ruth tauchte auf und enthob Stiller einer Antwort. Sie gab ihm einen Kuss und setzte sich ihm gegenüber. »Ich habe gerade was von Aas und Appetitverderben gehört. Ist das Frühstück heute so schlecht?«

»Nein, keine Sorge. Es ging um etwas anderes.«

»Gut, ich habe nämlich Hunger.« Sie hob die laminierte Frühstückskarte hoch. »Und, warst du erfolgreich?«

»Wie man's nimmt.« Stiller unterbrach kurz, weil ihm die Bedienung den Doppio brachte. Er wartete, bis sie Ruths Bestellung aufgenommen hatte. »Ich habe einen Vornamen: Moritz. Leider konnte sich Waßner nicht mehr an den Nachnamen erinnern. Oder wollte es nicht.«

»Moritz, sagst du?« Ruth sah ihm nachdenklich ins Gesicht. »Und wie hatte er sich auf Facebook genannt? Riesenmotz?«

Stiller nickte.

»Na, dann hast du ihn doch. Da steckt er drin.«

»Ich verstehe nicht. Wer steckt wodrin?«

Statt zu antworten, zog Ruth einen Kajalstift aus ihrer Handtasche. In Druckbuchstaben schrieb sie r-i-e-s-e-n-m-o-t-z auf die Speisekarte. »Das ist ein Anagramm.« Flott kreiste sie die Buchstaben m-o-t-z und r-i ein und schob ihm die Speisekarte hin. »Sag bloß, da bist du nicht selbst drauf gekommen!«

»Wow!« Mehr brachte er nicht heraus. Er gönnte Ruth die Entdeckung, ärgerte sich aber, dass er nicht selbst daran gedacht hatte. Viele setzten ihre Passwörter und Nicknames aus den Buchstaben ihres Namens neu zusammen.

»Und was bleibt übrig?«, fragte Ruth.

Wie in Trance las er vor: »Esen« Dann gab er sich einen Ruck. »Könnte natürlich auch ›Ense‹ heißen.« Er nahm Ruth den Stift aus der Hand und schrieb das Wort auf die Karte. »Oder ›Seen‹. Da klingt ›Enes‹ allerdings besser. Oder …«

»Nees«, warf Ruth ein. »Das ist auch ein geläufiger Name.«

Stiller gab Ruth den Stift zurück, spreizte Daumen und Mittelfinger und massierte sich die Schläfen. »Riesenmotz ist Moritz Nees. Und da suche ich seit Tagen!«

»Mach dir nichts daraus.« Ruth tätschelte seine linke Hand. »Wir haben alle nicht nur Lichtblicke.«

Stiller zog die Hand weg.

Ruth erschrak. »Was hast du vor?«

Er zeigte auf die Smartwatch. »Ruf Mike Staab an.«

»Nicht auch noch beim Frühstück!«, beschwerte sich Ruth.

Stiller entschuldigte sich mit einem Schulterzucken. »Wir haben ja noch nichts gebracht bekommen.« Im selben Augenblick rückte die Bedienung an, als habe sie auf das Stichwort gewartet. Schuldbewusst guckte er in die Luft.

Endlich antwortete Mike. »Paul! So früh am Samstag? Es wird doch nichts passiert sein.«

»Wir leben noch«, beschwichtigte ihn Stiller. »Allerdings waren wir über Nacht nicht zu Hause.«

»Kluge Entscheidung. Also, was gibt es ansonsten?«

»Du erinnerst dich, dass wir uns im Klinikum über diesen Netzhetzer Riesenmotz unterhalten haben?« Stiller nickte der Bedienung zu, die fragend auf seine Kaffeetasse deutete. »Strobel hatte versprochen, in den alten Parkhausmord-Akten nachzusehen.«

»Er hat das nur versprochen, wenn sie noch verfügbar sind.«

»Sind sie?«

»Paul!« Mike klang verärgert. »Ich habe nicht die geringste Ahnung. Ich muss mich von Zeit zu Zeit auch um meine Arbeit kümmern, nicht nur um deinen Kram.«

»Ich will euch doch nur Arbeit ersparen. Ich glaube, dieser Riesenmotz heißt mit Klarnamen Moritz Nees. Schaut doch mal nach, ob der im Zusammenhang mit Lisas Ermordung irgendwo aufgetaucht ist.«

»Denkst du eigentlich, wir sind hier so etwas wie dein persönliches Auskunftsbüro?«

»Er hat vor zwanzig Jahren in der Elisenstraße gewohnt.«

Mike verstummte.

»Er scheint noch zu existieren«, fuhr Stiller fort. »Allerdings hat er im Internet fast alles gelöscht, was es über Riesenmotz gab. Und er will nicht, dass jemand in dieser alten Geschichte rührt. Ich glaube, er hat deshalb früher schon einen Parkhauswächter überfallen und jetzt die Netzhetze gegen mich angezettelt.«

Mike fand wieder Worte: »Jetzt übertreib mal nicht, Paul. Du reimst dir da was zusammen.«

»Jedenfalls hat er damals gegen euren Verdächtigen gehetzt«, beharrte Stiller.

»Es war nicht ›unser‹ Verdächtiger. Und es haben viele gehetzt. Du weißt genau, dass wir den Initiatoren damals den Prozess gemacht haben.«

»Ich bitte dich ja auch nur darum, dass jemand in die Akten schaut. Meinetwegen müsst ihr mir nicht einmal etwas sagen, ich gebe euch den Tipp gratis.« Stiller kreuzte die Finger. Natürlich würde er sich nach dem Ergebnis erkundigen.

»Gut«, lenkte Mike ein. »Weil du es bist. Immerhin ist die Hetze gegen dich real. Aber du hältst dich heraus, verstanden?«

Stiller beendete das Gespräch, blickte über den Bistrotisch und rieb sich die Hände. »Das wäre erledigt. Jetzt habe ich erst mal einen Mordshunger!«

Das Wort »Mord« ließ Ruth zusammenzucken. »Du hast gehört, was er gesagt hat? Du sollst dich heraushalten.«

»Na klar.« Stiller nahm ein Brötchen aus dem Korb und stieß das Messer hinein. »Getroffen, haha!« Er stieß ein grässliches Lachen aus und hielt sich das angestochene Brötchen vor den Mund. »Hülfe, üch störbe«, presste er mit Kopfstimme hervor.

»Also, mir reicht es jetzt!«, regte sich die Frau am Nachbartisch auf. »Bedienung!«

Ruth lachte. »Sei nicht so albern, Paul.«

Stiller fuhr mit den Daumen in die Schnittstelle im Brötchen und brach es auf. »Hier, siehst du? Nichts mehr zu machen. Es wird das Beste sein, wenn ich es esse.«

»Kerstin Polke ruft an«, schnarrte die Smartwatch dazwischen.

Stiller wurde rot, Ruth ernst. »Geh einfach nicht ran«, warnte sie.

»Ich mach's kurz«, versprach Stiller. »Annehmen.«

»Du musst sofort in die Redaktion kommen, Paul.« Kerstin klang aufgeregt. »Ich hab was Irres entdeckt.«

Ruth schüttelte den Kopf.

»Das ist jetzt ganz schlecht, Kerstin. Kannst du mir nicht sagen, was los ist?«

»Das sag ich dir nicht am Telefon. Wer weiß, wer mithört? Komm hier rein, dann erfährst du es. Am besten sofort.«

Stiller dachte nach. »Okay.«

Geräuschvoll knallte Ruth Messer und Gabel auf den Metalltisch.

»Okay«, wiederholte Stiller, »lass mich mal sehen. Ich muss jetzt noch – ähm – einkaufen, ich wäre dann so in …« Fragend blickte er Ruth an. Sie stützte nur die Stirn in eine Hand. »So in einer Dreiviertelstunde könnte ich in der Redaktion sein.«

»Fünfundvierzig Minuten – bist du noch bei Trost? Was ich hier habe, ist ein echter Knüller.«

»Also gut, ich komme, so schnell ich kann.« Er beendete das Gespräch und nahm Ruths Hand. »Sei mir nicht böse. Damit habe ich mich doch zumindest nicht festgelegt.«

Sie seufzte. »Du bist unverbesserlich, Paul. Lass uns wenigstens frühstücken. Dann kannst du meinetwegen losziehen.«

19

Kerstin war nicht allein, Kleinschnitz saß bei ihr im Newsroom. Von seinem Platz aus hatte er den Flur des Redaktionsstockwerks im Blick. »Nur herein, wenn's kein Schreiber ist«, schmetterte er Stiller entgegen.

»Mit dir Knipser hatte ich gar nicht gerechnet«, lästerte Stiller. »Ich hab deinen Buick nirgends gesehen.«

Kleinschnitz' Blick verdüsterte sich. »Freu dich schon mal auf die Reparaturkosten. Das wird 'ne aufwendige Sache. Ich bin die nächsten zwei Wochen auf trans-IT-car.«

»Quatscht hier nicht rum.« Kerstins Ton war rau und ihr Empfang herzlich wie immer. »Schön, dass du endlich kommst. Bist du mit dem Rollator hergefahren oder was?«

»Ha-ha-ha. Hoffentlich ist das hier wirklich wichtig«, murrte Stiller. Er hatte keine große Lust, samstags im Verlag aufzukreuzen. Wenn er Pech hatte, passierte etwas, und er musste sich darum kümmern, weil sonst niemand da war. Außerdem war Ruth verärgert gewesen, weil er nach dem kurzen Frühstück gleich wieder aufbrechen musste, auch wenn sie versucht hatte, es zu verbergen.

»Ich halt's für einen Knüller. Aber wenn es dich nicht interessiert, kannst du ja gleich wieder gehen und das Schoßhündchen für deine Frau machen.« Kerstin las eindeutig in seinen Gedanken.

»Ich höre?«

Kleinschnitz zog einen freien Bürostuhl heran. »Setz dich besser erst mal.«

Hielt er ihn für altersschwach? Stiller lehnte ab. »Ich kann gut stehen.«

»Setz dich gefälligst!«, zischte Kerstin.

Stiller schaltete auf stur. »Nein.«

»Sie hat recht, Paul.« Kleinschnitz grimassierte hinter Kerstins Rücken und rollte die Augäpfel in Richtung des Stuhls.

Kerstin fuhr herum, schnell setzte Kleinschnitz eine unschuldige Miene auf. Sie winkte ab. »Lass ihn stehen, wenn er will. Das ist der Altersstarrsinn.«

»Also gut.« Das wollte sich Stiller nicht sagen lassen. Er rückte den Stuhl zurecht und setzte sich. Aus den Augenwinkeln sah er, dass Kerstin grinste. »Seid ihr jetzt zufrieden?«

»Paul …«, hob Kleinschnitz an.

»Moment«, bremste ihn Kerstin. »Er soll das ruhig selbst lesen. Er ist doch sooo frankophil.« Sie drehte den Sechsunddreißig-Zoll-Bildschirm ein wenig in seine Richtung. Er zeigte die Titelseite einer Zeitung. »Vergrößern«, befahl sie.

Die Schlagzeile rückte in den Mittelpunkt, groß genug, um es Stiller zu ersparen, nach seiner Lesebrille zu fingern. »Jeune femme étranglée.« Er sah auf. »Junge Frau erwürgt.«

»Das kann auch erdrosselt bedeuten«, dozierte Kleinschnitz.

»Das weiß ich selbst.«

Kerstin rümpfte die gepiercte Nase. »Hört mit der Angeberei auf. Schau dir lieber mal das Datum an«, forderte sie Stiller auf. Als er den Kopf näher an den Bildschirm schob, schnaufte sie tief. »Weiter vergrößern!«

Stiller entzifferte das Datum der Ausgabe. »Das war vor zweiundzwanzig Jahren. Was soll das?«

»Du stellst dich jetzt absichtlich blöd, stimmt's?« Kerstin gab einen neuen Befehl. »Zeig uns den Zeitungstitel.«

»Courrier des Yvelines«, las Stiller vor. »Das ist im Großraum Paris.«

»Na, deine grauen Zellen sind ja doch noch nicht ganz ergraut. Dann denk mal nach: Wer war vor rund zwanzig Jahren häufiger im Großraum Paris unterwegs?«

Stiller ahnte, auf wen sie hinauswollte, nahm sich aber vor, den Anwalt des Teufels zu spielen. »Ich würde mal sagen: einige hunderttausend Menschen. Nicht gerechnet die Touristen. Versailles gehört zum Departement Yvelines. Oder Saint-Germain, die Aschaffenburger Partnerstadt. Also hätten wir dann auch noch die Fußballfans …«

Kerstin schnitt ihm das Wort ab. »Jetzt tu nicht so! ER war dort. Riesenmotz. Er war nicht nur häufiger im Großraum Paris, sondern auch zum Zeitpunkt, als der Mord passiert ist. Das Datum steht im Text – und nach den IP-Adressen war er genau an diesem Tag von der Region aus im Netz.«

»Mag sein.« Stiller massierte sich die Schläfen. »Aber im Großraum Paris wird dauernd jemand abgemurkst. Es kann der pure Zufall sein, dass er dort war.«

»Mach nur weiter so!« Kerstin ließ den Text heranzoomen. »Ich hab's übersetzen lassen: Alter neunzehn. Anzeichen für einen sexuellen Hintergrund der Tat, aber keine Vergewaltigung. Keinerlei Spuren, schon gar keine DNS. Mörder unbekannt.«

»Vielleicht haben Sie ihn später geschnappt. Wenn wir darauf gestoßen sind, hätte die Kripo nach Lisas Ermordung doch erst recht eine Verbindung finden müssen.«

Kerstins Wutpegel stieg, die Luft erhitzte sich. »Erstens sind nicht WIR darauf gestoßen. Zweitens muss die Kripo bei uns nicht zwangsläufig Wind von der Sache dort bekommen haben. Wie du selbst gesagt hast: Da leben Hunderttausende, dauernd wird jemand abgemurkst – wer weiß, ob die Pariser Polizei damals überhaupt im Ausland gefahndet hat.«

»Außerdem ist das ein ganz anderer Frauentyp«, schaltete sich Kleinschnitz ein. »Schau dir das Bild an.«

Die Frau war dunkelhaarig, trug Brille, hatte schmale Lippen. Sie wirkte weit unscheinbarer als Lisa – und trotz ihrer neunzehn Jahre deutlich älter. Stiller erhob einen neuen Einwand. »Dass sie so verschieden sind, spricht doch auch gegen die Theorie, dass Riesenmotz dahintersteckt. Sie passt gar nicht in sein Beuteschema.«

»Woher willst du sein Beuteschema kennen? Vielleicht war er nicht auf einen bestimmten Typ, sondern auf etwas ganz anderes aus.«

»Und wie bist du darauf gestoßen?«

Kerstin errötete leicht. »Das war mein – Bekannter. Er hat einfach ein paar Begriffe ins Netz eingegeben. Junge Frau, erdrosselt …«

»Wird ein Ring erwähnt?«, fragte Stiller plötzlich.

Sie schüttelte den Kopf. »Hier nicht und auch nicht in dem anderen Fall.«

»Gibt es noch einen Mord?« Jetzt war Stiller doch froh, dass er sich gesetzt hatte.

»Hörst du nicht, was ich sage?« Sie wischte mit der Hand vor seinem Gesicht. »Wenn ich von einem anderen Fall rede, gibt es natürlich noch einen. Diesmal in der Nähe dieses italienischen

Kaffs mit dem unaussprechlichen Namen. Erspar mir die Details. Das Opfer war achtzehn, sah aber kindlicher aus, übrigens brünett. Erdrosselt, keine Vergewaltigung, keine Spuren, kein Täter. Ist jetzt einundzwanzig Jahre her.« Kerstin zwinkerte. »Statt den Text durch ein albernes Übersetzungsprogramm zu jagen, hab ich übrigens mit Fenia Saalbach gechattet und sie die Dolmetscherin spielen lassen.«

»Du hast mit Fenia über Riesenmotz gesprochen?« Stiller hielt die Luft an.

Sie schnitt ihm eine Grimasse. »Mach dir keine Sorgen, ich hab sie da nicht mitreingezogen. Das arme Wesen! Zum Glück sind ja nicht alle so zart besaitet wie sie. Mit mir kann man's ja machen.«

»So war das doch nicht gemeint.«

»Lass stecken.« Sie sah zur Seite.

Kleinschnitz lenkte ab. »Die Sache in Italien hat nur einen Schönheitsfehler. Es ist unklar, ob Riesenmotz zur Tatzeit dort war.«

»Jedenfalls war er um das Datum herum nicht im Netz. Dort nicht und hier auch nicht«, sagte Kerstin mit rauer Stimme.

Erwartungsvoll ließ Stiller seinen Blick zwischen beiden hin- und herwandern. »Noch was?«

»Was denn noch?«, fragte Kerstin zurück.

»Also war das alles?«

Kerstins Miene verdüsterte sich, ihr Nasenpiercing leuchtete wie ein Stern am finsteren Nachthimmel. »Bisher hatte ich ja geglaubt, die Welt würde ein Stück besser, wenn ich eines Tages ins Grab fahre. Langsam frag ich mich, ob du ihr nicht einen größeren Gefallen tun würdest …«

»Verstehst du nicht, Paul?« Kleinschnitz beugte sich zu ihm hin wie ein paar Tage zuvor die Krankenschwester, als sie Stiller füttern wollte. »Du bist da in etwas ganz Übles reingeraten. Dieser Riesenmotz ist vielleicht ein Serienkiller. Wir sollten allmählich die Bullen benachrichtigen. Höchste Zeit, dass wir seinen Decknamen knacken, und dann ist Schluss.«

»Och das …«, Stiller schob eine Pause ein, »hab ich schon.«

Verblüfft sahen sie ihn an.

»Er heißt Moritz Nees. Riesenmotz ist ein Anagramm.«

»Und das erzählst du uns jetzt erst?« Kerstin war auf hundertachtzig. »Hast du sie noch alle?«

»Ihr habt mich ja nicht zu Wort kommen lassen.« Kurz fasste Stiller sein Gespräch mit Waßner und das Treffen mit Ruth zusammen. Wenn sich Kerstin nicht mit fremden Federn schmückte, was die Entdeckung der Morde in Italien und Frankreich betraf, wollte er auch Ruths Anteil an der Entschlüsselung des Decknamens nicht verschweigen.

Kleinschnitz wartete, bis Stiller fertig war. »Suche Moritz Nees«, befahl er dann dem Computer.

»Eins Komma sechs vier Millionen Treffer«, kam es aus dem Lautsprecher.

Kerstin Polke schüttelte den Kopf. »So wird das nichts. Lass mich mal: Adressbucheinträge Moritz Nees.«

»Dreiundsechzig Einträge.«

»Na also. Anzeigen!«

»Kein Eintrag mit passendem Vornamen gefunden.«

Kerstin kochte. »Merde! Um es mal anständig auf Französisch zu sagen.«

Kleinschnitz strich sich über die Haarstoppeln. »Dieser Moritz war IT-Spezialist bei einer großen Firma, sagt Waßner? Vielleicht kommen wir weiter, wenn wir die ausfindig machen.«

»Tolle Idee«, raunzte Kerstin verächtlich. »Es gibt ein Dutzend große Firmen allein in der Stadt. Das Rhein-Main-Gebiet mal gar nicht gerechnet. Und wir suchen eine, bei der Riesenmotz vor zwanzig Jahren beschäftigt war. Er kann längst die Stelle gewechselt haben. Oder die Firma existiert nicht mehr.«

Stiller schlug sich mit der flachen Hand auf die Stirn. »Logisch. Er war IT-Spezialist für eine große Firma. Deshalb war er so häufig im Ausland. Er hat alle Filialen und Zweigniederlassungen betreut. Darf ich mal?« Er schob Kerstin zur Seite und rückte näher an den Bildschirm. »Gib mir das Zeitungsarchiv. Suche veröffentlichte Beiträge mit folgenden Begriffen: Paris, Balling …«

»… und Buguggiate«, warf Kerstin von der Seite den Namen ein, den sie angeblich nicht aussprechen konnte. »Drei sollten genügen.«

»Fünf Treffer«, säuselte die Computerstimme.

»Anzeigen«, forderten alle drei gleichzeitig. Die Texte erschienen wie Kacheln auf dem großen Bildschirm.

»Gar nicht so schlecht für einen alten Sack.« Kerstin klopfte Stiller anerkennend auf die Schulter. »Geschäfts- und Jahresberichte der Firma Linde. Gabelstapler, Hydraulikgeräte und so weiter.«

Stiller startete eine neue Abfrage, diesmal wieder im Internet: »Suche Linde Material Handling und Moritz Nees.«

»Null Treffer.«

Kerstin breitete die Arme aus, packte den Bildschirm an beiden Seiten und rüttelte daran. »Verdammte Maschine.« Es sah aus, als wollte sie ihn vom Schreibtisch schleudern.

»Untersteh dich«, bremste Kleinschnitz. »Das Ding kann doch nichts dafür. Riesenmotz hat alle Spuren gelöscht, auch die realen, die er als Moritz Nees hinterlassen hat. So, wie es aussieht, hat er sogar den Namen geändert.« Er tätschelte Stillers Knie. »Ich bin ganz nah bei unserem Freund Paul: Der hat was mit dem Parkhausmord zu tun. Wahrscheinlich war er sogar Lisas Mörder.«

»Und Simon?« Kerstin stellte den Bildschirm wieder auf das Induktionsfeld und ließ ihn los.

»War es nicht«, sagte Stiller ruhig.

»Warum hat er sich dann umgebracht? Wenn ich unschuldig gewesen wäre, ich hätte gekämpft.«

***

Er kann sich nicht wehren. Es gibt keine Verteidigung gegen die Meute. Es sind zu viele Gegner, sie haben ihn eingekreist wie Bluthunde das schutzlose Wild. Er kann nicht gegen sie kämpfen, aber entfliehen kann er ihnen ebenso wenig. Er ist ohnmächtig gegen die Übermacht.

Simon kauert auf dem Kopfende seiner Pritsche in der Ecke der Zelle, die Beine angezogen, die Arme darum geschlungen, die schmerzende Stirn auf die Knie gelegt. Er fühlt sich wie eine Marionette. Er hat keinen Einfluss darauf, was hier geschieht – und was mit ihm passiert. Er sehnt sich nach einem Lebenszeichen von draußen, zugleich lässt ihn jedes Geräusch zusammenzucken, das hereindringt. Werden sie ihn wieder holen zu einem neuen Verhör, in dem er ihnen doch nicht sagen kann, was sie gern hören würden?

Er hat aufgegeben. Hat es aufgegeben, sich zu verteidigen. Nicht einmal der Anwalt, den sie ihm besorgt haben, glaubt an ihn. Ein fetter Mann mit einer Narbe auf der Backe, trotz des Sommers übertrieben gebräunt, wahrscheinlich hat er einen Asi-Grill zu Hause. Einer, dem man ansieht, dass er es immer gut gehabt hat. Simon dagegen ist für ihn der »Bauer«: »Wollen Sie nicht lieber gestehen, Bauer? Können Sie nicht ein wenig Reue zeigen, Bauer? Das wirkt sich später strafmildernd aus, Bauer!« Für den Anwalt steht fest, dass Simon der Prozess gemacht wird.

Eher scheint ihm noch Kommissar Strobel zu vertrauen. Simon würde ihn gern einmal fragen, wie lang er trainieren musste, um diese Muskeln zu kriegen. Aber er wird ihn nicht fragen, er weiß, dass er Strobel enttäuscht hat. Er hat ihm ein paar Sachen verschwiegen, anfangs, weil er dachte, es könne ihm schaden, zu viel zu sagen. Am Ende hat Strobel doch alles herausgefunden. Aber nun ergibt es ein völlig falsches Bild.

Simon hat sie alle enttäuscht, und sie verachten ihn dafür. Seine Mutter hat ihm ausrichten lassen, dass er sich nicht bei ihr melden soll, nach allem, was er ihr angetan hat. Was soll's, Simon hat eh nicht vorgehabt, sich an sie zu wenden. Schließlich ist sie abgehauen. Aber ihr Gerede macht ihn wütend. Sie meint, er hat ihr etwas angetan, weil die Meute jetzt auch gegen sie hetzt. Wegen ihm sozusagen. Für sie ist er schuld daran. Und schuldig.

Sein Alter denkt genauso. Er möchte, dass Simon nie wieder die Wohnung betritt, wenn er jemals aus dem Knast kommen sollte. Er hätte auch so genug durchzumachen. Er! Dauernd wird das Haus beschmiert, der Vermieter droht schon mit Kündigung. Simon lacht bitter auf. Sein Alter, der nie ein Problem damit hatte, Schwächere zu schlagen und einzuschüchtern, ob's seine Frau, die Nutte, war oder Simon, traut sich nicht mehr auf die Straße – was wirklich schlimm ist, weil der Alte nie einen großen Vorrat an Fusel in der Wohnung hat, alles säuft er immer gleich weg.

Die Verachtung macht ihn sauer. Richtig wütend macht es ihn, was sie von ihm denken, wie sie über ihn reden. Aber er darf es nicht zeigen. Gestern hat er den Kopf gegen die Wand geschlagen, heftig, bis die Stirn schmerzte, ein paarmal nur, aber das hat schon gereicht. Gleich ist ein Wärter gerannt gekommen, es gab einen

Riesenaufstand, er wurde untersucht. Am Ende ließen sie ihn wieder allein, nur seinen Gürtel haben sie mitgenommen.

Er kann mit niemandem reden. Von seinen Freunden, wenn es überhaupt welche waren, hat keiner versucht, sich bei ihm zu melden. Schon gar keiner aus der Friedhofsclique. Simon fragt sich sowieso, welcher Teufel ihn geritten hat, sich auf diesen Quatsch einzulassen. Satanismus. Er hat das nie ernst genommen, aber für die Medien und die Meute ist es jetzt ein gefundenes Fressen. Ein Beweis mehr für seine Schuld.

Für die Meute ist er das Monster, ein Dämon, der Satan persönlich. Am liebsten würde sie ihn pfählen, aufs Rad flechten, vierteilen, auf dem Scheiterhaufen brennen sehen – irgendwas in der Art, wie man es im Mittelalter mit den armen Teufeln gemacht hat, die man für besessen hielt. Simon ist froh, dass er hier drin nichts mehr mitkriegt von der Hetze, den Drohungen und den Beleidigungen, gegen die er sich nicht wehren kann.

Hier drin ist er allein. Eigentlich war er das immer. Sein Leben lang war er eingesperrt in eine Zelle, aus der er nicht rauskam. Die Friedhofsclique war ein Flop. Und Lisa auch.

Bei ihr hatte er sich sogar noch einsamer gefühlt als sonst. Egal, was sie überhaupt von ihm gewollt hat, um ihn ist es jedenfalls nicht gegangen. Für Lisa gab es nur Lisa. Sogar beim Sex hat sie nur an sich selbst gedacht. Sie wollte auf ihre Kosten kommen. Ihren Höhepunkt haben. Wenn sie kam, war's vorbei. Einmal – und aus für den Tag, egal, wie weit er war.

Für sie war das normal. Sie hat es ihm sogar einmal gesagt: Jeder denke beim Sex nur an sich selbst, er sollte das eben auch tun. Simon ist nie damit klargekommen. Vielleicht, weil er beim Sex auch nur an sie gedacht hat. Es sollte gut für sie sein. Und peng, war er auch dabei wieder allein. Für Lisa war er nur so etwas wie ein Spinnenmännchen: nach dem Geschlechtsakt nicht mehr wichtig.

Er hat das doch alles zugegeben, ein Dutzend Mal: Ja, er hätte Lisa umbringen können am Sonntagabend, als sie ihm den längst erwarteten Arschtritt gegeben hat. Lässt sich von ihm vögeln und dann: Schlappschwanz? Dabei weiß er genau, dass sie kam, die ging richtig ab, sie hat sich nie die Mühe gemacht, ihm was vorzuspielen, wenn's mal nicht klappte. Ja, er hat sie am Feierkreisel ein bisschen geschubst, als sie es ihm gesagt hat. Wer lässt sich schon gern so beleidigen? Das war echt unter der Gürtellinie. Ja, wenn nicht gleich ein Typ eingeschritten wäre und ihm eines auf die Nase gegeben hätte, wer weiß, wie weit er gegangen wäre.

Aber so weit ist es nicht gekommen. Er hat Lisa nichts getan. Das ist die Wahrheit, die er immer wieder beteuert, vielleicht schon hundert Mal. Als er sich von Lisa getrennt hat, machte sie höchst lebendig Party am Kreisel. Es ist die Wahrheit, dass er von dort aus ziellos durch die Stadt geirrt ist. Wohin hätte er denn gehen sollen? Ohne richtige Freunde, zu Hause ein betrunkener Vater und nach dem teuren Abend mit Lisa kein Geld mehr, um sich selbst in irgendeiner Kneipe zu betrinken.

Und wo soll er hin, wenn sie ihm doch glauben und er hier rauskommt? Er hat kein Zuhause mehr, nicht einmal eine Bleibe für ein paar Tage, bis er etwas anderes gefunden hat. Und wovon soll er eine Bleibe bezahlen, wovon leben? Den Job kann er knicken, das ist ihm klar. Wer will schon einen Mörder ausbilden und ein Monster einstellen? Sie können ihn zehnmal rauslassen, für die Meute bleibt er der Schuldige. Der Mord an Lisa bleibt an ihm kleben, an seinen Händen haften. Das Urteil der Meute ist hartnäckiger als Motorschmiere, es lässt sich nicht mit der sandigen Werkstattseife abrubbeln.

Simon hebt den Kopf, schaut zur Tür. Er kommt hier nicht raus, und wenn doch, dann ist das kein Ausweg für ihn. Draußen ist niemand, der auf ihn wartet. Nur die Verachtung seiner Alten, das Misstrauen derer, die ihn kennen, und der Hass der unbekannten Meute. Hier drinnen oder draußen: Er hat keine Zukunft mehr. Wie Lisa. Ihr Mörder hat auch ihn auf dem Gewissen.

Die anderen haben eine Zukunft. Vielleicht werden sie noch einsehen, dass sie ihm unrecht getan haben. Er sieht sie an seinem Grab stehen, gramgebeugt, und heulen, sein Alter, seine Mutter, sein Ausbilder. Krokodilstränen.

Er hebt den Kopf, löst die Arme, stützt sich auf der Pritsche auf und rutscht an den Rand. Sein Blick schweift durch das Zimmer, bleibt am Fenster hängen, am T-förmigen Griff, der in den oberen Rahmen eingelassen ist, um es aufklappen zu können. Wird er stabil genug sein? Simon hat sich schon zwei-, dreimal probeweise daran hochgezogen, alles ist stabil hier. Seinen Gürtel haben sie ihm abgenommen, aber an den hat er sowieso nie gedacht.

Simon lauscht. Auf dem Flur ist alles ruhig. So leise wie möglich beginnt er, das Betttuch in Streifen zu reißen. Sollen sie heulen oder nicht. Ein paar Jahre und kein Schwein wird ihn mehr kennen, kein Hahn nach ihm krähen.

***

»Er hat sich damals erhängt, nicht wahr?« Unwillkürlich fasste sich Kerstin an den Hals.

Stiller nickte. »Er hat sich einen Strick aus Streifen seines Bettlakens gedreht. Ich hatte bis dahin gedacht, es würde im Knast alles getan, um so etwas zu verhindern.«

»Und wovon träumst du sonst noch?« Kerstin wies auf den Bildschirm, den sie eben fast zerschmettert hätte. »Schau ins Archiv, diese Fälle kommen immer wieder vor. Ich hab's bei irgendeinem Anlass mal gegoogelt. Der eine nimmt den Gürtel, der andere den Schal, den er sich extra von Angehörigen hat schicken lassen, damit er beim Hofgang keinen Schnupfen kriegt. Noch einer hat alte Putzlappen für seinen Strang benutzt. Manche schneiden sich die Pulsadern auf, dazu gibt es jede Menge Möglichkeiten. Einen Fall fand ich besonders krass: Da hat die Krankenstation einem Häftling eine komplette Medikamentenpackung mitgegeben. Und weißt du, warum er dort war: Suizidversuch. Mit der medizinischen Hilfe war er dann erfolgreich.«

»Hör auf.« Stiller winkte ab. »Lass uns lieber überlegen, was wir jetzt unternehmen.«

»Wir können unternehmen, was wir wollen«, warf Kleinschnitz ein. »Damit machen wir Simon auch nicht mehr lebendig.«

»Das natürlich nicht. Aber wir könnten ihn wenigstens rehabilitieren«, erwiderte Stiller. »Ich habe mir Fenias Beiträge durchgelesen. Simon hatte nie gestanden, doch schon zwei Tage nach seinem Suizid hat die Staatsanwaltschaft das Ermittlungsverfahren im Parkhausmord eingestellt.«

»Weil es keine neuen Erkenntnisse mehr gab.« Kleinschnitz ließ den Zeigefinger durch die Luft kreisen. »Wir drei können noch so sehr davon überzeugt sein, dass Simon unschuldig war. Ein Beweis ist das nicht.«

»Ich bin sowieso nicht überzeugt«, murrte Kerstin dazwischen.

»Und es gibt noch nicht den geringsten Beweis, dass Riesenmotz wirklich etwas mit der Sache zu tun hat.«

Stiller hob die Hand: Seine Smartwatch kündigte einen Anruf von Mike Staab an.

»Du hattest recht«, fiel Staab mit der Tür ins Haus. »Moritz Nees taucht in den alten Ermittlungsakten auf.«

Stiller warf einen triumphierenden Blick in die Runde.

»Allerdings nicht im Zusammenhang mit der Tat«, schränkte Staab ein.

»Sondern?«

»Er stand auf der Liste der Leute, die den Kraftraum in der DJK-Sporthalle benutzt haben.«

»Also ist es möglich, dass er Simon Bauer kannte.« Stiller dachte laut. »Und Lisa, die in der Halle mit der Handballmannschaft trainiert hat.«

»Das hielten wir damals auch für möglich«, bestätigte Staab. »Die Soko hatte daher sämtliche Kraftraumnutzer unter die Lupe genommen, auch Nees. Nach seinen Angaben war er zur Tatzeit zu Hause.«

»Ist das überprüft worden?«

Staab zögerte kurz. »Das geben die Akten nicht her.«

Wahrscheinlich war die Soko vor der Einstellung des Ermittlungsverfahrens nicht mehr dazu gekommen, vermutete Stiller.

»Wir suchen nach Nees.« Wieder zögerte Staab, vermutlich überlegte er, wie viel er preisgeben durfte. »Wenn er tatsächlich mit Riesenmotz identisch ist, wirft der Hinweis auf den Ring ein neues Licht auf den Fall.«

»Wie kommst du darauf?«

»Ich hab es dir ja schon im Klinikum erzählt: Wir sind damals davon ausgegangen, dass Simon Bauer Lisa den Ring angesteckt hatte. Weil in seinem Vorrat zu Hause einer fehlte. Er hatte das damals so erklärt, dass er seinen eigenen Ring verloren und sich deshalb einen neuen genommen hätte.«

»Und?«

»Er war sich damals sicher, dass sein Ring im Fitnessraum abhandenkam. In der Umkleide, um genau zu sein.«

Stiller sah Kerstin und Kleinschnitz fragend an. Sie nickten. »Mike«, sagte er. »Ich sitze hier mit zwei Kollegen. Ich glaube, wir müssen dir auch etwas sagen.«

»Das wäre?«

Die Smartwatch vibrierte, ein zweites Telefonat lief auf. Stiller dachte an Ruth und sein verlassenes Haus am Legatplatz. »Kann ich dich gleich zurückrufen? Ich kriege hier einen Anruf. Es ist vielleicht wichtig.«

»Einverstanden.« Mike legte auf.

Stiller runzelte die Stirn. Die Nummer des Anrufers war unterdrückt. »Ich höre?«, meldete er sich.

»Ich dachte schon, Sie wollten überhaupt nicht mehr drangehen, Stiller.«

Die Stimme war ihm unbekannt. »Mit wem spreche ich?«

»Das fragen Sie noch? Sie suchen mich doch!«

»Sie sind Moritz Nees?«

Als Kerstin und Kleinschnitz den Namen hörten, rückten sie näher.

»Namen sind Schall und Rauch«, erwiderte Nees. »Was wollen Sie von mir?«

»Mit Ihnen reden.« Stiller sah Kerstin hilfesuchend an und deutete auf ihre Smartwatch. Sie verstand sofort und begann, das Gespräch aufzuzeichnen.

»Und worüber?«

»Über den Mord an Lisa Falk.«

»Eine alte Geschichte. Was sollte ich Ihrer Meinung nach damit zu tun haben?«

»Genau darüber möchte ich mit Ihnen reden.«

»Ich weiß nicht, warum ich das wollen sollte.«

»Warum nicht – wenn Sie mit der Geschichte nichts zu tun haben?«

»Ich habe schon gehört, dass Sie mir da etwas anhängen wollen. Mit wem haben Sie schon darüber gesprochen?«

»Bisher mit niemandem.« Stiller legte den Zeigefinger auf die Lippen.

»Gut. Wenn Sie es dabei belassen, können wir uns treffen.«

Kerstin schüttelte vehement den Kopf und hielt Stiller ihre Smartwatch vor die Nase.

»Ich weiß nicht recht …« Stiller hob fragend die Hände.

»Na, haben Sie plötzlich Angst vor der eigenen Courage?« Nees lachte unfreundlich. »Keine Sorge. Wir treffen uns an einem öffentlichen Ort. Viel öffentlicher geht es kaum noch.«

»Und wo soll das sein?« Stiller erwiderte Kerstins wütenden Blick mit einem Schulterzucken.

»Die Lasertag-Arena in der City-Galerie. Sie kommen allein, verstanden? In fünfzehn Minuten sind Sie dort, Viertel vor zwölf. Wenn Sie auch nur eine Minute zu spät kommen, war es das. Sie müssen nur Ihren Namen nennen, ich habe schon gebucht für Sie.« Ohne ein weiteres Wort beendete er das Gespräch.

Stiller sprang auf und schnappte seine Tasche.

»Bist du verrückt?«, platzte Kerstin heraus. »Du wirst dich doch darauf nicht einlassen. Er hat es geplant, wenn er für dich gebucht hat. Und er hat was vor.«

»Der Meinung bin ich auch.« Kleinschnitz erhob sich und legte eine Hand auf Stillers Schulter. »Deshalb lasse ich dich auch nicht allein dahin gehen. Gib mir einen kleinen Vorsprung, damit ich vor dir ankomme. Ich will schon in der Arena sein, bis du aufkreuzt.«

»Ihr bescheuerten alten Säcke.« Kerstin war auf hundertachtzig. »Das ist doch total krank.«

Kleinschnitz hatte schon den Ausgang erreicht, Stiller eilte hinterher. »Fällt dir vielleicht etwas Besseres ein?«, fragte er über die Schulter zurück.

»Allerdings.« Kerstin angelte das Telefon vom Tisch. »Ich verständige die Kavallerie. Wenn ihr Glück habt, retten Staab und Strobel vielleicht eure faltigen Ärsche.«

»Okay«, stimmte Stiller zu. »Aber sag ihnen, sie dürfen nicht zu früh auftauchen. Du hast gehört, ich soll allein kommen.«

»Verschwinde.« Kerstin wedelte mit der Hand. »Renne nur in dein Unglück. Aber verlass dich drauf: In fünf Minuten komme ich nach.«

20

Die Uhr in der City-Galerie zeigte Viertel vor zwölf.

Stiller war auf die Minute pünktlich an der Lasertag-Arena, er musste aber anstehen. So konnte er ein wenig trocknen. Auf die letzten Meter war er gehörig nass geworden, das schwüle Wetter der vergangenen Tage hatte sich in einem gewaltigen Gewitter entladen. Es erschien Stiller wie ein Zeichen, dass auch seine Recherche vor einer entscheidenden Wende stand.

Zwei Jugendliche vor ihm bekamen ihre Einweisung, er hörte genau zu, um nicht durch völlige Unwissenheit aufzufallen, wenn er an die Reihe kam. Sie legten gerade ihre Westen an, auf denen Lichtfelder die möglichen Zielpunkte markierten.

»Welches Programm soll es denn sein«, erkundigte sich der Türsteher, ein Muskelprotz im Netzunterhemd, damit auch jeder seine Arme, Schultern und den Nacken bewundern konnte. Alles war vollständig tätowiert. Die Jugendlichen entschieden sich für »Waterworld«. Der Türsteher gab den Befehl an den Computer weiter, bevor er ihnen die Roboterhelme mit großflächigen schwarzen Visieren aushändigte.

Stiller überflog die Liste der Programme auf dem Bildschirm am Eingang und fragte sich, welches der Programme Riesenmotz für ihn ausgewählt hatte. Sie waren alle nach Filmen benannt, neben »Waterworld« waren »Alien«, »Star Wars«, »In den Straßen der Bronx«, »Die Mumie«, »High Noon« und »Amazonas« im Angebot. Je nach Programmierung passte sich beim Blick durch das Visier das Labyrinth aus weiß lackierten Holzwänden entsprechend an: Mal waren es düstere Gänge eines Transportraumschiffs, in denen außerirdische Kreaturen auf die ahnungslose Besatzung lauerten, mal heruntergekommene Straßen und Hinterhöfe eines großstädtischen Elendsviertels, in denen Gangs ihr Unwesen trieben, dann wieder die grüne Hölle des Dschungels, in dem Raubtiere und Kannibalen Jagd auf die Spieler machten.

»Die Visiere verwandeln auch sämtliche Mitspieler in die passenden Figuren, sogar diejenigen, die ein anderes Programm gewählt haben«, erläuterte der Türsteher. »Für die seht ihr auch völlig anders aus. Klar?«

»Klar.«

»Schwierigkeitsgrad?«

Die Frage schien die Jugendlichen zu beleidigen. »Volles Programm, natürlich.«

»Natürlich.« Der Türsteher zeigte zwei Reihen riesiger Zähne. Im Schwarzlicht leuchteten sie blendend weiß. »Der Kniff ist, dass ihr die realen Mitspieler von den virtuellen unterscheiden müsst, die euch der Computer einspielt. Die realen könnt ihr nur außer Gefecht setzen, wenn ihr die Lichtfelder trefft, sonst wird der Laser nicht registriert. Bei den virtuellen zählt jeder Treffer.«

»Seh'n wir so aus, als ob wir das zum ersten Mal machen?«

»Sorry, aber die Einweisung ist Pflicht. Hier sind eure Waffen.« Er überreichte ihnen zwei Geräte, die entfernt an Harpunen erinnerten. »Ihr habt fünfzehn Minuten, dann knipst der Computer eure Helme ab. Die Erfrischungslounge ist hier rechts. Denn man los.« Er schlug ihnen mit seiner Pranke kräftig auf die Schultern. »Zum Zahlen einfach die Smartwatch an den Scanner halten, damit wird gleichzeitig das Programm aktiviert.«

Die Jugendlichen stülpten sich die Helme über den Kopf und verschwanden im Labyrinth. Der Türsteher wandte sich Stiller zu. »Hallo, Opa!«, begrüßte er ihn von oben herab. »Wollen wir auch noch mal was erleben?«

Das »wir« ließ Stiller zusammenzucken. Die Krankenschwester fiel ihm ein. Er nahm es als böses Omen. Es wäre ihm lieber gewesen, der Muskelprotz hätte ihn geduzt wie die Jugendlichen.

»Nur keine Angst.« Der Türsteher schien Stillers Reaktion falsch zu deuten. »Bisher sind noch alle wieder lebend rausgekommen. Und vor ein paar Minuten ist schon einmal so ein Methusalem dadrin verschwunden.«

Das musste Kleinschnitz gewesen sein. Stiller atmete auf, das machte das böse Omen wieder wett.

Der Türsteher prüfte Stillers Größe und wählte eine Weste aus. »Welches Programm soll's denn sein?« Seine Sprüche klangen wie auswendig gelernt.

»Mein Name ist Stiller. Für mich ist gebucht.«

»Stiller, mal sehen.« Er prüfte das Display in der Theke und blendete Stiller sogleich mit seinen Zähnen. »High Noon. Gute Wahl. Läuft nicht ganz so schnell. Aber Vorsicht: höchster Schwierigkeitsgrad.«

Eine gute Wahl, das stimmte. High Noon, die Filmmutter des Showdowns. War es das, was Riesenmotz suchte? Während der Türsteher seine Belehrungen abspulte, warf Stiller einen Blick hinauf zur Brüstung der oberen Ebene. Wie vor ein paar Tagen reihten sich am Geländer die Hochbetagten auf, die reglos das Treiben in der Lasertag-Arena beobachteten. Stiller erkannte kein einziges vertrautes Gesicht. Möglicherweise hatte Kerstin Strobel noch nicht erreicht, oder aber die Polizei hielt sich im Hintergrund, falls sie doch schon eingetroffen war.

»Wenn Sie den Helm aufsetzen, sind Sie Will Kane«, hörte er den Türsteher sagen. »Sie wissen, wer das ist?«

Stiller nickte. »Der Sheriff.«

»Der Marshal«, stellte der Türsteher mit gebleckten Zähnen richtig. »Zum Zahlen einfach …«

»… die Smartwatch an den Scanner halten. Ich weiß.« Stiller setzte sich den Helm auf. Problemlos konnte er durch das Visier blicken, das von außen undurchdringlich schwarz wirkte. »Oder seh ich so aus, als ob ich das zum ersten Mal mache?« Das machte er zwar, aber das sollte ihm dieser Typ erst einmal nachweisen.

»Hier, unsere Knarre.« Der Türsteher drückte Stiller eine Art Winchester in die Hand. Sie war erstaunlich leicht. Er hob seine Pranke, ließ sie aber gleich wieder sinken, ohne Stiller den obligatorischen Schlag auf die Schulter zu versetzen. »Das wird ziemlich anstrengend.« Gedämpft drang seine Stimme durch den Helm. »Sie haben doch hoffentlich nichts am Herz?«

»Nicht dass ich wüsste.« Stiller ließ ihn stehen und die Smartwatch am Scanner vorbeigleiten. Dann betrat er das Labyrinth.

Sofort zuckte er wieder zusammen. Höllisch laut dröhnte Musik aus den Lautsprechern im Helm: »Do not forsake me, oh, my darlin' …« Die Filmmusik aus High Noon. Es war Jahrzehnte her, seit er den Klassiker zuletzt gesehen hatte. Marshal Kane allein gegen die Miller-Bande. Wie hieß die Stadt gleich? Hadleyville. Schon lag sie vor ihm. Der Boden aus Granitplatten hatte sich in eine schmale staubige Gasse verwandelt, begrenzt von den verwitterten Rückseiten grauer Holzhäuser. Alles lag im Kunstnebel.

Stiller schob sich an den Fassaden rechts entlang, bis er an eine Abzweigung kam. Dort bog er ab. Die neue Gasse war noch enger. Plötzlich bewegte sich etwas hinter einem Fenster auf der gegenüberliegenden Seite. Ein Cowboyhut erschien, darunter ein fieses Bartstoppelgesicht. Unzweifelhaft ein Feind. Stiller riss die Winchester hoch. Bevor er feuern konnte, ging der Gangster in Deckung. Schnell sprang Stiller auf die andere Seite, duckte sich unter das Fenster und schlich weiter.

Die Musik wurde leiser, stattdessen kam die Stimme eines Mannes aus dem Lautsprecher. »Gar nicht so schlecht für einen Anfänger!«

Stiller hielt inne und lauschte. War das die Stimme von Moritz Nees?

»Beim ersten Mal hat man immer Hemmungen.« Der Mann lachte. »Aber Sie hätten ruhig schießen können, der war nicht echt.« Er schwieg kurz, dann warnte er Stiller: »Achtung, gleich kommt einer von vorn. Der spielt mit.«

Stiller legte die Winchester an. Im selben Augenblick bog eine Gestalt im weiten Staubmantel in die Gasse ein. Stiller zielte auf den Lichtfleck an der Schulter und drückte ab. Mit einem lauten »pschiu« schoss der Infrarotstrahl durch den Nebel.

»Treffer«, kommentierte der Computerhelm. »Ein Punkt für Will Kane.«

»Bravo«, schaltete sich wieder der Fremde ein.

»Moritz Nees?« Gebückt lief Stiller auf das Ende der Gasse zu.

»Vergessen Sie den Namen. Lassen wir es lieber bei Riesenmotz.«

»Wo sind Sie?«

Er lachte erneut. »Suchen Sie mich. Vorsicht, von hinten …«

Stiller riss den Kopf herum. Rotes Licht blitzte auf, in letzter Sekunde sprang er zur Seite. Er fühlte, wie seine Stirn feucht wurde.

»Er hat sie verfehlt. Mann, Sie haben's echt drauf, das hätte ich Ihnen bei Ihrem Alter gar nicht zugetraut. Ich werde Ihnen trotzdem noch ein paar Minuten zum Üben geben, bevor wir uns gegenüberstehen.«

»Was haben Sie vor?« Stiller erreichte die nächste Abzweigung. Er lugte in die Seitengasse, sie war leer. Dann erst überquerte er die Einmündung.

»Dreimal dürfen Sie raten. Es ist Zeit für einen Showdown. Möge der Bessere gewinnen.«

Etwas bewegte sich im Nebel vor Stiller, schemenhaft erkannte er einen Cowboy, der einen Poncho trug. Rasch schlüpfte er durch die Hintertür in eines der Häuser und wartete mit angehaltenem Atem, bis der Gegner vorüber war.

»Sie müssen nicht schweigen, Sie Angsthase.« Riesenmotz grunzte verächtlich. »Niemand kann uns hören. Ich hab diese billige Technik hier voll im Griff. Wundern Sie sich denn gar nicht, dass ich jede Ihrer Bewegungen verfolgen kann, während Sie mich nicht einmal sehen?«

»Sie sind IT-Spezialist.«

Er lachte wieder. »Vielleicht war ich das mal. Haben Sie es noch immer nicht begriffen? Moritz Nees existiert nicht mehr. Und so soll es auch bleiben.«

Stiller zog die Tür einen Spalt auf und spähte hinaus. Hinter einem Lattenzaun gegenüber leuchtete ein leichter Lichtschein im Nebel. Der Gegner war gar nicht vorbeigelaufen; er hatte Stiller im Haus verschwinden sehen und lauerte ihm da drüben auf. Stiller zielte auf das Licht. Gleichzeitig feuerte der andere einen Infrarotstrahl auf ihn ab. Schnell schlug Stiller die Tür zu.

»Sie sind ihm zweimal ausgewichen. Auf diese Weise können Sie mich nicht stellen. Sie sind ein Kneifer, Stiller.«

Mal sehen, ob du mir ausweichst, dachte Stiller. Laut sagte er: »Warum haben Sie Lisa Falk umgebracht?«

Riesenmotz zögerte kurz. »Weil sie es nicht besser verdient hat, die Fotze. Sie wollte mit mir spielen. Aber ich lass nicht mit mir spielen. Das sollten Sie sich merken, Stiller.«

»Was ist in dieser Nacht passiert?« Stiller sah sich um. Der Raum, in dem er stand, war ein schmaler, lang gestreckter Flur, von dem beiderseits mehrere Türen abgingen. Am anderen Ende lag ein weiterer Ausgang. Leise lief Stiller darauf zu.

»Ich hab sie am Feierkreisel getroffen, gerade als sie mit ihrem Freund Schluss gemacht hat. Statt Leine zu ziehen, geht dieses Würstchen auf sie los. War 'ne super Gelegenheit, mich ein bisschen als Retter aufzuspielen. Sie hat sich dann ja auch dankbar an mich drangehängt.«

Stiller war am Ausgang angekommen. Er öffnete die Tür mit einem Ruck und sprang ein paar Sätze zur Seite. »Sie kannten sie schon länger, hab ich recht? Sie sind ihr begegnet, wenn Sie trainieren waren.«

Riesenmotz stieß einen Pfiff aus. »Sie haben sich ja einiges zusammengereimt. Also gut, es stimmt. Meine Güte, Lisa sah total scharf aus, die musste einfach auffallen. Es war ein Hohn für alle Männer, dass sie was mit diesem Idioten hatte.«

»Simon Bauer kannten Sie auch vom Training. Sie haben seinen Ring genommen, als er im Kraftraum war.« Stiller peilte die Lage. Die Gasse glich der vorigen aufs Haar. Er arbeitete sich in die Richtung weiter, in der er die Hauptstraße vermutete, das Zentrum der Lasertag-Arena. »Sie haben den Mord an Lisa geplant ...«

»Falsch«, schnitt er ihm scharf das Wort ab. »Das war nicht geplant. Ich hab den Ring genommen, weil ich dachte, ich könnte mich in eines ihrer kindischen Treffen reinschmuggeln. Aber dazu kam es nicht mehr. Es war der blanke Zufall, dass ich ihr am Partykreisel begegnet bin. Und sie ist nach der Feier freiwillig mit zu mir nach Hause.«

Ein Knarren ließ Stiller herumfahren. Hinter ihm öffnete sich eine Tür, eine Gestalt in speckigen Cowboyhosen und Lederweste erschien auf der Straße. Keine Lichtfelder. Stiller riss die Winchester hoch und feuerte auf den virtuellen Gegner. Der stürzte und löste sich auf.

»Zwei Punkte für Will Kane«, teilte ihm die Computerstimme mit.

»Respekt.« Riesenmotz klang belustigt. »Ich merke schon, Sie fackeln nicht lang.«

Stiller überging die Bemerkung. »Wenn sie freiwillig mitgegangen ist, warum musste sie dann sterben?«

»Weil sie nicht mit mir ins Bett wollte. Erst macht sie mich scharf, dann sagt sie plötzlich, sie hätte keine Lust. So lass ich keine

Frau mit mir umspringen. Und als wär das noch nicht schlimm genug, teilt sie mir klipp und klar mit, sie hätte sich schon von Simon vögeln lassen, das hätte ihr gereicht. Von diesem Schwächling. So hat mich noch keine beleidigt.« Er unterbrach sich. »Zweites Fenster links.«

Stiller sah hin, aber es war zu spät. Der rote Strahl erwischte ihn an der Schulter. »Sie sind getroffen, Will Kane«, erklärte die Computerstimme. »Zwei zu eins.«

»Sie spielen in den nächsten dreißig Sekunden nicht mehr mit. Nehmen Sie die nächste Seitengasse rechts«, ordnete Riesenmotz an. »Die führt zur Hauptstraße.«

»Sind Sie ihr nachgegangen?« Stiller beschleunigte den Schritt, Schweißperlen rannen ihm über die Schläfen.

»Noch mal falsch. Ich hab sie ganz offiziell zum Parkhaus begleitet. Für sie war das ja alles völlig normal. Es war sogar ihre Idee, durch den Notausgang reinzugehen. Plötzlich hatte sie es furchtbar eilig gehabt wegzukommen. Sie wollte nicht mehr außen herumlaufen.«

An der Einmündung der Seitengasse blieb Stiller stehen. Die dreißig Sekunden mussten um sein. Er zählte kurz bis drei und sprang breitbeinig um die Ecke. Er hatte richtig getippt. Ihm gegenüber stand ein Mann im schwarzen Anzug mit Schleife, Typ Doc Holliday. Bevor er ziehen konnte, drückte Stiller ab und traf das Leuchtfeld an der Hüfte.

Die Computerstimme zog Bilanz: »Sie haben getroffen. Will Kane führt drei zu eins. Gehen Sie weiter, Ihr Gegner ist für dreißig Sekunden außer Gefecht gesetzt.«

Stiller zwängte sich an Doc Holliday vorbei, der verzweifelt an seinem Schießprügel herumfummelte. »Woher hatten Sie den Schal? Und dass Sie den Ring dabeihatten, das war doch kein Zufall. Ich bleibe dabei, Sie hatten das geplant.«

»Halt's Maul«, brauste Riesenmotz auf. »Natürlich musste ich sie bestrafen. Sie hatte es verdient.« Er beruhigte sich wieder. »Ich hab ihr im Treppenhaus sogar noch eine Chance geben wollen. Aber ich durfte sie nicht mal mehr anfassen. Sie hat mich angeschrien, mich. Sie will mich nicht mehr sehen. Ich soll die Finger von ihr lassen, oder sie zeigt mich an. Dann hat sie mich einfach stehen lassen, wollte die Treppe hoch verschwinden, ohne sich noch mal umzudrehen.«

Weiter vorn schnitt ein roter Lichtstrahl durch den Nebel, zwei andere Spieler duellierten sich. Stiller presste sich an die Holzfassade, wartete, bis der Weg wieder frei war.

Riesenmotz sprach derweil weiter. »Der Schal war mein eigener, fast alle hatten so einen. Und den Ring hatte ich noch in der Tasche. Sie müssen zugeben, es war eine gute Idee, ihn ihr anzustecken. Zwei Fliegen mit einer Klappe. Lisa hat mich sozusagen nie wieder gesehen, das war ja ihr eigener Wunsch, und dieser Schlappschwanz hat am Ende auch gekriegt, was er verdient hat.«

Ohne neue Zwischenfälle erreichte Stiller die Hauptstraße. Dort war die Schießerei in vollem Gange. Von allen Seiten zuckten Infrarotstrahlen durch den Kunstnebel. Stiller drückte sich an die Hauswand, schob den Kopf vor und lugte um die Ecke. Schräg rechts gegenüber lag der Saloon. Hinter den Schwingtüren stand Wyatt Earp und ballerte die Straße hinunter. Dort waren die Miller-Brüder Frank und Ben hinter einer Pferdetränke in Deckung gegangen. Abwechselnd tauchten sie über dem Trog auf und feuerten zurück. Schräg links gegenüber splitterte Glas. Billy the Kid hatte mit seiner Winchester eine Scheibe eingeschlagen und legte an. Stiller zog sofort den Kopf zurück, um Haaresbreite verfehlte ihn der Strahl.

»Hören Sie auf zu kneifen, Stiller. Kommen Sie raus«, lockte Riesenmotz.

Stiller fragte sich, welche Figur er gewählt hatte. Möglicherweise war er sogar Billy the Kid. »Ich denke, Sie wollen nicht, dass man mit Ihnen spielt.« Während er sprach, wechselte er die Seite seiner Gasse und schlüpfte durch einen Nebeneingang in das Eckhaus.

»Das ist kein Spiel.« Riesenmotz lachte, diesmal klang es böse. »Ich sag Ihnen was: Wenn ich gewinne, lassen Sie mich in Ruhe. Endgültig.«

»Und wenn ich gewinne?« Stiller durchquerte den Raum und steuerte den Haupteingang an, der zur Straße führte.

»Sie werden leider nicht gewinnen. Wollen Sie mich mit diesem Spielzeuggewehr zur Strecke bringen?« Das Lachen überschlug sich. »Ich habe mich etwas besser vorbereitet. Schon mal was von Plasmawaffen gehört?«

Abrupt blieb Stiller stehen. Ja, er hatte davon gehört. Die Dinger projizierten pure Energie. Das Heimtückische war, dass sie an Materie an sich keine Schäden hinterließen. Im Grunde funktionierten sie wie hochkonzentrierte Elektroschocker. Sie töteten nur. Die Fassaden hier würden stehen bleiben, von den Zuschauern oder den anderen Mitspielern würde niemand etwas mitbekommen.

»Warum so still, Stiller? Angst vor dem Tod? Ich verspreche Ihnen, Sie werden kaum was spüren.«

Stiller fragte sich, wie Riesenmotz ihn so sicher orten konnte. Lag es an der Weste? Er streifte sie ab und schleuderte sie in eine Ecke. »Es wird Ihnen nichts bringen, wenn Sie mich töten. Sie haben damals einen entscheidenden Fehler gemacht und den Ring erwähnt. Und ich habe davon schon allen möglichen Leuten erzählt. Wenn ich Sie gefunden habe, gelingt das der Kripo auch.«

Riesenmotz ließ sich nicht verunsichern. »Ja, es war ein Fehler, den Ring zu erwähnen. Ich wollte damals ein bisschen mithetzen, um die Sache mit Simon zu beschleunigen. Aber Sie vergessen eines: Ich bin nicht mehr Moritz Nees. Und nicht Sie haben mich gefunden. Ich habe mich bei Ihnen gemeldet.«

Das stimmte. Stiller biss sich auf die Unterlippe. Langsam zog er sich zu der Tür zurück, durch die er hereingekommen war. Er hoffte, Riesenmotz würde ihn am Haupteingang erwarten. »Sie haben auch in Frankreich und Italien gemordet …«

»Beweisen Sie es«, unterbrach ihn Riesenmotz.

»Sie haben Lisa fotografiert. Haben Sie das mit allen Opfern gemacht?«

»Mit allen, die es verdient hatten. Leider musste ich die Andenken später alle löschen.«

»Meine Kollegen wissen darüber Bescheid«, fuhr Stiller fort. »Wenn ich hier nicht lebend rauskomme, wird das geballte Ermittlungen auslösen. Mit den modernsten Methoden. Sie haben keine Chance.«

»Ich lass es gern darauf ankommen. Der Bessere gewinnt, wie gesagt.«

Stiller riss die Tür auf, spurtete über die Seitengasse und bog in die Hauptstraße. Von allen Seiten pfiffen ihm rote Strahlen um die Ohren. Ein paar Meter weiter stand ein Planwagen. Haken schlagend rannte Stiller darauf zu und zog sich hinein.

»Oh, da hat jemand seine Weste ausgezogen«, höhnte Riesenmotz. »Das bringt Ihnen nichts. Die anderen Spieler können jetzt vielleicht keine Treffer mehr bei Ihnen landen. Aber ich schon.«

Stiller presste sich auf die Ladefläche des Planwagens, ein grüner Lichtstrahl zischte über ihn hinweg. Er kam aus dem Fenster des Bankgebäudes, das vor Stiller in der Straße lag. Wenigstens wusste er jetzt, wo sich Riesenmotz versteckt hielt. Ein Geräusch am Fußende ließ ihn herumfahren. Eine Revolverheldin blickte über die Ladeklappe in den Planwagen, es war die Frau, die sich der Legende nach immer wie ein Mann aufgeführt hatte. Wie hieß sie doch gleich? Calamity Jane. Stiller hob die Winchester, ließ sie aber wieder sinken. Verblüfft entdeckte er Kerstin Polkes Gesichtszüge auf dem Visier ihres Helms.

Schweigend öffnete sie die Klappe des Planwagens und winkte Stiller zu sich. Er ließ sich von der Ladefläche rollen und kroch mit Calamity Jane alias Kerstin unter den Wagen.

Sie deutete über die Straße auf das Tor des Pferdestalls. Dann hob sie die Hand, um Stiller zu bedeuten, dass er warten sollte. Er sah zu, wie die Flügel der Saloontür aufflogen und Wyatt Earp breitbeinig herausschlurfte. Dem Gang nach war es Kleinschnitz. Er legte sein Gewehr an, einen Henry-Stutzen, und zielte auf das Fenster, aus dem Riesenmotz den Plasmastrahl abgefeuert hatte. Gleichzeitig sprang hinter einem Holzfass Wild Bill Hickok hoch und eröffnete ebenfalls das Feuer auf Riesenmotz.

Unwillkürlich musste Stiller lachen. Wild Bill Hickok sah aus wie Bausback. Was hatte der in der Lasertag-Arena verloren? Calamity Jane alias Kerstin Polke versetzte ihm einen Schlag auf den Rücken und wies mit dem Kopf auf das Stalltor. Stiller verstand: Die anderen inszenierten ein Ablenkungsmanöver. Er robbte unter dem Planwagen hervor, sprang auf die Füße und rannte los. Im Laufen entdeckte er Jesse James unter einer Veranda. Auch er hatte Riesenmotz unter Beschuss genommen. Stiller hätte schwören können, dass er aussah wie der wabbelige Blattmacher der Politik. Wurde er verrückt?

Ein grüner Plasmastrahl schoss an Stiller vorbei. Vor seinen Füßen wirbelte Staub auf. »Keinen Schritt weiter«, befahl Riesenmotz. »Was soll das hier werden? Halten Sie mich für dämlich?«

Stiller blieb stehen. Im Stalltor erschien Annie Oakley und winkte ihm aufgeregt. »Paul!« Im Zwielicht des Stalls war sie schwer zu erkennen, doch der Stimme nach war es Fenia Saalbach. Wie hatte sie von dem Showdown in der Lasertag-Arena erfahren?

»Hände hoch, Stiller«, befahl Riesenmotz.

Stiller warf die wertlose Winchester in den Staub und hob die Hände.

»Drehen Sie sich um. Ich will Ihr Gesicht sehen, wenn ich Sie erschieße. Mann gegen Mann.«

»Ich habe keine Waffe.« Stiller drehte sich langsam um. »Was heißt da Mann gegen Mann?«

»Sie haben nie eine Waffe gehabt. Das sind Spielzeuge, Sie alter Narr. Das gilt übrigens für alle anderen auch.«

Die Revolverhelden rings um Stiller herum ließen ihre Schießprügel sinken, Wyatt Earp alias Kleinschnitz breitete entschuldigend die Arme aus.

Riesenmotz zeigte sich im Fenster der Bank, verkleidet als John Wesley Hardin. »Leben Sie wohl, Stiller.« Er lachte teuflisch.

Der grüne Plasmastrahl zuckte über die Straße und schlug in Stillers Schulter. Eine Schmerzwelle zog durch seinen Körper. Die Muskeln verkrampften sich, von Spasmen geschüttelt sank er langsam auf die Knie.

Wild Bill Hickok alias Bausback schleuderte die Winchester in die Richtung, in der Riesenmotz lauerte. Mit wenigen Schritten war er bei Stiller und packte ihn an der Schulter. »Stiller«, flehte er. »Sagen Sie was!«

Sein Körper brannte. Er hatte das Gefühl zu stürzen. Alles um ihn herum verschwamm.

»Stiller!«

Die Fassaden der Westernstadt schienen sich aufzulösen. Mit einem Mal fühlte er sich unendlich leicht, wie von einer Last befreit. Nur das Brennen in seinem Körper breitete sich unaufhaltsam aus, während im Helmlautsprecher das Fingerschnippen und die Akkorde erklangen, die er so mochte: »Eblouie Par La Nuit« von Zaz. Oder bildete er sich das nur ein?

»Stiller!« Wild Bill Bausback rüttelte an ihm. »Um Himmels willen …«

***

»… um Himmels willen«, hört er Bausback rufen. »Leben Sie noch, Herr Stiller?«

Eine neue Schmerzwelle rast durch seine Schulter. Die Hand, die ihn dort umklammert, verstärkt den Druck. Sie schüttelt ihn. Stillers Kinn rutscht von den Händen, auf die er es gestützt hat. Sein Kopf will nach vorn klappen, reflexartig hält er ihn gerade.

»Wie lang ist er schon in diesem Zustand?« Bausback klingt verzweifelt.

»Eine gute Stunde«, antwortet eine Stimme, die dem wabbeligen Blattmacher der Politik gehört. »Genau hab ich nicht darauf geachtet.«

»Herr Stiller!« Wieder Bausback. »Können Sie mich hören?« Mit der freien Hand versetzt er Stiller rechts und links eine Ohrfeige.

Das reicht. Stiller schlägt die Augen auf. Verwirrt blickt er in die Gesichter, die ihn anstarren, als habe er sich in ein abstoßendes Insekt verwandelt. Er kennt sie alle: Bausback, der sich über ihn beugt, den Blattmacher, die Kulturzicke, den Landchef, Fenia, Kerstin Polke.

Kleinschnitz kommt gerade zur Tür herein, bleibt stehen, als sei er gegen eine unsichtbare Wand gelaufen, und erbleicht. »Was geht hier vor?«

Gute Frage! Eine Redaktionskonferenz, denkt Stiller. Ist das der Todeskampf? Verspottet ihn das Schicksal noch im Sterben? Wird diese Runde das letzte Bild sein, das er aus seinem Leben mitnimmt.

Bausback lässt ihn los, der Schmerz klingt ab. »Er hat die Augen geöffnet. Ein Glas Wasser, schnell!« Kleinschnitz macht kehrt und verlässt den Raum.

Alles ist wie früher. Stillers Hände müssen eingeschlafen sein, er spürt das Kribbeln, als das Blut wieder durch die Adern strömt. Wie früher? Ein Alptraum, ja. Nein! Allmählich dämmert es Stiller, wo er sich befindet. Es ist die Redaktionskonferenz – *die* Redaktionskonferenz vor zwanzig Jahren. Blödsinn, heute. Er muss weggedöst sein. Eingeschlafen wie seine Hände, die er jetzt reibt.

»Er bewegt sich.« Bausback atmet auf. »Nun sagen Sie doch was, Herr Stiller. Sie dürfen uns hier nicht sterben!«

»Sterben?« Stiller räuspert sich. »Ich? Nein, ähm, ich ...« Er gähnt.

»Sagen Sie bloß, Sie sind eingeschlafen!« Bausback ist außer sich.

Die Kulturzicke kichert albern und zischt ein »ts-ts-ts« hinterher.

»Mann, Sie versetzen uns hier in Angst und Schrecken! Ich sollte Sie hochkant rausschmeißen.« Bausback ringt um Worte. »Sie sind ja ... Sie sind ...«

Stiller will protestieren. Hat Bausback nicht gestern noch ganz anders mit ihm gesprochen? Was hat er doch gleich zu ihm gesagt? Plötzlich fällt ihm ein, dass es dieses Gestern nie gegeben hat. Er hat geträumt, nichts von all dem ist passiert, alles liegt noch vor ihm.

Kleinschnitz kommt mit einer Sprudelflasche zurück. »Gott sei Dank, er lebt noch.«

Stimmt, er lebt noch. Simon. Schlagartig wird Stiller klar: Wenn alles noch vor ihm liegt, kann er es auch ändern. Und er hat in dieser Konferenz etwas gehört, was real war. Bausback hat es vorgelesen. »Der Ring!«, ruft er und springt so abrupt auf, dass sein Stuhl umkippt.

»Sind Sie noch bei Sinnen?« Bausback will ihn festhalten. »Das ist ja therapierelevant!«

Stiller schüttelt ihn ab, beugt sich über den Tisch und greift nach dem Papierstapel an Bausbacks Platz. Mit halb tauben Händen fleddert er die Ausdrucke durch, überfliegt sie flüchtig. Als er das gesuchte Blatt findet, stößt er die Faust in die Luft. »Ha!«

Alle bis auf Kerstin Polke zucken zurück.

Riesenmotz. Stiller hat sich richtig erinnert. Oder es richtig gehört, wie auch immer. »... steckt seinem Opfer auch noch einen

Ring an«, liest er vor und schaut triumphierend in die Runde. »Was sagt uns das?«

Fenia Saalbach senkt den Blick. Sie schämt sich für ihn.

Stiller hat keine Zeit, gekränkt zu sein. »Dieser Riesenmotz weiß von dem Ring. Woher, wenn er nicht der Täter ist? Strobel muss das erfahren. Der Ring führt ihn zum Mörder.«

»Strobel bringt den Verdächtigen gerade zum Untersuchungsrichter«, wirft Kleinschnitz ein.

»Dann ruf ich Mike an. Schlaumeier …« Stiller schaut auf sein Handgelenk. Er trägt seine alte Uhr, es gibt keine Smartwatch.

»Meinst du mich?« Kleinschnitz wirkt verunsichert. »Mit dir scheint wirklich etwas nicht zu stimmen!«

Suchend blickt sich Stiller um. Der Konferenzraum ist der einzige ohne Telefon, Bausback liebt keine Unterbrechungen. »Ich muss in mein Büro. Das hier …«, Stiller wedelt mit dem Ausdruck, »… nehme ich mit.« Mit langen Schritten umrundet er den Tisch, überrascht, wie schnell und schmerzfrei er sich bewegen kann. Ach, könnte er doch ewig Mitte vierzig bleiben!

»Ich begleite dich vorsichtshalber.« Kleinschnitz hält Stiller die Tür auf.

Bausback will sie zurückhalten. »Sie bleiben gefälligst hier, Herr Stiller! Wie kommen Sie mir vor? Erst pennen Sie in der wichtigen Wochenkonferenz, dann laufen Sie auch noch davon. Sie sind ja …«

Im Türrahmen dreht sich Stiller um, es ist ihm wieder eingefallen. »… Ihr bester Mann.« Er überhört das schrille Lachen der Kulturzicke. »Eines Tages werden Sie das selbst sagen.«

Schnell schiebt ihn Kleinschnitz nach draußen.

Bausback schießt ihnen Blicke hinterher, scharf wie Dolche. Sie prallen am Türblatt ab, das knallend ins Schloss fällt. Niedergeschlagen kehrt er an seinen Platz zurück. »Das«, verspricht er, »wird dieser Stiller nie erleben.«

Dank

Wie sehen deutsche Städte in zwanzig Jahren aus? Ich wollte in diesem Roman die möglichen Veränderungen zusammenfassen – nicht als überspannte Sience-Fiction-Geschichte, sondern gestützt auf fundierte Erkenntnisse und heute schon erkennbare Trends. Die Idee dazu stammt von meinem Freund und Kollegen Harald Schreiber und, wenn auch unbewusst, von meiner früheren Lektorin Stefanie Rahnfeld. Vielen Dank dafür!

Wie wirken sich demografischer Wandel und Migration aus, wie die Energiewende und der wachsende Bedarf an endlichen Rohstoffen? Wie entwickeln sich Klima und Mobilität, Kommunikation und Medien? Und was bedeutet das für den Alltag und das Bild einer Stadt? Viele kluge Köpfe in Aschaffenburg beschäftigen sich mit diesen Fragen und blicken dabei zum Teil weit über die kommenden zwei Jahrzehnte hinaus. Etliche Fachleute haben mich bei meinen Recherchen beraten und unterstützt. Wenn es unterschiedliche Auffassungen gab, habe ich mich für die mit der größten Übereinstimmung entschieden.

Namentlich danken möchte ich Johannes Teigelkötter (Hochschule Aschaffenburg), Dieter Gerlach (Aschaffenburger Versorgungsgesellschaft), Oliver Theiß (Demografiewerkstatt 2030), Marc Busse, Andreas Jung (Lokale Agenda 21), Martin Schwarzkopf, Dirk Ceelen, Christina Müller und Michael Weis (Main-Echo, Medien-Service Untermain), Michael Baumann, Bernhard Herold, Reinhold Bock (Polizei) und Susann Säuberlich (Lektorat). Über alle Sparten hinweg hat mich Simone Hasenöhrl (Main-Echo-Archiv) erneut mit Informationen aus dem Netz und anderen Medien versorgt.

Schön, dass ich neben Harald und Dirk auch Experten wie Klaus Lang, Michael Ries und Arndt Michl im Freundeskreis habe, nicht zu vergessen den Krimi-Fachmann Wolfgang Marx.

Besonders dankbar bin ich meiner Familie: den Kindern David, Lea und Jakob für die Insider-Tipps und meiner Frau Gudrun, die mich beständig motiviert und wie immer aus mancher Sackgasse gerettet hat. Ohne ihr Verständnis wäre der Roman bei all der Schreiberei, den Recherchen, Messebesuchen, Interviews und Schoppen wahrscheinlich nie fertig geworden.

Peter Freudenberger

PETER FREUDENBERGER
Stiller und der Gartenzwerg
MAIN KRIMI
emons: